남자의 온도

Temperature of Man

남자의 온도

초판 1쇄 찍은 날 | 2014년 7월 17일
초판 1쇄 펴낸 날 | 2014년 7월 24일

지은이 | 전혜진
펴낸이 | 예경원

편집 | 유경화

펴낸곳 | 예원북스
등록번호 | 제396-2012-000132호
등록일자 | 2012. 7. 25
YRN | 제1-0073호

주소 | 경기도 고양시 일산동구 무궁화로 8-28 삼성메르헨하우스 712호 (우) 410-837
전화 | 031-819-9431 팩스 | 031-817-9432
http://cafe.naver.com/yewonromance
E-mail | yewonbooks@naver.com

ⓒ 전혜진, 2014

ISBN 979-11-5630-108-0 03810

남자의 온도

Temperature of Man

전혜진 장편 소설

YEWONBOOKS ROMANCE STORY

c · o · n · t · e · n · t · s

빌리 홀리데이.

딱 오늘 분위기에 맞는 우울한 선곡이었다. 그런 눈썰미 좋은 바텐더는 오히려 미움을 살 텐데. 음악만큼이나 우울한 올 블랙 옷차림을 한 바텐더가 그녀에게 위스키 온더락 세 번째 잔을 내밀었다.

해수는 버릇처럼 짧은 한숨을 내뱉으며 방금 따른 술잔을 입가에 가져갔다.

사실 이렇게 센티한 기분을 느끼기 위해 이 바에 들어온 것은 아니었다. 다만 그저 바짝 긴장했던 몸을 풀어줄 만큼의 알코올과 무언가 기분 전환할 음악이 필요했던 것뿐이었다.

원래는 오늘 비행기로 올라갈 계획이었지만 일주일이나 준비했던 프레젠테이션은 거래 업체 대표가 두 시간이나 늦은 덕에 예상보다 시간을 잡아먹었고, 또 그 이후 이어진 회의도 예상보다 훨씬 길어져, 결국 비행기 표를 다음날 아침으로 미룰 수밖에 없었다.

곧바로 호텔로 들어가려다 어차피 오늘 저녁은 자유, 분위기 좋은 술집에서 며칠 동안 우울했던 자신의 기분을 날려 버리려던 것이, 어쩌다 보니 외딴섬, 제주도에서 혼자 술 마시면서 우울감에 치를 떨며 궁상을 떨게 되었던 것이다.

아마도 다른 때라면 두 번 없을 오늘의 여유를 만끽했을 것이다. 미친 듯 일하고 또 일해 차지한 광고회사 '하나기획'의 광고 3팀의 AE(광고 기획자). 직업적 성취감도 좋고 또 때로 이렇게 보너스처럼 떨어지는 자유시간은 그만큼 열심히 일했기에 더할 나위 없이 달콤하다. 아니, 달콤해야 마땅하다.

하지만…….

바로 지난달, 마지막까지 해수와 함께 버티던 그녀의 유일한 미혼 친구였던 미도가 친구와의 오랜 약속을 깨고 마침내 결혼을 했다. 그녀의 다른 두 명의 친구들처럼.

처음 시작할 때 네 명이었던 싱글클럽 회원은 이제 해수 혼자 남은 것이다.

이건 자전거에 취미를 들이는 것이나 다를 바가 없다.

친구들 넷이서 운동이 중요하다며 자전거는 살 빼는 데도 좋고 건강을 유지하는 데도 좋아, 하면서 잔뜩 의기투합해 비싼 '자전거질'에 발을 담갔고, 심지어는 푹 빠져서 수천만 원에 달하는 고가의 전문 자전거 용품을 모두 구비했는데 뒤에 가서 친구들이 이젠 힘들고 지쳐서 자전거 따위는 안 타고 싶다며 하나씩 빠지는 것과 같은 문제인 것이다.

혼자 타고 싶진 않지만, 그간 들인 공과 시간과 재미를 생각하니 혼자 타는 한이 있어도 포기할 수는 없다.

그렇다고 혼자 자전거를 타는 것이 즐겁냐, 하면 그렇지도 않다. 넷이 타던 것과 셋이 타는 것은 그리 차이가 많이 느껴지지 않지만, 둘이 타는 것과 혼자 타는 것은 차이가 많다. 정말로 이렇게까지 혼자 자전거를 타야 할까, 아니면 자전거 타는 다른 모임에 가입할까, 고민하게 된다.

물론 자전거니까 그 정도 고민하는 거지, 이건 자전거가 아니라 인생이 걸린 문제다. 자전거는 싫증나면 그만뒀다가 사둔 고가의 장비가 아까워 다시 탈 수 있는 장점이 있지만, 결혼은 싫증난다고 그만둘 수도 없고—물론 그만둘 순 있다. 하지만 자전거는 다시 탄다 해도 '돌싱'이란 말로 불리진 않는다—외롭다는 이유로 그 많은 것들을 다 포기하고 결혼을 감행할 순 없는 것이다.

불과 한 달여 전, 자신과 동참한 친구가 있을 때까지만 해도 해수는 유능한 커리어우먼에 화려한 싱글이었건만 친구는 결혼하고, 적당한 알코올과 금방이라도 비가 쏟아질 것 같은 빌리 홀리데이의 음악이 곁들여진 지금 그녀는 화려한 싱글이 아닌 뼈에 사무치게 외로운 독신이었고, 성공? 말이 좋아 AE지 이건 늘상 야근에 연장근무까지, 조금의 개인생활도 허락되지 않는 일의 노예일 뿐이다.

위스키 온더락 한 모금에 긴 한숨이 나온 이유도 그것 때문이었으리라.

"속이 답답할 땐 온더락보다는 강렬한 데킬라 한 잔이 낫지 않을까요?"

옆자리에 앉은 남자가 부드러운 목소리로 말을 걸어왔을 때 평소의 해수라면 썩소 한 번 날려주는 것으로 묵살했을 것이다. 그런 장소에서 남자가 말을 걸어온다는 것이 정말로 안쓰러워 진지한 충고를 해주는 것이 아니라는 것쯤은 모를 나이가 아니었다.

하지만 이 순간 나오는 음악은 글루미 선데이. 그리고 그녀의 생각은 이 몸이 평생 일만 하다 독신으로 썩어버릴지 모른다는 극단적인 상황까지 치달아 있었다. 그래서 대꾸했다.

"난 인생이 삭막하다 느낄 때 위스키 온더락을 마셔요."

"인생이 삭막해요?"

그는 전혀 안 그래 보인다는 듯 다시 그녀를 위에서 아래로 훑어보았다.

"세련된 말투와 값비싼 정장 슈트를 입고 이 시간에 바에서 한잔하는 폼을 보면 아마도 출장을 왔다가 일을 마치고 내일 비행기를 기다리는 것처럼 보이고, 그렇다면 거의 90퍼센트는 독신이란 뜻일 것이고, 칵테일 대신 익숙하게 온더락을 마시는 걸 보면 이런 곳에 오는 것도 처음이 아닐 테니, 나름 인생을 즐기며 사는 것처럼 보이는데."

프로파일링이 그럴듯한 걸 보면 어느새 그녀의 차림을 찬찬히 다 뜯어본 모양이다. 괜히 밑지는 기분에 이번엔 해수도 대놓고 고개를 돌려 그를 바라보았다.

오호, 목소리만 멀쩡한 줄 알았는데 생긴 것도 멀쩡하다. 아니, 멀쩡하다는 건 그를 폄하하는 표현이다. 이런 곳에서 여자에게 작업을 걸 필요성을 느끼지 못할 마스크였다.

그녀와는 달리 편안해 보이는 캐주얼 차림의 그는 그녀와는 달리 회사에 다니는 샐러리맨은 아닌 듯 보였다.

이런 페이스에 이런 보이스라……

그녀가 남자를, 더군다나 평가하듯 위에서 아래로 노골적으로 빤히 훑어본 사실을 안다면 아마도 엄마는 당장에라도 그녀에게 역정을 냈을 것이다. 어디서 교장선생님 딸이 그런 짓을 하는 거냐고.

하지만 교육자의 딸이라고 남자의 긴 기럭지에 관심을 갖지 말라는 법은 없었다.

그녀는 스툴 아래로 죽 뻗은 그의 다리에 노골적인 시선을 보냈다. 저 높이에서 바닥에 발이 닿는 걸 보니 키도 크다. 이 정도면 넝쿨째 들어온 호박이라고 후하게 칭해 드리겠다.

"출장 온 일은 잘됐어요?"

마치 자리에 안 맞는 질문이라도 들은 것처럼 해수는 그의 얼굴을 빤히 쳐다보았다. 그는 대화를 이어가고 싶은 듯 얼굴에 옅은 미소까지 띠고 있다.

하지만 해수의 몸은 피곤했고 한 시간짜리 프레젠테이션과 세 시간짜리 마라톤 회의로 쌓인 스트레스는 무언가 기분전환을 원했다.

그리고 바로 옆에 눈 돌아가게 잘생긴 남자가 앉아 자신에게 작업을 걸고 있는데다 그가 말을 걸어오기 전 그녀는 위스키 두 잔을 마셨다.

아마도 그런 이유 때문이었을 것이다. 싱글라이프의 장점을 이런 데서 찾고 싶었던 것은.

"나하고 자고 싶은 거라면 그냥 그렇다고 말해요."

일탈은 바로 오늘 같은 날 하는 것이다.

괜히 인생이 비참하다 느껴지고, 일에 치인다 생각되고, 이대로 늙어 독신이 아닌 독거노인이 될지도 모른다는 불안감이 평소보다 몇 배로 크게 느껴질 때, 교육자 집안의 신념 따위는 이미 그녀의 우선순위 저 아래로 떨어지게 되면서 이런 쪽으로는 있는지조차도 몰랐던 강한 용기가 새삼 치솟아 그녀의 우선순위 가장 높은 곳을 점령하게 되었을 때.

그녀의 질문에 그의 얼굴에 드리웠던 옅은 미소가 사라졌다.

순간적으로 그가 거절할 거라는 생각이 들었다. 그리고 불쑥 치솟았던 용기만큼이나 빠른 속도로 해수는 자신의 행동을 후회했다. 거절은 그녀의 옵션에 들어 있지도 않았다. 그가 거절한다면 오늘의 우울함은 아마도 극을 달릴 것이다. 일만 하다 독신으로 늙어 죽을 것 같은 기분은 이제 남자에게도 거절당하고 일만 하다 독신으로 늙어 죽을 것 같다는 생각으로 바뀌었다.

차라리 지금 그냥 조용히 자리에서 일어나 나가 버릴까? 그러기에도 창피하니까 화장실 가서 이 남자 나갈 때까지 죽치고 있을까?

그의 눈빛이 위험하게 빛나기 시작했다. 그의 한쪽 입술이 치켜 올라갔다.

"사양할 일은 아니지."

그리고 두 사람은 누가 먼저라 할 것도 없이 자리에서 일어났다.

분위기 좋고 전망 좋은 바닷가의 호텔은 두 사람에게는 너무 멀었다. 그녀에게 주어진 시간은 오늘 하룻밤뿐이었다.

그래서 굳이 멀고 근사한 곳으로 가는 시간 낭비를 할 것 없이 코앞에 보이는 그다지 비싸 보이지 않는 호텔로 가는 데 동의했다.

잠시 그가 약국에 들러 콘돔을 한 박스 살 때까지만 해도 그녀는 지금 자신이 하려는 일이 무엇인지 실감하지 못하고 있었다.

그것은 호텔, 아니, 호텔을 가장한 모텔의 작은 정문 안으로 들어섰을 때부터 시작된 것 같다. 영어도 아닌 한글로 쓰인 '드가장' 호텔이라는 웃기는 간판을 보고도 웃음이 나오지 않은 것을 보면.

가끔 그런 짓을 해왔던 것처럼 태연을 가장하려 했지만 엘리베이터에 탔을 때부터 해수는 이미 얼굴이 붉었고 숨도 가쁜 상태였다.

그녀가 할 수 있는 것이라고는 그가 자신의 흥분한 상태를 눈치채지 못하게 하는 것이 전부였다.

넝쿨째 굴러온 이 남성 완전체에 흥분한 것도 있지만 그녀로서는 처음 있는 이 일탈 자체가 흥분할 일이었다. 아직 남자의 이름

도 몰랐다. 아니, 알아서는 안 되는 것이다. 이름을 알게 되면 그
땐 완벽한 '묻지 마 섹스'가 아닌 그냥 평범한 섹스가 되어버리는
것이다.

그런 그녀의 기분을 아는 것인지 그도 그녀의 이름을 묻지 않았
다.

그도 흥분했던 것 같다. 그의 얼굴도 조금은 상기되어 있었고
가슴이 들썩이는 것을 감출 생각조차도 하지 않았다.

마침내 키 카드로 문을 열었고 두 사람의 몸이 모두 문 안으로
들어왔다.

문이 닫혔다.

그 순간부터 그는 돌변했다.

그는 그대로 그녀의 뺨을 잡고 입술부터 맞췄다. 아니, 입술을
맞추기보다는 오히려 짐승처럼 그녀의 입술을 탐했다는 것이 옳
은 표현이었을 것이다.

입술을 물어 열게 하고 뭉클한 혀를 그대로 그녀의 입안에 밀어
넣었다.

그가 마신 쌉쌀한 술맛이 그대로 그녀에게 전해졌다.

키스는 그저 전희의 일부였다. 낭만보다는 행위가 우선이었다.
입술을 맞추면서 당연하다는 듯 그의 손은 그녀의 스커트 위로 블
라우스를 끌어내고는 그대로 안에 손을 넣어 그녀의 브래지어를
밀어 올렸다. 순식간에 그녀의 유두가 그의 손에 점령당했다. 딱
딱하게 곤두선 유두를 만지는 그의 손길의 감촉은 순식간에 그녀
의 정수리 끝까지 느껴졌다.

"하앗!"

뜻하지 않은 감촉에 그녀는 무방비 상태로 온몸이 뒤로 휘었다.

"벌써 그러면 안 되지. 이제 시작인데."

그가 낮은 목소리로 그녀에게 으르렁거리듯 말했다.

마치 그게 경고인 듯 그는 곧바로 그녀의 드러난 유두를 입에 가득 물었다.

"아앗!"

처음엔 이런 것을 원한 것은 아니었다. 그저 하룻밤 스트레스를 날릴 편안하고 부드러운 관계를 원했을 뿐이다.

그녀가 원한다면 그런 것을 요구할 수도 있었다. 그러나 막상 그에게서 공격적인 애무를 받는 동안 그녀는 자신이 정말로 원하는 것이 바로 이것이라는 것을 깨달았다. 지금 그가 그녀의 몸에 하고 있는 이 행위들은 낯설었지만 그녀의 깊은 곳에 웅크리고 있는 본능을 일깨우고 있었다.

어느새 그는 그녀의 손을 잡아 끌어 내리고 있었다. 그가 무엇을 하는지는 그의 물건을 쥐고 나서야 깨달았다.

바지 안쪽으로 무섭도록 달아오른 그의 남성이 손에 가득 들어왔다.

"당신 때문이야. 당신이 이렇게 만들었으니 책임져."

잔뜩 쉰 목소리로 그가 그녀의 귀에 속삭이는 듯하더니 이내 귀에 끈적한 그의 혀의 움직임이 느껴졌다.

그건 생전 처음 느껴보는 것이었다. 예민한 귀에 가득 찬 그의 숨결과 마치 뇌를 가득 채우는 듯한 그 혀의 끈적하고도 에로틱한 움직임 소리. 삽시간에 온몸에 형용할 수 없는 전율을 퍼뜨린다.

어느새 그녀의 스커트가 밑으로 끌어 내려졌다. 일말의 망설임이나 배려도 없이 그는 그녀의 속옷마저도 함께 끌어 내렸다.

선 자세로 그는 그녀의 한쪽 다리를 들어 올려 자신의 허리에 감고는 곧바로 그녀의 몸 가장 예민한 곳을 손가락으로 문지르기 시작했다. 해수는 바로 그 순간 천국과 지옥이 맞닿은 곳에 서 있는 느낌을 받았다. 고통스러우리만치 황홀하다는 것은 바로 이런 때 하는 말인 것이다. 순식간에 그녀의 애액이 넘쳐 허벅지 안쪽을 타고 흘러내리기 시작했다. 마치 쾌락에 즉각 반응하는 짐승이라도 된 기분이다. 하지만 그게 나쁘지는 않았다. 윤활제처럼 그가 그걸 손가락에 바르고는 그대로 손가락을 그녀의 몸 안에 밀어 넣었다.

내벽을 살살 문지르는 그 자극에 해수는 전율했다.

"아학! 너무 강해……. 너무 강하니까 천천히…… 제발 살살……."

그녀는 애원하는 수밖에 없었다.

"정말? 내가 살살 해주길 원해?"

그의 목소리는 잔인하게 느껴졌다. 마치 정말로 그녀의 뜻대로 해주겠다는 듯 그의 손가락의 움직임이 아주 느려졌다.

"이걸 바랐던 거야? 정말?"

느린 것은 오히려 고문에 가까웠다. 그녀는 그제야 그게 자신이 원하는 것이 아님을 깨달았다.

"대답해 봐. 이걸 원해?"

해수는 고개를 내저었다. 아니야, 더 해줘. 날 미치도록 해줘. 아까처럼 날 가게 해줘.

"대답해. 당신 대답이 듣고 싶어."

그는 잔인하게 굴었다. 그녀의 표정만 보아도 알 것을, 그는 그녀가 굴복하기를 바라는 듯했다.

"아니, 아니야."

"어떻게 해달라고?"

해수는 차마 대답을 못하고 입을 다물었다. 그러자 그의 손가락이 또다시 꼬물꼬물 그녀의 애를 태운다.

"……해줘."

"어떻게?"

"……아까처럼, 날 기분 좋게 해줘."

"이렇게?"

그가 손가락을 세차게 움직이기 시작했다.

"하앗!"

그녀의 몸이 또다시 달아오르기 시작했다. 정신이 아득해질 것 같은 순간 그는 그녀를 소파 등받이 쪽으로 떠밀다시피 했다. 침대가 아닌 소파였지만 지금 기분으로는 그런 것은 문제가 되지도 않았다.

그도 참을 수 없었던 모양이다. 그녀를 엎드리게 한 채로 그에게서 지퍼를 내리는 소리가 나더니 곧바로 그가 뒤에서 덮쳤다.

그의 남성이 그녀의 몸 안에 가득 들어왔을 때, 그녀는 그게 자신이 진정 원하던 것임을 알았다. 뿌듯한 충만감이란 표현이 딱

맞을 것이다.

잠시 그를 느낄 수 있도록 그는 그 자세로 잠시 서 있었다. 덕분에 해수는 그의 남성이 주는 가득 찬 충만감을 충분히 느낄 수 있었다. 조금씩, 그녀의 몸이 그의 것을 받아들이기 쉽게 그가 몸을 움직이기 시작했다. 내부에 있던 그의 물건이 마치 그녀를 놀리듯 살살 내벽을 마찰할 때마다 채워지지 않는 그녀의 욕구는 자꾸 더 커져만 간다.

"미치겠어, 제발……."

마침내 그녀의 입에서 고통 같은 애원이 흘러나오자 그가 몸을 움직이기 시작했다.

나락으로 떨어질 것 같은 환희가 그의 작은 움직임 하나하나에 덩치를 키워간다.

철벅철벅. 그녀의 엉덩이에 그의 까칠한 하복부가 맞부딪쳐 자극적인 소리를 낼 때마다 그녀의 입에서는 환희에 찬 신음 소리가 흘러나왔다.

"아학! 아학! 아! 아!"

어차피 계속 알고 지낼 필요도 없으니 굳이 섹스를 하면서 내숭을 떨 필요도 없었다. 그녀는 마음껏 소리를 내질렀고 그녀의 환희에 찬 비명은 오히려 그를 더 자극했다.

반복되는 그의 행위에 오랫동안 느껴보지 못했던 전율이 발끝부터 정수리 끝까지 차지하자 해수는 그 기분을 주체하지 못하고 고개를 내저었다.

영혼까지 마비시키는 쾌감이 그녀의 몸 구석구석을 돌고 있다.

"아…… 아…… 하악!"

미칠 것같이 지속되는 자극에 마침내 그녀가 절정을 느끼기 시작할 무렵 갑자기 그가 움직임을 멈추었다.

"안 돼, 멈추지 마."

그녀는 자신도 모르게 애원하고 있었다.

"혼자 가버리려고?"

"제발…… 지금 멈추면 안 돼. 계속해 줘."

그녀의 애원에 그가 잔인하게 웃었다.

"그렇다면 좋아. 그 대신 이다음엔 당신도 나를 만족시켜 줘야 해."

"알았어…… 그러니까 빨리……."

그제야 그가 다시 몸을 움직이기 시작했다.

서서히 무언가 몸 안에서 꿈틀대기 시작했다. 그녀의 상태를 아는지 그의 몸도 점차 스피드를 내어간다.

그녀가 기댄 소파가 그가 몸을 움직일 때마다 삐그덕거리는 소리를 냈다.

"아, 아…… 아하악!"

미칠 정도로 애를 태웠던 스피드가 마침내 최고조에 이르렀을 때 마침내 그녀는 길게 비명 같은 신음을 내지르며 절정에 도달하고 말았다.

열기가 식기 시작했을 무렵, 그녀는 거실 유리창에 비친 두 사람의 모습을 보고야 말았다.

어이없는 웃음이 나오는 걸 보니 이제 열기가 가라앉은 모양이다.

마치 열병에 걸린 십대 아이들처럼 둘은 아직 옷도 다 벗지 못하고 있었다.

"난 아직 안 끝났어."

그가 낮은 소리로 중얼거리더니 해수를 안아 들었다. 그녀를 침대에 내려놓고 나서야 그가 자신의 옷을 벗기 시작했다.

운동을 하면서 가꾼 몸이 분명하다. 그 와중에도 해수는 그의 몸을 바라보며 감탄을 하고 있었다.

그가 침대로 올라와 해수의 블라우스 단추를 능숙하게 풀고는 이내 밀려 올라간 브래지어 후크까지 벗겨 침대 아래로 집어 던져 버렸다.

그녀의 가슴은 이미 그의 입술로 인해 벌겋게 부풀어 올라 있었다. 하지만 그는 조금의 자비심도 없이 또다시 그녀의 가슴을 공략하기 시작했다. 욕심쟁이처럼 가슴 두 개를 다 잡고 번갈아 맛보듯 입안에 머금어 거친 쾌감과 미칠 것 같은 안타까움을 선사한다. 열기가 식을 새도 없이 그녀의 유두가 또다시 딱딱하게 곤두섰다.

"이제 당신 차례야."

그가 짧게 말했을 때 해수는 그가 무슨 말을 하는지 정확히 이해하지 못했다. 하지만 다음 순간 그의 시선이 아래로 향하는 것을 보고 나서야 무슨 뜻인지 알아들었다.

부끄러울 것도, 못할 것도 없다. 어차피 내일 새벽이면 바이 바이, 다신 안 볼 사이인데.

그녀는 그가 시선으로 가리킨 곳에 자신의 입술을 가져다 댔다.

방금 전 자신의 내부를 훑었던 그의 남성은 묘한 맛이 났다. 그의 손이 그녀의 머리를 잡더니 이내 짓누르기 시작했다. 그 덕에 목구멍 깊숙한 곳까지 그의 것이 닿아버렸다.

"하아……."

그도 기분이 좋은지 부드러운 신음 소리를 냈다.

"이제 키스해 줘. 나도 당신이 맛본 것을 맛보고 싶어."

아, 이건 성욕을 북돋는 음성이다. 그는 어떤 말을 해야 섹스할 때 온몸의 말초신경을 곤두세우는지 정확히 알고 있다.

그녀의 머리카락을 잡고 끌어 올려 그는 그녀의 젖은 입술에 묻은 것을 핥았다.

그의 혀가 그녀의 입 주변을 핥고, 이내 다시 그것을 그녀의 입 안으로 돌려주는 외설적인 행위에 해수는 또다시 신음하기 시작했다.

"당신만 좋으면 안 되지."

그녀의 손을 끌어당기며 그가 중얼거렸다. 손안에 그의 물건이 들어오자 그녀는 조심스럽게 그것을 만지기 시작했다.

그 느낌이 나쁘지 않았는지 그가 두 눈을 감았다. 살짝 벌어진 그의 잘생긴 입술 사이로 작은 신음 소리가 흘러나온다. 그녀가 충동적으로 그 입술을 할딱, 핥았다. 살짝 그의 입술에 웃음이 스쳤다.

"잘하는군."

그렇다면, 이런 건 어떨까.

다시 고개를 숙여 그의 것의 뿌리 끝까지 입안에 밀어 넣자 그가 다시 '흑' 하고 숨을 들이켰다.

애를 태우듯 살살 혀를 굴리다 다시 한 번 목구멍 깊숙이 그의 것을 집어넣는다.

갑자기 그가 그녀의 머리를 잡았다.

"그만, 이제, 그만……."

좋지 않았나? 그녀가 의아한 눈으로 고개를 들자 그가 얼른 침대에서 내려가더니 아까 이곳에 오기 전 약국에 들러 산 그것을 가지고 올라왔다.

그는 그것도 그녀가 해주는 것을 원했다. 그가 양팔을 뒤로 침대를 짚고 앉아 있는 동안 해수는 그의 것에 마치 성스러운 어떤 행위를 하듯 꼼꼼하게 콘돔을 씌웠다.

그리고 왠지 가려진 것에 대한 안타까운 마음에 다시 그것을 입안에 머금었다.

"하아……."

또다시 그가 길게 한숨처럼 탄성을 내뿜었다.

"그만, 더 하면……."

그의 말에 해수는 살짝 웃고 말았다. 이젠 입장이 바뀌었다. 그가 아까 그런 식으로 자신을 가지고 놀아서 애원까지 하게 만들었지 않은가.

"왜? 기절할 거 같아?"

장난처럼 말하며 그의 것을 놀리듯 하던 행위를 멈추지 않자 갑자기 그가 비스듬히 누웠던 몸을 일으키더니 그녀를 침대로 쓰러지게 밀쳐 버렸다. 놀라 두 눈을 크게 떴을 때 그가 그녀의 위로 몸을 겹쳤다.

"기절을 원하는 모양인데, 그렇다면 원하는 대로 해주지."

그가 그녀의 두 다리를 잡아 올린 자세 그대로 그녀의 몸 안으로 밀고 들어왔다. 다리가 들렸기 때문일까, 그의 몸은 아까보다 더 깊숙이 느껴진다.

그의 시선은 욕망으로 흐려졌음에도 여유롭게 미소까지 띠고 있었다.

한 번, 그리고 또 한 번, 다시 한 번, 그가 단 몇 번 몸을 움직였을 뿐인데 해수는 그가 한 말이 진심임을 깨달았다. 그가 강한 힘으로 밀고 들어올 때마다 그녀는 아까 느꼈던 그것보다 더 큰 쾌감을 느끼고 있었다.

"기분 좋지?"

그는 짓궂게 묻고 있다. 대답도 하지 못할 만큼 헐떡이고 있는 것을 알고 있으면서도.

"대답이 없군. 좋지 않아?"

대답을 하면 지금 이 좋은 기분이 확 깰 거 같다구.

"안 좋은 모양이네. 그만할까?"

안 돼!

그녀의 얼굴을 읽은 모양일까, 그는 여전히 몸을 움직이면서도 여유로운 표정으로 묻고 있었다.

"잘못했다고 해."

"하악……."

"그만할까?"

"잘못했다고. 잘못했어. 하악!"

숨이 넘어가기 일보 직전임에도 그녀는 어쩔 수 없이 그에게 사과했다. 좋으니까 제발 그냥 넘어가자고. 제발…….

"그럼……."

그가 그녀의 한쪽 다리를 내려주며 다시 중얼거렸다.

"이제 제대로…… 해볼까."

제발…….

더 이상 그는 말을 하지 않았다. 그녀를 향해 고속돌진을 계속하고 있으면서도 그는 그녀의 입술이며 뺨이며 귓불이며 목덜미를 닥치는 대로 물고 빨고 핥으며 그녀가 정신을 차릴 기회를 빼앗았다. 환각제를 먹은 채 터널을 고속으로 헤매는 기분이 이럴까. 몽롱하고 무언가 마비될 것 같은 느낌으로, 심장이 끊어질 듯 마구잡이로 뛰기 시작했다.

머리끝에서, 혹은 하복부에서 시작한 전율이 온몸의 구석구석을 돌아다니며 그녀의 말초신경을 마비시켰고 그녀는 그 순간만큼은 이 지독한 쾌락의 늪에서 영원히 빠져나가지 않기를 바랐다.

그리고 잠시 후, 그녀는 마침내 지금까지 내보지도 못했던 가장 큰 교성을 내지르며 그의 몸을 다리로 감아 당겼다.

차라리 지하철을 탈 걸 그랬어.

강남역 주변의 주차장처럼 꽉꽉 막힌 도로를 보며 해수는 속으로 한숨을 푹 내쉬었다. 차를 놓고 오려니 하이힐을 신고 사람들로 들어찬 지하철을 탈 엄두가 나지 않아 결국 택시를 탔지만 벌써 같은 자리에서 10여 분째 앞으로 나아가지 못하고 있는 택시를 보자니 후회가 된다.

조금은 짜증난 표정으로 물끄러미 창밖을 내다보던 해수는 한 빌딩의 광고패널에서 나오는 광고를 보고는 그제야 살짝 미소를 지었다.

최근 들어 그녀의 가장 뿌듯한 성과물 중 하나다. 주식회사 해송의 신제품 맥주 '레드호스'.

급박한 스케줄에 맞춰 밤샘 작업까지 하며 진행한 것치고는 정말로 훌륭한 성과를 거둔 광고였다.

하지만 맥주 광고치고는 너무도 기존이 광고와 다른 방식의 스토리라 상사에게까지도 반대의 소리를 들었고 그럼에도 고집부리고 밀어붙이는 바람에 심지어는 카피라이터에게 '미친X'라는 욕도 먹었다. 물론 그건 뒤에서 하는 말을 들은 것이었지만.

광고는 옛날 서부영화를 모티브로 한 장면으로 지직거리는 오래된 느낌의 흑백 화면 속에 마초의 분위기를 풀풀 풍기는 총잡이가 바에 앉아 맥주를 마시는 장면으로 시작한다.

그때 한 악당처럼 남자가 징이 박힌 부츠를 신고 요란하게 문을 열고 안으로 들어와, 총잡이에게 말한다.

'네가 이 지역에서 가장 빠른 총잡이라며? 밖으로 나와서, 나하고 겨루자.'

이때 모든 대화는 정말 옛날에 나온 무성영화처럼 소리 없이 자막 처리된다.

분위기 잡고 바에 앉아 있던 총잡이는 갑자기 오래전 서부영화의 한 장면처럼 몸을 돌려 빠르게 총을 뽑아 악당을 쏜다. 그리고 마치 아무 일도 없다는 듯 조용히 다시 돌아앉아 맥주를 마신다. 바텐더가 쓰러진 남자를 보고 고개를 내저으며 중얼거린다.

'이 남자가 맥주를 즐길 땐 절대로 건드려선 안 되는 걸 모르다니, 안됐군.'

진한 화장을 한 여자가 총잡이의 팔에 매달리며 황홀하게 쳐다본다.

총잡이의 손에 들린 맥주병 클로즈업. 흑백 화면 속의 유일하게 색이 들어간 부분이다.

'레드호스.'

그리고 커다랗게 떠오르는 자막.

'총알보다 빠른 목 넘김. 레드호스.'

그 카피글 외에는 어디에도 맥주의 맛에 대한 언급이 없었고 소리도 없다. 무성영화로, 코믹하게 진행될 뿐이다.

역시, 무성영화처럼 소리 없이 자막만 넣고 만들기를 잘했어. 옥외 광고패널에서 더 빛을 발하잖아.

그래서 그런지 저 광고가 나온 후로 맥주 점유율이 근 한 달간 해송 측이 바랐던 15퍼센트를 넘어 20퍼센트까지 올랐다. 몇 안 되는 맥주 브랜드가 점유율을 독차지하고 있는 맥주 시장을 볼 때 그 누구라도 놀랄 만한 효과다.

그렇게 신경 써서 잘해줬더니 결국 밥을 산다며 차도 가져오기 힘든 이 강남의 요지에 오게 만들다니, 참 '명석한' 명석이답다.

그가 약속을 강남으로 잡은 이유는 뻔하다. 아마도 그는 오늘도 야근인 모양이다. 그러니 회사 근처인 강남에서 보자는 것이지. 비록 홍대입구에 회사가 있는 그녀로서는 강남까지 오는 것이 고역이기 짝이 없지만.

명색이 대기업 기획실 팀장이면서도 어쩌다 보니 그는 지금도 야근을 면치 못한다.

제일 먼저 대기업에 인턴으로 취직한 명석은 당시 취업을 걱정하는 모든 대학 동기들의 부러움의 대상이었다. 그런 그가 지금은 그런 상황에 처했다는 것이 안쓰럽다. 그런 것을 보면 인생사 새옹지마란 말이 정말로 틀리지 않은 말인가 보다. 뭐, 언젠가는 또 상황이 나아지겠지. 그래야 진정한 새옹지마인 것이니까.

차가 앞으로 나갈 생각을 않자 결국 해수는 차라리 걷는 것이 낫다는 결론을 내렸다. 걸어서도 십여 분을 가야 하긴 하지만 여기 이대로 갇혀 있다가는 한 시간이 지나도 목적지에는 절대로 도착하지 못할 것 같은 예감이다.

택시에서 내려 한참을 걷자니 약속 장소에서 기다리고 있는 명석이 보였다.

"어이, 윤 팀장!"

"왔냐, 강 팀장?"

명석이 현재 있는 회사의 기획실 팀장으로 승진한 후부터 그의 호칭은 반 장난으로 윤 팀장으로 부르게 되었고 그도 그녀가 그런 후부터는 자연스럽게 강 팀장이다.

"대체 무슨 맛있는 걸 사주려고 강남까지 오게 해? 이 시간에 여기 오는 건 고문과도 같다는 거 몰라? 나, 한가한 사람 아니야. 다음 주에 중요한 PT도 있단 말야."

"그러게, 감사의 저녁을 사려 했는데 어쩌다 보니 고문의 저녁이 되었네. 그래도 이걸 보고 기뻐해라!"

너스레를 떨며 명석이 품에서 꺼내 보인 것은 얼마를 써도 허용이 된다는 법인카드!

"법인카드? 내가 네 회사에 밥 얻어먹을 건 아닌데. 너한테 밥 얻어먹어야 하는 거 아냐?"

"봐주라. 나 저번 달 월급도 반밖에 안 나와서 카드값도 간신히 메꿨다."

뭘 그리 큰 걸 요구했다고 명석은 벌써부터 죽는 표정이다.

"됐다, 됐어. 나중에 잘되면 그때 거하게 쏴."

고개를 내젓고는 가볍게 그의 등을 툭 치며 해수는 눈에 보이는 조용해 보이는 횟집으로 들어갔다.

"일단 고맙다는 말을 전하고 싶었다."

테이블을 사이에 두고 앉아 제일 먼저 명석은 감사의 인사부터 전했다.

"그럼, 당연히 고맙단 말을 들어야지. 나도 소식은 듣거든."

해수는 교만한 태도로 고개를 끄덕였다.

"그래, 평소의 네 잘난 척은 밉상이지만 오늘은 정말 그 '잘남'이 '척'이 아니란 걸 인정한다."

"뭐야? 그게 부탁을 100, 아니, 300퍼센트 들어준 사람에게 할 소리야?"

"고맙단 말이지. 회, 뭐 먹을래? 농어? 도미? 다금바리를 사주고 싶지만 여긴 제주도가 아니라 다금바리는 구경하기 힘들단다."

제주도.

하필 그 단어가 귀에 들어와 버렸다. 지난 한 달 동안 무던히도 잊으려 애썼던 제주도의 마지막 날.

해수는 고개를 내저었다.

"법인카드라고 괜히 무리하지 말고 아무거나 편한 걸로 사."

해수의 말에 명석이 손사래를 친다.

"무슨 소리? 우리 부장님이 너한테는 아주 맛나고 비싼 걸로 사도 괜찮다고 허락하셨어. 그러니까 공수표를 받은 것과 다름없다고. 네 덕분에 나도 회사에서 대우가 좋다. 그러니 비싼 걸로 먹자. 농어로 할까?"

"그래."

사람을 불러 주문을 하는 명석을 물끄러미 바라보고 있자니 왠지 안쓰러운 마음이 든다.

학교 다닐 때 과에서 무척이나 인기가 많은 친구였다.

잘생겼겠다, 별명도 '명석한 명석'이라 불릴 만큼 똑똑하고 자신감 넘치는 차세대 리더. 대학을 졸업하기도 전에 음료회사로는 이미 대한민국 열 손가락 안에 드는 해송기업에 인턴으로 취업이 되어 모두의 부러움을 샀고, 또한 그만큼 승승장구해서 현재 기획실 팀장이라는 자리까지 차지하게 되었다.

그가 기획실 팀장이 된 이후로 그도 또 그녀도 바빠졌고, 자연스레 연락이 끊어졌다.

그의 소식은 뜻밖으로, 신문지상에서 볼 수 있었다. 정확하게는 그의 소식이 아니었고 그의 회사 소식이었다.

명석이 기획실 팀장으로 승진한 지 일 년 정도 지났을까, 뉴스와 인터넷 기사에 그의 회사 소식이 대서특필 되었다.

시작은 해송의 제품 중 하나인 스포츠음료에서 나온 이물질이었다. 그리고 그걸 발단으로 해송이 하청을 주는 회사의 비위생적인 환경이 드러났고 또한 그 자격 없는 하청회사가 해송에서 하청을 받는 과정에서 뇌물을 준 증거가 드러났다.

사건은 꼬리에 꼬리를 물고, 결국 지금은 한창 재판 중에 있는 전(前) 사장이 주가조작을 지시한 사건이 드러나면서 해송은 걷잡을 수 없는 나락의 길로 빠져들게 되었다.

재정적 타격이 컸다. 회사의 공급 라인 대부분이 중단되었고 사원들 월급도 당분간은 반으로 줄인 상황이다.

아마도 그래서일까, 힘들었는지 한 달 만에 보는 명석의 얼굴도 말이 아니다. 명색이 대기업 해송의 기획팀장인데.

그나마 희소식은 바로 지금 해수가 밥을 얻어먹는 이유였다.

"제발, 네가 맡아서 해줘. 너, 실력 있잖아. 우리 회사, 아니, 나 좀 살려줘라."

한 달 전, 오랜만에 연락해서 만난 해수에게 명석은 애원하다시피 했다.

해송에서 야심차게 준비한 신제품 맥주 '레드호스'의 광고를 그녀가 맡아달라는 것이었다. 원래는 더 이르게 출시되었어야 할 제품이었지만 회사에 떨어진 불벼락으로 그나마 미뤄져 지금은 그것 하나에 사활을 걸고 있는 것이나 다름없었다.

그걸 명석이 해수에게 친구의 인연을 빌미로 광고를 부탁한 것이다. 한 회에 한해서 매체비만 집행하고 제작비를 받지 않는 조건으로. 그럼 다음 해 광고도 맡기겠다는 것이다.

원래는 그런 것에 마음이 약해지는 해수가 아니었다. 회사 경영진도 아니었고 그녀는 어디까지나 하나기획의 AE에 불과했다. 아니, TV에 나오는 나름 유명한 광고 몇 개도 그녀의 작품이었으니 조금은 실력 있는 AE랄까.

하지만 왠지 해보고 싶은 일이었다. 다 쓰러져 가는 회사의 기사회생이라니. 성공한다면 이 또한 그녀의 경력에 큰 도움이 될 것이었다. 또한 한때 잘나가던 명석의 최초의 부탁이었다.

어차피 매체비에 비하면 제작비는 그리 부담이 없었고 차후에 전속 광고 계약을 맡긴다면 작은 것을 내주고 큰 것을 얻는 격이 었으니 무리한 손해도 없어 경영진은 이 일을 허락했다. 그리고 해수가 이 일을 맡아 했고 멋지게 성공한 것이다.

현재 점유율을 볼 때 해송에서 해수에게 '무제한' 법인카드를 내주는 것은 당연한 일인 것이다.

"그래서, 광고도 먹혔고 점유율도 높였으니 회사도 숨통이 좀 트이겠네?"

"아직은 잘 몰라. 워낙에 타격이 컸으니까. 불매운동까지 벌어지고 난리도 아니었잖아. 월급도 정상적으로 받으려면 아직 몇 달은 더 있어야 해."

나아졌다면 보너스라도 요구할까, 엄살은.

"넌 어떻게 지내냐, 강 팀장?"

"참 빨리도 물어본다, 윤 팀장."

이전에 만났을 땐 그런 개인적인 질문조차도 없었다. 명석은 괜히 전화를 걸어와 머뭇거리는가 싶더니 얼굴이나 한번 보자고 하고는 얼굴 보자 대뜸 일 얘기부터 꺼냈으니까.

"알잖아, 그간 내가 얼마나 정신이 없었는지. 뭐, 아직도 정신을 되찾으려면 멀었지만. 어쨌건, 프레젠테이션 준비도 해야 한다고? 어딘데?"

"정우 어패럴. 거기 기획실장 바뀌어서 PT 요청이 왔어. 광고사 바꿀 생각인가 봐."

정우는 요즘 뜨는 아웃도어 의류회사다.

"난 '하나기획'을 추천해."

살짝 과장하는 눈짓만 아니었다면 아부로 알아듣지 않을 텐데.

"그래도 좀 쉬엄쉬엄해. 일 끝난 지 언제라고 또 PT 준비야? 그 회사 AE가 너밖에 없대?"

"내가 또 PT의 여왕이잖아."

해수의 반 장난 너스레에 기가 찬 듯 명석이 웃는다.

"여전하네. 요즘도 일만 하고 사는구나?"

"그 말, 상당히 불쾌하시다? 일만 하고 산다니. 열심히 일하면서 사냐고 물어야지."

"여전하단 말이로군."

공연히 목소리에 힘을 한 번만 줘도 명석은 여전히 찰떡같이 알아듣는다.

"넌?"

해수의 질문에 명석은 씁쓸히 웃었다.

"알잖아. 어찌 지냈는지. 회사는 망할 뻔했고, 난 월급이 반으로 깎였고, 언제 정상적으로 될지 미지수고."

"그런 거 말고. 어떻게 지냈냐고."

"……나, 지우랑 헤어졌다."

"……."

해수는 잠시 말을 잇지 못했다. 아마도 그를 초췌하게 만든 건 해송이 아닌 그의 여친 지우인 모양이었다.

둘이 학교 다닐 때부터 그렇게 죽고 못 살 것처럼, 늙어 죽을 때까지 붙어살 것처럼 하더니, 언제나 그렇듯 사람 마음이란 오래 못 가는 모양이다.

"언제?"

"반년쯤 됐지."

자연스레 그의 약지로 눈길이 갔다. 약지에 끼우고 있던 무식하리만치 두툼했던 커플링. 그 투박한 것을 잘도 끼우고 다녀서 역시 지우가 좋긴 좋은가 보다 했었는데.

반지 자국이 남은 손가락.

헤어진 지 반년이나 됐다면서 분명 최근까지 반지를 끼고 있던 것이 분명하다. 아직 미련이 남아 있지만 해수가 보면 그리 좋지 않은 말을 들을 것 같으니 직전에 뺀 것이다.

못난 놈. 뭐라 욕해주고 싶은데 워낙 지우와는 죽고 못 사는 명석이라 그 심정 또한 이해가 간다.

쿨하게 술병을 들어 그의 잔을 채웠다.

"뭐야, 밥 얻어먹겠다고 나와서 내가 네 위로주 사게 생겼네."

"그러게, 괜히 분위기 다운시켰다. 네 얘기나 좀 해봐. 잘나가는 강 팀장."

더 이상 그 얘기는 하고 싶지 않은지 명석이 애써 화제를 바꿨다.

"광고 보면 몰라?"

명석이 따라준 술잔을 홀짝이며 해수가 짐짓 교만하게 대꾸했다.

"그런 광고 찍으려면 사생활 따위는 집어던져 버려야 한다고. 좋았잖아? 그 광고."

"돌아오셨네, 자뻑. 넌 그 자신감이 장점이기도 하고……."

"뭐야, 그 생략된 부분은?"

"또…… 그래도 장점이란 얘기지. 내가 알기로 넌 몇 년 전부터 연애 한 번 안 한 싱글이었잖아. 혹시 그사이 변동사항은 있어?"

아니, 갑자기 이놈이 왜 사생활에 그리 집요하게 파고드나? 안 그래도 그걸 생각하면 신경이 곤두서는데.

"……똑같지, 뭐."

하지만 대답하는 타이밍이 너무 늦었다. 명석한 명석이 그걸 놓칠 사람이 아니다.

"뭔가 있군."

"있긴, 뭐가 있어?"

"누구냐? 솔직히 누가 널 차지할까 예전부터 궁금하긴 했다."

명석의 말에 해수가 눈을 동그랗게 떴다.

"무슨 소리야?"

"몰랐단 소리 하지 마. 예전부터 과에서도 널 노린 놈이 얼마나 많았는데. 네가 워낙 누구하고도 친구로 지낼 것처럼 구니 그러다 친구마저 잃겠다 싶어 아무도 안 나선 거지. 나도 지우가 있었고……. 그렇게 잘난 강해수가 지금까지 모태솔로로 지낼 거라고 누가 예상이나 했겠냐?"

"모태솔로 아니거든. 그리고 그건 서른두 살을 먹은 싱글녀에게는 욕이나 다름없거든."

"그게 왜 욕이야?"

"너 같음 서른두 살 먹도록 숫처녀인 여자와 잘 맘이 들겠냐?"

심각한 얼굴로 명석이 고개를 내젓는다.

"진지하게 고개 젓지 말라고, 난 아니라고 했잖아!"

"그럼 그간 할 건 다 했단 소리네. 소리 소문 없이 연애도 하고."

"연애? 그건 아주 옛날 옛적 호랑이 대마초 피던 시절에나 있던 일이거든."

말하다 말고 해수는 입을 다물었다. 친구라 하더라도 결국 남자인 그에게 할 말 못할 말 다 하고 만 것이다. 눈치 빠른 명석은 이미 두 눈을 가늘게 뜨고 있었다.

"연애는 옛날에나 했으면 최근 건 뭔데?"

"뭐가?"

시치미를 떼려 했지만 너무 늦었다. 그는 뭔가 확고한 증거를 가진 표정이다.

"우리 얘기 흐름이, '최근 뭔가 있다'에서 발전된 것이잖아. 최근에 있던 건 연애가 아니면, 경험만 했다? 그럼 뭐냐? 술 마시고 취해서 원나잇이라도 했다는 것이냐?"

"……그건 무슨 과정을 거친 결과야?"

"그럼 원나잇을 맨정신에 해? 다들 술 몇 잔 마시고, 외로운 김에 그렇게 되는 것이지. 나도 외로운데 어느 분위기 좋은 바에 가서 분위기 있는 여자 하나 잡아?"

이놈이 이렇게 날카롭고 명석한 두뇌가 있다는 것은 잊고 있었다.

"누가······."

"됐다. 네 자유로운 라이프스타일에 더 이상은 관심을 가지고 싶지 않다."

저가 말 꺼내놓고는! 여기서 맘대로 얘기를 끝내면 난 자유로운 라이프스타일을 가지고 아무나와 술김에 원나잇을 한 여자가 되어버리잖아! ······물론 그게 무조건 틀린 말은 아니지만.

제 맘대로 얘기를 끝내고 제 맘대로 해수의 술잔을 채운 명석이 제 맘대로 건배를 청했다.

"어쨌건, 네 덕에 회사가 작게나마 살길을 찾은 거다. 고맙다. 앞으로 시리즈 2편도 같은 수준으로 잘 부탁한다!"

술잔을 부딪치려던 해수가 갑자기 멈칫거렸다.

"같은 수준은 정확히 어떤 영역을 가리키는 건데?"

"그러니까 같은 수준의 광고, 같은 수준의 유머, 그리고 같은 수준의······ 제작비."

이럴 줄 알았어! 어쩐지 법인카드 들고 와서 흔들더라니.

"윤명석. 이럼 내 입장이 곤란해지는 거 몰라?"

"왜 그래, 너 회사에서 실력 좋은 AE로 잘나가잖아. 입김도 세잖아."

입김이 세다니! 레드호스 광고 건을 하려고 설득력 있는 기획서를 짜기 위해 며칠을 작업했는데! 그건 입김의 결과가 아니다. 순전히 노력의 결과물이다. 그것도 단 한 번이었기에 그 파격적인 조건이 오케이됐던 것이지, 두 번, 세 번? 그걸 입 밖으로 꺼내는 순간, 제아무리 유능함을 인정받은 해수라 하더라도 밉보일 일이고 회사생활에 큰 영향을 끼칠 것이며 더 나쁘면 잘릴 수도 있다.

"미안하다, 명석아. 그건 내 힘으로는 안 되겠다."

우정만으로도 안 되는 것은 세상에 쌔고 쌨다.

"그래, 안 되겠지? 예상은 하고 있었어. 하지만 회사도 재정난에 허덕이고 있어서⋯⋯. 그렇다고 계속 공짜로 해달라는 건 아냐. 회사가 예전처럼 돌아가면 너희 회사에 향후 10년간 전속계약을 줄 생각이야."

"말은 해볼게."

아마도 위에서는 코웃음 칠 것이다. 간부들이 지나가는 말로 해송은 운이 좋아야 예전처럼 돌아갈 것이고, 그것조차도 최소 몇 년은 걸릴 거라 전망했다. 그런 판에 향후 10년의 전속계약권을 들이민다고 콧방귀나 뀔까.

한 번이라면, 다음 광고부터는 제대로 광고비를 받을 수 있는데다 해송의 기획팀장 명석의 친구라는 이유로 해수가 여가 시간에 그 일을 도맡아 하면 회사에서는 큰 손해 없이 한번쯤 투자하는 셈 칠 수 있지만 그 이상을 원한다면 하나기획은 곧바로 발을 뺄 것이다.

"하지만 기대는 않는 게 좋아."

"네가 말을 잘하면⋯⋯."

"미안하다. 그건 일개 AE에게 해봤자 소용없는 소리다."

"이전엔 됐었잖아. 한 번 더 얘기해 보는 건데, 어려워?"

"이전엔 내 말이 먹혔던 것이 아니라 한 번의 투자라 생각하고 해준 거야. 해송에서 그걸 두 번 요구한다면 우리 회사 입장에서는 이전에 투자한 부분에 대해서도 의심하게 될걸."

다 죽어가는 얼굴을 하고 있는 명석이 안됐긴 하지만 안 되는 건 안 되는 거다.

"그 대신 다음 광고도 죽이게 만들어줄게. 제작비 삭감은 불가능하지만 처음보다 나은 수준의 광고는 만들 수 있어. 너희 광고주한테 그렇게 전해."

"해수야, 그래도……."

"미안하다."

마침내 명석이 야심차게 법인카드를 품고 주문한 농어회가 나왔지만 해수도, 명석도 이미 입맛은 잃고 말았다.

쓸쓸한 기분으로 반쯤 남은 농어회를 남겨두고 해수는 먼저 자리에서 일어섰다. 아무래도 명석은 술을 더 할 생각인 모양이었다. 어색하게 그녀에게 애써 웃는 얼굴로 가라고 손짓을 하지만 그 시커멓게 썩는 속을 누가 모를까.

그의 입장은 오랜 대학 동기에게 어려운 부탁을 하는 것이고, 그녀의 입장은 오랜 대학 동기가 어렵게 해온 부탁을 차갑게 거절해야 하는 것이다. 속 불편한 것으로 치면 솔직히 그녀의 속이 더 불편하다고도 할 수 있었다.

택시를 잡아타고 집으로 향하면서 해수는 등받이에 등을 기대고 두 눈을 감았다.

휴…… 오늘도 이렇게 지나가는구나.

그래도 간만에 좋은 소식을 듣고 친구를 만나러 올 땐 이렇게 기분이 가라앉지 않았는데 막상 돌아갈 땐 오히려 기분 좋지 않았다. 요즈음 들어 최저의 저기압이 되어버렸다.

회사를 사랑하는 마음이야 알겠지만 거절하기 불편할 정도로 저렇게까지 필사적으로 매달리다니, 명석도 안 본 사이 많이 변했다. 사람은 그렇게 쉽게 변하지 않는데.

하긴, 그에게도 많은 일이 있었으니까. 회사도 그렇고, 또 몇 년을 사귀었던 여친과도 이별했고. 두 사람은 너무 오래 만나긴 했다. 원래 오랜 사이는 잘되기 힘들다 했는데.

그래도 정말 예쁜 커플이긴 했다. 워낙 잘나고 멋진 커플이었다. 저렇게 좋을까 싶을 정도로 예쁜 사랑을 했었다.

하지만 처음엔 눈이 먼다 해도 시간이 흐른 뒤 처음의 불타는 연애감정 대신 앞날을 계산하는 이성이 차지하게 되면, 결혼하기엔 무언가 부족하게 느껴지고 헤어지기엔 그간의 정과 또한 헤어지잔 말을 할 용기가 없어진다.

그렇게 지지부진한 관계로, 누군가 다른 이와 몰래 만남을 가지거나 혹은 그걸 들킬 때까지 이어지다 결국 좋지 않게 헤어지게 되는 것이다.

그걸 넘어서 결혼하게 되면 '사랑'이란 이름의 우정으로 친구와 같은 좋은 부부관계를 유지하게 되겠지. 그리고 명석과 지우도 그런 커플이 될 거라 생각했었는데.

……그렇게 힘들면 차라리 나가서 기분 전환도 하고 여자도 좀 만나고 하면 좋잖아.

"그럼 원나잇을 맨정신에 해? 다들 술 몇 잔 마시고, 외로운 김에 그렇게 되는 것이지."

갑자기 아까 명석이 불쑥 했던 말이 떠오른다. 술 한잔 마시고 외로운 김에 원나잇. 그래, 다들 그러는 거니까 이상할 것도, 스스로에게 미안할 필요도 없다.

아무리 생각해도 잘한 일이다. 그 남자에게 다시 만날 수 있는 어떠한 장치도 마련해 주지 않고 떠난 것은.

비록 그를 만났을 때 느꼈던 그 모든 감각이 아직도 기억에 생생하게 남아 있어 괴롭긴 하지만.

끈적하고 낯 뜨거운 신음 소리, 땀으로 미끄러웠던 나신, 그리고 그녀의 허벅지 안쪽으로 파고들었던 그의 입술……. 아, 또 시작이다.

그녀는 고개를 내저으며 스멀스멀 피어오르는 그때의 기억을 쫓아내 버렸다.

이게 문제인 것이다. 긴장을 풀면 바로 떠오르는 그날, 제주도에서의 하룻밤.

일탈을 꿈꾸며 그를 유혹하긴 했지만 말 그대로 일탈이라 생각했지 그게 이렇게 그녀의 일상에 파고들 줄은 꿈에도 몰랐다.

그날, 밤사이 네 번이나 사랑을 나누었다. 다신 안 볼 사람이라고 조금의 내숭도 없이 마음껏 내키는 대로 했다.

그리고 그게 문제였다. 이전에 경험이 없던 것은 아니었지만 한 번도 그렇게 격하게, 거침없이 섹스를 해본 적이 없어서 그런 걸까, 그 네 번의 섹스가 두고두고 그녀의 머릿속에서 시간이 날 때마다, 긴장이 풀릴 때마다 그렇게 몽실몽실 그녀의 머릿속에 피어오르는 것이다.

이럴 줄 알았으면 그 남자가 잘 때 몰래 나오지 말 걸 그랬어.

하지만 다시 생각해 봐도, 이렇게 그 순간이 내내 아쉽게 느껴진들, 둘이 아침에 나란히 일어나 안 그래도 어색한데 부스스한 얼굴을 서로에게 보이며 쿨하게, 혹은 어색하게 헤어지는 것보단 훨씬 낫다. 괜히 서로 하지도 않을 연락처나 교환하고, 어색한 웃음으로 쿨한 척 헤어지는 것보다는.

그러니 그때 그가 이름을 물었을 때 끝까지 대답을 하지 않은 것이 잘한 것이다.

네 번의 질펀한 섹스 후, 진이 빠져 그대로 잠이 들 무렵 그가 물어왔었다.

"아직까지 이름조차도 안 물었군."
"이름 같은 건 알아서 뭐 하게?"
"난 이름도 모르는 사람하고 그런 식으로 섹스를 해본 적이 없거든."

이름을 알려주면 그건 미련을 남기는 짓이다. 이름을 알려주고, 연락처 알려주고. 그리고 한동안은 그가 연락을 할까도 걱정할 것이고 안 하면 안 한다고 짜증을 낼 것이다.

"……지금은 너무 졸려. 내일 일어나서 얘기해."

그녀는 잠을 핑계 댔다.

그리고 그가 깊이 잠들었을 새벽 무렵, 그녀는 조용히 일어나 옷을 입고 혹시라도 그가 깰까, 살금살금 밖으로 나왔다.

처음 해보는 일탈치고 성공적이었다. 아니, 앞으로 또 하루쯤 일탈을 한다 해도 그날 했던 그런 짜릿한 경험은 두 번 없을 거라는 것을 잘 알고 있었다. 그래서 미련 없이, 모든 가식을 훌훌 털어버릴 수 있었던 것이었다.

또 한동안은 그 하룻밤의 일탈이 일상의 활력소가 된 것도 사실이다.

그랬는데. 그 원없이 보낸 하룻밤이 어느 순간 일상의 활력의 정도를 넘어 시도 때도 없이 툭툭 머릿속에 떠오르는 중독의 초기 단계가 된 것이다.

몰래 나오지 말 걸 그랬어.

해수는 오늘 들어 세 번째 같은 생각을 했다. 그리고 오늘 들어 세 번째 한 생각에 대한 후회를 또 세 번째 했다.

이럴 줄 알았으면 같이 자자고 들이대지 말고 내숭 좀 떨고 연락처 교환 같은 걸 할 걸 그랬나? 그랬으면 곧바로 침대로 가는 일은 없었다 해도 다시 만나고, 좀 장기적인 관계를 유지할 수도 있었을 텐데.

아니다. 어떤 사람인 줄 알고. 괜히 그랬다 혹시 성격이 이상한 사람이기라도 하면 골치만 아파진다.

그게 아니라 해도 누군가와 길게 관계를 이어간다는 것은 좋은 생각이 아니다. 그래 봤자 기껏해야 전화나 혹은 영상통화 정도로 외로움을 달랠 것이고 조금 더 발전한다 해도 어느 날 술 좀 먹고 나서 고질적으로 찾아오는 그 외로움에 정신이 돌아 섹스를 하게 되겠지.

그 후엔? 아무것도 보장 없다. 어느 시점에서 서로 질리도록 싸우던가, 혹은 관계가 소원해지던가. 잘되어봤자 결혼이란 관문이 기다리고 있을 것이다.

중요한 것은 그 어떤 것도 그리 달가운 것은 아니란 것이다.

그러니 백번 다시 생각해 봐도 미련 없이 이름조차 안 물은 것이 잘한 일이다.

해수는 길게 한숨을 내쉬었다.

아무래도 그간 스스로 자각하지 못하는 사이 외로움이 뼈에 사무쳤던 모양이다. 그러니 그 기억을 놓지 못하고 이렇게 불쑥불쑥 떠올리는 거겠지.

그래, 역시 연락처 교환할 걸 그랬어. 혹시 그 남자도 나처럼 독신주의에 섹스파트너를 원할 수도 있는 거잖아.

또다시 후회를 하고 그 후회에 후회를 하기도 전에 다행히 그녀의 휴대폰이 울렸다.

"네, 엄마."

[요새 바쁘니?]

"항상 그렇죠. 무슨 일 있어요?"

[왜긴, 우리 딸이 보고 싶어서 그러지.]

해수는 살짝 고개를 한쪽으로 기울였다. 뭔가 상당히 미심쩍으면 나오는 버릇이었다.

"얼마 전에 집에 갔었잖아요."

아버지가 암으로 돌아가신 뒤로 아무리 바빠도 해수는 한 달에 서너 번은 꼭 모친이 살고 있는 일산 집에 다녀왔다. 원래도 그리 자주 안 가는 편은 아니었지만 혼자여서 적적할 모친 은옥을 생각하면 쉬는 날 혼자 쉬는 것이 마음이 편치 않았다.

"엄마, 우리 같이 살까?"

아버지 돌아가시고 처음엔 그리 물어봤었다. 하지만 은옥은 고개를 내저었다.

"아버지 돌아가시나 안 돌아가시나 나한테는 별반 다를 것이 없다. 너도 알다시피 네 아버지가 살아 계셨다고 나한테 잘해준 사람은 아니잖니. 네가 괜히 회사에서 먼 이곳에서 출퇴근하는 것도 마음이 편치 않아 싫고, 또 나도 너 사는 그 북적북적한 사당동으로 가는 거 싫다. 아버지 살아 계셨을 때나 지금이나 나 혼자 잘 사니 넌 걱정 말고 네 일이나 신경 써라."

말은 그렇게 했어도 해수가 걱정되어 찾아가면 은옥은 늘 혼자 방에 틀어박혀 있다시피 했다. 아무리 정 없이 산 사람이라도 막상 곁에 없으니 외로움이 사무쳤던 모양이다.

하지만 원래 천성이 밝았던 모친은 그 우울함도 이내 떨쳐 냈다. 3년이 지난 지금은 친구들과 여행도 다니고 골프도 치러 다니는 것이 오히려 어떨 땐 해수보다 더 바쁘다.

그런데 갑자기 보고 싶다니 무언가 진한 꿍꿍이가 느껴진다.

[그땐 아주 잠깐 다녀간 거잖니. 난 우리 딸하고 같이 외식도 하고, 쇼핑도 하고, 커피도 마시고, 수다도 떨고, 그런 거 하고 싶단 말이야.]

오호라, 갑자기 '친구 같은 엄마와 딸' 놀이를 하고 싶단 얘기?

해수는 다시 고개를 한쪽으로 기울였다. 모친께서는 단 한 번도 딸에게 친구 같은 관계를 허락하지 않으셨다. 부모는 부모일 뿐, 친구 같은 모녀 관계는 자칫하면 버릇없는 딸을 키우는 관계가 될 수 있다는 것이 그녀의 주의였다.

"무슨 일 있어요?"

[애, 일은 무슨⋯⋯. 모녀간에 같이 만나서 밥도 먹고 쇼핑도 하고, 차도 마시는 것이 무슨 일이 있어야만 하는 일이니?]

그런 식으로 나오시겠다면⋯⋯.

"엄마, 저 지금 바빠요. 나중에 한가해지면⋯⋯."

[알았다, 알았어. 무슨 애가 그리 바늘 하나 안 들어가게 구는지 모르겠어. 내 딸이지만 정말 그럴 땐 낯설다니까. 내 친구, 순영이 알지?]

아, 오순영 여사. 그럼 그렇지.

엄마의 친한 친구, 해수가 '순영 샘'이라 부르는 오순영 여사. 엄마의 자랑스러운 절친이면서도 언제나 엄마의 질투를 양분 삼았던 엄마의 초특급 라이벌, 오순영 여사.

그분에 대해서는 해수도 참 할 말이 많다.

한창 아들 지상주의에 물들었던 당시 순영 샘은 아들을 낳았다는 것으로, 나중에 딸을 얻었던 모친을 패배감에 빠지게 만들었고, 그 후 딸까지 골고루 낳아 외동딸 하나뿐인 모친을 분하게 만들었다. 아마도 그게 그 모든 라이벌전의 시작이었을 것이다.

그 아들이 워낙 뭐든지 다 잘해서 걸핏하면 엄마 친구 아들이 이번에 뭘 했는데 일등을 했다더라, 엄마 친구 아들이 이번에 결혼기념일 선물로 뭘 줬다더라……. 바로 그 유명한 '엄친아'가 하필 엄마의 강력한 라이벌 순영 샘의 아들이었던 것이다, 젠장.

덕분에 더 열심히 공부했고, 엄마 친구 아들은 안 간 유학도 갔다 왔다. 그렇게 한 번 모친에게 승리의 기쁨을 누릴 수 있는 효도를 했다.

그건 그리 오래가지 못했다. 순영 샘의 따님께서 일찌감치 스물다섯 나이에 결혼을 해버렸다.

아직도 기억난다. 그날, 은옥은 그녀에게 전화를 걸어 처음으로 울먹였다.

[딸아, 이 엄마는 너 하나 보는 낙으로 사는 거 알지?]
"알아요, 엄마."
[그런데 왜 시집을 안 간다고 그러니? 혹시 이 엄마 사는 모습이 너한테 나쁜 영향을 끼친 거니? 그게 혹시 네 아빠의 일 때문이라면…….]
"아빠 때문이라니, 그럴 리가 없잖아요."

해수는 아니라 대답했다.

하지만 부친의 영향이 전혀 없지 않다는 것은 해수도 은옥도 알고 있었다. 평생 가면을 쓰고 살았던 아버지. 돌아가시던 그날까지 모친의 마음을 아프게 했던 그분.

어쨌건 그날 해수는 괜히 심란한 마음에 늦게까지 술을 마셨다. 결혼과 동시에 유학 간 친구 하나 빼고 그때까지 미혼이었던 친구 세아와 미도를 앉혀놓고서.

순영 샘은 모친에게는 영원한 라이벌일지 몰라도 해수에게는 암운이다. 순영 샘의 이름이 거론되는 순간 항상 무언가를 억지로 해야 할 일이 생긴다.

[얼마 전에 순영이를 만났는데 그 딸도 오랜만에 친정에 왔다가 같이 나왔더라고. 셋이서 같이 밥도 먹고 쇼핑도 하고 차도 마시고 하는데…….]

그게 부러우셨군. 그럴 줄 알았다.

해수는 짧은 한숨만 내뱉었다. 전직 선생님, 박은옥 여사. 언제까지나 엄마기만 할 것 같던 박 여사님도 이젠 나이를 자시는 모양이다. 딸에게 저런 말도 안 되는 어리광을 부리시는 걸 보면.

[나도 딸하고 같이 밥도 먹고, 쇼핑도 하고, 네일숍이나 헤어숍도 가고 싶고, 차도 한잔 마시고……. 우리 딸하고 데이트하고 싶어지더라니까. 우리 한 번도 그런 건 안 해봤잖아. 생각해 보니 내가 더 늙으면 그런 거 해보고 싶어도 못할 거 같고.]

해수는 이미 휴대폰 캘린더를 들여다보고 있었다. 어차피 친구들도 다 시집간 판에 엄마와 친구 한번 해보지, 뭐.

"알았어요, 엄마. 이번 주 일요일은 좀 한가할 거 같아요. 집으로 모시러 갈까요?"

[됐다, 괜히 왔다 갔다, 길에 시간 버리지 말고 밖에서 만나. 참, 그날 괜히 저녁에 약속 잡아서 나 서운하게 만들지 말고. 또, 예쁘게 하고 나와라. 시집간 순영이 딸내미 따위는 비교도 안 되게.]

또 쓸데없는 경쟁심.

"알았어요."

[핸드백도 좋은 거 들고. 너, 일하러 다닌다고 명품 많이 가지고 있잖아. 괜히 엄마 눈치 보느라 싼 거 들지 말고 비싼 거로 들어.]

이쯤에서 또다시 드는 의구심. 갑자기 왜 비싼 핸드백? 엄마와 둘이 만나는 거 아니었나?

[엄마, 나갈 일 있어서 끊는다.]

그러나 그 의구심을 풀 길도 없이 은옥은 서둘러 전화를 끊어버렸다.

모친이 친구 순영 샘과 함께 나올 거라 추리하는 데는 그리 오래 걸리지 않았다. '친구 만나러 가서 보니 친구 딸도 나왔더라. 너, 예쁘게 꾸미고 비싼 명품백 들고 나와라.'라고 말을 한데다, 누구보다 중용의 미를 강조하는 사람이 고작 딸하고 데이트하는데 마치 동창회에 나가는 것처럼 한껏 치장을 했다면 그 일전의 대화에서 답을 찾을 수 있을 것이다.

그래서 해수는 은옥이 자신을 혼자 기다리는 것을 보고 오히려 놀라지 않을 수 없었다.

"엄마, 혼자 나오셨어요?"

해수의 질문에 우아하게 차를 마시던 은옥이 오히려 놀란 눈으로 그녀를 바라보았다.

"그럼. 혼자 나오지, 누가 같이 나올까 봐?"

"아니에요. 난 또……."

엄마 라이벌 순영 샘도 함께 나오는 줄 알았지.

"얘는, 실없기는. 이 엄마가 딸하고 데이트하고 싶다고 했지, 순영이 만난다고 했니?"

"알았다고요. 난 또 엄마가 이렇게 데이트 신청을 해온 적이 없으니 당연히 다른 이유가 있다 생각했지."

"엄마가 며칠 전에 순영이하고 순영이 딸하고 셋이 놀러 다니면서 생각했는데, 우린 한 번도 그런 적이 없었단 말이지. 엄마하고 딸인데. 남들 다 하는 건데."

은옥의 말에 해수도 동의한다는 듯 고개를 살짝 끄덕였다. 그러고 보니, 미국에 있을 때 고모님과는 이런 데이트를 가끔 했었다. 하지만 한국 돌아와서는 대학 생활이 너무 바빴고 대학 졸업 후엔 취직을 하는 바람에 더 바빠 결국 모녀가 데이트할 시간을 따로 찾지를 못했다.

"그러는 넌, 엄마가 그렇게 신경 써서 옷 입고 나오랬더니 옷차림이 그게 뭐니, 광고회사 다닌다는 애가."

"엄마하고 데이트. 쇼핑하고, 밥 먹는데 대체 옷차림이 왜…… 아니, 이 정도면 나름 멋을 부리고 나온 거잖아요."

그래, 엄마와의 처음 데이트라고 예뻐 보이려고 예쁜 스카프를 매고 나왔다. 이 정도면 됐지. 남자와 데이트하는 것도 아니고. 늘 입는 가벼운 스타일의 카디건에, 쇼핑은 백화점으로 갈 테니, 무시당하지 않기 위해 명품 브랜드의 셔츠와 고급스러운 청바지, 회사 여직원 전체가 예쁘다고 탐냈던 롱부츠를 신었다. 이 정도면 충분히 신경을 쓴 것이다.

"어디 놀러 가는 차림이잖아. 너, 회사에도 그런 차림으로 다니는 건 아니지?"

물론 회사에서야 위압감을 주기 위해 간지 나고 카리스마 풀풀 풍기는 옷을 골라 입긴 한다.

"엄마, 난 회사 가는 게 아니라 엄마하고 데이트하러 나온 거라고요. 지금껏 아무 말도 안 하시다 오늘따라 왜 이러실까?"

"……됐다. 일단 배고프니 밥이나 먹으러 가자."

시작부터 염장질 제대로 해놓고 은옥은 마치 아무 일도 없다는 듯 앞장서서 일어나 커피숍을 나가 버렸다.

나름 해수가 짜온 오늘의 계획은 백화점에 가는 것이었다. 백화점 식당가에서 식사하고 쇼핑하고 백화점 내 커피숍에서 차 한잔 마시고. 친구들과는 백화점보다는 이것저것 볼거리 많고 사진도 많이 찍을 수 있는 명동이나 혹은 인사동 쪽을 다니지만 은옥과 그랬다가는 식사 한 끼 하고 하루 체력을 다 소모한 은옥을 집에 태워다 줘야 할 것 같아 아예 한 건물 안에서 모든 걸 다 할 수 있는 백화점을 선택했다.

"시간이 아직은 조금 이른데, 쇼핑 먼저 할까요?"

해수의 말에 은옥이 무슨 소리냐는 표정이다.

"금강산도 식후경이야, 얘. 밥부터 먹자. 아침을 일찍 먹었더니 아까부터 배가 고팠어."

아직 열한 시를 조금 넘긴 시간인데. 지금 밥이 되는 식당이 있을까?

다행히 패밀리 레스토랑이 문을 열었다.

마주 보고 앉아 메뉴판을 들고 뭔가 속에 부담이 안 될 음식을 찾고 있을 때 불쑥 모친의 목소리가 들렸다.

"여기, 일단 와인 한 잔."

"엄마, 낮술 하시게요?"

"어머, 와인 한 잔 정도로 낮술이라 부르면 안 되지, 얘."

와인 한 잔이 아니라 맥주 반 잔에도 얼굴이 벌게지기 때문에 엄마는 술을 안 드신다.

"엄마, 이상해. 무슨 일 있어요?"

해수가 가늘게 눈을 뜨자 은옥이 시선을 살짝 피했다.

"일은 무슨 일? 딸내미하고 데이트하면서 기분도 못 내니?"

"엄마, 술 못 마시잖아요."

일찌감치 와인이 도착했다. 은옥이 여유 있게 와인을 따라 그럴 싸하게 손에 쥐고 술잔을 한 번 움직여 와인을 섞는다. 많이 해본 솜씨다.

"와인이 무슨 술이라고 그래? 친구들하고 놀러 다니면서 친구들 따라 한 잔씩 홀짝거렸더니 이젠 이런 데 오면 안 마시면 허전해."

해수의 눈썹이 슬쩍 치켜 올라갔다. 안 마시면 허전하다고? 예전과 다르다.

"이상한데……."

"이상하긴 뭐가 이상하다고 그러니? 네 엄만 낮에 와인 마시면 안 돼?"

"안 되는 게 아니라 이상하잖아. 혹시, 엄마……."

해수의 낮게 끄는 목소리에 은옥의 표정이 살짝 굳었다.

"혹시는 무슨 혹시? 그냥 마시고 싶어서 그러는 거라니까."

"혹시…… 엄마 외로움 타는 거 아냐?"

이 모든 건 해수의 말이 화근이었다. 별로 심한 말도 아니라 생각했는데 유난히 당황한 은옥이 우아하게 입에 머금고 있던 와인을 해수를 향해 뿜었다. 심지어는 놀라 잔을 내려놓다 쓰러뜨리기까지 했다.

"엄마!"

와인은 그대로 왈칵 흘러 그녀의 무릎으로 고스란히 쏟아지고 말았다. 서둘러 냅킨으로 닦아보지만 뿜어서 목덜미 부분에 튄 얼룩은 둘째 치고 테이블에서 쏟아진 검붉은 와인은 그녀의 빛바랜 청바지에 혐오스러운 얼룩을 광범위하게 만들고 있었다.

"어머, 어떡하니? 어떡하지?"

당황한 은옥의 목소리에 해수는 더 화를 내지도 못하고 말없이 냅킨으로 얼룩만 꾹꾹 눌러댔다.

"밥 먹고 내려가서 엄마가 예쁜 옷 사줄게."

"됐어요, 저도 옷 살 돈 정도는 있어요."

화를 낼 순 없지만 가히 기분이 좋은 것도 아니라 해수의 목소리는 퉁명스러울 수밖에 없었다.

"누가 돈 없댔니? 딱딱거리고 그래. 따지고 보면 네가 쓸데없이 트집을 잡는 바람에 엄마가 당황해서 그런 거잖아."

네, 다 제 잘못이에요.

"이참에 엄마가 딸 옷도 한 벌 사주고 싶어서 그러는 거야. 옷도 사주고, 이왕이면 예쁜 신발도 사줄게."

"괜찮다니까요."

"엄마 서운하게 할래?"

이렇게 되어 결국 해수는 백화점 식당가 아래층의 옷가게에서 은옥이 제 입맛에 맞는 옷을 고르는 동안 아무것도 못하고 멀뚱히 서 있을 수밖에 없었다.

다신 엄마와 쇼핑 오나 봐라.

해수가 자신의 스타일로 고르고 싶어도 은옥이 딸 옷을 고르는 재미를 빼앗을 수도 없는 것이다. 마치 작정하고 온 듯 은옥은 캐주얼도 아닌 숙녀복 코너로 들어가 자신이 회사 다닐 때나 입을 법한 정장으로만 몇 벌 고른다.

"오늘 그거 입고 돌아다니라고?"

해수의 말에 은옥이 당연하다는 표정을 지었다.

"뭐, 어때서? 엄만 이런 옷이 좋더라. 그리고 그 얼룩진 청바지 입고 돌아다닐래? 잔말 말고 사줄 때 입어. 나중에 나한테 정말 고맙게 생각할 거야."

네, 집에 들어가서 그 많은 정장 사이에 이 옷 걸어놓으면서 정말 이런 값진 경험을 하게 해준 사실에 감사할 거 같네요.

"감사야 지금도 하지만……."

"그럼 됐지. 가자, 구두도 사야 하니까."

"차라리 그냥 청바지하고 티셔츠나 간단히 사는 것이 정장에 블라우스에 구두까지 맞추는 것보다 낫지 않을까요?"

"엄마가 이참에 옷 한 벌 사주고 싶어서 그러는 거야. 왜, 마음에 안 들어서 그래?"

"마음에는 들지만…… 그럼 그냥 감사히 받을게요. 그냥 청바지하고 티셔츠는 내 돈으로 사서……."

"시간 없어. 내 스카프하고 블라우스도 한 벌 살 거야."

결국 괜히 서두르는 은옥으로 인해 해수는 어쩔 수 없이 당장 가진 옷, 은옥이 사준 정장을 맞춰 입을 수밖에 없었다. 얼룩진 청바지를 마냥 입고 다닐 수도 없었고 구두에 스카프에 블라우스 살 시간은 있어도 청바지 살 시간은 결코 나지 않았던 것이다.

그러다 갑자기 은옥이 차는 분위기 좋은 곳에서 마셔야 한다며 굳이 해수를 끌고 나오는 바람에 그녀는 결국 청바지에 대한 미련을 억지로 떼어내야 했다. 아, 친구 같은 모녀는 역시 불편한 것이다. 그건 불리하다. 철없이 굴 땐 친구, 강압적일 땐 도로 모친으로 돌아가 버리니.

한 분위기 좋고 한적한 곳에 자리한 예쁜 커피숍에 들어갔을 때까지만 해도 해수는 오늘 자신이 당했던 그 모든 일이, 뭔가 불안하고 뭔가 이상하게 흘러가는 듯했던 그 모든 일이 그저 어쩌다 한 번 찾아오는 불운인 줄만 알았다.

그러나 커피숍 입구에서 은옥이 누군가를 찾는 듯 두리번거릴 때, 그리고 분위기 좋은 창가의 한자리에 낯익은 사람이 앉아 있는 것을 포착했을 때, 그제야 해수는 이 모든 일이 바로 이 순간을 위해 일어난 불가피한 일이었단 사실을 깨달았다.

커피숍에 다소곳이 앉아 기다리고 있는 사람은 바로 은옥의 절친이자 영원한 라이벌, 순영 샘이었다.

차라리 처음부터 '순영이 만날 거니까 이 엄마 꿀리지 않게 잘 입고 나와라.' 하고 말했으면 좋았을 것을, 쓸데없이 예쁘게 입고 나오라는 등 명품백 들라는 등 그러더니 역시 이랬던 것이다.

"어머, 일찍 와 있었네."

딸하고 단둘이 시끄러운 백화점 말고, 오붓한 장소에서 차를 마시고 싶다며 굳이 이쪽으로 끌고 올 때 절대 순영 샘이 미리 기다리고 있단 언질조차도 하지 않았다. 하지만 인사하는 걸 보니 이미 이건 계획적이다. 아니, 이럴 거면 미리 얘기하지, 순영 샘하고 같이 쇼핑 다니고 식사한다고 불편해할까 봐?

음료를 시켜놓고 나서 순영이 먼저 인사차 입에 발린 칭찬으로 말문을 열었다.

"해수도 오랜만이다, 애. 넌 어째 볼수록 예뻐진다?"

"감사합니다, 선생님. 선생님도 점점 젊어지시네요. 우리 엄마랑 달리."

안 그래도 불타는 라이벌 의식에 기름을 붓는 건 오늘 하루 일언반구 없이 끌고 다닌 것에 대한 복수닷!

"애, 너도 광고회사 다닌다더니, 젊은 사람들 속에서 일해서 그런가, 엄청 젊어 보인다. 서른 살 정도로밖에 안 보여."

그래, 잊고 있었다. 순영 샘은 한 번씩 이렇게 아군, 적군 가리지 않고 염장을 지르는 덕에 절친인 엄마조차도 이를 갈게 만든다는 것을.

"어머, 무슨 소리니? 우리 딸, 이제 서른둘이야."

"응? 서른다섯이 아니고? 난 우리 서준이하고 동갑쯤 되는 줄 알았는데."

"그건 저번에 만난 영진이 딸내미가 서른다섯이고."

"어머, 미안해라. 내가 나이를 먹더니 이젠 이렇게 늙은 티를 내네. 그래도 두 살 깎았다?"

정말 후하시네요. 감사합니다.

"설마 서준이도 얘 나이를 서른다섯으로 알고 있는 건 아니지?"

"아니야. 나이는 말 안 했어. 말하면 영진이 딸내미 짝 날 거……."

고의인 것인지, 아니면 실수인지, 어쨌건 순영은 얼른 입을 다물었다. 은옥이 욱한 표정을 지었지만 그것도 지금은 그럴 때가 아니었다. 해수의 표정이 삽시간에 굳어졌기 때문이다.

'이건 대체 무슨 상황?' 하는 표정으로 해수가 은옥을 바라보았지만 은옥은 애써 소리 내어 웃으며 그녀의 시선을 피했다. 하지만 해수의 얼굴색이 변할 때마다 은옥은 자신의 딸이 무슨 생각을 하는지 정확히 예상할 수 있었다.

아…….

그러니까 이 모든 것이 그…… 그래 그 '엄친아' 때문에…….

아…….

영진이 딸내미는 나이 서른다섯이라 차인 거구나.

아…….

그러니까 내 청바지에 와인 쏟은 것도…….

나중에 고마워할 거라는 게 바로 이거였어?

아, 아무리 엄마라지만!

지금은 어쩔 수 없고, 나중에 두고 보자. 딸내미에게서 낯선 여인의 향기를 느끼게 해드리지.

"서, 서준이 이번에 회사에 들어갔다고?"

얼른 은옥이 뭔가 이 분위기를 무마시킬 대화를 이끌어냈다. 아무것도 모른다는 듯 순영이 자랑스럽게 웃는다.

"그래, 호호. 갑자기 오랫동안 다니던 회사 때려치우고 이리저리 여행이나 다니길래 이놈이 평생 안 썩이던 속을 나이 서른다섯 먹고 썩이나 했더니 스카우트 제의가 있었던 모양이야. 그것도 저가 하고 싶었던 일이고, 대우도 더 괜찮다네. 잘은 모르는데 그쪽으로는 나름 이름이 나 있는 모양이더라고."

역시, 순영 샘은 언제나 모친보다 한 수 위다. 아들 흥보는 듯하면서 저리도 자랑을 해대는 거 보면.

그런다고 회사 생활을 하며 눈칫밥 먹은 햇수가 얼만데 해수가 그 단어 하나하나에 깊숙이 숨어 있는 의미를 모를까.

오래 다니던 회사를 때려치우고 놀러 다니다 모양 좋아 스카우트지, 한마디로 '백'을 써서 회사에 들어간 모양인데, 그래도 자랑스러운가 보다. 엄친아니까.

"회사에서 승진하고 그런 것도 좋지만 난 이제 서준이가 자리

잡고 결혼도 하고 했으면 해. 그럼 이제 다 이룬 거다 싶어."

아…… 결국 본론은 바로 이거란 말이지. 그러니까 내가 당했단 말이지.

유학을 갔다 왔고 나름 이름난 스카이 대학을 나왔고 우수한 성적으로 광고회사에 취직을 했고 비교적 빠른 속도로 승진을 했지만 환갑도 훌쩍 넘은 모친의 계략에 이리도 쉽게 넘어가다니, 아직 인생 덜 산 티가 이런 데서 드러나는구나. 정신 안 차리면 모친에게서도 뒤통수 맞을 수 있단 걸 이제야 새롭게 배우는 것이다.

정말 이럴 땐 교육자 집안의 딸이 아니라 버릇없이 키워진 귀한 재벌가의 무남독녀 외동딸이었으면 좋겠다. 예의고 뭐고 신경 안 쓰고 자리를 박차고 일어나 나갈 수 있게.

"이제 올 시간이 다 되었는데…… 차가 밀리나? 미안해, 우리 아들이 원래 이런 무개념이 아닌데."

"괜찮아요."

원래 그 아들 만나기로 한 것 자체도 몰랐어요.

약속 시간은 아직도 조금 남았긴 하지만 그래도 다른 사람들이 먼저 와서 기다리는 것이 미안했는지 순영이 조금은 불안한 표정으로 입구 쪽을 흘끔거렸다. 효자 아들이라 그런 모친의 불안감을 강하게 텔레파시로 받았는지, 순영의 얼굴이 이내 환해졌다.

"아, 저기 온다."

왔다고?

일단, 싫은 티를 내서는 안 된다. 감정을 드러내지 말아야 상대가 불쾌하지 않게 퇴짜를 놓을 수 있다. 특히, 눈앞에 있는 두 모친들이 있는 앞에서는.

마음을 평온하게, 여유 있어 보이면서 게걸스럽지 않게.

들고 있던 주스 잔을 내려놓으며 해수는 천천히 고개를 들었다.

일단 눈에 들어온 것은 끝도 없이 이어진 긴 다리였다. 그러려고
한 건 아니었지만 내심 그 기럭지에 감탄이 나온다. 저건 일하면서
몇 번 만나본 남자 모델들과 견주어도 무색할 만큼 잘빠진 다리다.

양복도 잘못 입으면 촌스럽기 마련인데 남자의 세미캐주얼은
무척이나 선이 잘 살아 있다. 하긴, 저 다리 길면 뭘 입어도 잘
어울리겠지.

그리고 시선이 위로 올라갈수록 탄탄한 가슴과 넓은 어깨, 그리
고 잘생긴…… 턱?

그녀는 속으로 짧은 단말마의 비명을 내질렀다.

헐!

그 남자였다. 제주도의 광란의 밤을 맛보게 해주었던 그 무명
씨. 한 달 동안 시간 날 때마다 그녀로 하여금 정신줄 흘리고 다니
게 만들었던 제주도 드가장 호텔에서의 그 남자.

반가운 듯 예의 바르게 양가 모친을 향해 꾸벅 인사를 하고 나
서 그도 그녀를 보았다. 그리고 바짝 굳은 표정. 그녀는 그의 입술
을 읽었다. 헐. 그리고 또 한마디. 드가장.

역시 세상은 만만한 곳이 아니었다. 회사에 다니면서 늘상 느끼던 것이었지만 해수는 그 만고의 진리를 오늘 이 자리에서 또 한 번 느꼈다.

어려서부터 얼굴 한 번 안 보고도 그렇게 그녀를 괴롭혔던 그 엄친아는 얼굴을 한 번 보이면서 해수의 인생을 제대로 꼬이게 했던 것이다.

광고 일을 하려면 일단은 두둑한 배짱을 옵션으로 지녀야 하고, 또한 그 부분에서 해수는 누구에게도 진 적이 없었다. 하지만 이 순간, 그녀는 사춘기 이후 처음으로 얼굴이 화끈거리는 것을 느끼고 있었다.

교장선생님과 또한 전직 교사였던 부부의 금지옥엽 귀히 키우고 바르게 키운 딸. 분명 그는 그렇게 듣고 나왔을 것인데, 그 여자가 바로 한 달 전, 섹스하고 싶으면 하자고 먼저 들이대고, 같이 어수룩한 모텔로 들어가 광란의 밤을 즐기고는 몰래 도망치듯 떠난 여자라니. 세상의 어떤 남자가 그런 여자를 좋다 할까.

해수는 눈앞에 놓인 물 잔을 또다시 집어 들었다. 호랑이굴로 들어가도 정신만 차리면 살길이 있다고 했다. 우선 얼굴에 물든 홍조부터 없애야 한다.

"어머니. 그리고 또 어머니."

그는 일일이 모친들에게 눈을 마주치고 친근한 호칭까지 부르며 인사를 하는 엄친아다운 면모를 과시했다. 그리고 마지막으로 그는 절대 눈 따위는커녕 그 어느 곳도 마주치고 싶지 않아 하는 해수와 눈을 마주치며 인사했다.

"처음 뵙겠습니다. 어머님께 말씀 많이 들었습니다. 장서준입니다."

그래, 서울에서는 처음 뵙지.

"네, 강해수라고 합니다. 저도…… 많이……."

듣기야 들었지. 엄마 친구 아들. 하지만 그를 만날 거라는 걸 미리 알았더라면 부잣집 버릇없는 딸내미가 아닌 교육자의 버릇없는 딸내미로 보인다 해도 그냥 일어나서 내뺐겠지.

아, 엄마, 서른둘도 거의 끝나가는 이 시점에서 나이도 먹을 만큼 먹은 딸에게 이 무슨 커다란 엿을 선물하시는 건가요?

하긴 엄마가 무슨 죄가 있을까. 무슨 초능력 같은 거라도 있어서 제주도에서 해수가 다신 안 볼 요량으로 미친 사람처럼 광란의 섹스를 양껏, 네 차례나 했던 상대 남자라는 것을 알고 있지 않은 다음에야 말이다. 더군다나 분위기 좋은 바닷가의 고급 호텔도 아닌, 호텔을 가장한 드가장 모텔에서.

"강해수 씨요."

마치 이름을 기억하려는 듯 되뇌는 것처럼 보이겠지만 그가 낮은 음성으로 그녀의 이름을 부르는 이유는 뻔했다. 제주도에서의 그 마지막, 그가 이름을 물어왔어도 안 가르쳐 줬는데, 이제야 알게 됐다, 뭐 이런 뜻을 나름 양가 모친 모르게 비꼬는 것일 것이다.

"역시 서울엔 차가 너무 많아요. 시간이 이래서 밀릴 거라고는 예상도 못했는데."

저녁부터 시작해 새벽까지 섹스를 했던 상대를 모른 척하려 해도 낮 뜨거움이 되살아나 홍조만큼은 감추지 못한 해수에 비해, 그는 밤새 네 차례나 그녀의 몸을 탐냈던 정력, 그리고 그런 그녀를 다시 만나고도 처음 보는 양 낯설어하는 연기력까지, 골고루 갖추고 있었다. 역시 괜히 엄친아가 아니다.

"여행을 많이 다니셨다 들었어요."

"아, 어머니가 그런 말씀도 하셨나요?"

"네. 한동안 여행 다니다 얼마 전에 취직을 했다고……."

마음 같아선 '여태' 여행 '만' 다니다 얼마 전에 '야' 취직을 '간신히' 했다고 하고 싶었다. 그것도 남의 '백'을 써서. 하지만 순영 샘이 있는 자리에서 그랬다가는 나중에 모친에게 두고두고 곱씹힐 것이다. 못마땅한 일이 있을 때마다.

"네, 맞습니다. 그래도 여행을 한다는 것이 장점도 많습니다.

좋은 경험을 많이 하게 되니까요."

그 말을 하면서 서준은 슬쩍 해수의 눈을 바라보았다. 그의 그 눈빛 속에서 해수는 그가 말하는 의도를 충분히 느낄 수 있었다.

심지어 거기에 쐐기를 박기까지 한다.

"특히 제주도, 지난달에 거기 갔었는데 정말 몇 번을 갔어도 그렇게 좋았던 적은 없었을 겁니다. 해수 씨도 제주도 가보셨죠?"

묻는 것처럼 보이지만 그 얼굴은 마치 '좋았을 텐데.' 하고 말하는 표정이었다.

흥, 그 무슨 근거 없는 자신감?

"일 때문에 몇 번 가봤지만 거기서 딱히 좋았던 기억은 없어서요."

서준의 눈빛에서 웃음기가 싹 사라졌다.

"그래, 제주도야 작은 섬이라서 자주 가면 질리지. 서준이가 이 상하게 제주도를 좋아해. 다음에 우리 다 같이 해외여행이나 한 번 가자. 서준이 회사에서 휴가 받으면."

두 사람 사이에 오가는 긴장감을 느끼지 못한 순영이 오히려 그녀의 말을 기회로 잡으려 한다.

"우리, 애들끼리 두기로 했잖아. 괜히 압력 넣지 말고 이만 빠져주자, 순영아."

딸의 눈치가 조금은 좋지 않다는 것을 알았는지 은옥이 얼른 자리에서 일어나며 순영에게 눈짓했다.

"왜, 애들 얘기가 좀 통하는 거 같은데……."

이건 말이 통하는 것이 아니라 싸움이 통하는 소리랍니다, 순영 샘.

"계속 있어봤자 주책 소리밖에 더 들어? 그냥 애들끼리 얘기하라 하고 우린 나가서 쇼핑이나 하고 집에 가자."

박은옥 여사님, 홧팅!

결국 해수가 원하는 대로 순영은 은옥에게 마지못해 끌려 나갔다.

두 모친이 나가고 나서도 두 사람은 한동안 말도 없이 앉아 있었다. 이제 해수에게 남은 숙제는 단 하나뿐이었다. 최대한 모양새 좋게 빠져나가는 것.

혹시라도 그가 말을 걸까, 해수는 자신이 들고 있는 주스를 최대한 성심성의껏 마셨다. 빨대를 꽂아 입에 넣고 숨도 쉬지 않고, 제발 주스가 떨어져 이 빨대에서 입술을 떼어야 하는 상황이 오지 않기를 기도하면서.

"한 잔 더 시켜줄까?"

그런 그녀의 마음을 모르는지 서준은 두 눈에 웃음, 아니, 비웃음을 가득 담고 예의 바르게 물어왔다. 참으로 엄친아다운 신사적인 태도다.

마음 같아서는 그러라고 하고 계속해서 빨대를 꽉 물고 있고 싶었지만 이 빌어먹을 재킷이 벌써부터 뱃살을 꽉 조이고 있었다. 모친이 골라준 이 옷을 입은 이유는 그래도 예뻐 보였기 때문이었다. 배가 터질 때까지 주스를 마시고 싶어질 거라는 걸 미리 알았다면 은옥의 마음을 상하게 하는 한이 있더라도 극구 다른 옷을 골랐을 것이다.

하는 수 없이 손사래를 치며 해수는 주스 잔을 내려놓았다.

"이름이 강해수였어? 예쁘네. 난 또 말년이나 삼순이 뭐 그런 비슷한 이름이라 말하기 곤란해서 몰래 도망친 건 아닌가 하는 생각까지 했었는데."

그는 직설적으로 그때의 일을 입에 올렸다. 아마도 몰래 달아난 것이 무척이나 괘씸했던 모양이다.

"그러게, 원나잇 상대가 그런 오해를 할 거라곤 생각도 못했네. 다음부터는 좋은 이름 하나 지어서 말해줘야겠군."

어차피 또 그런 일탈을 할 생각은 없지만 이 남자는 그걸 모를 테니까.

"의외로군. 교장선생님 딸이 그런 자유분방한 사고를 가지고 있을 줄은. 흠…… 그러면서도 선을 보러 나오셨다?"

"그건 그쪽이 나한테 할 말은 아닌 것 같은데."

그가 한쪽 눈썹을 치켜들며 그녀를 응시했다.

"왜 나한테 적대적인 거지? 우리, 최소한 제주도에서는 좋았지 않나? 말없이 가버린 것도 내가 아니고 당신이고."

"글쎄, 딱히 좋았던 기억이 없는 걸 보면 별로인 것 같은데."

차갑게 대꾸하며 해수는 자신의 백을 챙겨 들었다. 어차피 이렇게 된 것 더 말을 해봤자 좋은 결론이 나기도 힘들다.

"이만 가볼게. 어차피 그쪽하고 나, 잘될 일도 없고, 잘된다 해도 문제가 될 거 같으니까."

차가운 그녀의 태도에 화라도 낼 줄 알았더니 서준은 의외로 말없이 그런 그녀를 바라만 보고 있다. 차라리 잘된 일이다.

"여기까지 헛걸음하게 한 건 미안해. 찻값은 내가 낼게."

해수가 먼저 호기롭게 계산서를 집어 들고 자리를 떴다. 계산을
하며 흘끔 돌아보니 그는 기분이 상했는지 이미 자리에 없었다.

주스를 쉴 새 없이 마셔서 그런지 옷이 갑갑하게 죄어왔다. 더
군다나 모친이 이 작전을 성공시키기 위해 새로 사준 구두는 그녀
의 발꿈치에 큼직한 물집을 만든 지 오래다.
　지금까지는 느껴지지 않던 것들이 이제야 크게 느껴지다니, 아
무래도 많이 놀라고 긴장하고 있었던 모양이다.
　주차장으로 걸어가며 해수는 쓴웃음을 지었다.
　하필…….
　한 번쯤 그 남자를 다시 만날 수 있었으면 좋겠다는 생각을 하
지 않았다면 거짓말이다. 하지만 이건 아니다. 그 하고많은 남자
중에, 왜 하필 그 남자가 엄마 친구 아들이냐고.
　만일 그가 그 남자가 아니고 자리가 이 자리가 아니었다면 어쩌
면 그와 다시 한 번 좋은 시간을 보낼 수도 있었을 텐데.
　이 상황에서도 그런 생각이 드는 것을 보면 생각보다는 그를,
그 밤을 많이 그리워했는지도 모르겠다.
　어쨌건, 상황은 이렇게 되었고 그녀의 인생에서 그는 영원히 제
외된 거나 다름없다.
　그래서 이렇게도 심란한 건가?
　자신의 차 앞에서 짧은 한숨을 내쉬며 해수는 핸드백에서 차 열
쇠를 꺼내기 위해 뒤적였다. 주차장이 어두워서 그런가 쉽게 찾아
지지 않는다. 그게 불편하게 느껴지는 걸 보니 차를 바꿀 때가 됐

나 보다. 가까이 다가가기만 해도 자동인식으로 문이 열리는 그런 차로.

"도망치는 데는 전문이시군."

낮은 저음에 해수는 화들짝 놀라 돌아섰다. 바로 등 뒤에 서준이 서 있었다. 화가 나서 먼저 나간 줄 알았더니 아마 주차장에서 기다리고 있던 모양이다. 그것도 하필 그녀의 차 근처에서.

"뭐, 뭐예요? 사람 놀라게."

너무 놀란 나머지 해수는 방금 전까지 말을 편하게 하던 것도 잊고 본능적으로 존댓말을 써버렸다.

"그게…… 아무리 생각해 봐도 아닌 것 같아."

그의 목소리는 나직하니 이 음침한 주차장에 어울리는 조용한 울림을 가지고 있었다.

"무, 무슨 생각을 해봐요?"

아무리 생각해도 분해서 한 대 치려는 건가? 가만, 이 주차장 안에 CCTV가 어디 붙어 있지? 혹시나 싶은 마음에 해수가 주위를 둘러보았지만 안타깝게도 CCTV는 그 안에 딱 한 대, 그것도 그녀의 차와는 무관한 곳에 붙어 있었다. 더럭 겁이 났다.

"다시 확인을 해봐야 할 거 같아. 정말로 기억이 안 날 정도로 별로였는지."

그가 중얼거리며 한 발짝 더 다가왔다. 해수는 어쩔 수 없이 뒷걸음질 쳤다. 그가 뭘 하려는지는 정확히 알 수 없지만 이 컴컴하면서 사방이 차로 꽉 막힌 지하주차장에서 그가 뭘 한다 해도 그리 좋은 일은 아닐 것 같은 불길한 예감이 들었다.

"뭐, 뭘 확인한다고 그래요, 무섭게."

"제주도에선 겁도 없이 먼저 도발을 하더니. 무서워하는 건 당신답지 않은데?"

그가 또 한 발 다가왔다. 자신의 차에 막혀 더 이상 뒤로 물러설 곳도 없었다.

"거기 멈춰. 안 그럼……."

그녀가 채 말을 마치기도 전에 그가 움직였다. 놀란 해수가 그를 밀치려 했지만 그는 그대로 그 팔을 잡아끌더니 그대로 입술을 맞췄다.

그의 혀가 뇌쇄적으로 곧장 그녀의 입안으로 밀려들어 왔다. 그녀를 차와 그의 품 사이에 가둔 채 머리채를 잡아 뒤로 끌어 내리고 그대로 그녀의 입술에 폭력을 가하고 있었다. 긴 혀가 그녀의 목구멍 근처까지 에로틱하게 닿자 그녀는 원하지 않아도 자연히 또다시 그 밤, 제주도에서의 일을 떠올릴 수밖에 없었다.

어느새 그녀의 재킷 안으로 그의 손이 들어와 있었다. 브래지어를 밀어 올리고 일찌감치 욕망을 느껴 버린 그녀의 유두를 쓰다듬고 있었다.

"하아……."

그녀는 자신의 이 저주받은 것 같은 입을 막아버리고 싶었다. 하지만 그가 옷 속으로 밀어 넣은 손끝을 움직일 때마다, 입안에 밀어 넣은 혀로 자신의 혀를 감고 마치 성교를 하듯 규칙적으로 움직일 때마다 그녀는 그 밤을 상상하지 않을 수 없었다.

어느새 치마가 밀려 올라가고 그녀의 젖은 곳으로 그의 손이 파고들었다.

온몸을 저릿한 쾌감으로 충족시키는 그의 손가락. 그가 갑자기 입술을 떼는 바람에 그녀의 목에서 나는 신음 소리가 일순간 주차장에 여과 없이 울렸다.

당황한 그녀가 자신의 손으로 입을 막아보지만 집요하게 다리 사이를 파고드는 그의 애무가 주는 감각은 해수가 감당할 만한 것이 아니었다.

그는 잔인했다. 신음을 내지 못하고, 그가 주는 쾌락을 차마 거부하지도 못하고, 한 손으로 자신의 입을 막으며 밀려오는 타락한 즐거움에 몸을 가누지도 못하는 해수를 즐거운 표정으로 바라보고 있었다.

"이래도 기억이 안 난다고 할 거야?"

그가 그녀의 귀에 대고 잔뜩 쉰 목소리로 속삭였다. 꿈틀, 그의 손가락이 짓궂게 움직이는 바람에 해수는 대답 대신 헉 하고 숨만 들이켰다.

"제발……."

그녀는 또다시 애원할 수밖에 없었다. 하지만 그녀 자신이 무얼 애원하는지는 스스로도 알지 못했다. 그가 계속해서 이 쾌락을 주기를 바라기도 했고 또 더 이상은 아무것도 할 수 없는 이 고통스러운 상태를 멈춰주길 바라기도 했다. 몸은 욕망으로 터져 버릴 것 같은데 아무 소리도 내지 못하고 그저 그가 유린하는 대로 가만히 있어야 한다는 것, 그 자체가 고통이다. 누군가 금방이라도 나타날 것 같은 주차장에서 그와는 달리 그녀가 할 수 있는 것은 아무것도 없었다.

"대답해 봐. 기억이 안 나나?"

그가 잔인하게 속삭였다.

"난 기억이 나는데. 당신의 이 신음 소리가. 내 손길이 좋아서 몸을 뒤틀며 흘리던 그 뇌쇄적인 신음 소리가 말이야……."

그의 손가락이 예민한 곳을 노골적으로 더듬는 바람에 해수는 또다시 신음을 흘리고 말았다.

"그만……."

마침내 그녀는 잔뜩 쉰 목소리를 끌어냈다.

"그래, 기억해. 다 기억한다고. 그러니 제발……."

"정말로 그만하길 원한다고?"

필사의 의지로 해수가 고개를 끄덕이자 마치 정말로 그녀가 원하는 것을 해주겠다는 듯 그는 그녀의 몸 안에서 휘젓던 손가락의 움직임을 멈추었다.

"정말로 이걸 원해?"

그가 다시 한 번 잔인하게 속삭였다.

"이대로 그만둘까? 정말?"

미칠 듯 그를 원하는 몸을 억누르고 삭이려 애쓰는 그녀를 그는 그저 여유롭게 바라만 보고 있다.

심장이 통제할 수 없을 정도로 뛰고 있었다. 그녀의 대답이 없자 그가 마치 애를 태우듯 천천히 그녀의 몸 안에 있던 손가락을 살짝 휘젓기까지 하며 조금씩 조금씩 몸 밖으로 꺼내기 시작했다.

"하아……."

마침내 그녀는 그 마찰이 주는 놀라운 쾌감을 참지 못하고 신음을 흘리고 말았다. 그가 다시 잔인하게 웃었다.

해수는 갑자기 그의 손을 자신의 몸 안에서 빼냈다. 난폭한 움직임으로 밀려 올라간 스커트를 내리고 또 상의도 잘 정리했다. 그런 그녀의 반응은 예상하지 못했는지 그는 말없이 그런 그녀를 보고 있었다.

그녀는 핸드백을 열어 차 열쇠를 꺼내 차 문을 열었다. 그리고 그의 넥타이를 잡아끌어 그대로 그를 차 안으로 밀어 넣었다. 차에 타고 해수는 시동을 걸었다.

십여 분 만에 해수는 인근 산속의 인적이 없는 공터를 찾아내고 차를 댔다.

그녀가 차를 모는 동안에도 어디 가냐고 한 번 묻지 않았던 서준은 그녀가 차를 대고 나서야 몸을 푹 기댔던 의자 등받이에서 몸을 일으켜 주위를 둘러보았다.

"흠……."

그는 그녀의 장소 선택이 마음에 들었는지 흡족한 한숨을 내쉬었다.

"그럼 여기……."

그가 말을 이어가려는 순간 해수는 살짝 엉덩이를 들어 스커트 속으로 입고 있던 스타킹과 팬티를 끌어 내렸다. 그의 시트를 뒤로 젖히고 해수는 그대로 몸을 돌려 그의 위로 올라탔다.

처음 그녀가 속옷을 내리는 시점에서부터 그의 몸도 단단히 반응하고 있었다. 그의 허리띠를 풀고 그대로 속옷과 바지를 끌어내린 그녀는 단단히 곤두선 그의 남성 위로 자신의 몸을 조금씩 가라앉히기 시작했다.

"하아……."

만족스러운 듯 해수는 두 눈을 감았다. 바로 이거다. 그토록 원했던 것. 지난 한 달간 시도 때도 없이 그리웠던 그의 몸.

하체에 잔뜩 힘을 주고 그의 몸을 가득 머금은 채 허리를 들자 그가 살짝 신음 소리를 냈다.

또다시 허리를 한 번 흔들자 그녀의 몸 안 구석구석으로 쾌감이 뿌듯하게 번진다.

그가 누운 채로 자신의 몸 위에 앉은 그녀의 재킷의 단추를 풀기 시작했다. 이내 그녀의 브래지어가 드러나자 그는 간단한 손동작 하나로 그것을 밀어 올렸다.

그가 상체를 일으키더니 그녀의 가슴을 입안에 머금었다. 짜릿한 감촉이 충격처럼 해수의 온몸으로 퍼져 나갔다. 그녀는 감당하지 못하고 머리를 뒤로 젖히고 말았다.

"멈추지 마. 계속 움직여."

그가 그녀의 가슴을 입에 머금은 채로 속삭였다. 몸을 뒤로 젖힌 채, 그에게 가슴을 물린 채 그녀는 몸을 휘젓기 시작했다. 가슴과 하복부에서 끊임없이 전해지는 강렬한 자극, 그리고 자신의 에로틱한 움직임은 점점 그녀의 감각을 고조시켰다.

"아아…… 아아학!"

그녀의 몸의 뒤로 활처럼 젖혀지려 할 때 또다시 그가 그녀의 몸을 잡아 움직임을 멈추게 했다.

"또 혼자서 가려고?"

그의 목소리는 잔뜩 쉬어 있었다. 그녀를 자신의 위에서 끌어내린 그는 그대로 다시 그녀를 짓눌렀다.

"이번엔 같이 가야지. 이 안에서 두 번은 못해."

상관없었다. 그녀는 지금 이 순간 그저 아까의 그 쾌감까지 다시 도달하기만을 원할 뿐이었다.

그녀가 했던 것과는 달리 그는 강렬한 힘으로 그녀의 몸 안쪽 끝까지 밀고 들어왔다. 그토록 원했던 그 감각에 그녀의 몸이 뒤틀렸다. 빠른 속도로 나갔던 그가 다시 같은 속도로 안으로 밀고 들어온다. 들어 올린 다리 아래로 드러난 히프에 닿는 그의 허벅지 때문인지, 아니면 쉴 새 없이 그녀의 여성을 공격하고 있는 그의 남성 때문인지, 그녀를 차지한 이 감각적 쾌락은 뿌듯한 포만감을 더하고 있다.

"하아, 하아……."

그의 움직임이 점차 속도를 내자 마침내 해수의 하복부에서 낯익은 감각이, 온몸을 마비시키는 전율이 점차 번지기 시작했다.

그것은 하복부를 타고 그녀의 온몸 끝까지 그녀를 기절시킬 것 같은 강렬한 감각으로 퍼져 나갔다.

"아학! 아아아!"

그녀가 마침내 그 정점을 참지 못하고 비명을 질렀을 때 해수는 그가 내는 긴 신음 소리를 들었다.

한동안 둘은 모든 기력을 잃은 것처럼 그렇게 차 시트 위에 몸이 겹쳐진 채로 늘어져 있었다.

정적. 어디 멀리서 들려오는 졸졸거리는 시냇물 소리. 이제 제정신이 돌아온 모양이다. 그리고 해수는 또다시 심각한 고민에 빠질 수밖에 없었다.

어떡하지?

그녀의 고민을 눈치챈 것인지 여전히 그녀의 몸 위에 몸을 늘어뜨리고 있던 서준이 쿡쿡거리고 웃었다.

"왜?"

그녀의 목소리는 이미 정상적으로 퉁명스러워져 있었다.

"내가 기억하고 있던 그대로야, 당신. 얘기만 들었을 땐 교장선생님 딸이라서 지루한 여자일 거라 생각했었는데 당신이 나와서 정말 다행이야."

서준의 말에 해수의 얼굴이 붉어졌다. 이미 열기는 가셨으니 이건 부끄러움의 홍조다. 그가 기억하는 것이 무엇인지 알고 싶지도 않았다. 그리고 교장선생님 딸이라는 것은 차 안에서 질펀한 섹스를 한 지금 이 순간 가장 분위기 깨는 호칭이었다.

해수는 몸을 돌려 다시 그를 밑으로 눕히며 앉아 자신의 배 위로 뿌린 그의 정사의 흔적을 티슈로 닦아냈다. 안타깝게도 아직 채 벗기지 못한 그의 상의와 그녀의 스커트에도 흔적이 남았지만 차에서 내리지만 않으면 문제 될 건 없어 보인다. 이 차림 그대로 엄마 집에 갈 건 아니니까.

"어서 바지 입어. 태워다 줄 테니까."

괜히 무안한 마음에 더 퉁명스러운 말투가 나와 버렸다.

"이대로 헤어지자고? 차 안에서 질펀하게 한바탕하고서는 전처럼 또 쿨하게 바이 바이 하자고?"

"그럼 어쩌자고? 양가 부모님들 찾아가서 '우리 질펀한 섹스부터 했는데 너무 잘 맞는 거 같으니 계속 만나보겠습니다.' 이렇게 말해?"

톡 쏘는 해수의 말에도 그는 느긋한 표정으로 팔베개까지 한다.

"그것도 나쁘진 않을 것 같군. 난 그냥, 이대로 정액이 잔뜩 묻은 옷을 입고 집으로 돌아가긴 좀 뭐하니까 어디 들어가서 좀 씻고, 드라이도 맡기고, 그러면서 얘기나 좀 더 하자는 말을 하려던 것이었는데."

아, 앞서 나가는 건 좋지만 이런 결과를 낳을 땐 창피함을 동반한다는 사실을 잊고 있었다.

창피할 땐 말을 아끼는 것이 좋다.

어쨌거나 그건 나쁘지 않은 생각이었다. 그녀도 이 정체불명의 하얀 것이 잔뜩 묻고 한바탕 어디서 입고 뒹군 것 같은 옷차림으로 집에 들어가다 경비 아저씨라도 마주하게 되는 일은 절대 원하지 않는 일이었다.

해수는 말없이 운전석으로 돌아가 옷차림을 정리했다. 재킷을 여미고 허리까지 말려 올라간 스커트를 내렸다. 스타킹은 급하게 벗느라 이미 허벅지 위쪽부터 커다랗게 올이 나간 상태였으니 포기하고 팬티를 챙겨 입었다. 벗을 땐 아무 생각 없었는데 운전석에 앉아 팬티를 올리고 있자니 참 모양 빠진다. 친구들이 카섹스는 하지 말라 한 말은 괜히 한 말이 아니었다.

자신의 옷을 다 추스른 해수는 그가 옷을 입는지 안 입는지 신경 쓰지 않고 그대로 차의 시동을 걸었다. 그가 화들짝 일어나 옷을 추스르는 것을 보며 그녀는 소심한 복수에 미소를 지었다.

차임벨 소리에 설핏 잠에서 깨었지만 그녀는 눈을 뜨지는 않았다. 옆에 누워 있던 서준이 일어난 것을 알기 때문이었다.

드라이클리닝이 된 옷을 받아둔 서준이 다시 침대로 돌아와 눕더니 그녀의 드러난 어깨와 등에 입을 맞춘다. 그리고 또 꼬물꼬물 손이 시트 아래로 깔린 그녀의 가슴을 공략하기 시작했다.

자는 척하려던 해수는 간지럼을 참지 못하고 몸을 뒤집었다.

"잠 좀 자게 해주지?"

"응? 깼어?"

마치 그녀가 깰까 조심했던 것처럼 서준이 새삼스럽게 묻는 시늉을 했다.

"당신은 어떨지 몰라도 난 더는 못해. 지난밤에도 너무 무리했다고. 안 아픈 데가 없이 다 욱신거려."

해수는 다시 공격을 들어오는 그의 손길을 피해 이불로 온몸을 감싸며 불평하듯 투덜거렸다.

이렇게 될 거라는 건 어제 호텔로 들어오기 전 그가 약국에서 콘돔 한 박스를 살 때부터 알아봐야 했다. 하긴, 호텔까지 들어가 정말로 옷을 세탁하고 기다리는 동안 얘기만 나눌 거라고는 생각지 않았기에 딱히 말리거나 혹은 그러는 그를 비웃는 바보 같은 행동은 하지 않았다.

그러나 초저녁에 호텔로 들어가 새벽녘에 잠들 때까지 거의 쉬지 않고 섹스를 하게 될 거라는 예상도 하지 않았다. 제주도에서처럼 말이다.

결국 얘기할 시간도 없이 지쳐 곯아떨어지고 말았던 것이다.

그녀의 애절한 눈빛이 그의 심금을 울렸는지 그는 그녀를 공략하던 손길을 멈추고 그녀의 곁에 자신의 팔을 괜 채로 누웠다. 가만히 그의 눈을 바라보던 해수는 이내 이불 속으로 다시 얼굴을 파묻어 버리고 말았다. 잘 아는 얼굴이라고는 할 수 없어도 날짜로 보면 벌써 사흘, 아니, 나흘째 본 얼굴이었고 그사이 같이 섹스를 한 건 거의 열 차례라는 경이로운 기록을 세우고 있었지만 이렇게 침대에서 가만히 얼굴을 마주 보며 누워 있던 것은 처음이었다. 당연히 어색하다.

"강해수."

그녀가 시트 속에 얼굴을 파묻어 버리자 그가 해수를 이불 밖으로 나직하게 불렀다. 그래도 그녀가 시트 속에서 나오지 않자 그가 살그머니 그녀의 시트를 내렸다.

"우리, 이다음엔 제주도에나 다시 갈까? 드가장 호텔. 거기 침대엔 마사지 기계 같은 게 붙어 있었는데, 그땐 경황이 없어서 그 기계를 써보지도 못했잖아."

그의 말에 해수는 피식 웃고 말았다. 그 싸구려 호텔, 모텔을 빙자한 호텔에 또 가자고? 그러다 이내 얼굴의 웃음기가 사라지고 말았다.

"다음에 또 만날 생각을 하고 있는 거야?"

그건 정말로 말도 안 되는 얘기다. 그래, 처음부터 그렇게 시작하지 않았다면 모를까. 다른 건 몰라도 생면부지 두 사람이 같이 호텔로 들어간 시작이 어땠는지 만큼은 똑똑히 기억하고 있었다.

"나하고 자고 싶은 거라면 그냥 그렇다고 말해요."

그건 도발적인 자신의 말이 발단이었다. 그가 순영 샘의 아들이라는 걸 알았다면, 그래서 이렇게 맞선이라는 인연으로 다시 만날 줄 알았더라면 절대로 그런 도발은 하지 않았을 것이다. 술김에, 갑자기 걷잡을 수 없이 치밀어 오르는 외로움에 난생처음 용기를 내서 자유롭고 정열적이고 도발적인 여자의 코스프레를 했던 것인데 하필 그게 앞으로 맞선을 보게 될 엄마 친구의 아들일 줄이야.

그와 이어질 인연이었다면 아마도 제주도에서 그렇게 만나지지는 않았겠지. 술집에서 만난 상대와 서로 대화다운 대화 한 번 안나누고 곧바로 침대로 향하고 마치 그 밤이 두 번 오지 않을 것처럼 그렇게 마음껏 즐기진 않았겠지.

"당연하지 않아?"

하나도 당연하지 않다. 오히려 순영 샘의 아들이라는 그의 존재가 불편하기만 할 뿐. 만일 그게 아니었다면 어쩌면 그 만남이 더 길게 이어질 수도 있었을지 모르지만.

"당신이 그날 도망치지 않았다면 우린 아마도 모친들의 계략에 억지로 맞선 자리에 나가서 깜짝 놀랄 일도 없었을 거라고. 계속 만나고 있었을 테니까."

모친들의 계략이라 하는 것을 보니 그도 그 맞선을 알고 나온 것은 아닌 모양이다. 어쨌건 그건 상관없었다.

"도망친 것 아니야."

"그래? 그럼 상대가 잠든 다음에 혹시라도 깰까 살금살금 나가는 건 뭐라고 부르지? 내가 모르는 다른 용어가 있는 건가?"

뭐라 변명해도 도망이란 소리다.

"다시 만날 생각이 있었다면 그렇게 안 나갔겠지."

"우리 그날 잘 맞지 않았나? 나만 그랬던 거라고는 생각 않는데."

틀리지 않은 말이다. 그와 너무 잘 맞았다. 그래서 더 겁이 났다. 그에게 중독될까 봐.

제주도에서의 하룻밤은 그녀의 지난 한 달을 지배했다. 만일 그날 그렇게 도망치듯 나오지 않았다면 아마도 그를 계속 만났을 것이다.

누군가와 인연을 맺고 사랑하게 되고 연애를 하는 것. 그게 그녀가 가장 바라지 않는 것이었다. 그건 통제가 불가능하다.

해수는 말없이 침대에서 내려왔다. 그의 시선이 자신을 따라오는 것을 알면서도 그녀는 조금 전에 서준이 받아 걸어둔 옷을 옷장에서 꺼내 걸치기 시작했다.

어제 조금만 더 정신이 있었다면 속옷이라도 빨아두었을 것을, 발정 난 뭐 마냥 광란의 밤을 보내고 나니 속옷도 안 입고 돌아가게 생겼다. 그나마 자가용으로 온 것이 다행이다. 노팬티, 노스타킹으로 지하철 탈 일은 없으니까.

"또 도망가시게?"

그가 입가에 미묘한 웃음을 띤 채 말을 뱉었다. 해수는 콘솔 앞에 앉아 머리를 빗다 거울 속으로 그를 노려보았다.

"나한테만 그러는 건가? 아니면 항상 원나잇 후엔 그렇게 뒤도 안 돌아보고 내빼는 건가?"

"그럼 뭘 바라는 거야? 이번 밤도 훌륭했으니까 다음에도 잘 부탁한다고 인사라도 꾸벅 할까? 미안하지만 난 오늘 이후로 당신을 더 만날 생각 없거든. 두 번도 지나치게 많아."

그가 침대에서 내려오더니 그녀의 곁으로 다가왔다. 해수는 거울을 통해 그를 바라보았다. 그는 평소와 다름없는 얼굴이었지만 어찌 보면 조금은 화가 난 것도 같았고 또 어찌 보면 오히려 비웃는 듯 입가에 미소를 띠고 있는 것 같기도 했다.

"아니."

그의 목소리가 낮게 깔렸다.

"내가 바라는 건, 인정하는 거야."

그녀는 거울 속으로 그를 응시했다. 마치 거울 속 자신이 진짜라도 되는 듯 그도 거울 속 자신을 노려보고 있다.

"뭘 인정하라는 거야?"

"그저 하룻밤으로 끝날 사이가 아니라는 걸."

"장서준 씨. 내가 당신과 즐거운 밤을 보낸 건 사실이지만 그 이상을 바랄 정도는 아니거든. 너무 자만이 지나친 거 아니야?"

"그래?"

짧은 그의 목소리는 위험하리만치 낮았다.

갑자기 그의 손이 방금 갖춰 입은 그녀의 재킷 속으로 위에서 밀고 내려왔다.

"뭐 하는 거야?"

"당신 말이 맞는지 확인하는 거지."

그는 이미 그 답을 알고 있었을 것이다. 하지만 마치 정말 그걸 알아보려는 것처럼 그녀의 몸을 애무하기 시작했다. 해수는 그 손을 뿌리치려 했지만 등을 그에게 사로잡힌 상태에서 그의 손길을 피하는 것은 불가능했다.

그는 이미 그녀의 몸 어느 곳이 가장 예민한지, 어떻게 애무하면 그녀가 갈망하듯 몸을 떠는지 충분히 알고 있었다.

밤새도록 그의 손아귀에서 쾌감만을 갈구하던 그 가슴이 그녀의 의지를 배반하고 또다시 매정하게 욕정을 드러내기 시작했다. 그를 뿌리쳐야만 하는데 몸은 다시 그를 원한다고 아우성친다.

"당신 몸은 다른 걸 말하는 것 같은데."

그가 허스키한 목소리로 속삭였다. 목덜미로 그의 입술이 내려와 금방이라도 터질 듯 두근거리는 핏줄이 있는 부근을 입에 머금는다.

밤새도록 그와 뼈와 살이 타는 시간을 보냈건만 어느새 그녀의 몸은 또다시 뜨거워지기 시작했다.

그녀의 반응을 눈치챈 듯 그의 손이 이내 그녀가 방금 입은 스커트 속으로 파고들어 빠른 속도로 샘물을 채우고 있는 그녀의 여성을 확인했다.

아직도 꼭 쥐고 있는 빗을 그녀의 손에서 빼낸 그가 해수를 일으키더니 스커트를 올리고 그대로 뒤에서 자신의 몸을 그녀의 안으로 밀어 넣었다. 뻐근한 쾌감이 밀려오기 시작했다.

"자, 봐."

어쩔 수 없이 콘솔 거울에 얼굴을 가까이 대고 있는 그녀에게 그가 속삭였다.

"봐, 당신 몸은 날 원하잖아. 당신 입과는 달리 당신 몸은 정직하군."

거울에 비친 그녀의 모습은 차마 보고 싶지 않은 낯선 얼굴이었다. 섹스를 하고 있는 중에 거울을 보게 된 어색함은 배제하고, 그 와중에도 욕망을 느끼는 얼굴, 욕정에 흐릿해진 눈빛, 살짝 벌어진 교태스러운 입, 그녀에게는 익숙지 않았지만 이 모든 것은 그녀를 욕망의 화신처럼 느끼게 했다. 그리고 자신을 이런 상태로 만든 것은 바로 서준이다. 그래, 인정한다.

그가 다시 한 번 그녀의 안으로 깊게 침입해 오며 속삭였다.

"이게 단순히 욕정이라고만 생각해? 강해수, 당신은 아무에게나 이런 욕정이 생기나?"

리드미컬하게 다시 몸을 움직이며 그는 말을 이었다.

"난 그렇지 않은데."

물론 아무에게나 이런 욕정은 생기지 않는다. 아니, 한 번도 그 누구에게서조차 이런 느낌은 받아본 적이 없다.

짜릿하게 밀려오는 쾌감을 참기 위해 해수가 굳게 이를 악물었다.

"……몰래 도망칠 만큼 별로였다면 어제 또다시 호텔로 들어오진 않았겠지."

그가 느릿한 손길로 그녀의 풀숲을 헤친다. 그 손끝이 마침내 풀숲에 숨겨진 작은 진주를 찾아냈다.

밤새 그토록 그의 손을 탔건만 그럼에도 해수의 몸은 그의 손길에 중독이라도 된 듯 새로운 감각을 찾아낸다.

"그걸 보면…… 우린 아주 잘 맞는 거지."

그래, 잘 맞는 것에는 동의한다. 어쩌면 이미 그의 몸에 중독된 것일 수도 있다. 지금 이 순간도 이토록 그를 원하는 것을 보면. 어떤 남자와도 이런 쾌락을 즐겨본 적은 없으니까.

그가 그녀의 허리를 당겨 몸을 숙이게 하고는 더욱 깊숙이 밀고 들어왔다. 해수는 온몸이 저려오는 쾌감에 잠시 생각을 멈출 수밖에 없었다.

까칠한 그의 체모가 그녀의 드러난 히프에 따갑게 부딪혀 온다. 밤새 느꼈던 그 감각은 다시 느껴도 그리 나쁘지 않다. 그의 남성성이 부담 없이 느껴진다.

"시작은 그거로도 충분하지 않나?"

거친 숨결에 섞인 그의 목소리는 이미 많이 잠겨 있었다.

그래, 그렇게 나쁜 생각은 아닐지도 몰라. 아무리 친분이 있는 지인이라고는 하지만, 성인이잖아. 한 번씩 어쩌다 만난 남자와 관계를 갖는 것보다는 오히려 잠자리에서 잘 맞고 마음이 맞는 이 남자를 만나는 것이 나을 수도 있어.

두 눈을 감고 그의 손끝의 감각을 뇌리에 그리며 해수는 생각했다.

"그것도 나쁜 생각은 아닌 것 같아."

생각이 아니었나 보다. 정신이 없어서 생각이 목소리로 나가고 있다는 것을 느끼지 못했다. 하지만 그것도 잠시, 그가 주는 감각에 이내 그것에 대한 생각도 머릿속에서 사라져 버렸다. 대답 대신 해수는 짧은 신음을 토해냈다. 서준이 그녀의 목덜미에 뜨거운 입술을 가져다 댔다.

"물론…… 결국 섹스도 생활의 일부니까. 특히 나처럼……."

그의 몸이 다시 깊숙이 들어왔다. 숨을 몰아쉬느라 해수의 말이 잠시 멈추었다.

"……남자를 만날 시간적 여유가 없는 직딩에게는……."

서준이 갑자기 몸을 멈추었다. 거미줄처럼 온몸으로 감각적인 전율을 보내던 그의 행위가 멈추자 해수가 의아한 얼굴로 거울 속 서준의 얼굴을 바라보았다.

"섹스파트너를 말하는 건가?"

"……그 외에 뭐가 더 필요한 건데?"

서준은 말없이 그녀에게 겹쳐졌던 몸을 빼내었다.

"얘기를 좀 해야겠군."

지금껏 인연이니 어쩌니 얘기하던 남자가 갑자기 왜 이러는 것일까? 옷을 입는 것을 보니 이미 마지막 섹스는 끝난 모양이다.

"당신은 우리 첫 만남이 그렇게 시작했고 또 지금도 그렇게 되었으니 그 정도로 괜찮은가 보군."

해수는 말없이 그를 바라보았다.

"난 나이 서른다섯이야. 집 앞마당에서 아이들이 뛰어노는 모습을 상상하는 걸 보면 독신주의도 아니고, 독신주의였던 적도 없어."

아…… 그렇다면 섹스파트너 따위는 하고 싶지 않겠지. 그에겐 의미가 없을 테니까.

"당장 결혼할 것도 아니니 어찌 보면 섹스파트너, 그것도 상당히 유혹적이긴 하지. 하지만 난 그 정도로는 성에 안 차. 만족하고 싶지도 않고."

해수는 물끄러미 그를 바라보았다. 두 번의 원나잇. 그는 그녀에게 그 이상도 그 이하도 아니다. 처음의 잠자리가 좋았고, 의외로 두 번째 또한 좋았다. 첫 번째의 기억이 강렬해 두 번째는 실망할 줄 알았지만 전혀, 절대로 그렇지 않았다.

하지만 그게 전부다. 두 번의 원나잇. 거기에 의미를 부여하고 싶은 생각은 없다.

"그래서, 연애를 하자고?"

"그걸 뭐라고 부르건 상관없어. 내가 원하는 건 당신이 온전히 내 사람이 되는 거야. 그 관계의 끝이 좋든지 나쁘든지, 어떤 식으로든 끝날 때까지는. 섹스파트너? 그따위 말장난으로 나와의 관계를 단정 지으려 하지 마."

해수의 목소리가 눈빛만큼이나 차가워졌다.

"미안해."

그녀는 지난밤 소파 위에 집어 던지듯 내려놓았던 자신의 백을 집어 들었다.

"서로 생각이 다르다면 이쯤에서 헤어지는 것이 맞는 거 같아."

"강해수."

그가 등 뒤에서 그녀를 불렀지만 그녀는 이미 방문을 열고 밖으로 나온 후였다.

¤¤ 3. 인연? 악연! ¤¤

진동이 울렸다.

해수는 휴대폰을 흘끔 보고는 이내 자동응답으로 돌려 버렸다.

모친이었다. 받지 않고 돌렸으니 아마도 점심시간 즈음 다시 전화를 해올 것이다.

이렇게 집요한 전화는 그날부터 시작되었다. 서준과 선을 본 날. 아침에 집으로 돌아가서 전화를 켜고는 그사이 네 통이나 전화를 걸어온 모친의 집요함에 해수는 언제나처럼 감탄했다.

전화를 하지 않으면 모친의 의혹만 한없이 증폭시킬 것 같아 우선은 녹초가 되어 쉬고 싶은 마음을 꾹 접고 모친에게 전화를 걸어 엄마 친구 아들은 맘에 들지 않고, 기분이 좋지 않아 친구를 만나 술을 잔뜩 마셔서 곯아떨어졌었다, 둘러댔다. 어쩌겠는가. 곧

이곧대로 엄마 친구 아들과 한바탕 원나잇 섹스를 질펀하게 했다고 말할 순 없지 않은가.

그렇게 일단락되는 줄 알았더니 갑자기 그 남자가 마음에 안 들면 다른 '엄마 친구 아들'이 있다는 둥, 아니면 엄마 친구의 친구 아들이 있다는 둥 이러다 대한민국, 아니, 지구상에 바지 달린 것들은 유부남 홀아비 빼고 다 선보게 해줄 것 같은 마음이 들어 그 후로 웬만하면 바쁘단 핑계를 대서 전화를 안 받는 것이다. 이러다 보면 언젠가는 딸의 강력한 의지를 알겠지.

당분간은 남자는 만나고 싶지 않다.

이게 장서준이 가지고 있는 카리스마인가?

단 두 번의 만남으로 그는 해수로 하여금 잠 못 이루는 밤을 선사했다. 미친 듯 일을 하게 만들었다. 그러지 않으면 시간이 날 때마다 틈이 날 때마다, 그와의 잠자리가, 그의 애무가 주었던 황홀함이 머릿속을 비집고 떠올랐다.

그래, 어쩌면 이 시국에 중요한 프레젠테이션이 있어서 다행일지도 모른다. 그로 인해 그녀는 더욱 미친 듯 일에 매진할 수 있었으니까.

그리고 일주일 넘게 준비한 그 정우 어패럴의 프레젠테이션 발표가 바로 오늘, 잠시 후에 있을 예정이었다.

이상하게도 해수에게는 광고 만드는 일보다 항상 PT 준비가 더 어렵다. 광고를 따는 일은 PT에서 좌지우지되기 때문인가, 늘 힘들고 긴장하게 된다.

물론 일이 힘들다고 해서 못한다는 것은 아니었다. PT가 광고를 따오는데 중요한 만큼 성공했을 경우 경력에도 큰 도움이 된다. 해수가 회사에서 굳건한 위치를 차지하고 있는 이유 중 하나도 바로 이 PT를 기가 막히게 잘하는 점 때문이었다.

이번에 PT를 진행할 정우 어패럴의 사옥은 해수의 회사에서 멀지 않은 성산동에 위치해 있었다. 그녀만큼이나 잔뜩 긴장한 조대리가 마침내 정우 사옥의 주차장에 차를 댔다.

워낙 큰 회사인만큼 로비도 웬만한 사람 기죽이게 크다. 그러나 로비를 감상할 마음의 여유 따위는 없었다. 시계를 본 해수는 걸음을 재촉했다. 프레젠테이션을 진행할 여섯 팀 중 세 번째 팀. 원래 PT는 첫 팀과 마지막 팀이 가장 승률이 높다. 처음과 마지막인만큼 강한 인상을 줄 수 있기 때문일 것이다.

그런 면에서 처음과 마지막에서 가장 동떨어진 정 가운데, 세 번째는 가장 불리하다 볼 수 있다. 최악의 순번을 받은 만큼 일찍 대기실에 가서 한 번이라도 더 머릿속으로 점검을 해보고 싶은 것이다.

엘리베이터가 열리고 있었다.

"잠깐만요!"

하지만 그녀가 너무 멀리 있다고 판단되었던 것인지, 아니면 못 들은 것인지 야속하게도 엘리베이터는 그녀가 근처도 못 갔음에도 반쯤 닫히고 있었다. 얼른 달려가 버튼을 눌러보지만 끝끝내 다시 열어주는 친절함은 없었다.

좀 기다려 주면 큰일이라도 나나?

그녀는 잠시 엘리베이터의 문을 노려보고 서 있었다. 그러다 그녀는 살짝 미간을 찡그렸다.

확실히 장서준, 그를 만난 것이 마냥 좋았던 것은 아니었던 모양이다. 이젠 시도 때도 없이 그의 얼굴이 보이네.

남자들이 조금 모여 있다 싶으면 그중 하나는 꼭 그 남자 같다니까. 방금 전 엘리베이터 안처럼.

"그러게, 아직 시간도 많이 남았는데 왜 뛰고 그러세요? 괜히 힘만 빠지게."

느긋하게 뒤따라온 조 대리가 뒤에서 괜히 이죽거리다 해수의 눈총만 받았다.

마침내 두 번째 PT가 끝났다. 해수가 들어갈 차례였다.

목소리를 가다듬고, 화장실에서 몇 번이나 매만진 옷매무새를 다시 매만지고, 해수는 최대한 긴장감을 숨기고 당당한 모습으로 PT룸으로 들어갔다.

프로젝터를 켜기 위해 실내는 어둡게 되어 있었다.

단상에 올라가 마이크를 들고 살짝 미소를 지으며 그녀는 당당한 모습을 보이기 위해 청중을 한 번 죽 둘러보며 마침내 매끄러운 목소리로 입을 열었다.

"하나기획 강……."

그리고 그녀는 보았다. 자신을 보고 있는 한 쌍의 낯익은 시선을.

"……해수입니다."

하나기획에서 해수의 별명은 101마리의 점박이 강아지가 나오는 모 애니메이션의 악독한 여사장 '크루엘라'였다. 혹은 거침없는 그녀의 성격과 입담에 '사나이 강해수'란 별명도 있었다. 이 모든 옳지 못한 별명들만 봐도 그녀의 성격이 차갑고 때론 악랄하고 또 때론 거침없기도 하다는 것을 알 수 있다. 한 번도 PT룸에서 목소리를 먹은 적이 없었다.

바로 그 처음이 지금 이 순간 일어난 것이다.

그 남자, 장서준이 바로 눈앞에, 자신의 PT를 평가하는 정우 어패럴 측 사람들의 정중앙에 앉아 자신을 바라보고 있었다.

순식간에 머릿속이 꼬이고 말았다. 그녀의 머릿속은 온갖 다른 생각들이 차지해 버렸다.

저 남자가 왜 저기 앉아 있는 거지?

장서준이 이 회사 간부였던 건가? 얼마 전에 취직했다 했잖아. 하지만 간부라니, 그럼 취직이 아니라 정말 말 그대로 스카우트란 얘기잖아. 그게 이 회사였어?

그렇다면 이 PT는 다 말짱 황인 거잖아.

아, 난 지금 뭐 하고 있는 거지? 어서 시작하란 말야!

"하나기획은 인턴을 보냈나? 왜 저리 떨어?"

어딘가에서 불평이 흘러나왔다.

"그럴 거면 아예 PT를 넣지 말던……."

서준이 손을 들자 이내 그 불평의 소리도 들어가 버린다. 그가 해수를 뚫어지게 보고 있었다.

해수는 침을 꿀꺽 삼켰다. 이제, 진정하고 시작해. 넌 강해수잖아.

"하나기획의 프레젠테이션을 시작하겠습니다."

마침내 그녀가 매끄러운 목소리로 말문을 열었다.

"……이로써 하나기획 프레젠테이션을 마치겠습니다."

마지막까지 일관된 목소리로 해수는 마침내 PT를 마쳤다. 아마도 오늘 같은 날은 없을 것이다.

평소 PT룸에 들어가기 전까지는 긴장을 하지만 일단 PT룸에 들어가는 순간 그곳은 그녀의 자회사였고 상대 회사 사람들은 자회사 사람들이 된다. 그게 그녀가 긴장하지 않기 위해 마인드컨트롤을 하는 방법이었다.

하지만 오늘 정우 어패럴의 PT룸은 그저 정우 어패럴의 PT룸이었고 정우 어패럴의 사람들은 정우 어패럴의 사람들이었으며 해수는 이제 막 입사한 신입 인턴이었다.

그래도 마지막까지 해수는 포커페이스는 놓치지 않았다.

마이크를 내려놓으며 해수는 난생처음으로 결과가 나오기도 전에 패배감을 느꼈다.

시작부터 얼어서 머뭇거리고, 그래서 기선 제압할 타이밍도 놓치다니. 천하의 강심장 강해수 체면이 말이 아니다. 기운 빠지는 것이 딱 감이 온다. 아무래도 이번 PT는 실패다.

"강해수 씨."

조용한 목소리가 문을 향하는 해수를 불러 세웠다. 해수는 그냥 두 눈을 감고 싶었다. 저 목소리는 바로 서준의 것이다. 이대로 조용히 보내줄 생각은 없나 보다.

"네."

"물어볼 것이 생길지도 모르니 가지 말고 기다려요."

서준의 말에 사람들이 조금은 동요하는 표정이다. 처음부터 얼어붙은 인턴사원 같은 그녀는 시작부터 고려 대상에서 제외시켰지만 기획실장이 그녀에게서 무언가 가능성을 보았단 생각이 들었는지 서로 눈치를 보기 시작한다.

해수는 최대한 당황한 속을 들키지 않기 위해 포커페이스를 유지했다.

장서준이 자신을 호락호락 돌려보내지 않을 거라는 생각은 하고 있었지만 어쩌면 지금 이 상황이 일적으로는 유리하게 돌아갈 수도 있을 것 같다.

"네."

살짝 눈인사를 하고 해수는 PT룸을 나왔다.

조 대리를 혼자 돌려보내고 해수는 타사의 PT가 다 끝날 때까지 대기실에서 종이컵에 담긴 맛없는 커피를 홀짝거리고 있었다.

아무래도 정우 어패럴의 새로 바뀐 기획실 실장이 바로 장서준이었던 모양이다. 진작 알았어야 했는데. 한 번도 '취직'한 그가 정우 어패럴의 새로 바뀐 기획실장일 거라고 연관을 지어본 적이 없다.

그저 백수로 여행이나 다니다 간신히 취직했다 생각했는데 어찌 그걸 연관 지을 수 있겠냐고.

그는 알고 있었을까? PT를 하러 오는 하나기획의 광고팀 팀장이 바로 나라는 것을.

곰곰이 곱씹어보니 그는 그리 놀란 표정이 아니었다. 그저 속을 알 수 없는 표정으로 그녀를 바라보고만 있었다.

어쩌면 프레젠테이션 기획서를 보면서 거기에 적힌 이름을 보고 오늘 알았을지도 모르겠다.

그러고 보니, 아까 엘리베이터에서 스치면서 본 그 '장서준 같은' 얼굴, 그게 진짜 장서준이었었던 모양이다.

'나는 대체 뭘 바라고 여기 앉아 있는 걸까?'

어차피 광고를 따는 것은 물 건너간 것 같은데. 쿨하게 돌아가면 될 것을, 그래도 혹시나 실수를 만회할 기회가 생길까 기다리고 있는 자신이 한심하다.

PT가 끝났는지 마지막으로 들어간 사람이 나오더니 얼마 지나지 않아 사람들이 나오기 시작했다.

곧이어 서준의 모습도 보였다.

인사를 해야 하나? 혼자 오는 것 같긴 하지만 광고주 회사인데 존댓말을 해야 하나, 전처럼 편하게 말을 해야 하나.

어떻게 말을 해야 할지 정하지도 않았는데 그는 이미 해수의 앞에 서 있었다.

"나가지."

그 한마디 던지고 그가 돌아서서 앞서 걸어가기 시작했다.

4층의 건물 안쪽은 훤한 유리문으로 온실처럼 꾸며진 직원 휴게실이었다. 다만 워낙 훤한 만큼 그 시간에 한가하게 그 안에서 휴식을 취하고 있는 대담한 직원이 없을 뿐이다.

"물어볼 말이 있으면 그 자리에서 물어보면 됐잖아."

아까 그 중역들 앞으로 다시 불려가는 것이라 생각해 따라왔지만 이런 곳에서 일적인 질문을 할 리가 없다.

"그 자리에서 사적인 대화를 나눌 순 없지."

역시. 대체 뭘 바라고 이 시간까지 남았던 것일까? 그녀가 남아서 기다려야 한단 말에 먼저 돌아가야 하는 조 대리는 파이팅까지 외치며 차를 헌납하고 대중교통으로 돌아갔는데.

"사적인 얘기는 할 말 없어. 그때 다 끝냈잖아."

"그건 당신이 끝낸 것이지, 내가 대꾸할 겨를도 주지 않고 또 달아났잖아."

해수는 분한 시선으로 그를 쳐다보았다. 자꾸 달아났다 얘기하다니. 그건 달아난 것이 아니다. 더 이상 볼일이 없으니 단칼에 끝내는 일종의 방식일 뿐이지.

"왜? 마음이 변했어? 최선이 안 되니 차선이라도 좋다고 말하려고?"

하지만 섹스파트너는 이제 해수도 사양이다. 그건 자신이 감당할 수 있다 생각했기에 뱉은 말이었지, 힘들었던 지난 일주일을 생각해 볼 때 장서준은 웬만하면 마주치지 않는 것이 낫다는 결론이 섰다.

그가 비틀린 미소를 지었다.

"난 그런 어정쩡한 관계는 좋아하지 않아. 예나 지금이나."

"어차피 그 '차선'을 선택했다 말해도 이젠 내 쪽에서도 거절이야. 다시 생각해 보니 나도 역시 아니란 생각이 들거든."

"내가 원한 게 바로 그 답이야. 왜 아닌 거지?"

입은 웃고 있지만 서준의 두 눈은 차분하게 그녀를 응시하고 있었다. 정말로 그녀가 그 답을 해주길 바라는 것이다.

"당신이 가고 나서 한참 생각했어. 왜 아닌 건지. 왜 그런 말도 안 되는 관계를 주장하는 건지. 대체 뭐가 잘못된 건지. 하지만 아무리 생각해도 모르겠단 말이지."

해수는 그의 코앞에 대고 코웃음을 쳤다.

"왜 당신이 모르는지 오히려 내가 모르겠는걸. 당신, 나르시시스트야? 장서준을 보면 속절없이 무릎이 후들거리고, 가슴이 두근거리고, 사랑에 빠져 당신 하자는 대로 해야 한단 생각을 하고 있어?"

이 정도 공격이면 기분이 상해야 하건만 그는 오히려 비웃듯 입술을 더 일그러뜨렸다.

"내가 손을 댈 때마다 이성을 잃었던 사람이 할 소린 아닌 것 같은데."

진정해, 여기서 얼굴 붉히면 그의 말이 맞다고 인정하는 것밖에 안 되는 거야.

"전부터 생각한 거지만, 장서준, 정말로 심각한 병을 앓고 있는 것 같아. 내가 그랬던 것은 당신이 그만큼 훌륭한 스킬이 있어서 그런 게 아니야. 다만 즐길 땐 마음껏 즐기자는 것이 내 주의였으니까 즐긴 거지. 자만하지 마. 어떤 남자라도 마음만 먹으면 그만큼 즐길 수 있어. 지금까지도 그래 왔고."

이번 반격만큼은 먹힌 모양이었다. 그의 얼굴이 험악하게 일그러졌다.

"어쨌건, 일적으로 물어볼 말이 아니면 난 이만 가볼게. 이 개인적인 일로 공적인 일까지 결부시키지는 말아줬으면 좋겠어."

이쯤 했으면 일찌감치 나가는 것이 상책이다. 저 심사 뒤틀린 얼굴을 보니 더 건드렸다가는 좋게 끝날 것 같지 않다.

하지만 생각보다 그녀의 반격이 치명적이었던 모양이었다. 그는 대꾸조차도 하지 않았다. 다만 험악한 얼굴로 그녀를 향해 한 발 다가왔을 뿐이다.

"왜 그래? 지금 날 한 대 치기라도 하려고? 같이 온 직원 아직 안 갔거든. 주차장에 차 대놓고 기다리고 있어. 전화하면 5분도 안 되어 올라올 거야."

"……."

그가 또 한 발 걸음을 옮겼다. 어차피 거짓말이었지만 정말 조 대리가 주차장에서 정말 기다리고 있다 해도 5분은 너무 길 것 같다.

해수는 슬쩍 뒤로 발을 빼며 위협을 하듯 휴대폰을 꺼내 들었다. 하지만 서준은 눈 하나 꿈쩍하지 않았다.

어쩔 수 없다. 해수는 애꿎은 조 대리에게 전화를 걸었다.

[아, 팀장님. 끝나셨어요? 그쪽에선 뭘 물어봐요?]

"어, 조 대리, 있잖아……."

하지만 이내 그녀의 휴대폰이 그의 손에 빼앗겼다. 그가 휴대폰을 끄고 자신의 바지 주머니에 집어넣는다. 황당한 눈으로 해수가 서준을 쳐다보았다.

다음 순간 그가 그녀의 입술을 덮었다. 당황한 해수가 그를 얼른 밀치려 했지만 이내 그 손마저도 붙들려 버렸다. 고개를 돌리려 했지만 그도 소용없었다. 그의 손이 뒷목을 잡자 움직이기 힘들다. 남은 손으로 그의 가슴을 치고, 팔을 잡아 밀쳐도 단단히 잡은 그의 손은 꿈쩍하지 않았다.

혀가 그녀의 입술 안쪽을 쓰다듬는다. 굶주린 듯 그녀의 입술을 빨아들인다.

어느 순간 그녀의 입술이 벌어졌다. 그것을 허락으로 여겼는지 조금도 지체 없이 그의 혀가 그녀의 입안으로 밀고 들어왔다.

아…….

몸이 또다시 멋대로 반응하기 시작했다. 피가 뜨거워지고 정신없이 그를 밀치던 해수의 손은 어느새 그 힘을 잃고 아래로 늘어뜨려졌다.

졸졸졸, 작은 연못 장치에서 흘러나오는 물레방아 돌아가는 소리, 스피커에서 나오는 꾀꼬리 소리, 그리고 그의 거친 숨소리…….

두근거리는 심장 소리는 그의 것일까, 아니면 내 것일까.

아, 난 여전히 그의 영향을 받는구나. 마치 기다리고 있었다는 듯 몸이 반응하기 시작한다.

"이것도 마음먹고 즐긴 쪽에 드는 건가?"

그가 입술을 붙인 채로 중얼거렸다. 대답을 바란 것은 아닌 듯 그는 다시 입술을 막아버렸다.

하지만 해수는 그 순간에야 정신이 들었다.

아, 또 그랬다. 마치 그의 키스를 처음부터 원했던 것처럼 반응하고 말았다.

그녀는 그를 밀쳐 버렸다. 거친 숨을 몰아쉬며 서준을 노려보았다.

푸른 불꽃을 두 눈에 담은 채 그가 그녀를 보고 있었다. 입가엔 비틀린 웃음을 띠고서. 오히려 그 모욕적인 웃음이 그녀의 분노를 부채질했다.

해수는 말없이 그를 밀치듯 그의 옆을 지나 휴게실 문을 나와 버렸다. 정신없이 1층 주차장까지 와서 차에 타고 나서야 자신의 휴대폰이 아직 그에게 있단 사실을 깨달았지만 돌아가 돌려받을 마음이 생기지 않았다.

아무래도 휴대폰은 조 대리에게 부탁을 해서 찾아와야 할 것 같다.

그녀는 시동을 켜고 차를 출발시켰다.

4. 내기

지친 얼굴로 해수는 자신의 오피스텔 엘리베이터에 올라타고 5
층의 버튼을 눌렀다.

결국 휴대폰을 찾아오는 것은 실패했다. 조 대리가 직접 찾아가
돌려줄 것을 요청했지만 정중한 거절만 들었을 뿐이다. 그가 직접
돌려줄 것이라 했단다. 아직 PT에 대한 결과도 나오지 않은 상황
에서 조 대리가 할 수 있는 선택은 공손히 인사하고 돌아오는 것
뿐이었다.

비열한 인간! 일하는 사람에게 휴대폰이 얼마나 중요한 것인지
알면서 일부러 그러는 것이다. 다시 저를 찾아가길 바라고서.

그래도 조 대리가 집요하게 왜 휴대폰이 장서준의 손에 들어갔
는지는 물어오지 않아 다행이다. 아니, 물어보려 했지만 암기(暗

氣)가 나오는 해수의 두 눈을 보고 더 물어볼 용기를 잃었을지도 모르겠다.

어쨌건 거래처 때문이라도 그 휴대폰을 찾아오긴 해야 하는데. 내일 다시 찾으러 가야 하나?

좋게 생각하자. 그래도 휴대폰이 없으니 엄마의 전화를 받지 않아도 됐잖아? 시간으로 볼 때 벌써 몇 통의 전화를 걸어왔을 건데.

마치 그녀의 생각을 읽기라도 한 듯 하필 그 순간 그녀가 특별히 엄마를 위해 입력한 벨소리가 어디선가에서 울리기 시작했다. 아, 너무 생각했더니 환청까지 들리나 보다. 굉장히 생생하네. 다른 사람 벨소린가? 희한하네. 흔하지 않은 벨소리인데.

역시 환청이 맞았나 보다. 이내 소리가 멈춰 버린다.

하지만 엘리베이터 문이 열렸을 때 해수는 그 음악 소리가 역시 엄마로부터 걸려온 전화벨 소리가 맞다는 것을 깨달았다.

서준이 그녀의 집 문 앞에 서 있었다. 그리고 누군가와 전화로 대화를 하고 있었다. 그가 통화하고 있는 하얀 휴대폰 케이스에 온통 박혀 있는 큐빅. 많이 낯익다.

그녀의 눈에 켜진 붉은 불이 눈에 들어오지 않는지 서준은 해수를 보고 눈인사를 하고는 그녀는 아랑곳하지 않고 계속 통화를 한다.

"네, 어머니. 지금 도착했네요."

지금 그 어머니, 설마 내 어머니는 아니겠지?

"네, 바꿔 드릴게요……. 아니요, 당분간은 회사 업무가 너무 많아서 시간 내긴 힘들고, 다음에 저희 어머니와 함께 찾아뵙겠습니다.”

아, 우리 어머니가 맞는 모양이다. 그가 당연하다는 듯 휴대폰을 그녀에게 건네고 있다. 심지어 며칠 동안 기피했던 모친이 아직 전화로 연결되어 있기까지 하다.

장서준, 정말 이러기야?

“네, 엄마.”

[아니, 얘, 넌 뭐라고 그런 일을 숨기고 그러니? 이 엄마가 알면 뭐라고 할까 봐?]

“무슨 일?”

[서준이 말이야. 서준이 만나는 거 아니었어?]

해수는 서준을 노려보았다. 대체 어머니께 무슨 말을 한 것이냐는 무언의 질문이 분노에 묻어나고 있다.

그는 어깨만 으쓱할 뿐 아무 말도 없었다.

“만나긴. 아니에요, 그런 거.”

[아니긴, 그럼 왜 서준이가 네 핸드폰을 가지고 있니?]

“저 프레젠테이션 준비한 거 알죠? 그 회사가 장서준 씨 회사였어요. 장서준 씨가 그 회사 기획실장이더라고요. 내가 광고주 회사에서 만나는 사람들이 다 기획팀 사람인 건 알고 있죠? 그래서 만났는데 내가 휴대폰을 그 회사에 놓고 오는 바람에 서준 씨가 챙겨 가지고 있었던 거예요.”

그녀는 평소엔 하지도 않는 장황하고도 자세한 설명을 은옥에게 해야만 했다. 이런 중요한 시점에서 그러지 않았다가는 그녀가 특유의 상상력을 부풀려서 마음대로 생각할지 모르기 때문이었다.

[뭐야, 그런 거야?]

"그럼 뭐, 다른 게 있는 줄 알았어요?"

[난 그런 줄도 모르고 휴대폰 돌려줘야 한다길래 집 주소까지 가르쳐 줬지. 하긴, 만나는 사이면 집이 어딘지 모를 리가 없겠구나. 이제 생각해 보니 이상하네.]

엄마의 어색한 말투가 더 이상해요.

[어쨌건 예의 하난 정말 바르더구나. 나한테 꼬박꼬박 어머니라 부르면서 말이지. 하긴, 서준이가 옛날부터 예의가 바르긴 했어. 딱 내 아들 삼고 싶을 정도로 말이야……]

"엄마, 저 일단 피곤하니까 집에 들어갈게요. 쉬세요. 고생하셨어요."

머리 굴리며 장서준과 엮으려고 애쓰느라고요.

전화를 끊자마자 해수는 서준을 바짝 노려보았다.

"뭐야, 지금? 왜 맘대로 남의 전화는 받아?"

"받으려고 받은 건 아냐. 세 번이나 계속 울려대니 괜히 내가 휴대폰 가지고 있을 때 급한 일이 터진 건 아닌가 싶어서 받은 거지."

역시. 계속 전화를 하셨군.

"어쨌건 집까지 배달해 준 건 고마워. 난 또 내일 휴대폰 찾으러 가야 할 생각에 부담스러웠는데."

집 도어락을 삑삑 누르며 해수가 그의 얼굴도 보지 않고 중얼거렸다. 문이 열렸다.

"이만 들어갈게."

하지만 그가 휴대폰만 전해주려 집에 찾아온 게 아니라는 것은 그도 알고 그녀도 알고 있는 일이다. 닫히는 문을 그가 잡는다.

"여기까지 휴대폰 배달해 주었는데 커피 한잔 못 주나?"

"커피 한잔? 나가는 길목에 보면 맛있는 커피숍 하나 있어. 거기서 사먹어. 돈 없어? 내가 줄까?"

그가 피식 웃는다. 그가 웃을 때마다 이렇게 화가 치미는 것을 보면 그것도 그가 가진 능력 중 하나인 모양이다.

"오늘은 얘기만 하고 갈 거야. 걱정 말고 들어가게 해줘. 당신이 싫어하는 일은 절대 안 할 테니까."

"퍽이나."

"약속하지. 내가 그 약속을 어기면 앞으로는 정말 안 보면 되는 거지. 내가 휴대폰을 들고 여기까지 찾아온 이유가 고작 당신을 한 번 더 안아보고 싶어서 그런 거라 생각하나?"

해수는 살짝 미간을 찡그리고 그를 노려보았다.

틀린 말은 아니다. 하지만 그 말을 무조건 믿기엔 그의 전적이 화려하다.

"여기 서서 문밖에서 얘기하라면 할 순 있어. 하지만 다른 이들도 듣겠지. 당신 이웃들 말이야."

마지막 말에 해수는 마침내 문을 활짝 열었다. 그가 하는 얘기가 무엇이 되었건, 지금까지의 대화로 볼 때 다른 이들이 들을 만한 얘긴 아닐 것이다.

"용건이 뭐야?"

그가 문을 닫기 무섭게 그녀는 말을 툭 뱉었다. 비록 안으로 들였을망정 절대로 다른 것을 바라서 그런 것은 아니란 것을 보이고 싶은 것이다. 하지만 그는 안으로 들어오는 순간 느긋했다. 주변을 휘휘 둘러보고 그녀를 향해 뭔지 모를 의미심장한 미소를 지어 보인다.

"앉으란 말도 안 하나?"

"밖에서 큰 소리로 말한다 해서 들인 거야. 그러니 본론만 말하고 가."

그가 그녀를 향해 다가오자 해수는 한 발 뒤로 뺐다. 항상 그가 가까이 오면 이성이 사라져 버린다. 차라리 이게 낫다. 그녀의 단호한 눈빛을 읽었는지 서준은 그 자리에 멈춰 섰다. 어쩔 수 없다는 듯 짧은 한숨을 내뱉었다.

"날 납득시켜 주길 바라. 그게 다야. 왜 나와 안 만나겠다는 건지. 내가 싫어서 그렇다는 말은 믿지 않아. 그렇지 않다는 건 몇 번이고 당신이 증명했으니까."

그래, 싫어서 그런다는 변명 따위는 안 통할 거라는 것은 안다. 그러기엔 너무도 많이 즐겼다.

"난 독신주의야. 그거면 충분하지 않아?"

"혼자 사는 사람들도 연애는 해."

"결혼해서 앞마당에서 뛰노는 아이들을 생각하는 서른다섯 살의 남자하고는 안 하지."

서준의 눈에서 웃음기가 걷혔다.

"대체 어느 부분이 날 결혼하지 못해 안달난 사람으로 보이게 만들었는지 모르겠는데, 강해수. 난 결혼 안 할 생각이 없다 했지 꼭 지금 당장 결혼해야겠다고는 안 했거든."

"그런다고 달라지나? 연애를 하면 그 끝은 정해져 있잖아. 결혼하거나, 혹은 서로 소원해져서 이별하거나, 혹은 한쪽이 변심해서 상대방 가슴을 찢어놓으며 이별하거나. 난 그 셋 다 싫어. 그런 감정은 결국 일하는 데도 지장이 생겨."

"그러니까 결국 당신은 일이 우선이다, 이거로군. 그 뜻은 충분히 알았어. 하지만 부부조차도 맞벌이로 일은 한다고. 그런다고 관계가 틀어지는 것도 아니고."

그녀가 그를 물끄러미 쳐다보자 그가 이내 말을 돌린다.

"단적인 예를 들면 그렇다는 거지, 결혼하잔 뜻은 아니야. 부부도 그러는데 왜 일하면서 연애하는 건 안 되냔 말이지."

"무슨 뜻인지 알아들었어. 내 대답은 같아. 결혼할 것도 아닌데 연애는 감정 낭비란 소리야. 잘되든 안 되든."

"관계가 끝나는 것이 두려우니 아예 관계 자체를 안 만들겠단 말이군."

그의 차가운 목소리에 해수는 일순간 표정이 굳어버렸다. 한 번도 그런 식으로 생각해 본 적이 없었다. 관계가 두려울 것이 뭐가 있을까? 그건 상대방을 위한 배려일 뿐이다. 아마도 아직 결혼 따위는 생각하지 않아도 될 만큼 창창한 나이였다면 제아무리 원나잇 상대라 하더라도 그까짓 연애, 한번 해보지, 했을지도 모른다.

분한 마음에 해수의 반박이 즉각적으로 튀어나왔다.

"그러는 당신이야말로 나한테 이러는 거, 실은 다른 이유잖아. 술집에서 만나 하룻밤 불장난한 상대에게 목을 맨다는 건 상식적으로 이해가 되지 않거든."

그가 미간을 잔뜩 좁히고 그녀를 바라보고 있다.

"아마도 당신은 이렇게 침대에서 잘 맞는 여자를 또 찾긴 힘들 거라는 생각이 들었겠지. 그러니 이게 인연이라는, 지극히 엉성한 결론을 내리게 되었고. 하지만 내 말 믿어. 그래 봤자 정말 오래 안 가거든. 언젠가는 그 관계가 소원해질 것이고, 그때 되면 괜히 연애하자 했나, 미안하니 떠나달라 먼저 말해야 하나, 아니면 아주 못난 짓을 해서 스스로 떨어져 나가게 만들까, 고민하게 될 거야. 그게 바로 남자라는 족속이야. 감정이 오래가질 못하거든."

어이가 없는지 그가 헛웃음을 웃었다.

"대체 누가 당신의 이 똑똑한 머리에 그런 어리석은 생각을 넣은 거지?"

"아니라고 부인할 수 있어? 어차피 결국 남자가 여자에게 원하는 건 오로지 섹스뿐잖아. 원할 때 언제든 할 수 있는 그런 여자. 그건 당신이 지난 며칠 동안 충분히 증명해 보였고."

방금 전 그가 한 말을 역이용했다. 그의 표정이 또다시 굳어버린다.

"……대체 당신한테 무슨 일이 있어서 그런지 모르겠지만, 최소한 난 당신과 원할 때마다 섹스하려는 목적으로 이러는 건 아니야."

해수는 코웃음을 쳤다.

과연 그럴까?

남자란 원래 시작할 땐 진심이라는 것을 안다. 그들은 그때만큼은 그 누구보다 순정파다. 하지만 그 순수했던 마음은 시간이 지나면 빛바래지고 변절된다.

누가 이런 생각을 머리에 넣었냐고? 이런 생각은 누가 주입시키는 것이 아니다. 그저 오랜 학습에 의해 배우는 것이지.

어쩌면 그 시작은 미국으로 유학을 갔던 고등학교 시절부터였을지도 모른다.

"남자는 감정의 동물이 아니야. 그래서 사랑도 딱 호르몬이 나오는 3년 정도 가지. 나머진 그냥 이런저런 이유로 사는 거야. 이혼할 용기가 없거나 혹은 아이를 못 볼 용기가 없거나 혹은 위자료가 아깝거나 혹은 이혼한다 해도 딱히 좋은 상대가 나타나지 않을 거 같거나. 알겠니, 해수야? 결혼하더라도 평생 너 하나만 사랑할 남자와 산다는 생각은 버려. 그런 건 세상에 없으니까. 정 결혼이 하고 싶다면 사랑보다는 평생 의리를 지켜줄 남자를 만나."

고모는 한 번씩 술잔을 기울이며 이 말을 자주 했다. 이혼 후 받은 위자료로 작지만 전망 좋은 맨해튼의 아파트에서 혼자 멋지게 잘살았지만 한 번씩 술이 들어가면 해수에게 여자로서, 인생의 선배로서의 충고를 하고 싶어했다.

어쩌면 결혼하면서 유학을 간 해수의 친한 친구 중 하나인 영주 때문일지도 모른다. 그녀의 남편도 처음엔 누구라도 부러워할 사랑을 영주에게 줬다. 하지만 그는 유학 가고 나서 너무도 쉽게 다른 여자의 유혹에 넘어갔고 현재 이혼을 진행 중이다.

한 다리 걸러 아는 친구지만 은영이, 그녀도 그리 상황은 좋지 않다. 남편으로부터 그저 집안의 가구 취급을 받고 있고 또 다른 친구는 그저 어떤 성적 긴장감 없이 말 그대로 가족처럼 지내고 있다.

어쩌면 회사 생활을 시작하면서부터 그랬을까?

회사의 상사 한 차장도 걸핏하면 다분히 성희롱 기가 있는 농담을 했다. 그걸 받아준다면 그가 더한 것도 할 거라는 것을 모르지 않는다. 참고로 그는 유부남이다.

아니, 어쩌면 이 모든 일의 시작은 그녀의 생애 전반에 걸쳐, 결혼이라는 제도가 여자에게는 지극히 불리하다는 것을 각인시켜 준 아버지 때문일 수도 있다.

해수로 하여금 결혼이란 제도에 의문을 가지게 했던 사람. 남자란 어떤 존재인지 확실히 가르쳐 준 교육자, 명망 있기로 알려진 강성재 교장선생님.

결혼은 여자를 합법적으로 구속하는 굴레에 불과하다. 그리고 희한하게도 대한민국에서는 그 합법적인 구속이 여자에게만 적용된다. 헤어지는 부부들의 이혼 사유가 주로 남편의 외도라는 것만 봐도 그렇다.

이혼하지 않는 커플이 더 많다고? 그들에게 아무 문제가 없다는 것이 아니다. 다만 그냥 남들이 알까 덮어버리고 언젠가는 좋아질 것을 기다릴 뿐인 것이지. 바로 그녀의 부모처럼.

그녀가 코웃음 치자 그도 인정한다는 듯 손을 내저었다.

"물론 당신과 섹스하고 싶지 않다는 건 아냐. 하지만 그게 전부가 아니란 거지."

그의 눈빛은 진지했다.

"많이 듣던 말이네. 너무 진부한 거 아냐?"

"당신을 알고 싶을 뿐이야. 원하지 않는다면 당신 털끝 하나 건드리지 않을 수도 있어."

"그래?"

해수는 또다시 코웃음을 쳤다.

"약속할 수 있어?"

"난 지키지 못할 약속 따위는 하질 않아."

"과연 그럴까?"

그 약속, 채 몇 분도 못 가서 어기게 할 수도 있다.

해수는 그에게 한 발 다가섰다. 그리고 또 한 발. 예기치 못한 그녀의 행동에 그의 시선이 흔들리기 시작했다. 하지만 그녀의 입가엔 오히려 여유로운 미소마저 드리워 있다.

그리고 또 한 발. 바로 그의 코앞까지 다가섰다. 그제야 그녀가 무엇을 하려는지 알아차린 듯 서준의 표정이 굳어버렸다. 위험한 불꽃을 담은 그의 시선이 이내 그녀의 앵두를 닮은 입술로 곧장 내리꽂혔다. 이내 그녀의 그 입술이 승리의 미소를 담는다.

어렵지 않은 게임이었다. 아마도 참기 힘들 것이다. 그녀도 그랬으니까. 그가 앞에 선 순간 그를 만지고 싶고, 그와 입 맞추고 싶고, 그와 섹스하고 싶어진다. 그리고 그것만으로도 그를 밀어낼 충분한 이유가 되었다.

조금만 더 그녀가 가까이 다가간다면 아마도 자석의 양극처럼 그는 그대로 그녀의 입술을 취할 것이다.

그녀가 속삭이듯 물었다.

"그 말만 믿고 당신을 만났다가 잘 안 되면 일에 영향을 줄 거 아냐?"

"그럴 일은 없을 거야. 결정권은 나 혼자 쥐고 있는 게 아니니까."

만족스러운 대답에 미소가 그녀의 입가에 번졌다.

"우리가 만나면 내가 허락하지 않는 한 털끝 하나 손대지 않겠다고?"

"그런다 하면 만날 건가?"

그의 시선이 그녀의 눈에서 다시 입술로 옮겨갔다. 그의 행동으로 보아선 그런 약속을 한다 해도 그리 지킬 의지는 없어 보인다.

그것 또한 그녀가 원하는 것이었다.

"정말 내게 손끝 하나 안 댄다고 약속한다면 나도 데이트 몇 번 정도는 해줄 수 있어."

어차피 그는 그 약속을 지키지 못할 테니까.

"몇 번?"

역시, 그가 넙죽 물었다.

"음…… 두 번 정도?"

"차라리 계속 못 살 정도로 조르는 쪽을 선택하지."

"좋아, 세 번."

"네 번. 네 번이라면 내가 사력을 다해서라도 당신을 건드리지 않을 수 있다 약속하지."

대체 데이트가 뭐라고 이렇게 흥정을 해오는 건지 모르겠네.

"어차피 그 데이트, 네 번까지 가보지도 못할걸."

서준의 눈이 번득였다.

"내기해도 좋아. 난 한다면 하는 성격이니까."

"내기?"

해수의 눈도 반짝이기 시작했다. 그런 내기라, 오케이, 손해 볼 일 없다. 몇 번 안 만나고 헤어지니 괜히 마음 심란할 일도 없겠다.

"좋아. 그 내기에 진다면 그땐 쿨하게 끝이야. 그땐 더는 아무것도 하려고 들지 마. 말도 안 되는 핑계를 만들어서 귀찮게 하지도 말고."

바로 이것이 해수의 목적이었다.

"오케이."

"만약 네 번의 데이트가 끝난다 해도 그 후에도 연락하지 말고."

이 상황에서 저 의미심장한 미소는 대체 뭐지?

"좋아. 그것도 오케이야. 하지만 강해수, 그 네 번의 데이트 동안 마음이 변했다면 당신이 나한테 먼저 연락해."

"내가 왜……."

"내기엔 쌍방 간에 조건이 걸려 있어야 하는 게 아닌가?"

그렇다면야. 마음이 변할 리는 없으니까.

"좋아."

그의 입가에 만족스러운 미소가 걸렸다. 하지만 그것도 잠시, 그의 표정이 이내 굳어졌다. 해수가 서로의 숨결이 닿을 정도로 가까이 다가갔기 때문이다.

마른침을 삼킨 듯 서준의 목젖이 움직였다.

"이봐, 난 아직 마음의 준비가……."

바로 그게 포인트지.

그의 말이 채 끝나기도 전, 해수는 기습적으로 그의 입술을 덮었다.

뭘 먹었는지 그의 입술에서는 살짝 달콤한 맛이 난다. 이내 그녀는 유혹적으로 그의 아랫입술을 살짝 깨물었다.

그가 숨을 들이켜는 것이 느껴졌다. 어쩌지 못하고 양손을 드는 것도 느껴졌다. 그대로 그 손을 그녀에게 대기만 해도 그는 이 게임의 아웃이다. 단 한 번의 기회도 살리지 못하고 끝나 버리는 허무한 게임이 될 것이다.

하지만 의외로 그의 손은 어느 순간 공중에서 멈추더니 움직이지 않는다. 아마도 필사의 의지로 참고 있는 모양이다.

해수는 조금 더 대담하게 그의 치열을 혀로 더듬기 시작했다. 어느새 그의 머리카락 깊숙이 손가락을 파묻고 한 손으로 그의 목을 끌어안고 전에 그가 했듯 그렇게 맹렬한 키스를 퍼붓기 시작했다.

"흠……."

마침내 그가 참지 못하고 신음을 내뱉었다. 하지만 아직은 부족한 모양이다. 등에 어떤 감촉도 만져지지 않는 것을 보니 그의 양손은 아직도 공중에 머물고 있는 것이다.

그녀는 그의 머리카락에 파묻었던 손을 들어 그의 셔츠 단추를 풀었다. 그의 탄탄한 맨가슴이 셔츠 사이로 드러났다. 이번엔 자신의 블라우스 단추를 몇 개 풀었다. 볼륨업된 가슴을 그가 볼 수 있게 살짝 몸을 떼었다. 그가 조금만 움직인다면 만질 수 있는 곳에 그녀가 서 있었다. 만질 수 있는 최상의 조건이다.

자연스럽게 서준의 눈은 그녀의 드러난 가슴골로 향해 있었다. 브래지어 덕분에 더 도드라진 가슴과 또 아슬아슬 그녀의 정점을 감춘 브래지어. 아마도 그는 지금 딜레마에 빠졌을 것이다. 이대로 방금 전에 한 약속을 어기고 본능에 충실할 것인가, 아니면 최소한 조금은 버텨볼 것인가.

그리고 그는 후자를 선택한 듯 두 눈을 질끈 감았다.

그래? 그렇다면.

그녀의 시선이 그의 아랫도리로 향했다. 겉으로만 봐도 욕구불만이 가득한 그의 분신이다.

"안 돼, 거긴."

그녀의 시선을 본 서준이 고개를 내저었다. 하지만 원래 하지 말라면 더 하고 싶어지는 것이 인간의 본성이다.

그녀는 손끝을 내밀어 툭 하고 건드렸다. 그가 고개를 든 채 이를 악물었다. 이번엔 겉으로 한 번 슥 쓰다듬자 마침내 그의 입에서 욕설이 튀어나왔다.

"젠장, 강해수. 이러기야?"

대꾸도 없이 해수는 그의 입술을 덮었다. 그녀가 할 수 있는 가장 에로틱한 움직임으로 그의 입안에서 혀가 춤춘다.

온몸이 뜨거워지고 심장박동은 쉴 새 없이 뛰어대고, 다리 사이의 은밀한 숲은 이제 그를 원하는 뻐근한 통증을 느끼고 있었다.

그의 허리띠를 풀고 정신없이 그의 바지 지퍼를 내리던 해수는 어느 순간 자신의 행동을 깨닫고 말았다.

그를 차지하고 싶었다. 침대에 누워 그의 탄탄한 맨살에 닿고 그를 온전히 차지한 채 밤새도록 사랑을 나누고 싶었다, 전처럼. 지금 그러지 않을 이유는 하나도 없어 보인다!

그녀는 한 발 물러섰다. 심장이 너무 미친 듯 뛰고 있어 정신을 차리지 못할 지경이었다.

아, 너무 멀리 온 것이다. 그를 도발하려 했을 뿐인데 오히려 함락될 뻔한 건 자신이었다.

헐떡거리는 숨결을 애써 참으며 해수는 원망이 가득한 눈으로 그를 노려보았다. 차라리 유혹을 참지 말지! 그랬다면 지금 이 순간은 즐기고 다음엔 다신 안 볼 수 있었잖아!

그도 해수를 노려보고 있었다. 우스꽝스럽게 양손은 어쩌지도 못하고 공중에 띄운 채 아직도 어떻게 해야 할지 아무 결정도 못 한 것 같은 시선으로 그녀를 노려보며 헐떡이고 있었다.

하지만 그것도 잠시, 그가 더딘 손길로 셔츠의 단추를 잠가 다시 채운 허리띠 속으로 밀어 넣어 정리하고는 호흡을 가다듬었다.

마침내 그가 승리의 미소를 지었다.

"이번 일요일 정오, 잊지 마."

그가 나간 후, 해수는 다리가 풀려 털썩 주저앉고 말았다.

대체 내가 무슨 짓을 한 거지?

안 그래도 바빠서 정신이 어디 박혀 있는지도 모를 것 같은 상황에 휴대폰이 계속 울려대고 있었다. 그녀는 머리를 빗다 말고 휴대폰을 찾았다.

보통은 항상 두는 곳에 두는데, 오늘따라 무슨 낌새를 눈치챈 것인지 모친에게서, 또 서준에게서, 그리고 한동안 바빠서 연락이 안 되었던 시집간 미도에게서까지 전화가 울려대는 통에 들고 다니며 전화를 받다가 이젠 어디다 뒀는지도 기억이 나지 않는다.

서준은 준비 다 되었냐 묻고는 야외로 갈 거라는 팁만 살짝 주고 이내 전화를 끊었다.

침대에 늘어놓은 옷 밑에서 그녀는 휴대폰을 찾았다.

명석이다. 그때 그렇게 어색하게 헤어지고는 한동안 전화가 없었는데, 무슨 일로 남들 다 쉬는 일요일 오전에 전화를 걸어온 것일까?

설마, 그때 그 일을 다시 얘기하자는 건 아니겠지?

짧은 시간 망설였지만 그래도 친한 대학 동기다.

"응, 명석아. 웬일이야, 이 시간에?"

[자는 줄 알고 끊을 뻔했어. 늦게 받네.]

"일요일 아침에 늦잠 자는 습관 없다. 지금 조금 바빠."

[바빠? 난 또 일요일이고 해서 같이 데이트나 하자고 하려고 전화했지.]

왜 지난 32년의 일요일 동안 항상 집에서 TV나 보게 만들던 남자들이 하필 오늘 무슨 일이라도 난 것처럼 데이트하자 조르는 걸까?

"오늘은 바쁘고 다음에 보자. 무슨 일인지는 모르겠지만."

[데이트라니까.]

"퍽이나 데이트겠다."

수화기 너머로 그의 웃음소리가 들린다.

[데이트 맞아. 오랜만에 너하고 만나서 노닥거리고, 볕 좋은 커피숍 테라스에 앉아서 잡담도 좀 하고 아무 생각 없는 일요일을 한번 보내고 싶었거든. 예전처럼.]

서랍을 열고 캐주얼한 손목시계를 꺼내 손목에 차며 해수는 시간을 살폈다. 10시 45분, 그가 도착하기 15분 전. 아직 무슨 옷을 입을지 고르지도 못했는데 시간은 속절없이 흐른다.

물론 장서준에게 잘 보이고 싶어서 옷을 고르는 것은 아니었다.

다만 옷은 그 사람의 사회적 지위와 기분과 상태까지 드러낼 수 있는 아주 좋은 매개물이다. 이 데이트가 절대 기뻐서 하는 데이트가 아니라는 것을 보이기 위해 특별히 옷을 골라야 한다. 참으로 아이러니가 아닐 수 없다.

"아무래도 이번 주는 안 될 거 같고, 다음 주에 보자. 다음 주는 시간 괜찮아?"

[다음 주? 뭐, 이번 일주일도 빡세게 일 처리하면 다음 일요일 하루쯤 더 쉴 수도 있지.]

"그때도 분위기 차게 식히면 알아서 해. 내 말 무슨 뜻인지 알지?"

[지당하신 말씀.]

전화를 끊고 나서 해수는 돌아서서 침대를 내려다보았다. 이제 옷만 결정하면 될 거 같은데, 무조건 싫다고 청바지, 티셔츠를 입을 수도 없고, 그렇다고 '지금 당장이라도 침대로 들어가고 싶어요.' 하는 느낌의 옷을 입을 수도 없고. 아니, 그래 봤자 그가 침대로 끌고 갈 순 없는 입장이긴 하지.

그래, 침대로 끌고 갈 순 없지…….

10시 50분. 그녀의 머릿속에 사악한 아이디어가 떠오르고 있었다.

정말로 데이트 장소로는 탁월한, 아니, 탁월하다 할 정도의 최악의 선정이었다. 놀이공원이라니, 십대도 아니고, 젊고 파릇파릇한 20대도 아니고, 하난 삼십대 초, 하난 중반인 커플이 놀이공원에서 할 수 있는 것이 뭐가 있을까?

심지어 그녀는 초딩 때조차도 놀이공원을 좋아하지 않았다. 그녀에게 놀이공원은 과도하게 아드레날린이 넘치거나 혹은 지루하거나 혹은 지치거나, 배고프거나. 뭐 하나 좋을 것 없는 곳이었다.

이런 곳에 올 줄 알았으면 하늘하늘, 봄에 맞은 핑크색 블라우스와 늘씬한 각선미를 자랑할 수 있는 짧은 스커트 따위는 입고 오지 않았을 것이다.

놀이공원 주차장에 서준이 그녀를 내려놓는 순간 해수는 장난삼아 한 그 약속을 깨고 돌아가 버릴까 하는 생각까지 했다. 이 남자, 생각보다 눈썰미 혹은 눈치가 없는 것이다.

그나마 다행인 것은 이곳에 오자마자 배가 고프다며 놀이공원 내 레스토랑부터 들어간 일이다. 일요일의 북적이는 놀이공원 안에서 그나마 가장 사람이 적은 곳이 바로 레스토랑 안일 것이다. 더군다나 조금 이른 점심시간이라 아직은 사람이 많지가 않다.

"흠, 강해수는 놀이공원을 좋아하지 않는군."

티 내려 하지 않았는데 얼굴에 다 드러난 모양이었다. 하지만 어쩔 수 없다. 놀이공원은 그야말로 허를 찌르는 선택이었으니까. 차라리 남들처럼 미술관이나 혹은 영화관이나, 혹은 호텔 레스토랑처럼 조금은 조용하고 조금은 한산해서 분위기라도 만끽할 만한 곳이라면 지루하더라도 참을 수 있겠지만 이건 뭐, 10미터 걷는데 평균 세 명의 어깨와 부딪치는 공간이라니. 사람 많은 것이 싫다. 치이는 것도 싫고 시끄러운 곳도 싫다.

"굳이 몸소 데려올 필요 없이 그런 건 그냥 물어보지? 난 그리

비밀스러운 여자가 아니야. 물어만 봐도 대답해 줄 수 있어."

"어딜 물어봐도 싫다고 대답할 거 같았거든."

먹기 좋게 돌돌 만 스파게티를 입에 넣으며 서준이 대답했다. 해수는 할 말을 잃었다. 사실 그 말이 틀린 것은 아니다.

미술관을 물어봐도 지루하다 대답했을 것이고, 영화관도 흔하다 핀잔 줬을 것이고, 호텔 레스토랑에 가자 했으면 그럴 거면 차라리 집에서 식사하고 일(?)을 치르자 대꾸했을 것이다.

"그리고 강해수가 날 밀어내려 꼼수를 쓰지 못할 만한 곳이기도 하고."

두 눈에 웃음을 가득 담고 이죽거리는 서준을 해수는 얄밉다는 듯 노려보았다.

역시! 일부러 사람 많은 곳을 고른 것이다.

"당신이 나한테 왜 이러는 건지 모르겠어. 세상에 여자가 나밖에 없는 것도 아니잖아."

투덜거리며 해수도 스파게티를 말아 입에 밀어 넣었다. 아침을 대충 때워서 그런지 부드러운 까르보나라가 눈치 없이 고소하다.

"그 질문도 참 이상한 거 알고 있지?"

"뭐가 이상해?"

"남자는 여자라면 치마만 걸쳐도 오케이라고 알고 있는 듯하거든."

"그럼 아냐?"

정말 그렇게 생각하는 건 아니지만 괜히 약이 오른 바람에 퉁명스럽게 대꾸했다.

"강해수, 광고 기획사에 다니는 사람이 그런 편협한 사고를 가지고 있을 리는 없고, 왜 나한테 그렇게 날을 세우지?"

위험하니까.

겉으로 소리 내어 말할 순 없으니 속으로 대꾸했다. 다른 남자라면 그렇게 졸라댄다면 자선하는 기분으로 몇 번 데이트도 해줄 수 있고 또 어쩌다 마음이 동하면 쿨하게 즐기는 섹스를 할 수도 있겠다. 하지만 이 남자와의 연애? 아마도 끌려가게 되거나 혹은 매몰차게 헤어질 것이고 후유증도 오래 갈 것이다.

그런 화끈한 연애를 해본 적은 없지만 이 남자에게 빠지면 영혼이라도 빼줄 마음이 생길 것 같다.

"난 침대 밖에서 남자란 족속이 필요하다 생각한 적이 없어. 그게 다야. 그쪽도 그 이상도 이하도 아닐 뿐이야."

그녀가 호기를 부렸지만 그는 그녀의 속내를 꿰뚫은 듯 재밌다는 미소만 지을 뿐이다. 만만치가 않다.

"오늘은 작게 시작하자. 앞으로 세 번이나 더 만나야 하는데 그 호칭이 좀 그렇지 않나? 일단 호칭부터 바꾸는 게 어때? 그쪽, 그쪽 하는 거, 거슬리는데."

"설마 나한테 그쪽을 오빠라 부르라는 그런 유치하고 닭살스러운 걸 시키는 건 아니겠지?"

"나쁘진 않지만, 최소한 이름을 불러준다 해도 그쪽이란 호칭보단 낫지."

해수는 코웃음을 쳤다. 그게 그렇게 원하는 거라면 더더욱 그쪽이라 불러줘야지.

"물론 이 말을 했으니 강해수는 '그쪽'이란 호칭을 고집하겠군."

벌써 그 정도로 날 파악했다니, 역시 만만치 않다. 그렇기에 오늘 나한테 함락당한다면 더 통쾌할 것이다. 앞으로 남은 세 번의 데이트는 물거품이 되겠지. 그리고 지금이 바로 그 순간이다.

"아직 여름도 아닌데, 여긴 왜 이렇게 더운지 모르겠네. 아이, 갑갑해."

손부채질을 하다 블라우스 단추를 하나 풀었다. 스파게티를 먹던 서준의 두 눈이 탁구공처럼 커졌다. 하지만 이내 못 본 척 스파게티 접시에 시선을 고정시켜 버린다.

그렇게 나오겠다 이거지?

"빈속에 스파게티를 먹으려니 부담스러운가, 왜 이렇게 속이 답답하지?"

그녀는 단추 하나를 더 풀었다. 원래부터 하나는 열려 있었으니 총 세 개의 단추가 풀린 것이다. 아슬아슬 브래지어가 보이기 직전이다.

못 참고 그가 기어이 시선을 들어 그녀의 풀어진 단추를, 아니, 풀어진 블라우스 사이의 가슴골을 흘끔 쳐다보았다.

마치 이곳에 온 목적이 오로지 스파게티라는 듯 서준의 손길이 번개처럼 빨리 스파게티를 입으로 퍼 나르기 시작했다. 하지만 유혹을 참기는 힘든 듯 시선은 여전히 그녀의 가슴에 고정된 채 떠날 줄 모른다.

해수는 미소를 지었다. 아마도 무슨 맛인지 모를 것이다. 이 순간을 위해 볼륨업 브라를 입어 예쁘게 모인 가슴의 유혹을 뿌리치기 힘들 것이다. 그는 특히 그녀의 가슴을 좋아했다.

그가 간신히 시선을 그녀의 가슴에서 떼어냈다. 묵묵히 접시만 내려다보며 음식을 비운다.

흥, 그렇게 간단히 놔줄 거 같아?

그녀가 그를 향해 몸을 앞으로 기울이며 턱을 괴었다. 고스란히 가슴골이 훤히 드러나며 이 순간을 위해 특별히 입은 검은 브래지어의 레이스도 살짝 내비쳐졌다. 몇 번 씹지도 않은 스파게티를 그가 삼켰다.

해수가 그에게만 들리게 속삭였다.

"나, 오늘 깜빡하고 팬티 안 입고 왔어."

그 순간이었다. 그가 벌떡 일어섰다. 접시를 움켜쥔 손에 핏줄까지 튀어나와 있다. 몸을 움직이지도 못하고 그는 식탁 앞에, 화려하게 자수가 놓인 식탁보 앞에 서서 뭔가 염불이라도 외는 듯 중얼거린다.

난 지금 그 아랫동네서 무슨 일이 일어나고 있는지 다 알고 있지.

재밌다는 듯 해수가 짓고 있는 미소를 본 서준이 갈라진 목소리를 끌어냈다.

"배도 채웠겠다, 나가자."

"왜? 난 아직 남았는데?"

"빈속이 부담스러워서 갑갑하다며. 이럴 땐 바깥 공기를 쐬는 것이 좋아."

바깥공기가 좋은 것이 아니라 사람들 틈에 있고 싶은 거겠지. 흥, 그런다고 내가 할 일을 못할까?

해수는 그리 인기가 없어 줄도 짧은 한 놀이기구 앞에 섰다.

이 줄에 서기 위해 그녀는 평소 좋아하지도 않는 바이킹을 타고 썰렁하니 무섭지도 않은 귀신의 집을 통과해야 했다.

서준은 아무것도 모르고 그녀가 서는 줄을 따라 섰다. 아마도 그녀의 속내를 들여다 볼 수 있었다면 절대로 이것만큼은 안 타겠다고 우겼을 것이다.

하긴, 바이킹도 안 타겠다고 우겼지만 그럴 거면 왜 놀이공원으로 데려왔냐며 여기까지 왔으니 탈 건 다 타봐야 한다는 그녀의 고집대로 결국 바이킹을 탔고 무섭지 않은 귀신의 집에서는 사나이라며 허세를 부리다 갑자기 튀어나온 처녀귀신을 보고 화들짝 놀라기도 했다.

그리고 아무 생각 없이 그녀의 뒤를 따라 이 줄, 느릿한 관람차를 타기 위한 줄에 선 것이다. 이제 한 칸만 더 내려오면 두 사람이 탈 차례다.

혹시라도 그가 낌새를 눈치챌까 해수는 평소와는 달리 이런저런 얘기들을 하며 그의 주의를 분산시켰다.

마침내 앞서 돌던 관람차가 멈추고 사람들이 내리기 시작했다.

순서를 기다렸다 관람차에 오르려는 순간 서준은 그제야 관람차의 위험을 깨달았다. 하지만 때는 늦었다. 해수는 이미 안에 들어가 자리 잡고 앉아 해맑은 표정으로 그를 기다리고 있었다. 해맑은 표정이지만 사악하기 짝이 없다.

안내인이 왜 그러느냐는 표정으로 자신을 쳐다보고 있었다. 저걸 타면 이성을 잃을 수도 있다고 대답할 수 있다면, 그래서 안 탈수 있다면 얼마든지 대답했을 것이다. 하지만 뒤에서 기다리는 사람들은 짜증이 난 상태였고 이미 해수는 자리 잡고 앉아 있으니 빼도 박도 못하고 타야만 하는 것이다.

"한 바퀴 도는데 몇 분 걸립니까?"

"정확하게는 12분이요. 무서우면 아래 안 내려다보시면 돼요."

재밌다는 듯 안내인이 웃으며 대답한다. 그가 자신을 겁쟁이로 보든 뭘로 보든 상관없었다. 관람차 안에서 뭔가 잔뜩 준비하고 있는 강해수와 12분, 아마도 지금까지 살아온 중 가장 긴 12분이 될 것이다.

그가 올라타고 문이 닫히고, 마침내 관람차가 고난의 여행을 시작했다.

문이 닫히고 관람차가 움직이기 무섭게 서준은 손목시계를 확인했다. 이 관람차가 바로 이 위치에서 멈추는 순간까지 웬만하면 절대로 이 시계에서 눈을 떼지 않을 것이다.

뭔가 데이트다운 데이트를 할 기대를 하고 왔건만, 아니, 그런 약속만 하지 않았다면 최고의 데이트가 될 수도 있을 오늘이건만 그 약속 때문에 결국 스스로를 고문의 늪에 빠뜨린 꼴이 되고 말았다.

관람차 안이 더 이상 사람들의 시선이 닿지 않는 높이까지 올라온 순간 해수는 시간을 조금도 낭비하지 않았다. 그녀가 슬그머니 몸을 움직이는 것을 느꼈지만 그는 끝까지 시계에서 시선을 떼지 않았다.

11분. 앞으로 11분만 버티면 된다. 고작 11분. 사내라면 그 정도는 참을 줄 알아야지.

"정말 시간만 재고 있을 거야?"

마주 앉은 해수가 악마와도 같은 목소리로 속삭였다.

"음."

단호한 서준의 대답. 그런다고 이대로 물러날 해수가 아니었다.

"그럼 이게 무슨 데이트야? 그저 서로 고문만 하는 거지."

"당신과의 데이트는 사람이 많은 곳에서 하지 않으면 나한테 불리하거든."

틀린 말은 아니다. 하지만 그렇다고 인정해 줄 수만도 없다.

"시계에서 시선을 떼고 나와 놀아준다면 당신 원하는 대로 '서준 씨.'라고 불러줄게."

1초의 망설임도 없이 서준은 손목을 내렸다.

해수는 싱긋 웃으며 여유 있는 표정으로 그를 쳐다보았다. 지금 이 순간 웃음이 나오지 않겠지만 그는 애써 그녀에게 미소를 되돌렸다.

"당신은 팜므파탈이군."

"내가?"

"아무도 날 이렇게 마음대로 조종한 적은 없거든. 우리 어머니조차도."

해수는 싱긋 웃었다.

"난 아직 아무것도 안 했는데?"

"할 거잖아."

오, 그는 아마도 식스센스를 타고 난 모양이다. 어찌 알았을까? 지금부터 그를 고문할 거라는 것을.

해수가 무슨 소린지 모르겠단 표정을 지으며 자세를 고쳐 앉았다. 마치 영화 '원초적 본능'의 샤론스톤처럼 다리를 바꿔 꼬면서.

서준이 그 찰나를 놓쳤을 리가 없다. 더군다나 아까 레스토랑에서 팬티를 입지 않았다고 발동까지 걸어놨으니 바로 반응이 왔을 것이다. 하지만 그는 애써 평정심을 찾고 여유 있는 미소를 지었다. 아마도 이 정도쯤은 괜찮다 싶은 것이다.

하지만 그건 해수의 회심의 카드가 아니었다. 그녀는 그가 한 것처럼 뒤로 등을 편안히 기댔다.

그리고 한쪽 구두를 벗고 천천히 천천히 그의 한쪽 다리를 타고 발가락을 올리기 시작했다.

발바닥에 닿는 까칠한 그의 맨살이 자극적으로 느껴진다. 허를 찔린 듯 이내 그의 얼굴에서 여유 있던 미소가 사라졌다.

"이러지 않는 게 좋아."

"왜? 서준 씨."

그녀가 여유 있는 목소리로 이름을 불렀다. 자신의 이름이 불리자 그가 입을 다물었다. 참아내려는 것인지, 아니면 그녀의 발가락이 주는 촉감을 느끼려는 것인지 두 눈을 꼭 감고 이를 악물었다.

바짓단은 더 이상 올라가지 않았다. 그렇다고 거기서 멈출 해수가 아니다. 그녀는 다시 바짓단 밖으로 발을 빼내고는 다시 그의 다리를 타고 더듬어 올라가기 시작했다.

"앞으로 만날 때마다 이런 식으로 할 거야?"

그가 이를 악문 채 중얼거렸다.

"글쎄. 서로 즐기자는 거잖아. 설마 싫어서 그런 건 아니겠지?"

"빌어먹을, 싫다면 기를 쓰고 만나려 들지 않았겠지."

오호, 이제 알았다. 서준은 극한에 몰리면 욕을 한다.

그의 시선은 속절없이 자신의 가랑이를 향해 올라오는 해수의 섹시한 발가락을 바라보고 있었다.

조금만 더, 조금만 더.

마침내 그녀의 발가락이 주인의 의사와는 상관없이 이미 탄탄하게 모든 준비를 마치고 있는 그의 중심에 닿았다.

그의 입에서 짧은 신음 소리가 흘러나왔다. 해수의 눈이 빛나기 시작했다.

천천히 그녀가 블라우스 단추를 풀기 시작했다.

서준은 어쩔 수 없이 손목시계를 쳐다보았다. 영겁의 시간이 지난 것 같은데 시간은 고작 2분 더 흘렀다. 앞으로 9분을 어떻게 버틸까. 절벽에 매달렸을 때 바로 이런 느낌일 것이다. 몸은 더 이상 버틸 수 없는데 구해줄 사람은 9분 후에나 나타난다면.

특별히 입은 것으로 보이는 검은 브래지어의 레이스가 그의 시각을 자극시킨다. 마음만 같아선 지금 당장 그녀에게 달려들어 저 요사스런 브래지어를 벗겨내고 탐스러운 가슴의 계곡에 코를 묻고 다시 그녀의 달콤한 과실을 입에 물어버렸을 것이다, 젠장!

오, 그녀는 그의 기분을 아주 잘 알고 있었다. 코앞에, 지금 당장은 그의 인생의 목적이 되어버린 듯한 가슴을 들이민다. 입술만 내밀면 닿을 만한 곳에 그 가슴이 달덩이처럼 탐스럽게 머물러 있다.

"강해수, 제발. 이러지 말자. 우리 신사적으로 하자, 신사적으로."

"난 신사가 아니고 숙녀인데. 아주 되바라진 숙녀."

그의 안달이 즐거운 듯 해수가 요부처럼 웃었다.

"이제 그만 포기하고 즐기는 게 어때? 어차피 세 번 더 데이트를 한다 해도 난 당신과 사귈 마음이 없고, 지금 넘어온다면 오늘 하루쯤은 당신과 마음껏 즐길 마음이 있어."

그녀가 악마처럼 속삭였다.

"제주도처럼, 또 우리 선본 날처럼…… 다 훌훌 벗어 던지고 원하는 대로 할 수 있어."

그가 견딜 수 없는지 해수의 속삭이는 음성만으로도 흐느끼듯 신음 소리를 흘리고 말았다.

"날 원하지 않아? 서준 씨……."

마침내 서준의 눈에서 이성이 사라지고 그 자리를 강렬한 욕망이 차지하기 시작했다. 아주 작은 자극만 더한다면 그는 반드시 넘어올 태세였다.

해수는 혀를 내밀어 자신의 입술을 살짝 핥았다. 그리고 그의 딱딱한 중심에 닿아 있는 자신의 발가락을 움직였다.

"오, 맙소사."

마침내 철옹성 같던 그의 의지가 힘없이 무너져 내리기 시작했다. 절대 움직이지 않으려는 듯 무릎에 착 붙이고 있던 주먹이 기어이 펴지더니 마침내 그 의지를 무너뜨리고 그녀의 뺨을 향해 천천히 올라오기 시작했다.

바로 그 순간이었다. 마치 악마의 손에서 그를 구제하기라도 하듯 그의 주머니에서 휴대폰 벨소리가 요란하게 울리기 시작했다.

해수도, 서준도 바짝 굳은 얼굴로 움직이지 않았다. 그는 그 와중에도 망설이고 있었다. 전화를 받을 것인가, 아니면 해수의 유혹을 기꺼이 받아줄 것인가.

해수는 그의 눈에서 욕망이 사라지는 것을 안타까운 시선으로 볼 수밖에 없었다. 마침내 그의 입가에 미소가 돌아왔다. 받지 말라는 듯 고개를 내저어 보지만 더 이상은 먹히지 않는 모양이다.

여유 있는 태도로 주머니에서 휴대폰을 꺼내 든 그가 전화를 받았다.

"여보세요."

대체 누가 이 타이밍에 전화를 걸어온 거람.

"네, 어머니…… 아닙니다. 딱 좋은 시간에 전화 주셨습니다."

아, 모친이구나. 텔레파시라도 통하나, 아들이 위기에 빠진 걸 어찌 알고 그 타이밍에 전화를 걸어오셨을까.

"……아닙니다. 불편하긴요, 저희 어머니하고 워낙 친하시니 제게도 어머니나 다름없습니다."

단추를 여미던 해수의 미간이 좁혀졌다. 저 말인즉슨 그의 친어머니가 아니란 소리다. 그리고 그의 어머니 순영 샘과 워낙 친해서 그가 어머니라 부르는 사람은 최근 한 명 목격했다.

바로 자신의 모친 박은옥 여사다.

그런 그녀를 보며 그가 즐거운 듯 두 눈에 웃음을 가득 담는다.

"……저도 해수 씨가 남 같지 않습니다. 예쁘고, 똑똑하고……."

역시 맞군. 이젠 그 오지랖이 일산 집 대문을 넘어 자유로를 타고 서울까지 진출한 모양이다. 샐러리맨들에게는 황금과도 같은 일요일 낮에 전화를 걸어오다니. 고작 친구 아들에게 지나친 관심이 아닌가.

"그래요? 전혀 그렇게 안 보이던데요. 해수 씨한테 그런 면이 있어요?"

아니, 대체 당사자를 앉혀놓고 남 얘기하듯 무슨 얘길 하는 거야? 마음 같아선 그 전화 확 빼앗아 끊으시라고 소리를 빽 지르고 싶지만 그랬다가는 당장 오늘 저녁부터 모친의 전화가 빗발칠 것이다.

그도 아는지 눈에 재밌다는 웃음을 가득 담은 채 그녀를 약 올리듯 통화를 계속한다. 아마도 관람차가 땅에 도착할 때까지 저럴 모양이다.

"네, 어머니. 그렇게 하겠습니다."

불안하게 뭘 그렇게 하겠단 소리냐고.

그가 손목시계를 힐끗 보며 만족의 미소를 지었다. 해수는 분한 눈으로 그를 노려보았다.

"네, 시간 비워두겠습니다."

아마도 엄마가 내 휴대폰으로도 전화를 걸어오시겠군. 마치 아무 일도 없다는 듯, 일상처럼 어느 날 저녁 먹으러 오라 하시겠군.

"네, 안녕히 계십시오."

서준이 인사 후 전화를 끊고 보란 듯 그녀를 쳐다본다. 해수는 아무것도 하지 않고 그를 빤히 쳐다보았다. 이윽고, 올 것으로 예견되었던 모친의 전화벨이 그녀의 핸드백 안에서 울리기 시작했다.

"네, 엄마."

[해수, 너, 이번 일요일 바쁘니?]

"바빠요. 요즘 맡은 프로젝트가 있어서 일요일도 출근해야 해요."

맡은 프로젝트도 있고 일요일에 집에 있으면 모친의 집에 불려가 서준과 밥을 먹어야 한다는 사실을 이미 깨달은 만큼 일이 없다 해도 반드시 출근을 할 것이다.

[그럼 퇴근길에 들러라.]

예상하고 있었다는 듯 모친의 말이 곧바로 이어졌다.

해수가 서준을 빤히 쳐다보았다. 분명 이것도 미리 짠 것일 것이다.

"무슨 일 있어요?"

무슨 일인지는 알지만 묻지 않으면 이미 알고 있단 뜻이 되기에 해수는 모른 척 물었다.

[일은 무슨…… 얼굴 보고 싶으니까 그렇지. 너 좋아하는 꽃게탕 끓여놓을게.]

"너무 먹고 싶지만 아무래도 바빠서 안 될 거예요. 그렇게 바쁘면 자정 다 되어서야 끝나거든요."

[누가 이번 주 얘기했니? 다음 주에 오란 얘기지.]

아, 역시 모친은 해수의 가장 강한 적 중 하나다. 해수가 그리 나올 줄 알고 빠져나가지 못하게 이중 삼중으로 그물을 쳐놨다.

"다음 주에도 바쁜 일이……."

[넌 이 엄마가 죽으면 그다음에나 오겠구나.]

마침내 은옥의 목소리에서 짜증기가 묻어나기 시작했다. 그렇게 나오면 해수가 마음 불편해한다는 것을 알고 있으니 더욱 그럴 것이다.

"전에 보니까 기운 넘치시는 게 앞으로 100년은 더 사실 거 같던데요, 뭘."

하지만 이번엔 이유를 알고 있으니만큼 해수도 만만치 않았다.

[몰라, 다음 주에 너 오건 안 오건 난 꽃게탕 끓여놓고 네 밥도 떠놓고 있을 거니까 그렇게 알아.]

마지막으로 초강수를 두고 은옥은 그대로 전화를 끊어버렸다.

해수는 끊긴 전화기를 쳐다보며 한숨을 푹 내쉬었다. 고개를 들어보니 서준이 싱글거리고 웃고 있다.

"당신 엄마는 아무래도 내가 마음에 드시는 모양인데."

"엄마는 당신을 잘 모르잖아."

"알면 더 좋아하실걸."

퍽이나. 제주도에서 딸과 하룻밤 질펀하게 놀아난 남자라 소개하면 아마도 머리 싸매고 누우실 거다. 그랬다가는 같이 고개 못

드는 사람이 나니까 말 못하는 거지.

뭐, 엄마가 저리 나오신다면 방법이 없는 것도 아니다.

"거의 땅에 다 왔는데 단추 안 여밀 거야?"

서준의 목소리에 해수는 화들짝 놀라 주위를 둘러보았다. 가까운 건물이 보이는 걸 보니 정말로 거의 다 내려왔다.

엄마만 아니었다면 오늘에야말로 이 남자를 유혹하는 데 성공할 절호의 기회였는데. 아깝다.

그러고 보니 참으로 아이러니하다. 남자를 떨쳐 내기 위해 있는 힘을 다해 유혹하다니.

실망한 얼굴로 단추를 마저 여미던 해수는 안타까운 눈길로 가려지고 있는 그녀의 가슴을 바라보고 있는 서준과 눈이 마주쳤다.

내 안에 사디스트의 기질이 있었나? 왠지 그와 한 이 약속이 차츰 재밌어지기 시작했다. 이다음에도 또 시도하고 싶을 만큼.

그를 위해 마지막 단추는 다시 열어두는 배려는 했다.

"걱정 마. 오늘만 날이 아니니까."

"기대하고 있겠어."

그가 여유 있는 표정으로 대꾸했다.

6. 명석의 프러포즈

마지막으로 해수는 자신이 준비한 포트폴리오 중에 빠진 것이 있는지 확인했다.

몇 개는 필름으로, 또 몇 개는 사진으로 준비했고 사진들은 한눈에 봐도 알 수 있게 잘 정리해 파일로 만들었다.

"조 대리, 은하 씨한테 연락은 됐지?"

그녀는 조 대리를 불러 다시 한 번 확인했다. 카피라이터인 은하는 야행성이라 낮에는 잘 나타나지 않고 해가 질 무렵에야 눈 밑에 다크서클을 달고 느릿하게 나타난다. 더군다나 전화를 하면 잘 받지 않고 주로 문자메시지를 이용하는 은둔형 성격을 가지고 있어 이번 일에 팀을 가장 힘들게 만든 사람 중 하나였다.

"네, 아까 도착했다고 연락 왔어요. 왜 벌건 대낮에 출근하라냐며 저한테 육성으로 육두문자 날리던데요. 나 참, 대낮에 출근하는 게 정상이지, 무슨 박쥐도 아니고……."

"어쨌건 수고했어."

"아니, 대체 어떤 광고주가 광고대행사 시찰을 다닙니까? 우리가 하청 공장도 아니고. 주면 주고 말면 말지, 간 보는 것도 아니고. 정우 어패럴은 광고 처음 해본대요? 광고대행사가 곁에서 보면 다 그게 그거지, 장비를 확인할 것도 아니고, 왜 굳이 눈으로 보겠다는지 몰라."

워낙 아침부터 이리 뛰고 저리 뛴 덕인지 불만이 턱까지 올라온 조 대리가 마침내 혼잣말처럼 소심하게 투덜거렸다.

"조 대리는 회사 차리면 광고대행사 시찰은 가지 마. 알았지?"

해수는 넓은 아량으로 조 대리를 위로했다.

"그건 그렇고, 두 시 도착이라고?"

"네, 두 시요."

"그럼 이제 앞으로 세 시간은 대기로 있어야 하네."

"올 거면 하루 종일 기다리지 않게 오전에 오던가."

조 대리가 또 투덜거렸다. 해수는 못 들은 척 자신의 자리에 앉았다. 그래도 장서준, 그 사람이 안 오는 게 어디야.

처음 정우 어패럴에서 시찰 온다 했을 땐 혹시 장서준이 뭔가 사적인 일에 공적인 일을 끌어들이는 게 아닌가 싶어 기분이 좋지 않았다. 회사라는 공간, 광고주와 광고대행사 간의 관계를 이용해서 장서준이 저 하고 싶은 대로 하는 것이라면 어차피 시찰을 온다 해도 그리 희망을 품을 일은 아니기 때문이다.

하지만 시찰 오는 사람이 그 회사의 상무와 또 마케팅 팀장이라니 그건 아닌 것이다. 그리고 그렇다는 것은 뭔가 희망이 있단 뜻이기도 하다. 투덜거리다니, 시찰 오는데 투덜거리는 것은 배부른 투정이다.

자리에 앉기 무섭게 인터폰이 울렸다. 한 차장이다.

—지금 당장 내 방으로 와, 강 팀장.

시찰 오는 것도 좋고 일이 많아 야근하는 것도 싫지 않지만 유일하게 이 회사 다니면서 싫은 것은 딱 하나다. 바로 자신의 상사인 한 차장의 호출을 받는 것이다.

"네, 차장님."

말끔한 목소리로 대답하고 자리에서 일어나 한 차장의 방으로 총총 향하며 해수는 속으로 욕했다. 징그러운 인간.

만일 그녀가 하나기획을 그만두는 일이 있다면 그건 다 한 차장 때문일 것이다. 아니, 지금까지 그만둔 여직원 대다수가 아마도 한 차장 때문일 것이다.

결혼까지 한 유부남이 왜 저리 여자를 밝히는 것인지. 만일 다른 회사였다면 이 일이 용납될 일이 아니겠지만 이 회사에서는 먹힌다. 아마도 한 차장이 이 하나기획 사장의 아들이었기 때문일 것이다.

그것도 대놓고 그런 행동을 하면 변명의 여지없이 사장실로 직행하겠지만 이건 그것도 아니다. 보통은 술자리에서만 일어나는 일이다.

해수는 그 불쾌했던 첫 경험을 아직도 잊지 못하고 있다.

이상하리만치 여직원들이 한 차장의 옆을 피하려 든다 했다. 한 차장은 새로 온 신입이니 배울 것이 많다며 그녀를 특별히 지목해 자신의 옆에 앉혔다.

그리고 처음엔 이런저런 조언도 많이 해주었다. 그러나 그것도 술 몇 잔이 들어가기 전까지의 얘기다.

술이 들어가는 순간 한 차장은 한 차장이 아니었다. 은근슬쩍 그녀의 무릎에 손을 편안히 내려놓기.

그건 술 취해서 감각이 둔해지고 개념도 둔해져서 그런 거라 생각하고 슬쩍슬쩍 그 손을 무릎에서 내렸다.

몸 가누기 힘들다며 그녀의 어깨에 머리 기대는 것은 애교였다. 하지만 어느 순간 그는 그녀의 어깨에 팔을 두르고 있었고 그 편안한 자세로 있으니 손이 해수의 봉긋 솟은 가슴에 몇 번 스쳤다.

그리고 주변을 둘러보고 나서야 해수는 자신이 무슨 일을 당하는지, 지금 일어나고 있는 일이 어쩌다 우연히 사고로 일어난 일이 아니라는 것을 깨달았다.

그녀를 동정하는 시선들. 아, 이 자리는 모르는 여직원들이 당하는 자리였던 것이다.

화장실 가는 척하고 들어와 다른 자리로 피했다. 그리고 그가 화장실 다녀와 그녀의 곁에 은근슬쩍 다시 앉자 해수는 또다시 화장실을 가야만 했다. 그렇게 세 번 정도 숨바꼭질하듯 자리를 바꾸고 나자 한 차장도 지쳤는지 더 술을 마시다 고주망태가 되어 택시를 타고 집으로 돌아갔다.

그 후로 해수는 꼭 가야 하는 자리가 아니면 회식을 가지 않았고 가도 일부러 한 차장에게서 제일 멀리 떨어진 자리로 옮겼다. 긴히 할 말이 있으니 가까이 오라 하면 맞은편으로 자리를 잡았다. 그의 성격상 대놓고 추행은 못할 테니 곁에만 앉지 않으면 된다는 계산에서였다.

다행히 그 이후로 해수에게 더 이상의 추행은 하지 않았다. 다만 그녀를 죽도록 미워해서 그녀가 제 발로 회사를 나갈 때까지 괴롭힐 뿐이지.

그것도 옛날 얘기다. 하나기획의 간판 AE로 자리 잡은 지금은 오히려 불편해진 건 한 차장이지 해수가 아니었다.

그래도 이렇게 그의 영역 안으로 들어갈라 치면 목덜미가 서늘해지는 것이 바짝 날을 세우고 있어야 한다.

"부르셨습니까, 한 차장님."

"응, 강 팀장. 일단은 해송 건 때문에 말이야."

"해송에 들어갈 다음 광고는 이미 시안은 다 다듬어놓았습니다."

그가 혹시라도 무슨 트집을 잡을까 언제나 미리미리 최선을 다해 준비해 놓는 것이 지금까지 해수가 이 회사에서 살아남은 방법이다.

괜히 한 번 트집을 잡으려다 실패하자 이내 한 차장은 다른 방향으로 공격을 해왔다. 그도 만반의 준비를 했던 모양이다.

"그 기획팀장이 강 팀장과 친분이 있다 했지?"

"네, 그렇습니다."

"그럼 가서 전해. 앞으로 향후 10년 전속할 테니 제작비 공짜로 해달라, 이런 얘기 또 꺼내면 이전 제작비마저 청구하겠다고."

"……알겠습니다."

"아무리 친구라지만 공과 사는 구분할 줄 알아야지. 거지처럼 구걸해서 광고 하나 공짜로 만들었으면 감사할 줄 알아야지, 어디서 그런 말도 안 되는 얘기를 하고 있어."

"……."

그 사안이 나왔을 때도 혼자 거세게 반대했던 사람이 한 차장이었다. 하지만 사장이 허락하니 그도 두말을 못했던 것이다.

아마도 오늘 무슨 일인지 위에서 한바탕 깨지고 온 모양이다. 예전 일을 들먹이며 그녀에게 화풀이하는 것이 아주 작정을 했다.

"왜 대답이 없어?"

"……알겠습니다."

"그리고 오늘 시찰 오는 광고주 건 준비 똑바로 하고. 일전에 한 정우 어패럴 PT에서 더듬거렸다고 들었는데 말이야."

한 차장이 알고 있을 거라 예상은 하고 있었다. 보통 PT를 하고 오면 어땠는지 어떻게든 연줄을 통해 그 회사의 생각을 슬쩍 물어보는 일이 종종 있기 때문이다.

"네."

"나한테 피해 오지 않게 처신 똑바로 해."

"알겠습니다."

만감이 들끓었지만 해수는 표정 없는 대답을 하고 공손히 밖으로 나왔다. 어차피 피해 따위가 갈 자리였으면 만년 앉혀두어 새로 들어오는 여직원들 성추행이나 하게 두진 않았을 것이다. 벌써 승진했지. 그나마 이 회사 사장의 정신이 조금은 제대로 박혀 있구나 싶은 대목이다.

저 인간의 괴롭힘에서 벗어나려면 이 회사를 벗어나던가, 아니면 더 열심히 해서 저 인간 손 안 닿는 곳까지 승진하던가 두 가지 방법밖에 없다.

기운 빠진 얼굴로 채 자리로 돌아오지도 못했는데 이번엔 또 휴대폰 벨이 울렸다.

양반은 못 되나 보다. 명석이다.

광고비 때문은 아닐 것이다. 바로 엊그제 회사의 입장을 최대한 둘러 그에게 전했다. 미안하지만 그렇게는 안 되겠다더라. 네 눈에는 내가 회사에서 인정받는 AE로 보일지 모르겠지만 따지고 보면 그런 쪽으로는 힘이 없다. 미안하다.

그리 말했을 때 명석은 한동안 대답을 하지 않았다. 그러다 긴 한숨을 내쉬고 그녀의 말을 수긍했다.

그렇게 잘 끝난 줄 알았는데 또 전화가 왔으니 이번 전화는 새로 진행되고 있는 광고에 대한 문제인 모양이다.

"응, 윤 팀장."

전화기 너머로 쿡쿡 웃는 소리부터 들린다.

[이번엔 바로 전화를 받는 걸 보니 한가한가 보네.]

"무슨 일인데?"

몸이 세 개여도 부족한 터라 해수가 용건부터 물었다.

[시간 있어?]

"시간? 언제?"

[언제긴, 지금이지. 나 네 회사 로비 커피숍에 있거든.]

지금 일터에 있어야 할 명석이 왜 로비에 와 있는 거지? 갑자기 회사를 그만뒀을 리도 없고.

"무슨 일 있어? 갑자기 왜 우리 회사에 와?"

[일은 무슨…… 일전에 얘기했잖아. 데이트하자고.]

"바쁘니까 농담하지 말고. 회사 그만둔 거야?"

[그만두긴, 그냥 지쳐서 농땡이 부리는 거지.]

"나 좀 있다 광고주 시찰 있어."

[나도 광고주잖아.]

"일 때문에 온 거면 약속을 잡고 와야지."

[일 아니라니까. 어쨌건 알았다. 할 수 없지.]

"……괜찮은 거지?"

[그래, 괜찮아.]

괜찮다는 대답이 어째 기운 없다.

"그럼 다음에 보자."

전화를 끊고 사무실로 들어가다 말고 해수는 자신이 들고 있던 휴대폰을 쳐다보았다.

갑자기 회사까지 찾아와서 그런 목소리를 내면 괜히 신경 쓰이잖아. 정말 무슨 일이라도 있는 건가?

그녀는 시계를 쳐다보았다. 정우가 온다는 시간까지는 아직 여유는 있다. 물론 온다는 시간까지 대기하고 있어야 하긴 하지만, 뭐, 회사 밖으로 안 나가면 그것도 대기인 거지.

다시 전화를 걸었다.

"내려갈 테니까 잠깐 기다려."

진짜 친구라는 것이 애물단지다. 갑자기 찾아와 그런 목소리를 내면 신경 쓰여서 어떡하냐고.

밖으로 나가면서 1층에 있을 테니 혹시라도 위급한 상황이나 혹은 시찰팀이 일찍 도착하는 낌새가 보이면 바로 연락달라고 말해두고 해수는 명석이 기다리고 있는 커피숍으로 향했다.

명석의 말대로 그는 로비의 커피숍에 앉아 있었다. 정말로 일하다 말고 온 것인지 양복 차림이다. 회사에서 야근을 한 것인지, 아니면 자리에서 일어나지 않고 계속 일했던 것인지 옷에 주름이 잡혀 있는 것이 명석은 뒷모습부터가 안쓰럽다.

예전의 그 자신만만하고 잘나가던 윤명석은 대체 어딜 간 걸까.

그의 곁에 다가가 앉으며 해수가 물었다.

"무슨 일이야? 느닷없이 회사로 찾아오고."

"말했잖아, 데이트하자고. 너 보고 싶어서 왔다."

"장난하지 말고. 나 금방 회사로 들어가 봐야 해."

"장난 아닌데. 갑자기 우울해지고 기분이 착 가라앉는 것이, 자칫하면 회사 옥상으로 올라가겠다 싶더라. 뭐, 회사 옥상보다는 널 만나는 것이 기분 나아질 거 같아서."

거짓말도 잘한다. 그 손가락에 반지 자국은 여전한데 데이트라니. 여기 오기 전에 뺐단 증거다.

하지만 또 반지 자국 얘기하며 따질 이유는 없다. 정말 말 그대로 우울해 보이기도 했고 문득 생각이 난 김에 기분 전환하러 왔을 수도 있으니까.

"걱정 마. 세상일이야 다 그런 거야."

그녀가 장난스레 위로하듯 그의 등을 툭툭 치며 쓰다듬는 시늉을 했다. 예전에도 명석과 이런 식의 장난은 많이 쳤다.

"차라리 이왕 이렇게 된 거 나랑 결혼할래?"

명석이 그녀의 손을 잡고 잔뜩 과장된 표정을 지으며 물었다. 이 또한 오래전 명석이 자주 하던 장난이었다. 지우와 사귀면서 그 장난은 없어졌지만 결국 이렇게 싱글이 되자 또 아무에게나 청혼을 해댄다. 청혼을 받은 사람이 그녀 혼자라면 어쩌면 한 번쯤은 고려라도 해봤겠지만 그의 청혼을 받은 사람은 같은 과에 다니는 여자들의 대부분이었고 심지어는 남자들도 몇 있었다.

"넌 어쩜 변하질 않니? 서른 넘도록. 사람은 고생하면 변한다는데, 고생 덜했나 보다."

혀를 끌끌 차며 해수가 말하자 그제야 명석도 피식 웃는다.

"사람이 변하면 죽으려고 그러는 거래. 몰라?"

"시끄럽고, 왜 온 거야?"

해수가 주문한 커피가 나오자 명석이 다정하게 그 커피를 가져다주며 대답했다.

"그냥. 심란해서."

커피를 마시며 그녀는 손목시계를 쳐다보았다. 아직은 시간적 여유가 있다.

"왜 심란해? 잘되고 있잖아. 왜. 지금 회생작으로 내놓은 레드호스도 점유율이 올라가고 있지 않아?"

"레드호스야 광고 덕분에 점유율은 높아졌지. 그래도 공장을 계속 돌려야 하니 지금 사정은 그리 나아지지 않았어."

"곧 좋아지겠지."

그녀의 말에 명석이 땅이 꺼져라 한숨을 푹 쉬었다.

"아직 회사 내 사정은 달라. 내가 뭐라 말할 순 없지만 어쨌든 보이는 것만큼 좋지만은 않아…… 사람들도 많이 떠났는데 난 그럴 수도 없고."

"차라리 너도 떠나. 전에도 말했지만 너 정도면 오라는 회사도 많을 텐데, 왜 못 떠나?"

그녀의 말에 명석은 힘없이 피식 웃기만 할 뿐이다.

"그냥, 한 번 뼈를 묻기로 한 회사 배신할 순 없잖아. 끝까지 가봐야지."

"너답지 않게 무슨 미련이야, 그게?"

"그러게. 어째 내가 봐도 미련한 짓을 하고 있긴 한데…… 그냥 그렇다. 끝까지 가보는 수밖에."

그는 그저 같은 말만 되풀이한다.

"어쨌건, 광고 준비는 잘되고 있지?"

그 얘길 계속하기 싫었는지 그가 말을 돌렸다.

"응, 안 그래도 두 번째 광고 시안이 나왔어. 이왕 온 김에 너 보여주면 될 걸 급히 나오느라 놓고 왔다. 있다가 급한 일 끝나면 시안을 메일로 보내줄게. 팀원들하고 머리를 맞대고 짠 내용인데 내 생각엔 내용이 괜찮아. 물론 광고주님께서 오케이를 하셔야 되긴 하지만."

"네가 만든 광고인데 당연히 좋겠지."

"뭐야, 김빠지게. 직접 보고서나 말해."

"해수야."

갑자기 명석이 그녀의 손을 덥석 잡았다. 의아한 눈으로 그를 바라보던 해수는 이내 그의 행동의 이유를 짐작했다.

"혹시 전에 얘기했던 그 문제로 이러는 거야?"

"나 좀 살려주라. 오죽하면 회사까지 찾아왔겠어?"

갑자기 화가 치밀어 해수는 잠시 동안 말을 않고 속으로 삭였다. 그의 회사나 혹은 그의 사정이 그리 녹록지 않다는 건 알고 있지만 이건 정말로 아니다.

안 그래도 조금 전에 한 차장에게 불려가 이 문제와 관련해서 분풀이를 들은 것은 둘째 치고 자신과 친분이 있단 이유로 그를 이렇게까지 비굴하게 만드는 총대를 메게 한 해송에도 화가 난다.

"윤명석, 이러지 않기로 하지 않았어?"

"내가 오죽하면 이러겠어? 회사 때문만이 아니야. 회사가 살아야 나도 산다고. 우리 회사 다시 살아나면 10년 전속계약 준다잖아."

"제작비 그거 얼마 한다고 이렇게……."

"지금이 얼마나 빡빡하면 이러겠니? 광고는 만들어야 제품이 나가는데 광고 만들 돈조차도 빡빡하고, 달마다 넘어오는 어음 막는 것도 벅차고, 어찌 보면 푼돈이잖아. 그러니 이렇게 부탁하는 거지."

"그런 부탁은 기획팀에서 할 필요도 없잖아. 대체 왜 네가……."

"지금 회사 사정이 말이 아니야. 경리팀에서 그런 말을 하면 그 말이 하나기획 사장 귀에까지 들어가기나 하겠니?"

해수는 긴 한숨을 내쉬었다. 명석에게 조금 전 한 차장에게 당한 일을 말하고 싶진 않았다. 그건 그야말로 대답이 아닌 분풀이에 불과하니까. 하지만 할 말은 해야 한다.

"미안해, 명석아. 앞으로 그 얘기할 거면 힘없는 날 찾지 말고 직접 우리 경영진을 만나는 편이 낫겠다. 그리고 이 일로는 더 이상 날 찾아오지 마. 너하고 사이 멀어지기 싫으니까."

"해수야, 제발."

그가 그녀의 손목을 잡는 순간 해수의 휴대폰에 전화벨이 울렸다. 조 대리다.

[팀장님, 예지력 있으신가 보다. 정우 어패럴이 벌써 도착했대요. 빨리 올라오세요.]

"알았어, 지금 갈게."

전화를 끊고 해수는 명석에게서 손을 빼냈다.

"미안해, 지금 당장 올라가 봐야 해."

"그럼 나중에 다시 얘기하자."

"더 이상 할 얘기는 없어. 그리고 충고하는데 다른 친구들에게는 이런 식으로 하지 마. 돌아가서 네 상사한테 전해. 넌 기획팀장이니 기획에 관련된 일을 시키라고. 친구에게까지 비굴하게 만들지 말고. 한 번이라도 네 지금 모습을 스스로 객관적으로 봤으면 좋겠다. 그럼 내 심정을 알 테니까."

명석을 남겨두고 매정하게 돌아서서 커피숍을 나오던 해수는 그 순간 유리문 너머에서 이쪽을 바라보던 차가운 시선과 마주쳤다.

아마도 오지 않을 걸로 알고 있던 장서준. 바로 그였다.

텅 빈 집을 해수는 허탈한 눈으로 바라보았다. 그러다 다시 시간을 확인했다.

밤 여덟 시.

대체 엄마는 이 시간에 어딜 가신 걸까? 전화를 해도 받지 않고.

만약 여행을 가셨다면 미리 해수에게 말은 해주고 가셨을 것이다. 한 번도 어디 간단 말없이 멀리 가신 적은 없었으니까.

나름 좋은 생각이라 생각했는데. 엄마가 준비를 못하게 정해진 날짜가 아닌 날 불시에 찾아오는 것.

엄마가 오란 날짜에 가면 여러모로 곤란해질 것이다. 눈치 100 단인 엄마의 눈을 속이려면 서준과 서먹한 사이를 연기해야 하는데 그것도 벌써 잠자리만 몇 번을 한 남자와 서먹한 사이를 연기하는 것이 그리 쉽지는 않을 것이고, 연기를 그럴싸하게 할 수 있다 쳐도 두 사람을 어떻게든 엮어보려는 엄마의 저의를 느낀 이상 피하는 것이 상책이다.

그렇게 해서, 비록 핑계였겠지만 보고 싶다는 엄마의 욕구도 충족시키고 또 서준과 강제로 만들어진 선 자리도 피하고, 일석이조 아니겠는가.

하지만 엄마가 이 시간에 집에 안 계실 거라는 건 계산 미스였다. 모처럼 정시에 일찍 퇴근한 덕에 계획이며 시간까지 완벽해질 뻔했는데.

솔직히 일찍 퇴근할 수 있었던 것은 어찌 보면 서준의 덕이었다. 정우 어패럴 쪽에서 온 시찰 건이 잘 마무리되었기 때문이다.

지금 와서 생각해 보면 해수는 무슨 정신으로 그들과 함께 회사 안을 돌아다녔는지 모르겠다.

역시 허를 찔리면 안 되는 것이다. 죄를 지은 것도 아닌데, 항상 서준과는 뭔지 모르게 첫 단추부터 잘못 꿰어져 뭘 해도 엇나가는 기분이다. 오로지 그가 그 사람이어서 좋았던 것은 제주도뿐이었다.

모친이 그녀 몰래 만든 선 자리에서도 그가 나올 줄 몰라서 당황했고 또한 정우 어패럴에 처음 프레젠테이션을 갔을 때도 당황해서 평소 자신하던 프레젠테이션을 망치다시피 했다.

그리고 오늘, 또다시 그에게 허를 찔려 버렸다. 잘못한 것도 없는데 하필 명석과 이상한 장면을 연출하게 되었고 또한 그걸 그가 보다니 우연도 이런 우연이, 아니, 악연이 없는 것이다.

아니, 마케팅 팀장이 오기로 했으면 마케팅 팀장이 와야지 왜 갑자기 기획실장인 장서준이 온 것이냐고.

더군다나 기가 막힌 것은 마치 해수가 저한테 죄라도 지은 양 쌀쌀맞게 구는 통에 혹시라도 그 일이 회사 일에 영향을 줄까 노심초사해야만 했던 것이다.

그래도 서준은 그 약속은 지켰다. 일에 두 사람의 감정을 개입시키지 않겠다더니 말한 대로 그는 감정적 대응을 하지는 않았다.

"장 실장, 자네 생각은 어떤가? 역시 자네 생각이 맞다고 생각하나?"

정우 어패럴의 상무는 시찰한 내용이 마음에 들었던 것이 분명하다. 그렇지 않으면 하나기획 직원들이 오가고 있는 한 복도에 서서, 그것도 해수와 전무이사가 함께 듣는 자리에서 그런 질문을 할 리가 없다.

그 순간이 해수에게는 가장 조마조마한 대목이었다. 아까 명석과의 일을 유리문 밖에서만 보고 혼자 오해한 서준이 어떤 식으로 나올지는 감도 오지 않았다.

하지만 서준은 약속을 지켰다.

"네, 그렇습니다."

그 말인즉, 이 회사 괜찮은가? 하는 질문이었을 테고 '좋습니다.' 하는 대답인 것이다.

분명 마음에 들지 않다고 말할 줄 알았는데 좋다고 하니 혹시라도 이게 사적인 감정은 아닌가 싶어 조금은 찜찜한 기분도 들었지만 그것도 이내 날려 버렸다.

사람 마음이 간사한 것이, 공사를 구분해야 한다고 그렇게 못을 박아놓고는 좋게 작용한 이 일이 서준의 사적인 감정일지도 모른다는 생각이 들자 굳이 나쁠 것이 없단 마음이었던 것이다.

아니, 어쩌면 사적인 감정은 아닐지도 모른다. 그게 정말 사적인 감정이었다면 분명 좋지 않다고 말했을 테니까.

잘못한 것도 없는데 서준은 마치 그녀가 대역죄라도 지은 양 처음부터 초지일관 쌀쌀맞은 표정이었다. 그 커피숍 유리문 밖에 서 있을 때부터였다.

명석이 그녀의 손을 잡은 것을 본 것이다. 그리고 해수가 그를 향해 몇 마디 진지한 충고를 한 것을 보았을 것이다.

아니, 어쩌면 처음 해수가 명석의 등을 쓰다듬은 것을 보았을지도 모른다. 혹은 명석이 그녀의 양손을 꼭 잡고 아는 사람에게는 다 하는 그 청혼을 봤을지도.

어쨌건, 그게 오해가 아니라 해도 그렇지, 무슨 권리로 그것에 대해 화를 낸단 말인가.

일방적으로 그가 원한 데이트를 하고 있는 것뿐이고 그건 그도 아는 사실이다.

그녀가 다른 남자를 만난다 해도, 그래서 그와 양다리를 걸치고 있다 해도 장서준에게는 화낼 권리가 없다.

그래도 그렇게 좋은 말을 해준 것이 고마워 전화는 한 번 했지만 이 또한 속된 말로 씹혔다.

그러고 나니 조금은 미안한 마음이 들긴 했다.

그의 입장에서는 바로 며칠 전에 만나서 마치 그를 유혹하는 것이 그녀의 소명인 양 온 힘을 다해 유혹해 놓고는 그가 안 보는 곳에서는 다른 남자와 노닥거리고 있었으니 배신감을 느끼지 않았을 리 없다.

물론 이것도 오늘 낮의 일이 잘되었으니 이리 관대하게 그의 입장까지 생각하는 것이지만.

어쨌건 오랜만에 정시 퇴근도 했겠다, 모처럼 남은 시간 숙제를 해야겠다는 생각에 엄마에게 찾아온 것이었다.

해수는 다시 시계를 쳐다보았다. 거의 아홉 시가 다 되어간다.

마지막으로 전화 한 번 걸어보고 안 되면 집으로 돌아가야겠다.

몇 번이나 전화벨이 울리고 마침내 그녀를 한 시간이나 기다리게 했던 은옥이 전화를 받았다.

[어, 해수야. 전화했었네? 무슨 일이야, 이 시간에?]

"엄마, 어디예요? 나, 집에 왔는데 엄마가 안 계시네."

[뭐?]

대체 왜 이렇게 놀라시는 거지?

[아니, 올 거면 미리 연락을 하고 와야지, 왜 말도 없이 갑자기 찾아오고 그래?]

"당연히 엄마 집에 계신 줄 알았죠."

[아무리 그래도 그렇지, 말은 하고 와야지.]

어찌 보면 별일도 아닌 걸 가지고 역정까지 내시네. 이상하게.

"어디신데요? 오늘 못 와요?"

[응? 으응. 찌, 찜질방. 친구들하고 찜질방에 왔어.]

보통 찜질방에 있으면 주변 잡음이 좀 시끄러운데 이상하리만치 조용하다.

"찜질방에서 전화가 돼요?"

[응. 되는 데가 있어.]

거 희한하네. 요즘엔 찜질방에 갈 일이 없어 안 가봤으니 모르겠지만 요샌 또 그런 데도 있나?

"어느 찜질방이요?"

[거, 뭘 그리 꼬치꼬치 물어보니? 내가 아무렴 너한테 찜질방 간다고 거짓말하고 못 갈 데 간 거겠니?]

또 버럭 역정을 낸다. 그저 궁금해서 물어봤을 뿐인데.

"알았어요. 그럼 지금 못 들어오시겠네. 저 그냥 갈게요."

[그래. 다음부터는 올 거면 온다고 연락은 하고 와라. 그래야 음식 준비도 좀 하고 그러지.]

"번거롭게 무슨 음식을 한다고 그래요? 남도 아니고 딸인데."

[어쨌건. 그럼 조심해서 가라.]

전화를 끊고 해수는 뭔지 모를 느낌에 살짝 고개를 갸우뚱거렸다.

평소와 다르지 않은 목소리인데. 왜 뭔가 느껴지는 거지? 이런 느낌이 드는 건 좋지 않은데…… 또 무슨 꿍꿍이가 있으신 걸까?

일주일이 지나도록 서준에게서는 단 한 번도 연락이 없었다.

한편으로는 세 번의 데이트 없이, 그를 유혹하려는 그 어떤 노력도 없이 그를 밀어낸 것 같아 홀가분하기도 했지만 한편으로는 그대로 그와의 인연이 끊어져 버린 것 같아 어딘지 모르게 서운함도 있었다.

사람 정이란 게 그래서 무서운 것이다. 이틀 동안 몇 번의 잠자리와 또 하루짜리 마지못한 데이트를 했을 뿐인데 이렇게 연락이 없으니 어딘지 모르게 허전했다.

하지만 지금까지도 이렇게 잘살아왔다. 열심히 일하고, 간혹 있는 휴일에 꿀맛 같은 휴식을 취하고.

물론 지금 이 황금 같은 일요일 오후, 일산의 엄마 집을 향해 '돌아가신 다음에 얼굴 내비친다.' 소릴 듣지 않기 위해 꽉꽉 막히는 자유로 위를 기어가다시피 하고 있긴 하지만.

그나마 선뜻 이렇게 다른 핑계 만들지 않고 엄마의 집으로 가는 것은 그녀가 기피했던 그 자리가 아닐 것이기 때문이다. 다르게 말하면 장서준이 오늘 오지 않았을 것을 확신한다. 서준이 그렇게 기를 쓰고 엄마의 초대를 받아들이려 했을 때와는 상황이 많이 다르니까.

그래서 은옥이 어제 전화를 걸어와 내일 올 거냐 물었을 때 해수는 별 망설임 없이 그러겠다고 대답을 했다.

무슨 길이 그리도 막히는지 막히지 않으면 한 시간이면 갈 거리를 세 시간에 걸쳐 도착하고 나니 해수의 몸은 파김치처럼 늘어질 수밖에 없었다.

집 앞은 다른 집 차들로 이미 주차할 곳이 없어 해수는 조금 멀찍이 떨어진 곳의 다른 집 담 옆에 차를 주차했다.

집을 향해 모퉁이를 꺾던 해수는 그 순간 길을 건너기 위해 신호등을 기다리고 있던 한 남자를 발견했다. 쓸데없는 희망을 가졌었나 보다. 어쩐지 엄마가 어제 전화해서 마치 오늘이 아니면 날이 없는 것처럼 굴었을 때 알아봤어야 했는데. 서준이 손에는 음료수 박스까지 들고 길 건너에 느긋하게 서 있다. 다신 안 볼 것처럼 굴더니 마음이 변했는지 오겠단 소리를 했나 보다.

이미 길 건너에서 그도 해수를 보았던 모양인지 신호가 바뀌자 곧바로 그녀를 향해 다가왔다.

"차가 많이 밀리지?"

뭐야, 이 친한 척은? 지난 열흘 동안 한 번 연락도 없었으면서. 날짜를 세려던 건 아니다. 다만 그날 정우 어패럴에서 시찰을 나왔으니 기억을 하고 있는 것이다.

"일요일 자유로야 항상 그렇지."

심드렁하게 대답하며 해수는 집을 향해 걸음을 옮겼다.

"엄마가 당…… 서준 씨를 부를 건 예상했지만 올 줄은 몰랐는데."

갑자기 그에게 전에 했던 약속이 생각났다. 그날 관람차 안에서 서준 씨라 부르겠다고 약속했었지. 물론 상황은 그때 예상했던 것처럼 흐르진 않았지만 어쨌건 약속은 약속이니까.

"당신 어머니와 약속을 했으니까."

"그래, 약속은 지켜야지……. 엄마 앞에서 잘 행동해. 우리 엄마 눈치는 서준 씨가 상상하는 것 이상이니까."

"강해수를 보면 그 정도는 알 수 있지."

"……."

불현듯 그 일을 묻고 싶어졌다. 그때 커피숍 안에서 명석을 만나는 걸 본 것 때문에 연락을 안 한 거냐고. 하지만 그렇게 물어본다면 서준은 해수가 전화를 기다린 것으로 해석을 할 것이다.

"그때 그놈, 누구야? 애인?"

같은 생각을 했는지 그가 선수를 쳤다. 고맙게도.

"누구?"

"그런 질문에 장난으로 대답하면 안 되지. 커피숍에서 강해수의 손을 꼬옥 잡고 있던 그 남자."

아, 역시 그걸 다 봤구나.

"그래서 질투해서 연락 안 한 거야?"

"왜, 나한테는 질투할 권리가 없다는 건가?"

대체 왜 질문에 질문으로 답하는 걸까?

"……대학 동기였던 친구야. 그리고 당신한테 질투까지 할 권리는 없다는 것도 맞아."

"글쎄. 그간 같이 잔 걸 생각하면 질투 정도는 할 수 있지 않나? 그리고 어떤 친구가 남녀 간에 그렇게 손을 꼭 잡아? 난 한 번도 대학 동기의 손을 그렇게 잡아본 적이 없어서."

"그 상황을 당신에게 일일이 변명할 이유는 없다고 생각해. 설사 그 친구와 내가 어떤 감정이 있어서 그렇게 손을 잡고 있었다 쳐도."

"그럼 그간 내가 한 행동을 왜 받아준 거지?"

"뭐?"

"당신은 아무 남자나 내키면 같이 자고 손도 잡고 하는 모양이지?"

이건 다분히 모욕적이다.

"지금 날 난잡하다고 욕하고 있는 거야? 아무하고나 섹스한다고?"

"아니, 노선을 확실히 하라고 충고하고 있는 거야. 아무리 내기로 시작된 만남이지만 당신은 나하고 앞으로 데이트 세 번을 더 해야 하거든. 그사이 다른 놈과 또 손을 잡고 있는 꼴을 보고 싶진 않으니까."

"오늘까지 치면 두 번 남은 거지."

할 말이 없자 괜히 욱한 마음에 안 먹힐 줄 알면서도 그의 성질을 건드렸다.

"당신 어머니 앞에서 데이트라 말할 자신 있으면 그렇게 해. 난 상관없으니까."

말하고도 본전을 못 건졌다. 어느새 대문에 도착한 것도 모르고 그를 노려보고 있자니 서준이 벨을 누른다.

"어머니, 저 왔습니다."

―아, 서준이 빨리 왔네. 어서 들어와.

'징' 하고 문이 열리고 서준이 제집처럼 성큼 대문 안으로 발을 들인다.

현관에서 편한 신발을 신고 나오던 은옥이 서준을 보고 반가운 얼굴을 하다 그의 뒤에서 퉁퉁 부은 얼굴을 하고 있는 딸을 발견하고는 멈칫거렸다. 찔리는 것이 있는 거겠지.

아마도 그 계산 뻔하다. 해수와 저녁을 먹을 준비를 하고 있을 때 서준이 집에 찾아온다. 그때서야 서준을 부른 걸 실토한다. 그래야 딸에게 욕을 먹지 않을 테니까.

하지만 이미 모든 것을 눈치챈 듯 해수의 얼굴이 퉁퉁 부어 있으니 시작부터 계획대로 된 것은 아닐 것이다.

실은 처음 모친이 서준에게 전화를 걸었을 때부터 다 듣고 알고 있었는데.

"어머, 해수야. 중간에 만났구나. 참, 서준이도 내가 불렀어. 말 안 했나?"

마치 잊고 말 안 한 것처럼 둘러대지만 그게 사실이 아니라는 것은 해수도 알고 서준도 알고 본인도 아주 잘 알 것이다.

"어서 들어가자. 내가 꽃게탕 맛있게 끓여놨어. 서준이도 해물 먹지?"

"없어서 못 먹습니다."

"잘됐네. 우리 딸이 꽃게탕을 아주 좋아하거든. 해물도 좋아하고."

"그렇습니까?"

"생긴 건 저렇게 고급스러운데 입맛은 토종이야. 스테이크 별로 안 좋아하고, 육류보단 해물. 샐러드보단 김치를 좋아해."

누가 들으면 데이트할 때 알아서 기란 소리로 알겠다. 흘끔 서준을 보니 입가에 웃음이 가득한 것이 역시 제대로 알아들은 것이 맞는 모양이다.

"그래, 순영이는 잘 지내고 있지?"

인사치레. 엄마가 순영 샘과 심심하면 통화하는 사이인 거 누가 모를까 봐. 오죽하면 그 아들에게도 따로 전화를 걸어 통화를 했을까.

"네, 여동생이 얼마 전에 집으로 돌아가는 바람에 조금 적적해
하시지만 그것 빼고는 잘 지내고 계십니다."

"그래, 효원이가 집에 갔다고는 들었어. 딸들은 다 도둑이라고
이것저것, 집에서 쓰는 참기름까지도 들고 갔다고 욕을 하더니,
그래도 적적하긴 한 모양이네."

수다스럽게 얘기하면서도 은옥은 두 사람을 몰아 소파에 나란
히 앉히는 데 성공했다. 그 꼼수를 모르는 것은 아니지만 이 자리
에서 나란히 앉지 않으려 애쓰는 것이 오히려 이상해 보일까 해수
는 모르는 척 은옥이 모는 대로 서준과 나란히 앉았다.

"시간을 너무 일찍 잡았더니 저녁 먹긴 애매하네. 밥도 지금 막
안쳤고."

그것도 일부러 일찍 잡은 거라는 걸 누가 모를까. 아마도 전에
선볼 때 모친들끼리 너무 일찍 빠져주는 바람에 일이 성사되지 않
았다 생각한 듯 아예 두 사람이 대화를 할 수 있도록 물꼬까지 터
주려는 모양이다.

"어머, 내 정신 좀 봐. 그래도 마실 거라도 내와야겠다."

이내 또 은옥이 주방으로 향하려 하자 해수가 얼른 따라 일어섰
다.

"아니, 해수 넌 여기서 손님 접대해야지. 손님 혼자 거실에 두고
여자 두 사람이나 주방에 들어갈 필요 있겠니?"

말없이 해수는 다시 자리에 앉았다. 서준은 재밌다는 듯 은옥
모르게 얼굴 가득 웃음을 머금고 있다.

"웃지 마. 우리 엄마도 요 근래 심해진 거지 원래 이 정도는 아니었어."

복화술 하듯 은옥이 듣지 못하게 해수가 중얼거렸다.

"그래서 웃는 거 아냐. 당신 엄마 성격이 마음에 들어서 그런 거지. 우리 모친은 저렇게 다정한 부분이 없거든."

다정이 아니라 오지랖이라는 걸 언젠가는 깨달을 날이 올 거다.

뭘 그리 준비하는 것인지, 아니면 준비하는 척 시간을 끄는 것인지, 두 사람을 한참이나 앉혀두고서 은옥이 들고 나온 것은 딸랑 차 두 잔이었다.

"해수 넌 내가 손님 맡겨두고 주방에 가면 주인 노릇을 좀 해야지, 애들도 아니고 뭘 그리 서먹하게 앉아 있는 거니?"

두 사람이 목소리를 낮춰 은밀히 나눈 대화 내용을 모르는 은옥이 해수를 나무라는 목소리를 냈다.

그리고 차 두 잔을 앞에 내려놓고 마치 비교라도 해보는 양 두 사람을 빤히 쳐다본다.

"그리고 보니 두 사람이 나란히 앉아 있으니 은근히 잘 어울린다, 호호호! 서준이도 듬직하니 잘생겼고 그에 못지않게 우리 해수도 예쁘고 착하고 똑똑하고 음식까지 잘하잖니."

해수는 얼굴을 가리고 싶었다. 부끄럽다. 이건 하나밖에 없는 딸내미를 대놓고 덤핑으로 판매하는 행위다.

"그렇지 않아, 서준아?"

서준이 웃음으로 대답할 때 해수는 울고 싶었다.

"엄마, 배고픈데, 밥 아직 안 됐어요?"

이쯤에서 엄마의 상행위를 몸소 막는 수밖에.

"밥? 아직 해가 다 떨어지지도 않았는데 좀 더 있다 먹지 그래?"

다 됐군.

"서준 씨, 배 안 고파요? 우리 엄마가 딴 건 몰라도 꽃게탕은 정말 맛있게 하시거든요."

"얘, 엄마가 딴 것도 맛있게 잘 만들거든."

해수의 말에 은옥이 발끈했지만 서준은 이번만큼은 특별히 다른 사람 앞에서 자신의 이름을 불러준 해수의 편을 들어주기로 했다.

"안 그래도 오늘 낮부터 돌아다녔더니 아직 점심도 못 먹었습니다. 어머님의 꽃게탕이 그리 맛있다니 저도 얼른 먹고 싶네요."

"그래? 호호호!"

딸이 말할 땐 들은 척도 안 하더니 서준이 말하니 단박에 좋다고 웃으신다. 이건 명백한 차별이다.

"앉아, 꽃게탕은 다 끓었으니까 살짝 데우기만 하면 돼."

마치 신혼부부 여행 다녀와서 인사 온 것 같은 이 어색한 느낌이 싫어 해수는 자리에서 일어나 얼른 은옥의 곁에 섰다.

"아니, 앉아 있으라니까."

"내가 반찬 정도는 내놓을게요."

은옥이 억지로 데려다 앉히기라도 할까 해수는 얼른 은옥이 꺼내놓은 접시들에 잔칫집처럼 준비해 놓은 반찬들을 담기 시작했다. 모양새 흐트러지면 또 그거 트집 잡아 앉으라 할까 온 정성을 다해 정갈한 모양으로 담는다. 그제야 마음에 든 모양인지 은옥이 말없이 밥을 퍼 담기 시작했다.

"애, 그건 이쪽 구석에 놔라."

은옥이 그렇게 조용히 시키는 참나물은 분명 맛없게 무쳐진 것이다.

"그건 가운데 놔."

이건 자신 있는 음식이다.

"엄마, 이건 안 놓는 게 좋지 않을까요?"

해수는 미역무침을 가리키며 은옥에게 작은 소리로 물었다. 그 간단한 미역무침이건만 식초가 덜 들어가거나 너무 달거나 혹은 짜거나, 항상 문제가 있는 반찬이었다.

은옥이 해수에게 얄밉다는 듯 눈을 흘기며 팔꿈치로 그녀의 옆구리를 쿡 찌른다. 창피하니 말하지 말란 뜻이다. 해수가 헤헤거리고 웃으며 모양 좋게 담은 미역무침을 서준에게서 먼 곳에 슬그머니 내려놓았다.

마침내 식탁 위에 반찬과 은옥의 야심작 꽃게탕까지 세팅이 되자 해수가 서준의 곁으로 돌아와 자리에 앉았다.

"미안, 혼자 기다리느라 심심했지?"

그 와중에도 또 서준의 기분을 챙기는 은옥이다. 해수가 샐쭉거리며 노려보지만 서준은 빙긋 웃어 보였다.

"괜찮습니다. 모녀가 같이 식사를 준비하는 모습이 참 즐거워 보여서 좋았습니다."

"그 집도 효원이 있잖아."

"효원이하고 어머니는 그리 친구 같은 사이는 아니어서요. 그리고 주로 어머니 혼자 식사 준비를 하시고 그 후에야 다른 식구들을 부르십니다."

뭐야, 순영 샘하고 효원이 친구 같은 모녀라서 부러웠던 게 아니었나?

"해수 씨는 시크한 성격인데 어머닌 참 다정하고 쾌활하시네요. 해수 씬 아버지 성격을 닮았나 봐요."

그 말이 끝나기도 전에 해수의 얼굴에서 미소가 순식간에 사라졌다. 은옥도 미묘하게 표정이 지났지만 이내 그 표정을 감추고 쾌활함으로 무장했다.

"아니야. 우리 해수가 시크하다니. 얘가 원래 낯을 좀 가려서 그렇지 밝아. 특히 엄마하고 있으면 얼마나 애교가 넘치는데."

그건 아닌데요, 엄마.

"아, 회사에서 일하는 모습만 봐서 그렇게 보였나 봅니다. 일할 땐 워낙 똑 부러지고 차가워서 원래 그런 성격인가 궁금했었거든요."

무언가 다른 기류를 눈치챘는지 서준은 얼른 은옥의 말에 맞장구쳤다. 해수는 곱지 않은 시선을 서준에게 슬쩍 쏘아 보냈다.

이 남자가 사람을 들었다 놨다 하네. 진작 처음부터 그렇게 말하지, 갑자기 왜 분위기는 깨고 그래?

"그런가? 얘가 워낙 똑똑해서 남들에게는 그리 보일 수도 있겠네. 꽃게탕 식겠다. 어서 먹어. 먹고 나서 다시 재밌게 대화를 나눠보자."

서준이 얼른 꽃게탕을 한술 떠서 입에 넣고는 감탄한 표정을 짓는다.

"어머니, 꽃게탕이 정말 맛이 좋네요. 어머니가 자신하실 만합니다. 레시피 가르쳐 주시겠어요?"

이 농후한 아부성 발언까지. 이 남자, 선수다.

"왜? 순영이에게 가서 말해주게?"

엄마는 또 여기서 쓸데없는 경쟁심이 돋는 모양이다.

"엄마, 아들이 엄마 친구 집 가서 밥 먹고 와서 무슨 반찬이 맛있더라며 레시피 내밀면 기분 좋겠어요? 제발 참아주세요."

해수가 얼른 말렸다.

"그래, 그 말도 맞다. 서준이 너 레시피 가져가는 즉시 순영이에게 쫓겨날지도 몰라. 걔가 은근히 그런 경쟁심이 있거든."

그건 엄마나 있지, 순영 샘은 사실 아무 신경도 안 쓰는 것 같더만.

은옥이 맛나게 구운 조기 하날 가져다 접시에 뼈를 바르더니 이내 그중 큰 한 덩이를 해수의 밥그릇 위에 올리고 혹시 서준이 서운해하기라도 할까 더 큰 덩이를 서준의 밥그릇에 올려주었다. 해수가 당연하다는 듯 그걸 떠서 입에 넣다 서준과 또 눈이 마주쳤다.

"어머니, 꼭 저희가 제비 새끼가 된 기분입니다."

그의 말 한마디에 해수의 웃음보가 그만 터지고 말았다. 덩치는 운동선수마냥 커다란 남자가 어미 제비가 물어다 주는 벌레를 받아먹는 제비 새끼라니, 갑자기 연상이 되기도 하고 또 어울리지도 않는 비유가 웃기기도 해서였다.

"미안, 내가 워낙 습관이 되어놔서. 해수는 생선을 이렇게 발라줘야 먹거든."

이번엔 정말 실수라 생각했는지 은옥이 살짝 얼굴을 붉혔다.

"아닙니다. 저도 좋습니다. 다만 익숙지 않아서……."

"순영이는 생선 뼈를 안 발라주나?"

또 저러신다.

"대신 순영 샘은 독립심을 잘 키워줬잖아요."

간섭도 안 하고. 이 말은 애써 꾹 눌러 참았다. 서준의 모친 편을 들어주는 것까지는 할 수 있지만 자칫하면 오히려 자신의 모친을 삐치게 만들 수도 있기 때문이다.

어차피 삐쳐 봤자 먼저 전화 안 걸어오고, 한 번씩 전화하면 '나 삐쳤어.'를 티내기 위해 퉁명스럽긴 하지만 그게 전부다. 하지만 그래도 엄마기 때문에 그 감정이 불편해진다.

"내가 독립적으로 보였나요?"

그가 오히려 해수에게 반문했다. 두 눈에는 여전히 놀리는 웃음이 가득하다. 편들어줄 때 가만히나 있지.

"워낙 독립적이잖아요. 하고 싶은 거 다 하고, 회사도 그만두고 싶을 때 그만두고, 여행도 다니고 싶으니 다 떨치고 여행 떠나고. 전 그런 게 없거든요."

조금은 감정이 섞였었나 보다.

분위기가 썰렁해지면서 오히려 할 말을 잃은 건 은옥이다. 잠시 어찌 할까 머리를 굴리는 듯하지만 이 자리에서 조금은 예의를 벗어난 딸을 나무라기도 뭐하고, 그렇다고 잘했다 할 수도 없고, 화제를 돌리자니 놀란 마당에 딱히 떠오르는 말도 없다.

"여행은 재충전할 수 있는 좋은 기회입니다, 해수 씨. 해수 씨도 한 번쯤 홀홀 털어버리고 여행을 떠나보시면 알 겁니다."

하지만 그는 눈 하나 깜짝하지 않고 그녀의 감정적인 말을 부드럽게 받아쳤다.

"맞아, 해수야. 너도 여행 한 번 다녀와라. 무슨 애가 그렇게 일에만 파묻혀 사는 거니? 창의적인 일을 하려면 여행도 필수다, 애."

"엄마는, 회사가 그렇게 바쁜데 어떻게 여행을 가요? 아마 여행 계획 잡아서 휴가 얻으면 그 즉시 잘릴 거예요."

"눈에 더 좋은 것을 담기 위해 떠나는 여행인데 자르면 그 회사 그만두고 말지."

"그 좋은 것들, 대한민국 안에 주말마다 다닐 만한 거리에도 많거든요."

"그럼 주말마다 다닐 만한 거리부터 시작해도 나쁘지 않겠군요."

서준이 의미심장한 눈빛을 보이며 해수에게 대꾸했다.

"그래, 서준이 여행 많이 다녀서 그런 곳 많이 알지? 서준이가 해수에게 좋은 장소 소개시켜 줘."

은옥이 보탠다. 아, 엄마, 지금 엄마가 이 남자한테 자기 딸 데리고 어디로 여행 가라는 소릴 하고 있다는 거 알고 있어요?

다행인지 마침내 밥그릇에 밥이 떨어졌다.

"다 먹었네, 우리 해수. 밥 더 줄까?"

이제 와서 인심 쓰듯 은옥이 그녀에게 묻지만 해수는 얼른 고개를 내저었다.

"아니, 엄마. 배불러요."

"그럼, 서준이는?"

그러고 보니 서준도 밥을 다 먹었는지 어느새 수저를 내려놓고 있다.

"아닙니다, 어머니. 너무 맛있어서 이것저것 다 먹어보다 보니 더 들어갈 자리가 없습니다."

아쉽다는 듯 은옥도 마침내 젓가락을 내려놓았다. 실은 이미 오래전에 밥그릇이 비어 있었지만 나란히 앉아 밥을 먹고 있는 두 선남선녀를 보고 있는 것이 좋아 계속 먹는 척 반찬만 조금씩 걷어 먹고 있던 중이었다.

"설거지는 내가 할게요."

"설거지는 제가 밥값으로 하겠습니다."

눈치게임도 아니고, 하필 두 사람이 동시에 자리에서 일어서 버렸다. 해수가 얼른 도로 앉아버렸지만 은옥이 그냥 둘 리가 없었다.

"그래? 잘됐다, 두 사람이 같이하렴."

쿨하게 혼자 결론을 내리고 얼른 주방에서 나간다.

해수가 서준을 바라보았다. 서준은 마침내 참지 못하고 쿡쿡거리며 웃고 있다.

"재밌어?"

행여 은옥이 들을까 해수가 작은 소리로 따지듯 물었다.

"미안한데, 재밌어. 어머니가 참 순수하신 분이네."

그 말인즉슨 돌려 말하면 속내가 훤히 들여다보인다는 소리다. 그리고 해수도 안다. 아니까 아까부터 이렇게 얼굴이 화끈거리는 것이다.

"그렇게 재밌으면 당신은 나가서 우리 엄마 상대해. 설거지는 내가 할 테니까."

"그럴 순 없지. 모처럼 만들어주신 자린데."

그가 냉큼 빈 그릇들을 싱크대로 옮기기 시작했다.

해수가 반찬들을 치우고 마침내 나란히 서서 설거지를 하기 시작했다. 서준은 이미 그럴싸하게 고무장갑까지 끼고 그릇을 설거지하고 해수는 어쩔 수 없이 어깨가 부딪치는 그 좁은 공간에서 그릇을 헹군다.

이곳에 온다고 멋을 부린 것인지 와이셔츠를 팔꿈치까지 올리고 꼿꼿이 서서 그릇을 씻는 서준의 모습이 희한하게 눈에 콱 박혀왔다. 설거지를 자주 한 폼은 아니지만 그래도 왠지 저 모습도 어울린다.

그릇을 씻어 그녀의 앞으로 밀어놓고, 또 다른 그릇을 씻는다.

"항상 어머니와 그렇게 재밌게 지내?"

거실에서 책을 읽는 척 펼쳐 놓고는 있지만 귀만큼은 잔뜩 열어 놓고 기울이고 있을 은옥을 의식했는지 서준이 작은 소리로 물어왔다.

"그게 즐거워 보였어?"

"아웅다웅하는 것처럼 보이지만 두 사람 사이에 정이 철철 넘치더만. 갑자기 그런 모습을 연출할 순 없는 거거든."

해수는 고개를 끄덕였다. 아버지는 집에 있을 때조차도 이 집에 속하지 않은 사람처럼 굴었고 그 덕에 해수는 항상 엄마와만 유대

감을 느꼈다.

그리고 그 좋지 않은 상황에서도 항상 엄마는 해수에게 밝은 모습만 보이려 애썼다. 해수의 성격에 밝은 부분은 모두 엄마의 덕분일 것이다.

"보이는 게 전부는 아니지."

"그렇겠지. 하지만 당신이 진심으로 마음을 놓고 즐거운 모습을 드러낸 건 처음이야."

해수는 입을 비쭉거렸다. 웬만하면 그에게 자신의 모습을 드러내는 것은 꺼려진다. 비록 지금 나란히 서서 설거지까지 하는 신세가 되었지만 세 번의 데이트가 끝나면 바이 바이 할 사람이 아니던가.

고무장갑이 미끄러웠는지 그가 씻던 그릇을 싱크대 안에 툭 떨어뜨리고 말았다. 그릇은 안 깨졌지만 그녀의 얼굴에 거품이 튀었다.

마치 기다렸다는 듯 그가 얼른 고무장갑을 벗는다. 하지만 해수는 그가 뭘 하려는지 이미 그가 신나게 고무장갑을 벗는 순간 알아차렸다.

그녀가 복화술로 말했다.

"우리 엄마도 보고 있는데 내 얼굴에 손만 대봐. 약속이고 데이트고 다 끝장내 줄 테니까."

그녀의 얼굴을 향해 올라오던 손이 이내 멈칫거렸다.

아주 짧은 순간 그가 망설이는 듯했다. 그러나 이내 어깨를 한번 으쓱해 보이고는 다시 고무장갑에 손을 넣어버린다.

키친타월로 얼굴을 닦고 다시 돌아가 보니 그가 뭐가 그리 재밌는지 얼굴에 웃음이 가득하다.

"뭐야, 왜 혼자 웃고 그래? 겁나게."

"강해수는 엄마를 무척이나 의식하고 있는 기 같아서. 잘나가는 광고쟁이가 집에선 영락없는 마마걸이잖아."

해수는 신경질적으로 그가 닦은 그릇을 집어 들었다.

"워낙 고단수라서 조금만 마음 놓으면 바로 꼼수를 부리시니까. 서준 씨는 다행인 줄 알아. 우리 엄마 아들이었으면 서준 씨는 이미 뼈까지 발렸어."

"그건 우리 모친을 몰라서 하는 소리고. 하지만 그 꼼수가 아니었으면 그 선 자리에서 당신을 다시 만날 수 없었으니 불만은 없어."

아이고, 효자 나셨네.

"설거지도 둘이 하니 금방이군."

마침내 그릇 씻는 것을 끝낸 서준이 만족스러운 표정으로 고개까지 끄덕이며 말한다. 해수도 얼른 그가 씻은 그릇을 헹구어 포개놓은 그릇 위에 올렸다.

몸을 돌린 상태로 이번엔 식탁 위에 씻은 그릇을 올려놓고 마른 행주로 물기를 닦아낸다. 차라리 이게 낫다. 둘 다 얼굴을 거실 쪽으로 돌리고 일하니 다행히 그도 염장질 안 하고 묵묵히 일을 한다.

"어머, 이런 말, 실례될지는 모르겠는데……."

은옥이 두 사람을 보고 입을 열기 전까지는 그리 생각했었다.

실례될 줄 알면 하지 마시라고요! 하고 입 밖으로 말한다면 혹시 엄마가 상처를 받을까?

"둘이 꼭 신혼부부 같다. 어쩜 그렇게 잘 어울리니, 고작 그릇을 정리하고 있을 뿐인데."

예상은 하고 있었지만 역시 들으니 부끄럽다 못해 온몸에 비늘이 솟아날 것 같다.

마침내 그녀 일생의 가장 지루하고 힘들었던 설거지가 마무리되었다. 해수는 얼른 들고 있던 마른행주를 내려놓으며 거실로 나와 가방부터 집어 들었다.

"설거지 끝났어요. 저는 이제 가볼게요. 내일 아침 일찍 출근해야 해서."

더 있다가는 속이 뒤집어지던가, 아니면 엄마의 감시에 피가 다마르던가 둘 중 하나일 것이다.

"저도 가보겠습니다, 어머니."

어차피 그도 은옥과 단둘이 할 일이 없으니 해수와 함께 나가는 쪽을 선택했다.

"그래, 너무 늦었다. 밥 먹이려고 불러서는 내가 설거지까지 시켰네. 순영이한테는 이르지 마라."

"아닙니다. 정말로 오랜만에 맛있는 저녁 먹었습니다."

"다음에 또 오면 그땐 서준이 좋아하는 반찬들로 만들어놓을게."

다음에 또 부른다고?

해수가 대놓고 엄마에게 눈을 찌릿거렸지만 서준은 넉살좋게 얼른 대꾸했다.

"감사합니다. 꼭 오겠습니다."

"차는 가까이 주차했어?"

"아닙니다. 자유로가 막힐 것 같아서 지하철로 왔습니다."

해수는 한숨을 푹 내쉬고 말았다. 얼른 나갈걸. 엄마의 다음 반응이 예상된다.

"집이 어딘데?"

"도곡동입니다."

"잘됐네. 해수 가는 길 아니니? 가다가 내려주면 되겠다."

그래, 이렇게 나오실 줄 알았다니까. 갑자기 도로공사를 해서 도곡동으로 해서 사당으로 가는 도로가 새로 생기지 않은 이상은 절대로 가는 길이 아니다. 그건 갔다 돌아오는 길이다. 그리고 은옥이 그걸 모를 리는 없다.

"부탁해요, 해수 씨."

얼굴에 싱글싱글 눈웃음 가득한 서준도.

안 그래도 오늘 여기 오는 시간을 빼기 위해 야근을 밥 먹듯이 했는데 급 피로가 몰려온다.

아, 오늘은 올 때와 마찬가지로 집에 가는 길이 정말로 멀고 험난할 것 같다.

"내가 운전할 테니 집에 가는 동안만이라도 눈을 붙여."

차에 도착하자마자 그가 한 말에 해수는 조금은 의외란 표정으로 그를 바라보았다.

"갑자기 왜?"

"피곤해 보여. 대체 요즘 잠을 자긴 하는 거야?"

그래서 같이 타고 가겠다고 덥석 받아 문 건가?

솔직히 잠을 많이 자지는 못했다. 주말에 쉬기 위해 근 보름째 야근의 연속이었고 또한 머릿속도 복잡해서 쉬이 잠들지 못해 하루에 많이 자봐야 기껏 네 시간이다. 아마도 그게 얼굴에 드러난 모양이다.

"당신 같은 사람을 옆에 두고 내가 마음 편히 잠을 잘 수 있을 거 같아?"

그가 잠든 사이 무슨 짓을 할 줄 알고? 물론 무슨 짓을 하는 것이 기분 나쁜 것이 아니다. 다만 잠든 사이 모르게 그러는 것은 명백한 반칙이다.

"난 여자가 차에서 자는 동안 모르게 치근거릴 정도로 치졸하지도, 궁하지도 않거든. 그 의심의 눈빛, 자존심 상해."

그녀의 눈빛을 제대로 읽은 서준이 뚱하게 내뱉었다. 그런 걸 보면 그럴 마음은 없는가 보네.

어쨌건 운전을 해주겠단 말 한마디가 무척이나 구미가 당기는 걸 보니 스스로도 느끼지 못했지만 많이 피곤하긴 했었나 보다. 안 그래도 집까지 가는 것도 어찌 가나 걱정스러웠는데. 더군다나 그를 데려다 주러 그의 집까지 가야 한다는 생각에 실은 더 눈앞이 캄캄했었다.

"제발 한순간만이라도 아무 의심 없이 받아들이면 안 되나? 무슨 여자가 이렇게 의심이 많은 거야?"

열쇠를 받기 위해 내민 손을 초조하게 흔들며 마침내 서준의 목소리에도 조금은 짜증의 기운이 돌기 시작했다. 아무 말 없이 해수가 그의 손에 열쇠를 쥐어주었다.

차에 앉고 그가 시트를 뒤로 시원하게 민다. 아무래도 다리 길이에 차이가 있으니 그녀가 앉던 대로는 많이 불편할 것이다.

조수석 등받이에 한 손을 얹고 백미러를 보지 않고 상반신과 고개를 돌려 뒤쪽을 바로 보며 그가 차를 후진해서 빼기 시작했다. 오, 이 남자, 아무래도 '여자가 남자에게 반하는 몇 가지 사소한 것.'이란 책을 읽은 것이 확실하다. 거기서 보면 딱 이게 나온다. 한 손으로는 운전대를 잡고 뒤쪽을 직접 보며 후진하는 남자의 턱 선은 여심을 흔든다는 말.

그렇게 빤히 알고 있음에도 불구하고 해수는 잠시 그의 날렵한 턱 선에 정신을 놓았다. 시간이 지나 자란 까칠한 수염도 그의 턱 선을 묘하게 남성적으로 살려준다.

아, 한 번 쓰다듬어 보고 싶다. 저 턱.

해수는 억지로 두 눈을 감았다. 계속 보고 있으면 오늘은 그녀가 내기 따위는 다 팽개쳐 버리고 그를 집에 안 돌려보내고 싶은 충동이 생길지도 모르겠다. 하루 종일 신경 쓰이게 했던 그의 스킨 냄새를 마음껏 맡으며 그의 거칠게 자란 수염에 피부가 부풀어 오를 때까지 입술을 맞대고 마음껏 키스하고…….

갑자기 코끝에 방금 전 상상했던 그 스킨 냄새가 느껴지는 듯해서 해수가 두 눈을 번쩍 떴다. 그의 입술이 바로 코앞에 있다.

기습을 당했기 때문일까, 해수의 가슴이 쿵 내려앉았다.

설마, 정말 이 남자가 그토록 애쓸 땐 멀쩡한 사람까지도 미쳐 버릴 정도로 참아대더니…… 바로 지금? 본의 아닌 기대감으로 가슴이 두근거리기 시작했다. 눈앞에서 그의 잘생긴 입술이 미소를 지었다.

"안전벨트를 매주려고."

이미 그의 손에 안전벨트의 끝이 쥐여 있었다.

"괜히 기대하게 한 건가?"

"꿈도 야무지세요."

괜찮아. 지금은 밤이라서 얼굴 붉어진 게 안 보일 거야. 태연을 가장해!

두 눈을 꼭 감고 다시 자는 척하려 할 때 마침내 부드러운 엔진음이 들렸다. 그의 목소리가 자장가처럼 감겨왔다.

"한숨 푹 자고 나면 집 앞에 도착해 있을 거야. 마음 놓고 자라고."

당신 같은 사람을 옆에 두고 누가 마음 따위를 놓을까.

하고 속으로 중얼거렸지만 해수는 어느새 쌔근거리는 소리까지 내며 잠에 빠져들고 있었다.

"강해수."

그가 부르는 소리에 해수가 눈을 떴다. 바로 코앞에 그의 얼굴이 있었다. 해수는 잠시 어리둥절했지만 이내 자신이 어디에 있는 것인지, 왜 자고 있던 자신의 얼굴 앞에 그가 있는 것인지 기억해 냈다.

"집 앞이야."

그가 속삭였다.

해수는 피곤으로 자꾸 감기는 눈을 크게 뜨며 그가 자신의 얼굴 앞에서 머리를 치우기를 기다렸다. 하지만 그는 조금도 움직이지 않고 그녀를 바라보고 있다. 아니, 그녀의 입술을 뚫어지게 바라보고 있다.

아무 생각 없이 해수는 그의 얼굴을 멀뚱히 바라보았다. 가로등만이 희미하게 얼굴을 비칠 뿐 컴컴한 차 안, 어떻게 이렇게 된 것인지는 모르지만 얼굴을 마주 보고 있는 이 순간.

그녀의 시선도 자연스럽게 그의 입술로 내려갔다. 닿을 듯 말 듯, 너무도 가까이 있는 그의 섹시한 입술.

자신도 모르게 해수는 침을 꿀꺽 삼켰다. 자신의 입술을 내려다보는 서준의 시선이 뜨겁다.

아마도 안전벨트를 풀어주려 했던 것일까, 아까와 마찬가지로 그의 한 손은 문 쪽에 벽에 닿아 있다.

"미치겠다……."

그가 낮은 목소리로 중얼거렸다.

"강해수, 당신이 날 얼마나 미치게 하는지 알기나 해?"

그럼, 망설이지 말고 덤벼.

해수가 중얼거렸다. 하지만 그 소리는 목구멍 안에서 그대로 사그라졌다. 마치 무언가 보이지 않는 줄로 꽁꽁 묶여 있는 것처럼 해수는 꼼짝도 할 수조차 없었다.

"당신을…… 강해수를 가지고 싶어 미치겠다. 이대로 안아 올려 침대에 내려놓을 수 있다면, 이대로 입술을 맞대고 당신을 마음껏 탐할 수 있다면, 이대로…… 그냥 이대로 당신을 차지할 수 있다면……."

그가 한순간 폭풍같이 감정을 드러냈다. 그리고 그 감정은 이내 해수에게 흡수되어 그녀의 심장마저도 미친 듯 방망이질을 시작한다. 무슨 말을 해야 할지, 뭐라고 대답을 해야 할지 모르겠다. 뭐라도 말을 해야 하는데 마치 입이 붙어버린 것처럼 아무 소리도 나오지 않는다.

그는 더 말을 하지 않았다. 대신 심호흡을 하듯 깊게 숨을 들이마셨다.

마침내 그가 다시 운전석으로 돌아가더니 차에서 내렸다.

"가는 거야?"

그녀의 목소리가 떨렸다.

그가 뒤도 돌아보지 않고 손을 들었다.

"커피라도 한잔 마시고……."

대체 이유가 뭘까. 그를 이대로 보내고 싶지 않았다. 오늘만큼은 이대로 떠나보내고 싶지 않았다. 무슨 대가를 치른다 하더라도. 지금 그녀를 차지하고 있는 것은 그 어느 때보다 참기 힘든 강렬한 욕망이었다. 아니, 다른 어떤 것일지도 모르겠다.

"오늘은 그만하자, 강해수. 내가 너무 힘들다."

그러나 서준은 여전히 한 번 돌아보지 않은 채 그대로 그녀의 집 앞을 떠나버렸다.

⫶⫶ 8. 친구와 '드가장' ⫶⫶

신나게 울리는 휴대폰을 해수는 일찌감치 부재중 수신으로 돌려 버렸다.

"나 지금 운전 중이시잖아."

마치 휴대폰이 듣기라도 하듯 해수가 혼잣말로 중얼거렸다. 하지만 그건 다 핑계다. 어찌 알았는지 서준은 해수가 신호대기에 걸려 차를 막 세우자마자 전화를 걸어왔다.

아마도 일요일이고, 전에 얘기한 데이트도 있고 해서 그 약속 지키라고 전화를 걸어온 모양인데, 딱히 바로 오는 일요일이라고 말한 적도 없고 또한 오늘은 친구들과의 갑작스러운 약속도 있었다.

"그러게 두 번째 전화를 씹히면 그 정도 눈치는 있어야지. 어째 전화를 세 번이나 하니? 집요하게. 그런 집착은 질색이란 말이지."

그녀는 마음에도 없는 소릴 혼자 중얼거렸다. 안 그래도 조금 심란하긴 했다. 오늘 아침, 오랜만에 연락 온 친구의 만나자는 말에 대뜸 오케이를 하긴 했지만 마음이 편하지만은 않다.

아마도 그건 저번 일요일 그를 집 앞까지 태워다 줬을 때 있던 일 때문일 것이다.

큰일 날 뻔했어.

아무리 그날을 돌이켜 봐도 드는 생각은 그것뿐이다. 그날 그가 돌아섰다면, 한 번이라도 그녀의 간절한 눈빛을 그가 보았더라면, 그날 해수가 원한 것이 그를 유혹하는 것이 아니라 다만 그가 같이 있어주길 바랐다는 것이었다는 것을 그가 알아차렸더라면.

아마 지금까지의 모든 인생 철학을 버리고 후회할지도 모를 짓을 할 뻔했다는 것. 아마도 그는 모를 것이다.

그 순간은 마치 어떤 마법에 걸린 것 같았다. 아니, 홀렸다는 표현이 옳을지도 모르겠다. 그 밤, 단둘이 어두운 차 안에 앉아 얼굴을 맞대고 있는 순간 무언가 그녀에게 씐 것이다.

그토록 어떤 사람을 갈망하게 되다니. 불러도 돌아보지 않고 그대로 가는 그가 야속해 쫓아가지도, 두 번 부르지도 않았다.

그러길 정말 잘한 것이다. 비록 그 밤, 떠나는 그의 뒷모습이 자꾸 아른거려 오래도록 잠을 이루지 못했지만 바로 다음날 아침 가슴을 쓸어내리며 그러길 잘했다고 몇 번이고 생각했었다.

그녀는 안도할 수밖에 없었다. 그리고 또한 깊은 반성을 했다.

아무래도 괜한 호기를 부렸던 것이다. 충분히 그를 무너뜨릴 수 있다고, 그래서 다시는 자신의 앞에 나타나 일상을 흔들지 못하게 할 수 있다고 생각했었다. 그러나 그건 서준을 한참이나 잘못 본 데서 온 오산이었다. 흔들리는 것은 그가 아니라 바로 자신이었다. 다행히 그가 눈치채지 못하고 돌아갔으니 망정이지.

내기에 지면 자신이 그에게 전화를 하기로 했으니 패배를 인정할 수도 없었다. 그땐 몰랐는데 참으로 불공정한 내기였다. 그건 순전히 질 수밖에 없는 내기였던 것이다.

그렇다고 방법이 없는 것은 아니다. 데이트를 미루면 되는 것이다. 정확히 언제 데이트한다고 말한 적은 없으니까.

물론 그가 웬일로 주중에도 전화를 두어 번 걸어왔었다. 왠지 데이트 약속을 잡을 것 같은 불길한 예감에 일부러 야근하는 척, 부재중 메시지를 보내 버렸다.

아마도 다음 주부터는 다시 바빠질 것이다. 일 때문에 못 만난 다면 그도 할 말이 없을 테니 이번 주 일요일만 잘 넘기면 되는 것이었다.

그러던 차에 결혼 후 지방으로 내려갔던 미도가 잠깐 친정집에 올라왔다며 세아와 함께 만나자는 연락을 해왔던 것이다.

설사 서준과 연애질을 하고 있는 와중이라 해도 이날은 선택의 여지없이 당연히 친구들이 우선이다. 미도는 결혼 후 몇 달 만이었던 데다 세아는 아이를 낳은 이후로 거의 만나기 힘들었던 친구다. 미도의 결혼식 때도 아주 잠깐 얼굴만 비치고는 아들이 정신없이 울어대는 바람에 별로 놀지도 못하고 서글픈 얼굴로 돌아갔다.

잠실의 한 넓고 큰 커피숍에 오늘 만나기로 한 세아와 미도가 미리 나와 있었다.

자동문을 열고 들어가던 해수는 문 앞에서 뛰어다니던 세 살배기 아이와 부딪힐 뻔했다.

누군지 이런 곳에 애를 데리고 왔으면 잘 데리고 있지, 혼자 다니다 다치면 어쩌려고. 하고 속으로 투덜거리던 해수는 곧바로 뛰어온 아이의 엄마를 보고서야 그 아이가 바로 오래전 돌잔치에서 보았던 세아의 아이 민성이라는 것을 깨달았다.

"해수, 오랜만이다."

민성을 붙잡고서야 정신없는 얼굴로 세아가 해수를 알아보고 웃는 낯을 보인다.

"어떻게든 애를 떼놓고 와보려 했는데 애 아빠가 못 본단다. 어쩔 수 없어서 데리고 나왔어."

"괜찮아. 민성이 못 본 새 많이 컸네. 이젠 뛰어다니기도 하고."

신혼인 미도는 아직 한창 좋은지 얼굴에 달이 떴다.

음료를 시키고 앉아 있으니 미도의 결혼 이후로 못 만난데다 워낙 친하게 지냈던 친구들이다 보니 반가운 마음이 앞선다.

"신혼의 재미가 쏠쏠한 모양이네. 세아하곤 달리 얼굴이 확 폈다, 미도. 그렇게 좋아?"

세아가 아들을 옆에 앉히는 사이 해수가 미도에게 반가움을 표현했다.

"좋긴, 역시 혼자가 낫다. 혹시나 해서 해본 결혼이 역시나다. 역시 결혼은 중매가 나은 거 같아. 연애하다 결혼하니까 이건 뭐 새로운 것도 없고, 설렘도 없고. 꼭 한 십 년 산 부부 같다, 얘."

표정부터가 다 엄살이라고 씌어 있는데, 뭘. 차라리 세아가 그런 말을 하면 믿을까. 요새 힘든지 얼굴이 반쪽이다.

"세아, 눈 밑에 그거, 기미니?"

대학 때 가장 얼굴에 신경을 썼던 사람이 세아였다. 그 나이면 보통 술 마시고 노느라 그렇게까지 얼굴을 관리하는 친구들이 없었지만 유독 세아는 얼굴에 바르는 기초화장품만 일곱 종일 정도였다.

그렇게 얼굴을 소중히 생각하는 세아의 얼굴에 기미라니, 해수는 고개를 절레절레 내저었다. 역시 결혼은 할 짓이 못 된다.

"잠을 못 자, 민성이 때문에. 민성이가 새벽에 꼭 세 번씩 깨거든. 낮잠을 자지도 않고."

"유치원은 안 보내?"

"내년엔 보낼까 생각 중인데 아직은 너무 어려서. 아이가 좀 까탈스럽다 보니 공부할 때도 푹 잤던 내가 애 키우면서 잠을 못 자네. 얼굴이 좀 상했지? 관리하러 가야 하는데 그럴 시간이 없다, 애. 오늘도 민성이 때문에 많이 망설이다 오늘 아니면 또 언제 보나 싶어서 나온 거야."

말하다 말고 세아가 미도를 보고 빙긋 웃으며 선배로서의 조언을 깨알같이 해준다.

"너도 애 낳으면 별반 다를 거 없어. 하루에 네 시간 이상 잠을 잘 수 없고 애한테 온 신경을 다 써야 하니 네 생활은 아이 위주로 돌아갈 거고, 남편은 뒷전, 애가 우선이 되다 보니 남편도 서운해 할 거야."

미도가 어이없다는 얼굴로 해수를 향해 물었다.

"이거, 저주지?"

"아니, 닥쳐올 미래일 뿐이야. 받아들이라고."

해수는 두 사람의 대화에 웃을 수밖에 없었다. 전에는 대화가 주로 문화생활과 또는 패션이나 남자, 아주 가끔 겉멋으로 정치 얘기도 하긴 했는데 이젠 다들 결혼했다고 주로 얘기가 집안과 살림과 아이 얘기라니.

"해수 넌 사귀는 사람 없어?"

마침내 올 것이 오고야 말았다. 저희들끼리 잘 맞는 얘기를 주거니 받거니 하기에 자신의 얘기는 안 물어올지도 모른다는 헛된 희망을 은근히 품고 있었는데.

그렇다고 서준의 얘기를 할 생각은 없었다. 그건 말로가 뻔히 보이는 일, 두 사람에게 시달림을 받는 지름길이다.

해수는 애써 얘기를 돌렸다.

"사귀는 사람은 없고, 얼마 전에 명석이한테 프러포즈는 받았다."

장난으로 넘기려는 수를 알아챈 듯 두 친구는 그녀의 폭탄발언에도 그리 신경을 쓰는 눈치는 아니다.

"걔, 드디어 그 '오래된 애인'하고 헤어졌구나?"

역시 사람 머릿속에서 나오는 생각은 다 비슷한 모양이다. 프러포즈 받았다고 하는데 관심은 명석의 프러포즈가 아니라 오래된 애인과의 이별이다.

"그러게, 옛날 습관 나오는 거 보니까 헤어진 거 맞나 보다. 내,

그럴 줄 알았어. 그렇게 오래 연애만 하면 결혼하기 힘드니까 얼른 결혼하라고 전에 내가 조언까지 해줬는데."

미도의 말에 세아도 얼른 맞장구를 친다.

"그런데 해수 너, 아직도 명석이하고 연락하고 지내는 거야?"

"응. 요즘 일 때문에. 걔 회사 광고 우리 회사가 맡았거든."

"그래?"

물어오는 미도의 표정이 무언가 못마땅한 구석이 있어 해수가 물었다.

"왜?"

"너는 걔한테 그 말 안 들었어?"

"무슨 말?"

되묻는 해수의 말에 미도가 세아와 서로 쳐다본다.

"얘한텐 안 했나 보네."

"무슨 말?"

갑자기 근처에서 민성의 울음보가 터지는 바람에 그들의 대화도 일시적으로 끊겼다. 세아의 곁에 앉혀두었던 민성이 어느새 빠져나가 근처의 테이블 밑에서 놀다 머리를 부딪친 것이다.

세아가 민성에게 간 사이 미도가 잠시 해수를 쳐다보다 입을 열었다.

"얼마 전에 명석이한테 연락이 왔거든. 미안하다면서…… 돈 좀 빌려달라 하더라."

해수의 두 눈이 커졌다.

"명석이가?"

"그래, 나도 놀랐어. 게다가 요즘 적금까지 깨서 신혼살림 장만 한데다 청약 들어가지, 보험 들어가지, 돈이 어딨겠어. 그런데 하 도 사정하는 통에 거절하는 것도 미안하더라고. 너한테는 그런 말 없었나 보지?"

"……그런 말은 없었지만……. 걔 회사가 요즘 어렵잖아. 월급 도 반으로 삭감되고, 당분간 회사 제자리로 돌아올 때까진 계속 그럴 예정인 것 같더라. 원래 받던 월급이 있었으니 들어갈 곳도 많을 거고, 돈은 모자라고, 그래서 그랬을 거야."

며칠 전 명석이 찾아왔을 때가 마음에 걸린다. 그땐 일 얘기밖 에 안 하고, 아니, 못하고 헤어졌지만 얼굴빛이 영 좋지 않았었다. 그녀에게 어려운 부탁을 하기 전까지 애써 그녀를 향해 웃고 있었 지만 어두운 빛을 못 본 것은 아니었다. 그저 회사 일이 힘들어서 그런가 보다 생각했었다.

"누가 그 사정 모르니? 나도 알지. 솔직히 그 사귀던 여자하고 도 언젠가는 그렇게 끝날 거라 생각했었어."

미도의 말에 해수는 의아한 눈으로 그녀를 바라보았다. 너무 사 이가 좋아 그 두 사람은 못 헤어질 거라는 것이 대부분 친구들의 예상이었다.

"전에 들은 바로는 명석이가 그 여친에게도 큰돈을 빌렸다는 소문이 있었거든."

해수의 두 눈이 다시 커졌다. 그건 금시초문이었다.

"설마, 그건 정말 아닐 거다."

"왜? 내 아는 애가 지우랑 가까웠잖아. 그 친구 말이 지우가 번 돈, 적금이 상당했는데 그걸 깨서 빌려갔다 하더라고. 그건 상당히 오래된 얘긴데. 걔네 회사 기울기도 전이니까."

해수는 자신도 모르게 속이 갑갑해져 짧은 한숨을 내쉬었다. 그게 사실이라면 지우는 명석의 회사가 어려워져서 떠난 것이 아닌 것이다. 그런 줄도 모르고 회사 어려워지자 저 혼자 살겠다고 명석을 떠났다고 몰래 욕했었는데.

"어쨌건, 원래 안 그러던 사람이 통사정을 해오니 왠지 거절하면서도 찜찜하고 오히려 죄짓는 기분이었다니까."

그 기분 해수도 잘 안다. 불과 얼마 전 해수에게도 그런 식으로 통사정을 했었으니까.

"세아한테도 그런 식으로 전화를 걸었던 모양이더라. 솔직히, 난 걔, 그러는 거 이해가 안 가. 걔가 얼마나 잘난 사람이었니? 어린 나이에 대기업 해송의 기획팀장까지 하고 있으면 어디에 명함을 내밀어도 어서 옵쇼, 반겨줄 텐데, 왜 거기서 헤어나지 못하고 있는지 모르겠어."

그건 해수도 마찬가지 생각이었다.

"너야 일로 엮였다니 어쩔 수 없다지만 웬만하면 당분간은 개인적으로 안 엮이는 것이 좋겠어."

"그건 너무하다, 얘, 해수가 그래도 명석이하고 많이 친했었잖아."

만나지 말라는 충고는 월권이라 생각했는지 어느새 민성의 팔을 붙잡고 돌아온 세아가 참견했다.

"그러게, 명석이가 해수하고는 좀 각별하긴 했지. 그 여자친구 사귀면서 좀 소원해진 거 같긴 했지만. 그래도 그렇지, 그렇게 친한 친구에게는 돈 빌려달라 소리 한 번 안 하고 한 다리 건넌 친구에게만 돈을 빌리고, 걔도 좀 그렇다."

"명석이가 아직도 해수를 정말 좋아하긴 하나 보다. 그러니 밉보이기 싫어서 그런 아쉬운 소리 얘한테만 쏙 뺐지."

투덜거리는 미도에게 세아가 그나마 명석의 편을 들었지만 솔직히 해수도 그리 기분이 좋은 건 아니었다. 명석은 돈 빌려달라는 소리만 안 했지, 거절하기 미안할 정도로 더 아쉬운 부탁을 해 댔으니까.

결국 그래서 모진 소리까지 하게 만들었고 며칠째 전화마저 안 받아서 마음 불편하게 만들었다.

"정말 너한테는 그런 말 안 했단 말야? 난 걔가 아예 대학 동기들 전화번호를 입수해서 모두에게 전화를 거나 생각했거든. 그리고 가장 가까운 사람이 가장 돈 빌려주기 쉽지, 몇 년 만에 뜬금없이 전화해서 빌려달라는 것보다는."

세아의 말에 해수는 어쩌지 못하고 고개만 살짝 내저었다. 돈 빌려달라는 말은 없었으니 거짓말은 아닌 것이다. 그렇다고 돈 대신 일적으로 다른 통사정을 해왔단 얘기를 하는 것은 친한 친구인 명석에게 할 짓은 아니다.

그래도 미심쩍은 눈으로 보고 있는 두 친구의 얼굴을 보기 민망해서 해수는 화장실 간다는 핑계로 잠시 그 자리를 빠져나왔다.

화장실에서 거울을 보며 해수는 짧은 한숨을 내쉬었다. 이곳에 오기 전, 명석에게 전화를 걸 때까지만 해도 그저 전화를 안 받는 것에 혹시 삐친 것은 아닌가, 아니면 무슨 일이라도 있나, 살짝 걱정만 하던 상태였지만 지금 친구들 얘기를 들어보니 문제가 그녀가 아는 것보다 더 심각하다.

시간 날 때 회사로 한번 찾아가 볼까?

회사로 찾아간다 해도 못 만날 수도 있다. 어쨌건 명석이 전화를 받아야 이 모든 것이 해결되는 것이다. 자존심에 상처를 줬으니 치유하든 아니면 그녀에게 되받아치든. 아니, 그에게 필요한 것은 어쩌면 시간일지도 모른다.

다음에 연락이 되면 지나쳤던 내 말에 사과를 해야겠어. 안 그래도 자존심 센 사람이었는데 충고라 하기엔 도를 넘어선 말이었어.

거울을 보고 습관적으로 머리를 한 번 매만지고 화장실 밖으로 나오던 해수는 그제야 자리에 남아 있던 두 친구가 머리를 맞대고 뭔가를 유심히 들여다보고 있는 것을 발견했다.

황급히 해수가 자리로 돌아가 보지만 이미 역부족이었다. 해수가 나오는 것을 흘끔 본 미도가 마음 편히 전화를 통화상태로 돌렸다.

"네, 하나기획 강해수 팀장 휴대폰입니다."

해수의 입이 턱에 걸렸다. 아니, 대체 누군 줄 알고 전화를 받는 거야? 그나마 배려라고 한 것이 마치 직원이 대신 받아준 것처럼 사무적으로 받은 것이다. 이 일요일 오후에.

"네? 누구시라고요?"

미도의 목소리에 해수가 다그치듯 세아를 쳐다보았다. 세아가 휴대폰을 가리키며 입 모양으로 말한다.

"드가장."

맙, 소, 사!

해수의 당황한 표정을 미도가 보았다. 마치 정말 비서라도 되는 듯 딱딱한 표정을 짓고 있던 미도의 얼굴이 무슨 말을 들었는지 이내 마치 애인 앞이라도 되는 듯 살살 녹는 표정이다. 저건 절대로 좋지 않은 징조다.

"아, 아니에요. 저는 우리 예쁜 해수의 예쁜 절친이랍니다. 안녕하세요?"

그리고 결코 해수가 원하지 않는 일이 일어났다.

"……아니에요. 그런 줄 알았으면 저희가 약속을 안 잡았을 텐데, 해수, 저것이 우리한테는 그런 말 한마디 안 했거든요."

장서준, 대체 무슨 말을 한 거야? 아니, 알고 싶지도 않아. 오늘 있을 세아와 미도의 질문 공세를 당신이 아냐고! 앞으로 받을 스트레스만큼 당신도 괴롭혀 주겠어!

해수가 손을 뻗어 미도의 손에서 휴대폰을 빼앗아보려 했지만 실패했다. 그렇게 뺏길 것 같았으면 처음부터 받지도 않았을 사람이다.

"……밥이요? 정말요?"

그건 또 무슨 소리냐고!

"……다음이 어딨어요? 저희는 한가한데 해수가 바빠서 자주 못 만나요. 사주시려면 오늘 사주시던가요."

"차미도!"

마침내 참지 못하고 해수가 소리를 빽 질렀다. 하지만 전혀 무섭지 않은 듯 미도는 세아와 싱글싱글 눈웃음을 나누며 여전히 서준과 뜻 모를 이야기를 주고받고 있다. 아니, 다 알 법한 얘기를 주고받고 있다.

"아, 여기, 잠실이에요."

마침내 전화를 낚아챘다.

"서준 씨, 오지 않아도 돼. 그냥 애들이 장난친 거야."

오호, 이름이 서준 씨야? 하고 옆에서 저희들끼리 쑥덕이는 소리가 들렸지만 지금 문제는 그게 아니었다. 이 자리에 장서준이 오면 여러 가지로 곤란해질 일이 많다. 친구들에게도 말하지 않았던 제주도의 일탈, 모친들이 만든 선 자리. 궁금한 것이 있으면 셜록홈즈 저리 가라 할 정도로 빠른 눈치와 추리력을 가진 친구들이다 보니 캐묻기 시작하면 결국 그 자랑스럽지 못한 얘기까지 다 털릴 것이다. 최소한 장서준은 그리될 것이다.

[벌써 차에 탔어.]

뻥치시네! 하고 결코 나이 서른둘 먹고 할 법하지 않은 속어가 머릿속에서 불쑥 떠올랐지만 해수는 애써 인내했다.

"그럼 다시 들어가면 되잖아. 여기 세 살배기 애도 있어서 조금 산만하고, 얘네들 다 유부녀라 금방 집에 돌아갈 거야. 와도 못 만나."

[밥 사달라는데 빼면 사나이 체면이 아니지 않나?]

"장난친 거라니까!"

자신도 모르게 소리를 빽 질러 버렸다.

[일단 끊어. 운전해야 하니까.]

그리고 전화가 끊겨 버렸다.

하아…….

결국 온단다.

해수는 허리에 손을 얹은 채로 돌아서서 뒤에서 키득대고 있던 친구들의 얼굴을 보았다. 잔뜩 화가 난 해수의 얼굴과는 달리 미도와 세아는 오랜만의 장난질이 즐거운지 천진난만하기까지 하다.

"드가장이란 이름을 봤을 때부터 대충 감이 왔어. 어떡하겠어? 궁금한걸."

미도가 어쩔 수 없었다는 듯 어깨를 으쓱이며 그걸 변명이라고 한다.

"드가장? 드가장이 뭔데?"

실컷 같이 웃어놓고는 아직까지 미도의 장난이 왜 시작됐는지 감도 못 잡은 세아가 그제야 뒷북을 쳤다.

"드가장. 내가 우리 신랑하고 사귈 때 제주도 갔었잖아. 드라이브하다 서귀포에 있는 그 호텔 이름 보고 웃었거든. 드가장 호텔. 이름 웃기잖아."

"드가장 호텔?"

그제야 이름의 의미를 깨달은 세아가 무릎까지 치며 웃어댔다.

"들어가자, 해서 드가장이었어? 호텔 이름으로는 딱 어울리는 엉큼한 이름이다."

"그래, 그러니 그 이름을 기억하고 있지. 혹시 너도 그 '서준 씨' 하고 그 호텔에 들어간 거 아니니?"

아, 이래서 눈치 빠른 사람은 피곤하다니까. 설마 드가장을 단박에 제주도 한 귀퉁이에 있는 듯 없는 듯 박혀 있는 호텔까지 한

번에 연결시킬 줄은 친구의 성향을 아주 잘 알고 있는 해수조차도 상상하지 못했다.

해수가 대답을 못하는 것을 보고 미도와 세아는 또다시 박장대소다.

"와, 의외다, 강해수. 네가 그럴 줄은 생각도 못했는데. 어쩌다 '드가장'을 만나 드가장을 간 거니?"

"몰라."

망했다. 이 친구들, 아마도 한동안 집요하게 드가장을 입에 올리며 근황을 물어오게 생겼다.

"드가장."

이름이 아주 입에 짝짝 붙는지 세 살배기 민성이 그걸 또 듣고 따라한다. 엄마라는 것이 그걸 듣고도 또 배꼽을 잡는다.

"아들, 벌써부터 그럼 안 돼요."

아, 스트레스……

"대충은 알겠는데, 왜 그럴 맘이 생긴 거야? 언제부터 만나기 시작한 거야? 잘생겼어? 이거 이거, 우리 앞에선 그렇게도 내숭을 있는 대로 떨어대더니 결국 우리가 다 결혼하니까 너도 외로움에 몸서리쳤던 거니?"

살살 좀 해라, 시간 많으니까.

"앞으로 안 만날 사람을 불러냈다는 것만 알아둬라, 너희들. 이 은혜는 반드시 갚을 거니까."

그저 이 대답만 했을 뿐이다.

정말로 미도와 통화를 하고 바로 출발했는지 채 20분도 지나지
않아 서준이 커피숍의 자동문을 열고 안으로 들어오고 있었다.

아무 생각 없이 앉아서 한 번씩 멀거니 창밖을 내다보던 미도와
세아는 그가 서준이라고는 상상도 못했는지 서준이 테이블로 다
가오자 창피할 정도로 티 나게 두 눈이 휘둥그레졌다.

"장서준입니다."

"아, 앉으세요."

얼른 미도의 옆으로 자리를 옮겨 서준이 앉을 자리를 만들어주
는 세아가 해수를 향해 두 눈을 희번덕거린다. 저런 남자를 숨겨
두고 있었냔 뜻이다.

하긴, 개인적인 감정을 접어두면 이만한 남자 없을 정도로 멋지

긴 하다. 큰 키와 더불어 여성의 시선을 모으는 저 황금비율의 긴 다리, 멋진 외모, 그리고 어떤 여자라도 훌떡 반하게 만들 저 찬란한 미소. 그러니 제아무리 일탈이라고는 했지만 먼저 유혹을 했지.

물론 하룻밤의 일탈로 끝나지 않고 저렇게 끈덕질 거라는 것을 미리 알았으면 절대 그런 짓은 하지 않았겠지만.

"솔직히 요 깍쟁이가 아무 말도 안 해서 조금 전에 전화 올 때까지도 우린 모르고 있었어요. 이렇게 멋진 남자를 만나고 있었다는 걸."

"그러게, 요것이 이런 남자를 만나려고 그동안 혼자……."

미도의 말에 맞장구치던 세아는 더 나아가려다 해수에게 테이블 아래로 슬쩍 다리를 채이기까지 했다.

"과찬인 줄 알지만 기분이 좋네요. 제가 맛있는 거 사야 할 것 같은데요."

역시 과찬인 줄 알면서도 그 상황을 이용하는 걸 보면 엄친아답다. 괜히 엄마가 해수 어려서부터 그렇게 귀에 딱지 앉을 때까지 친구 아들의 얘기를 한 것이 아니다.

미도와 세아는 벌써부터 좋다고 까르르 웃는다.

"목소리도 좋네요."

"그 목소리로 그런 말을 하니 정말로 완벽해요!"

이것들아, 침 닦아라. 그러다 남들 다 보는 데서 침 흘리겠다.

서준을 위한 커피도 나오자, 잠시 차를 마시는 동안 해수는 부지런히 머리를 굴렸다. 어떻게 해야 이 순간을 조용히 잘 무마시키고 넘어갈 수 있을까.

아, 왜 내 주변에는 마음 놓고 만날 편한 사람이 단 한 사람도 없는 것일까? 엄마에 이어 이젠 친구들까지.

그리고 서준이 커피를 어느 정도 비운 것을 확인하고 나서 마침내 사냥감을 찾은 매처럼 미도가 타이밍 맞춰 날카롭게 한마디 찔러 넣었다.

"그러니까 어떻게 만나게 되신 건가요?"

휴대폰에 그의 이름 대신 '드가장'이라는 무언가 의미심장한 단어를 입력해 놓은 것을 보고 뻔히 다 유추를 해놓고도 마치 아무것도 모른다는 태도다. 해수가 슬쩍 테이블 아래로 옆에 앉은 서준의 허벅지를 찔렀다. 유도신문에 넘어가지 말란 뜻이다. 오늘 테이블 아래에서 가장 바쁜 사람은 해수다.

"해수 씨가 말을 않던가요?"

테이블 아래로 상당히 아프게 찔렸을 텐데도 그는 태연히 해수를 바라보며 묻는다. 누가 보면 정말 연인처럼 보일 촉촉한 시선으로. 이미 미도와 세아는 그 눈빛에 절반 이상 넘어갔다.

"깍쟁이가 조금 전까지도 말을 안 했다니까요."

"맞아, 해수가 유난히 프라이버시가 강해서 제 얘긴 웬만하면 잘 안 해요. 해수 팀장된 것도 몇 달 지나서 전화로 근황 묻다가 누가 '팀장님.' 하고 해수 부르는 소리에 알았을 정도니까요. 나 같음 승진한 날 전화 다 돌렸을 텐데."

아주 이참에 세아도 제 안에 가득 찬 불만을 다 털어놓았다. 해수는 이를 악물고 억지웃음을 지었다.

"그래, 해수는 어떻게 알게 됐어요?"

다시 원점으로 돌아왔다.

"그 얘기는…… 시작하려면 좀 긴데."

친구들의 눈에는 서준이 자신을 촉촉하게 바라보는 것처럼 보이지만 해수의 눈에는 서준이 '이 얘기를 하면 당신이 좀 곤란해질 텐데.' 하고 약 올리는 것으로 보인다. 제발, 그 얘기만은 하지 말았으면 좋겠다. 이미 원나잇 상대라는 것은 저 눈치 빠른 친구들이 알아차렸지만 그녀가 먼저 유혹을 했다는 것만큼은, 그만큼 궁했다는 것만큼은 친구들에게 들키고 싶지 않았다. 그냥 얼버무리고 넘어가면 얼마나 좋냐고.

"제가 한눈에 반했습니다."

하지만 그런 그녀의 바람을 깨고 그가 입을 열었다. 해수가 걱정하던 대답은 아니었지만 이 또한 만만한 대답은 아니다. 호기심을 잔뜩 불러일으키기 때문이다.

"어디서 만났는데요?"

이 친구들이 '드가장'이란 말을 듣고 싶어 혈안이 된 걸 서준이 안다면 그는 절대 입을 열지 않을 것이다. 아무리 테이블 아래로 신호를 보내도 그는 먹통이다.

"제주도에 있는 한 술집에서요."

흐윽! 그건 안 돼. 혼자 술집에 갔다는 것만으로도 이미 두 친구의 고문 예약완료다.

"어머, 술집에 갔어? 혼자?"

세아는 대체 뭐가 그리도 즐거운지 눈까지 반짝인다.

"출장 갔다, 지치기도 하고 우울하기도 해서, 기분전환으로. 그만 물어봐. 우린 그런 사이 아냐."

혹시 이상한 방향으로 몰아갈까, 해수가 얼른 대답하며 다음 질문을 차단하려 했다.

"누가 먼저 말 걸었어요?"

이럴 줄 알았다. 조금도 빙 둘러가는 법을 모르는 미도는 해수의 말은 못 들은 척, 단도직입으로 허를 찌른다.

서준의 대답이 나오기도 전에 해수는 쥐구멍이라도 먼저 찾아놓고 싶었다. 조금만 더 가면 자자고 말한 사람이 누구냐고, 웬만한 사람은 차마 묻지 못할 질문을 대놓고 할 것이다.

"제가 말 걸었죠, 당연히."

"왜요?"

세아의 조금은 바보 같은 질문에 서준이 눈가에 웃음을 가득 머금었다.

"한숨 소리가 나서요."

이 대답은 두 사람의 기대치에 조금 벗어난 듯했지만 호기심을 자극하는 데는 충분했던 모양이다.

"그래서요?"

"돌아보니 여기 해수 씨가 혼자 술을 마시고 있더라고요. 아주 멋진 슈트와 서류가방을 보아선 방금 일을 끝내고 기분 전환하려 온 것처럼 보였는데⋯⋯."

이 남자는 말발로 기획실장이 된 건가? 어찌 이리도 청중의 관심을 한순간에 끌어모을 수 있단 말인가.

"그 우울한 표정 뒤에 감춰진⋯⋯ 뭔가가 있었습니다. 뭐랄까,

지금은 다 타고 재만 남은 것 같지만 하루쯤 지나면 다시 활활 타오를 것 같은…… 정열?"

해수는 허벅지를 긁었다. 이런 오글거리는 말도 잘도 하다니, 역시…… 엄친아는 못하는 게 없다.

하지만 두 친구는 해수와 다른 생각이었는지 두 눈까지 반짝이며 서준의 말에 세심하게 귀를 기울이고 있다.

"그래서요? 반했어요?"

"야, 차미도!"

미도의 말에 해수가 얼른 차단막을 치려 했지만 서준은 빙긋 웃어 보였다.

"네, 첫눈에 반했습니다. 지금까지 그 누굴 봐도 그때처럼 가슴이 두근거려 본 적이 없었으니 반한 거 맞습니다."

주책없게도 가슴이 멋대로 두근거리기 시작했다. 그가 하는 말이 그저 두 친구들에게 듣기 좋은 입발림이라는 것을 알면서도 괜히 가슴이 찌르르 울렸다.

아, 그는 선수다.

그의 표현 때문인지 두 나이 든 소녀들의 반응도 해수와 별반 다르지 않다. 두 친구는 부러운 듯 '하아…….' 하고 긴 숨을 내쉬었다.

"그래서요?"

'뭘 그래서야?' 하고 해수는 친구들에게 경고의 눈길을 보냈다. 거기서 더 나아갔다가는 드가장의 전설도 밝혀질 것이고 친구들도 더는 못 만날 것이다. 창피해서.

"그래서…… 오늘날 이렇게 된 거죠. 해수 씨는 여전히 달아나고 있고, 전 열심히 뒤쫓고 있죠."

서준의 간단명료한 대답에 세아와 미도가 잔뜩 실망한 표정을 지었다. 그 생략된 얘기 안 어딘가에 분명 '드가장'이 들어 있을 텐데. 그 얘길 듣고 싶어서 여태 캐물었더니 중간은 다 뭉텅이로 잘리고 갑자기 결론이 나와 버린 것이다.

"해수가 튕기고 있어요?"

느닷없이 세아가 서준의 편으로 갈아탔다. 아니, 갈아탄 것이 아닐지도 모른다. 친구라 불리었던 이것들은 서준이 들어온 순간부터 이미 적군으로 돌아서 버렸으니까.

"강해수, 넌 정말이지 복 터졌어! 그래 놓고는 누굴 속이려고 '드가장'이라고……."

두 번째로 세아가 또 흘려버렸다. 분명 이건 질투가 나서 고의로 흘린 것일 것이다.

"드가장이요?"

역시, 세아의 낚시질에 서준이 속절없이 걸려들었다.

"몰랐어요? 휴대폰에 이름을 드가장이라고 적어 넣는 바람에 우린 그냥……."

"우리라고 같이 엮지 마, 세아야. 난 아니다."

친구가 창피했는지 미도가 저 혼자 탈출을 감행했다.

"뭘, 네가 말해줬잖아. 제주도 드가장 호텔. 그래서 감 잡았다며?"

눈치 많은 애가 눈치 없이 굴면 저건 컨셉이다.

"아, 그 드가장이요."

서준이 웃기 시작했다. 둘이 티격태격하던 세아와 미도가 또 이내 정신을 잃고 서준의 가지런한 이에 빠져들었다. 아, 못 말려. 해수는 고개를 내저었다.

"사람이 미치면 뭐든 합니다. 그게 평생 낙인으로 남아도 어쩔 수 없습니다. 제게는 그게 '드가상'이라는 낙인으로 남은 것 같군요."

그의 명쾌한 결론. 이로써 그는 눈이 멀어 관대해진 남자가 되었고 해수는 그런 남자에게 낙인을 찍은 못된 여자가 되었다.

"아, 낭만적이다."

저가 한 말도 잊고 세아가 한숨처럼 말을 내뱉었다. 미도도 그 말에 깊이 공감을 하는지 고개를 크게 끄덕인다.

'낭만은 개뿔!' 하고 큰 소리로 외칠 수 있다면 얼마나 좋을까, 하고 해수는 생각했다. 하지만 어쨌건 그의 감언이설에 두 친구라도 넘어갔으니 일단은 다행이다. 이제 자신이 다 털릴 일은 없어졌다.

"너는 이 남자가 왜 좋았니?"

아, 없을 줄 알았더니 역시 미도를 무시하면 안 되는 것이었다. 그러고 보니 이 친구 대학 때 털어놓은 제 별명이 불독이었다. 한번 궁금한 것이 생기면 대답할 때까지 집요하게 물어보는 것이 물면 죽을 때까지 절대 안 놓아주는 불독 같아서 생긴 별명이란다.

"서준 씨 얘기만 들으면 형평성에 안 맞잖아. 원래 이런 건 양쪽 말을 다 들어봐야 아는 거라고."

그런 형평성은 싸울 때나 따지는 것이지!

"아직은 제가 해수 씨를 쫓아다니는 입장이니 그런 거 물어봤자 저만 창피해집니다."

다행히 서준이 그녀의 지원사격을 해주었다.

"저는 해수 씨에게 반했지만 그런 감정이 쌍방 간에 흘러야 한다고 법칙이 정해진 것이 아니니까요."

"어머, 정말이요?"

이미 서준의 편이 되어버린 두 친구는 나무라는 눈빛을 해수에게 쏘아대기 시작했다. 이런 남자가 들이대는데 왜 튕기냐는 그 속내가 두 쌍의 눈에 고스란히 드러나 있다.

"그렇다고 포기하고 단념하시면 안 돼요. 우리가 약속을 어기고 먼저 결혼을 하는 바람에 어찌나 미안한지…… 그런 언니들의 속도 모르고 이것은 아직도 일과 연애 중이라니까요."

아깐 혼자 사는 것이 낫다며! 결혼이 혹시나 했더니 역시나라며! 아이 때문에 잠도 못 자는 것이 저주라고까지 해놓고서는! 이것들이 사람 봐가며 말 바꾸네.

"그러게요, 좋은 친구들이 곁에 있으니 해수 씨에게 좋은 조언도 좀 해주시면 제가 감사하지요."

"걱정 마세요, 저희에게 맡겨요. 얘가 원래 남의 말은 잘 안 들어도 저희 말은 아주 잘 듣거든요."

아, 이 남자, 어느새 그녀들까지 구워삶은 모양이다. 서준에게 끄나풀이 되겠노라 굳은 결의를 다지고 있는 두 사람은 바로 조금 전까지 자신의 둘도 없는 친구라고 떠들었던 것들이다.

"그럼 밥 한 번 가지고는 안 되겠는데요. 다음에도 불러주시면 제가 아는 맛집은 모두 모시고 다니겠습니다."

서준의 말에 해수가 슬쩍 그에게 눈을 흘겼다.

누구 맘대로. 게다가 그런 빈 공약은 정치가들에게 듣는 것만으로도 충분하다고.

갑자기 어딘가에서 민성의 우렁찬 울음소리가 울리기 시작했다. 그새 세아의 곁을 떠난 민성이 또 어디서 넘어졌는지 커피숍에 앉은 사람들이 다 돌아볼 지경이다. 당황한 세아가 얼른 아들을 찾아 자리를 떴다.

마치 기다렸다는 듯 미도의 휴대폰이 울리기 시작했다. 미도가 조용히 고개를 돌리고 전화를 받더니 몇 마디 안 하고 미안하단 표정을 짓는다.

"해수야…… 미안해서 어쩌니?"

"뭐가?"

"우리 신랑이 오늘따라 몸이 아파서 조퇴하고 일찍 들어왔다고, 나더러 어디냐는데?"

순간 지금까지 있는지도 몰랐던 분노가 무럭 피어올랐다.

아니, 그 신랑은 애도 아니면서 아프면 혼자 있지도 못하나? 나 같으면 오랜만에 와이프가 놀러 나갔으면 즐겁게 놀다 오라고 웬만하면 참고 있겠다.

"그럼 가봐야지. 신혼이잖아."

해수는 애써 표정 관리를 했다.

"같이 식사하기로 하시고는 먼저 가시겠다고요? 안 되죠."

하지만 서준이 다행히 해수를 대신해 배신자를 응징한다.

"정말 죄송해서 어떡해요? 여기까지 오시게 했는데."

그렇게 미안하면 저렇게 주섬주섬 핸드백 들고 일어서지 않을 것이다. 아마도 제 신랑이 걱정되어 못 참겠는 거지.

"해수야, 나 아무래도 민성이 때문에 가봐야 할 것 같아."

민성의 손을 잡고 다가오는 세아가 자리에서 일어선 미도를 보고 눈이 동그래졌다.

"세아 넌 남아 있지, 왜 간다고 그래?"

저는 가면서 그래도 미안했는지 미도가 세아에게 한소리 했다.

"민성이가 아무래도 자동문이 닫힐 때 거기다 손을 끼웠던 모양이야. 손이 아프대."

아들의 손을 보듬어 잡고 있는 세아를 보니 핑계는 아닌 모양이었다.

"그럼 얼른 병원에 가야지."

해수의 목소리도 덩달아 놀랐다. 자신이 만나자는 자리도 아니었고 저 극성맞은 민성의 손을 억지로 자동문 사이에 끼워 넣은 것도 아니지만 그래도 왠지 죄책감이 든다. 물론 이 상황에서 '그럴 거면 이 남자는 왜 불렀어? 사람 곤란하게.' 하고 따지는 건 상상할 수조차 없다.

"병원까지 태워다 드리겠습니다."

"그래, 같이 가자."

서준은 끝까지 엄친아였다. 덕분에 그와 이 어색한 때 단둘이 남아 있게 되는 상황은 면할 수 있을 것 같다.

"아니에요, 저도 차 가지고 왔어요."

아, 그렇지.

실낱같은 희망은 얼마 전 세아가 새 차를 뽑았다고 자랑했던 기억을 떠올리며 사라졌다.

그리고 잠시 후 두 친구가 마치 약속이라도 한 것처럼 커피숍을 빠져나가며 마치 폭풍이 지나간 것처럼 모든 상황이 고요와 평온을 찾았다. 해수의 정신만 빼고.

정신을 차리고 보니 그가 쓴웃음을 지으며 마주 앉아 있다.

아, 난 누가 급한 일이 생겼으니 빨리 와달라고 전화 안 해주나? 가능하다면 이 자리를 벗어나고 싶다.

"잘 지냈나?"

그가 그녀를 향해 첫마디 말을 걸었다. 해수는 그제야 그가 오늘 자신에게 아직 한마디 말도 하지 않았다는 것을 깨달았다.

태연하자. 마치 아무 일도 없었던 것처럼…… 아니, 아무 일도 없었잖아. 그날 밤 그는 아무것도 하지 않고 그대로 떠났고 혼자 머릿속으로 전쟁을 치른 것은 해수 혼자뿐이다.

……그리고 지금껏 그의 전화를 받지 않았었지.

"뭐, 그럭저럭. 언제나와 마찬가지로."

"잘 지냈다니 다행이군."

마치 자신은 그리 잘 지내지 못했단 말투다. 그렇다고 '당신은 잘 못 지냈어?' 하고 자살골을 넣을 생각은 추호도 없다. 아마도 그렇게 묻는다면 그는 해수가 전화를 안 받아서 화가 나서 일주일이 안녕치 못했다, 뭐 이런 식으로 나올 테니까. 멀리 갈 필요도 없이 바로 오늘, 데이트하기 딱 좋은 황금 같은 일요일에 그의 전화를 맞나게 씹었지 않은가.

"난 잘 지냈냐고 안 물어보나?"

그가 서운한 말투로 다시 물었다.

"뭐, 잘 지냈겠지."

그가 궁금하긴 했다. 잘 지내는지 궁금한 게 아니라 왜 주중에 전화를 걸어오는 것인지, 또 만나자는 말을 하려 하는 것인지. 그리고 그 일을 생각하면 전에 마지막으로 보았던 그때가 떠올라 심란해져 애써 다른 무엇이라도 하려 했었다.

그날. 대체 그날은 무엇이었을까. 별다른 일도 없었는데. 그저 엄마와 저녁식사를 함께하고 그가 운전하는 차를 타고 집으로 온 것뿐.

분위기 때문이었을까? 아니면 뜨거워 데일 것 같던 그의 눈빛 때문이었을까.

해수는 주섬주섬 가방을 챙겨 들었다.

"어차피 내가 불러낸 것도 아니었고, 우리 만나기로 약속이 되어 있던 것도 아니니 난 이만 가볼게."

"또 달아나는 건가?"

그가 그 말을 할 거라고 예상은 했다. 하지만 그렇다 해도 별도리는 없다. 지금 이 순간만큼은 그와 단둘이 있는 것만큼은 피하고 싶었다. 예전과는 달리 이상하게 껄끄럽다.

"맘대로 생각해."

"내가 당신을 겁나게 하나?"

그의 그 말 한마디에 해수가 걸음을 우뚝 멈춰 섰다.

겁나게 하냐고? 대체 왜? 이건 그저 어색해서다. 겁이라니, 지금까지 사람을 상대하며 겁을 먹은 적은 없다.

해수는 그를 돌아보며 싱긋 웃었다.

"오늘은 무기를 장전하고 오지 않아서."

"나도 무기를 장전하지 않았으니 그럼 공평하군."

무기를 장전하지 않았다고? 해수는 속으로 웃었다. 그는 그 스스로가 무기라는 것을 모른다. 그와 있으면 온몸의 세포가 곤두서서 어떤 식으로든 그의 액션을 기다리고 있다는 것을 그는 알지 못한다. 자칫하면 그에게 감염되어 독신이고 뭐고 다 때려치우고 그에게 홀딱 빠져서 결국 결혼이라는 진흙탕으로 들어가게 만들 소지가 충분하다는 것을 그는 전혀 모른다.

"친구들과 저녁 먹을 약속이 있었으니 이제 새삼 일이 있단 말은 못할 것이고 그럼에도 굳이 자리를 뜨는 건 어떤 이유에선지 나와 함께하고 싶지 않다는 무언의 표현인데, 지금까지 당신의 행동을 보면 내가 싫어서 그런 건 아니고…… 무기 없이는 날 마주하지 못할 정도로 내게서 매력이 철철 넘치나?"

왜 한 회사의 일개 기획실장이 되었을까? 차라리 프로파일러를 했으면 이 나라 범죄수사에 큰 도움이 되었을 텐데.

"시간 낭비야."

그 정도 공격은 그가 끄떡도 안 한다는 것을 알면서도 해수의 입은 또다시 가시를 내뱉고 있었다.

"어차피 버릴 시간, 나한테 버려보지. 그렇게 피하고 도망 다니면 당신하고 데이트를 할 수 없잖아."

결국은 원점이다. 그와의 데이트. 고마운 절친들 덕분에 그토록 피했던 내기 데이트를 마저 하게 되었다.

하는 수 없이 해수는 짧은 숨을 내쉬며 그의 앞에 다시 마주 앉았다.

"그럼 앞으로 두 번 남은 거다."

"박하게 굴긴."

일이 이렇게 흘러갈 줄 알았으면 그 못된 친구들 기가 다소 죽더라도 짧은 스커트와 시원하게 목이 파인 블라우스를 입고 올 걸 그랬다. 이전에 거의 문턱까지 갔던 그 일을 오늘 마저 끝낼 수 있었을 텐데.

그녀의 '난 이 데이트 그닥 내키지 않소.' 하는 포스가 풀풀 풍기는 모습에 서준이 다시 한 번 쿡 하고 웃었다.

"우리 어머니가 만일 내 모습을 본다면 땅을 치실 거야. 잘난 놈을 낳은 줄 알았더니 못난 놈 낳고 미역국 드셨다고. 여자와 데이트하기 위해 이렇게까지 해야 하다니."

다음에 만나면 순영 샘에게 죄송하단 말은 꼭 해야겠군. 무슨 뜻인지 알아듣진 못하시겠지만.

여직원이 다가와 나간 사람들의 잔을 치우더니 반쯤 빈 그의 물 잔을 채워준다. 해수의 물 잔은 거의 비었지만 그녀는 해수의 잔은 보지 못했는지 그냥 돌아갔다.

물끄러미 그 모습을 바라보다 해수는 실소를 터뜨리고 말았다.

"대체 나한테 왜 이러는 거야?"

그녀의 뜬금없는 질문에 서준이 무슨 뜻이냐는 듯 그녀를 응시한다.

"여자들이 당신을 이렇게 좋아하잖아. 내가 봐도 당신은 완벽해. 학벌 좋고 잘생기고 키도 크고 직업까지 탄탄해. 그런데 대체 왜 싫다는 나한테 이러는 거야?"

"날 그렇게 좋게 보고 있었다니 의외로군. 난 당신이 날 나르시시스트에 전 백수건달, 운 좋은 낙하산 정도로만 생각하는 줄 알았는데."

……어떻게 알았지? 그게 얼굴에 드러나나?

"난 결혼은 안 해. 시집 못 간 게 아니라 안 가는 거고, 앞으로도 그럴 생각은 전혀 없어. 그쪽…… 서준 씨는 결혼을 하겠다며. 그럼 마음이 맞는 결혼할 여자를 찾아야지. 이건 당신 자신에게도 잘못하는 거 아닌가?"

"전에도 말했지만 결혼하자고 안 했어."

"연애를 하고도 끝까지 결혼을 안 하겠다면?"

"그럼 나도 끝까지 연애를 하는 거지."

"누가 그걸 그렇게 놔둔대? 당신 어머니도 어떻게든 당신 결혼시키려고 거짓말로 선 자리에 끌고 나온 거 아니었어?"

"그건 어머니의 바람인 거지. 결혼 생각이 있다고 했지 마음에도 없는 여자와 대충 마음 맞춰 살고 싶다고는 안 했어."

아…… 이 남자, 완벽하지는 않구나. 아직 철이 없는 걸 보니. 세상 어떤 어머니가 외아들이 늙어 죽을 때까지 연애만 하게 둔단 말인가.

"당신 아버지 때문인가?"

허를 찌르는 갑작스러운 질문에 해수의 말문이 막혔다.

"당신 아버지가 무슨 잘못을 해서 세상 모든 남자들이 다 그렇다는 생각을 품고 있는 것인가?"

"아니…… 갑자기 왜 아버지 얘긴……."

"그냥. 전에 당신 어머니 댁에 갔을 때, 아버지 얘기가 나오니 당신 표정이 변했거든."

해수의 표정이 딱딱하게 굳었다.

"……그건 당신이 알 바가 아니잖아."

해수의 목소리는 싸늘했다.

"당신이 뭐라고 생각해? 고작 데이트 두어 번 했다고 나를 분석하고 평가하겠다는 거야? 남의 집안일에 끼어들면서까지? 미안하지만 이만 일어날게."

해수가 자리에서 일어섰지만 몇 걸음 채 옮기지도 못하고 이내 그에게 손목을 붙잡히고 말았다.

"앉아, 강해수."

그는 당황하지 않았다. 그저 표정 없는 눈으로 해수를 올려다보고 있을 뿐이다.

"난 당신을 분석하려는 것도, 당신 아버지를 평가하려는 것도 아니야. 당신을 알고 싶은 것뿐이고 그게 무엇이던 간에 당신과 내 사이에 방해물이 된다면 제거해야 하니까."

"당신이 알고 싶다고 해서 내 사생활을 캘 권리까지 줬다고 생각해? 당신한테 눈치라는 게 있다면 아버지 얘긴 말하고 싶어하지 않는다는 것을 알았을 텐데."

그녀의 목소리가 낮게 깔렸다.

"대체 아버지가 어땠기에 당신이 결혼하는 것을 두려워하는 거지?"

그는 집요했다. 해수는 그의 손을 뿌리쳤다.

"장서준 씨. 당신은 오늘 선을 넘었어. 그걸 알 일은 앞으로도 평생 없을 거야. 아니, 그 어떤 것도 당신에게 알려줄 마음 없어. 잘살아. 그리고 앞으론 나한테 연락하지 마."

그리고 해수는 곧장 밖으로 나왔다. 사람들이 두 사람의 작은 소란에 그녀의 얼굴을 흘끔거리지만 그런 것조차 신경 쓰이지 않았다. 차에 올라타고 그대로 차를 출발시키고 나서야 해수는 룸미러를 흘끔 쳐다보았다. 혹시 그가 따라나온다면 가속페달을 밟을 생각이었지만 그는 밖으로 나오지 않았다.

조금은 빠르게 차를 출발시켰지만 이내 신호대기에 차가 걸려 버렸다.

괜히 해수는 핸들에 화풀이를 하듯 손바닥을 내려쳤다.

자기가 뭐라도 되는 줄 알고.

아버지가 돌아가신 이후로 아무도 아버지 얘길 꺼낸 사람은 없었다. 미국에 있는 고모조차도 가끔 통화를 해도 아버지 얘긴 하지 않는다. 아버지의 얘기는 듣는 사람에게나 꺼내는 사람에게나 모두 껄끄러운 일이었다.

돌아가시던 날조차도 그 여자를 찾던 위선자.

그럴 거면 돌아오지나 말지, 죽을병 걸리고 나서야 아버지는 그 여자와의 살림을 청산했다. 그것도 병들고 아픈 아버지를 여자가 버린 것도 아니었다.

그 여자를 위해 아버지 스스로가 그 살림을 청산한 것이다. 그렇게 돌아온 아버지의 모습은 초췌하기 짝이 없었다. 죽음을 앞둔

불쌍한 실패자.

그녀의 기억 속 아버지의 모습은 항상 무서운 어른이었다. 교육을 위해 매를 대거나 한 것은 아니었다. 다만 주말마다 집에 들어온 아버지는 항상 말도 없었고 그저 신문만 들여다보고 방에 틀어박혀 있었다.

어린 딸이 애교를 부리거나, 혹은 뭔가 사달라고 떼를 쓰면 보통은 넘어가기 마련이건만 아버지는 그렇지 않았다. 그저 엄마를 나무랐을 뿐이다.

"애 교육을 왜 이렇게 시킨 거야?"

다정한 눈길 한번 없이, 야단을 치거나 올바른 길로 가라고 매질 한번 하는 적 없이 그저 얼어붙을 정도로 차갑기 짝이 없는 시선으로 아버지 강성재 교장은 늘 자신의 딸을 그렇게 바라보았다.

비록 어리긴 했지만 한때는 자신이 주워온 자식이 아닐까 하는 생각도 했었다. 하지만 그것도 두 사람의 대화를 어쩌다 엿듣고 나서 아니란 것을 알았다.

"당신 딸이에요, 여보. 해수에게 왜 그렇게 차갑게 대해요?"

"그래서 잘해주라고? 지금 딸을 무기로 날 잡으려는 건가?"

"그게 할 소리예요? 고작 당신이 만든 이유가 그것뿐이에요? 내가 당신을 잡으려고 애를 무기 삼고 있다고? 당신 아이잖아요. 해수 감정은 생각해 봤어요?"

"아이를 빌미로 날 잡으려 하지 마. 난 이 집을 떠나는 순간 저 애한 테서도 마음을 접었어. 걱정은 마. 약속했던 대로 시집보낼 때까지는 아버지 노릇을 할 테니까."

그래, 자신은 아버지의 딸이 맞았다. 사랑하지는 않지만 도리는 해야 하는.

어린 마음에도 그게 상처가 되었다. 아버지가 자신을 좋아하지 않는다는 것을 충분히 느꼈고 아버지에 대한 기대, 감정을 접을 수 있는 계기가 되었다.

중학교 들어가서야 해수는 정확하게 아버지가 어디서 뭘 하느 라 주말에만 집에 들어오는지 알아차렸다.

누가 말을 해준 것은 아니었다. 열다섯이면 이미 알 만큼 아는 나이였고 충분히 상황을 조합할 수도 있는 나이인 것이다.

아버지는 두 집 살림을 하고 있었다.

평일에는 그 여자의 집에서, 주말에는 그 여자가 어디로 외출하 는지 해수가 사는 집으로, 그렇게 두 집을 오가며, 학교에서는 존 경받는 점잖은 교장선생님으로, 집에서는 주말에나 마지못해 집 으로 들어오는 아빠로, 그렇게 이중적인 삶을 살고 있었다.

나중에 미국에 유학 갔을 때 고모에게 이 모든 얘기를 들을 수 있었다.

고모는 한 번씩 술이 들어가면 해수가 듣고 싶어하든 듣기 싫어 하든 생각난 얘기를 해주는데 그러다 나온 얘기가 아버지의 얘기 였다. 고모부였던 사람의 외도로 이혼을 해서 그런지 고모는 자신의 오빠라 하더라도 그 사생활을 매우 못마땅해했다.

그녀의 얘기에 의하면 아버지는 해수가 기억도 못할 만큼 어릴 적에 그 내연녀를 만나 그때부터 두 집 살림을 하기 시작했단다.

용케도 그 누구에게도 그 사실은 들키지 않았다. 엄마의 친구인 순영 샘에게조차도. 항상 밝은 얼굴 뒤로 엄마는 그 서러운 비밀을 꼭꼭 숨겼다.

고모조차도 한참이나 뒤늦게 사실을 알게 될 정도였다. 올케인 해수의 엄마와 통화하다 무언가 잘못되고 있다는 것을 알아차린 고모는 그 순간 당장 이혼해 버리지 왜 그러고 살고 있냐고 오히려 올케를 나무랐다 했다.

모친이 그렇게 말했다 했다.

"해수가 결혼할 때까지는 그래도 같이 있어야지요. 그래야 부모 노릇하는 거 아니겠어요? 주말에나 들어온다 하더라도 없는 것보단 나아요. 아버지가 있어야 해수도 나중에 결혼할 때 부끄럽지 않을 거예요. 아버지가 교육자잖아요."

당시 교장의 자리가 거론될 때였고, 그 자리를 차지하기 위해서는 이혼은 너무도 큰 위험요소였다. 그리고 엄마는 딸에게 교장선생님 아버지가 필요했다. 그래서 합의를 본 것이다. 아버진 주말에만 들어오고 딸의 교육비, 양육비를 대주고 엄마는 아버지가 해수에게 아버지란 자리를 유지해 주는 조건으로 이혼은 하지 않겠다고.

그때까지는 해수는 그래도 아버지라는 사람과 엄마가 같이 사는 데는 뭔가 피치 못할 이유가 있을 거라 생각했었다.

하지만 자신이 그 이유가 된 줄은 전혀 몰랐다.

처음엔 자신에게 선택권도 주지 않은 엄마를 미워도 했었다. 만일 자신에게 선택권이 있었다면 그런 아버지는 필요 없다고, 아예 없는 것이 속 편하다 말했을 것이다. 집에 들어와도 마음은 다른 곳에 가 있는 아버지, 딸조차도 모친과의 약속 때문에 어쩔 수 없이 딸이라 말할 수밖에 없는 그런 아버지는 그녀에게 필요 없었다.

그리고 세상을 떠나기 1년 전. 아버지는 암에 걸려 집으로 돌아오셨다.

엄마는 미련하게 그런 아버지의 병수발을 다 들었다. 그런 건 그 내연녀가 해야 마땅한 일인데.

아버지 돌아가시던 날, 아버지는 혼수상태에 빠졌고, 잠깐 깨어나셨다.

그리고 그 내연녀를 찾아 두리번거리며 그 여자의 이름을 불렀다. 그리고 다시 혼수상태에 빠져 다신 깨어나지 못했다.

"차라리 잘됐어. 그렇게 하고 가서. 안 그랬으면 아직도 미련을 버리지 못했을 거야."

해수와 단둘이 있을 때 은옥이 한 말이었다. 결혼하고 아이 낳은 지 얼마나 됐다고 그렇게 딴살림을 차린 아버지와 죽기 전에 고작 1년을 같이 지냈다고 그새 정이 들었는지 엄마는 해수의 앞에서는 애써 담담한 척 그렇게 중얼거렸다.

하지만 해수는 그 아버지를 도저히 용서할 수 없다. 감히 그렇게 뻔뻔하게 집으로 돌아와서는 엄마에게 병수발 다 들게 하고 끝끝내 그 여잘 찾으며 가버리다니. 그 이후 아버지의 얘기는 해수와 모친에게는 금기나 마찬가지였다.

그런 아버지의 얘기를 서준이 꺼낸 것이다. 감히 해수의 독신주의의 이유를 입에도 올리기 싫은 아버지에게서 찾으면서.

그래, 어쩌면 그건 맞는 말일 것이다.

엄마와 아버지는 연애 결혼을 했다 고모에게 들었다. 학교에서 눈이 맞아 다른 선생님들 몰래 숨어 다니며 예쁜 사랑을 키웠다고 했다. 그런데 그런 사랑도 다른 여자가 나타나니 그렇게 허무하게 끝나 버리는 것이다.

남자의 사랑은 다른 사랑이 나타날 때까지만 지속된다.

아버지와 엄마가 사는 모습을 보고 독신주의를 고집하는 것은 아니었다. 다만, 어려서부터 그런 모습을 보았던 해수의 마음에는 이미 남자에 대한 신뢰가 전혀 없다. 엄마도 그런 그녀에게 결혼을 강요하지도 아니, 언질도 하지 않았다. 바로 얼마 전까지는.

뒤에 선 차가 신경질적으로 경적을 울려댔다. 언제 바뀌었는지 푸른 신호등이 켜져 있다.

해수는 우울한 기억들을 날려 버리고 가속페달을 밟았다.

서울 근교로의 외근은 언제나 해수의 신경을 날카롭게 만들었다. 아무리 빨리 일을 마친다 해도 운이 나쁘면 어떤 차가 길 한가운데 고장으로 서 있거나 혹은 적재물이 떨어져 있거나, 결국 길은 갑자기 주차장으로 돌변해 버리기 때문이었다.

안 그래도 그녀가 들어서야 할 길에 벌써 차들이 줄지어 서 있는데 한 얌체 외제차가 그녀의 차 바로 앞으로 새치기를 시도해 해수는 있는 힘껏 경적을 울렸다. 험악한 시선으로 운전자가 그녀를 노려보지만 해수는 똑같은 눈빛을 상대에게 돌려주었다.

하지만 기어이 끼어들 테니 어디 들이받을 테면 들이받아 봐라 하는 그 태도에 하는 수 없이 해수는 양보를 할 수밖에 없었다.

"이런 데 써먹으려고 외제차 산 거지?"

어차피 그가 들을 말도 아닌데 해수는 기어이 한마디 하고 말았다.

"신토불이 몰라, 신토불이? 그렇게 그 차가 좋으면 독일 가서 살던가."

안 그래도 잠도 제대로 못 자서 피곤한데다 아침부터 먹은 것이 없는데 외근은 딱 점심을 건너뛰기 좋은 시간에 있었다.

짜증이 제대로 올라와 있던 차에 잔뜩 곤두서 있는데 이번엔 그녀의 핸드백 속에서 휴대폰이 요란하게 울려대기 시작했다.

어차피 차도 더 나가지도 않는 거 잠깐은 괜찮겠지 싶어 해수는 더듬더듬 휴대폰을 꺼내 확인했다.

"뭐야, 조 대리. 지금 운전 중인데 중요한 일 아니면 가만두지 않을 거다."

[팀장님, 큰일 났어요.]

"큰일? 무슨 큰일? 어디서 낙하산이 떨어지기라도 했어?"

전에 한 번 조 대리가 이런 식으로 전화해서 큰일이 났다며 호들갑을 떨었던 일이 있어 해수는 대수롭지 않게 생각했다.

[그게 아니고요, 뉴스 안 보셨죠?]

"뉴스? 무슨 뉴스?"

[뉴스가 떴어요. 거기가 부도가 났대요, 부도가. 거기…… 그러니까…….]

큰일이 맞는 모양이다. 조 대리가 말을 더듬는 것을 보니.

"대체 어디가?"

[해, 해송이요. 우리 광고주 해송이요.]

"뭐!"

청천벽력이 따로 없었다.

해수는 자신도 모르게 운전대를 잡은 손에 힘을 주다 경적을 누르고 말았다. 뒤차에서 경직이 올리니 그녀의 앞차도 신경질적으로 경적을 울린다.

[빠, 빨리 오세요. 지금 위에선 팀장님 언제 오시냐고 난리가 났어요.]

대답도 않고 해수는 전화를 끊었다. 계속 그녀의 전화를 받지 않았던 명석에게 전화를 해야 했다.

그저 그녀의 차가운 거절에 화가 나서 전화를 받지 않은 줄 알았는데 아마도 이런 일이 있을 걸 그는 알고 있었던 모양이다.

[전원이 꺼져 있어 삐 소리 후 소리샘으로 넘어가오며……]

하지만 이젠 전화기 자체를 꺼두었단다.

"대체 뭐 하는 거야, 윤명석. 이렇게 사람 엿 먹일 거야?"

해수가 중얼거리며 다시 한 번 통화버튼을 눌렀지만 역시 결과는 같다.

그사이 누군가 또 해수의 앞으로 끼어들려 하자 해수는 신경질적으로 경적을 울렸다.

지금 이 시급한 순간에 차 한 대라도 더 끼어들면 가만두지 않을 것이다. 외제차가 아니라 의전차량이라도.

침착한 얼굴로 한 차장의 방을 나왔지만 해수는 이미 탈진한 상태였다.

투자를 한다 생각하고 모험을 한 것이긴 했지만 설마 그 큰 회사가 부도까지 날 줄은 경영진도 예상하지 못했던 모양이다. 더군다나 큰 금액도 아니고 고작 20억이었다. 20억의 채권을 갚지 못해 결국 부도 처리까지 된 것이었다.

기대가 크면 실망도 크다. 그리고 경영진의 그 실망감은 한 차장을 통해 여과 없이 그녀에게 전해졌다. 해수는 새삼 깨달았다. 만년 차장 한 차장이 매우 잘하는 것도 있다는 것을.

악감정을 가지고 있다가 그 사람이 뭔가 실수를 하면 이때다 하고 할 말 못할 말, 정말로 퇴직서 내고 싶은 마음이 들 때까지 퍼붓는 것이다.

아마도 회사라는 집단에서 상사가 부하직원에게 할 수 있는 범위 안의 욕이란 욕은 모두 다 했을 것이다.

그리고 손실액을 그녀의 월급에서 제하지 않고 시말서 정도로 끝내는 '관대함'을 보여주었다. 마지막까지 구토가 나올 만큼의 욕과 함께.

그녀의 팀원들도 상황은 별반 다를 게 없었다. 아무래도 팀장이 총대를 멨던 만큼 그들도 어떻게든 이 상황을 해결해 보려 해송에 연락을 해보려 했다.

예상은 했지만 해송 측은 아마도 빗발치는 전화에 지쳐 자포자기한 심정으로 전화를 내려놓았는지 그 어느 부서에도 통화는 이뤄지지 않았다.

그리고 명석은 해수를 이 지경까지 몰아넣고도 휴대폰을 꺼둔 채 잠적이다. 조금이라도 낯이 있다면 먼저 전화를 걸어 미안하단 말 한마디라도 하겠건만 어쨌건 회사가 부도가 난 판이니 우선은 상황을 모면하려는 속셈일 것이 뻔하다.

연락만 와봐라. 아니, 끝까지 연락이 오지 않기만 해봐라. 대학 동기고 친구고 뭐고 절대로 그냥 넘어가지 않을 것이다. 늘 웃는 그 배시시 웃음으로 모면하려 하기만 해봐. 이번만큼은 그게 통하지 않을 테니까.

한 차장의 방을 나와 다시 한 번 명석에게 전화를 걸어보는 쓸데없는 짓을 해보고 해수는 자신과 시선을 마주치지 않기 위해 열심히 전화를 거는 척하고 있는 조 대리를 쳐다보았다.

"해송은 아직도 연락이 안 돼?"

"이 사람들이 전부 수화기를 내려놓고 있는 건지, 아니면 단체로 폰팅을 하고 있는 건지, 계속 통화 중인데요."

아마도 전자일 것이다. 해수는 벽에 걸린 큼지막한 회사 로고가 새겨진 벽시계를 쳐다보았다.

오후 세 시 반. 지금 찾아가면 혹시 만날 수 있지 않을까? 회사 부도났다고 사원들이 출근도 안 하진 않을 테니까.

"왜 아직도 거기 멀뚱히 서 있는 거야? 일 안 해?"

아주, 기회라고 한 차장이 지나가다 해수를 보고 또 분풀이를 시도했다. 안 그래도 감정이 목 아래까지 차올라 있던 차에 아주 넘치길 바라는 모양이다.

하지만 해수는 못 들은 척, 고개만 꾸벅 인사하고 자신의 자리로 돌아가려 했다.

"자살했대. 기사 읽었어?"

그 순간 그녀의 귀에 들려온 한마디 말.

"누가?"

"해송 이사."

순간적으로 신경을 곤두세웠던 해수가 이내 안심을 했다. 무슨 생각까지 한 걸까. 너무 신경이 예민했던 모양이다.

"……그리고 그 기획실 팀장."

"뭐? 아니, 이사는 이해가 가는데 대체 기획실 팀장은 왜……."

쑥덕이듯 말을 하던 두 직원은 해수가 다가가자 이내 얼굴빛을 바꾸고 황급히 제자리로 돌아갔다.

"무슨 기사?"

해수의 목소리가 딱딱하게 굳어 있었다. 그제야 다른 직원과 얘기를 하던 오성훈 대리가 잔뜩 죄지은 얼굴로 자신의 자리 컴퓨터를 가리켰다. 한 포털이 켜져 있다. 아마도 해송에 관련된 업데이트를 계속 모니터링하고 있었던 모양이다. 그녀가 볼 수 있게 방금 닫은 인터넷 창을 성훈이 다시 열었다.

눈에 잘 띄게 큼지막한 글씨로 헤드라인이 떠 있었다.

해송의 부도, 그리고 잇단 자살.

마치 그동안은 멈춰 있던 것처럼 심장 소리가 그 순간 숨이 막힐 정도로 크게 울리기 시작했다.

기사를 읽기도 전에 해수는 걷잡을 수 없이 떨리는 손을 맞잡았다.

아니야. 잘못 알았을 거야. 명석이일 리가 없잖아.

그러고도 차마 기사를 읽지 못하던 해수는 마침내 용기를 내어 헤드라인 아래 적힌 짤막한 기사를 읽기 시작했다.

해송이 최종 부도처리 되면서 오늘 오후 두 시쯤, 자택에서 해송의 전무이사인 김 모 씨가 시신으로 발견되었다. 신고를 받고 출동한 경찰은 김 씨의 유서가 발견된 점으로 보아 자살로 추정하고 있다고 발표했다. 또한 오늘 오후 두 시 반쯤 이 회사의 기획실 팀장 윤 모 씨의 자택에서도 신고를 받고 출동한 경찰에 의해 윤 씨의 시신이 발견되었다. 경찰은 현재 윤 씨의 유서를 찾고 있으며 집에 아무도 없던 정황을 보아 자살로 추정하고 있다.

해수는 눈을 깜박였다. 아무래도 급히 읽어서 글자를 잘못 읽은 모양이다.

다시 한 번 기사를 읽었다.

두 번, 세 번, 몇 번을 다시 읽었지만 그녀는 글자를 잘못 읽지 않았다. 이 회사의 기획실 팀장 윤 모 씨. 이 회사의 기획실 팀장 윤 모 씨.

갑자기 지금까지 그가 휴대폰을 꺼놓고 있던 사실이 불쑥 떠올랐다.

욕하고 있었는데…… 화가 나서 언제까지 피해 다닐 수 있나 보자고 저주를 퍼붓고 있었는데…….

그녀는 입을 굳게 다물었다.

아닐 거야. 분명 오보일 거야. 명석이 그놈이 그렇게 힘없이 갈 놈이 아니야. 얼마 전에 얼굴을 보았을 때도 전혀 그럴 생각이 없는 것처럼 웃고 있었잖아.

틀림없이 잘못된 기사다. 기자 놈, 자세히 알아보지도 않고 스케줄에 밀려 대충 써서 올린 게 틀림없어. 그 부류는 항상 그러잖아.

"저…… 이 기자, 제가 아는 사람이 다니는 신문사인데 제가 이름을 확실히 알아볼까요?"

멍한 표정을 짓고 있는 해수를 본 성훈이 조용한 목소리로 물어왔다.

"그럴 필요 없어. 이런 오보 한두 번 봐? 일이나 해."

평소와 다름없는 차가운 목소리가 해수의 입에서 튀어나오자 오히려 성훈이 잔뜩 긴장하고 있었는지 몸까지 움찔거린다.

"네, 알겠습니다."

커다란 기업이 부도가 났을 때 미치는 영향은 상당히 크다. 비록 광고가 나간 것은 한 편뿐이었지만 두 편의 제작을 한 하나기획의 손실은 적지 않았다.

광고대행사에서 채권자로 돌변하게 되니 어떻게든 떼인 돈을 받을 수 있는 방법을 찾기 위해 경리과는 일제 야근에 들어갔고 해수의 광고 2팀은 괘씸죄로 야근에 들어갔다.

안 그래도 맡은 프로젝트까지 있다는 것이 오히려 해수는 고마웠다. 지금 이 순간 일을 하지 않는다면 뭘 해야 할지, 아니, 어떻게 있어야 할지도 몰랐을 것이다. 팀원들도 자신들의 잘못도 아닌 일에 벌을 받고 있는 셈이었지만 묵묵히 일하는 해수가 신경 쓰이는지 다들 한번 투덜거리지 않고 눈치껏 일하는 모습을 보이고 있다.

저녁나절, 입맛도 없어 식사도 거르고 작업을 하고 있던 때 그녀의 휴대폰에 문자 알림음이 울렸다.

또 명석에 대한 일을 물어오는 문자일 것이다. 하루 종일, 뉴스기사를 본 지인들이 계속 전화를 걸거나 혹은 문자메시지로 그녀에게 명석의 일을 물어왔다.

무시할까 하다 혹시나 하는 마음에 문자메시지를 열었다.

「윤명석 지인입니다. 오늘 오후 2시 반, 윤명석이 사망하였습니다. 빈소는 수유동 OO장례식장에 마련되었으며 발인은…….」

부고였다. 그토록 아니길 바랐던 명석의 부고.

무표정한 얼굴로 해수는 한동안 가만히 휴대폰의 문자메시지에 초점 없는 시선을 고정시켰다.

역시…… 명석이가 죽었구나.

그녀는 의자에 앉고 나서야 다리가 후들거리는 것을 느꼈다.

눈물이 터지면 어쩌나, 걱정하고 있었는데…… 혹시라도 사람들 다 보는 데서 감정을 조절하지 못하고 엉엉 울고 싶지 않으니 명석이 죽은 것이 아니길 바랐는데.

명석은 죽었는데 희한하게도 예상했던 눈물이, 슬픔 따위가 찾아오지 않는다. 이상하게 기분만 저 깊은 곳으로 끝없이 가라앉을 뿐이다.

일해야지. 일을 끝내야 집에 가지. 일해, 강해수. 그러고 앉아 있을 시간 없어.

억지로 의자에서 몸을 일으키고 해수는 눈에 들어오지도 않는 컴퓨터를 들여다보았다.

다 된 거 같아. 출력하면 끝날 거야. 그럼 집에 갈 수 있어.

프린터의 앞에 서서 물끄러미 자신이 한 작업의 결과물이 나오는 걸 지켜보고 있는데 또다시 휴대폰 벨이 울렸다.

"네, 엄마."

그녀는 애써 목소리를 끌어냈다.

[너, 그 회사, 너희 회사가 광고를 맡았지 않니? 그 맥주 광고 말이야.]

"맞아요."

[그 죽었다는 사람, 그 사람도 네 대학 동기라 하지 않았어?]

"맞아요. 엄마, 저 지금 바쁘거든요."

[어머, 해수야……]

"지금 하고 있는 거 빨리 끝내고 제출해야 퇴근한다고요."

그녀의 반응에 놀랐는지 전화기 너머는 한동안 침묵이다.

[……너, 괜찮은 거야?]

"괜찮아. 안 괜찮을 건 뭐가 있겠어요? 옛날에나 친했지 지금은 그렇게 친한 사이도 아니고 일도 잠깐 같이 진행했을 뿐인데."

왜 거짓말이 나오는 걸까?

[목소리가 힘이 없잖니. 정말 괜찮은 거야?]

"하루 종일 일해서 피곤해서 그래요."

[그 회사엔 직원이 너뿐이라니? 왜 항상 야근을 시키고 그래?]

"프로젝트 진행 중인 게 있어요."

[……엄마가 갈까?]

그래도 못 미더웠는지 은옥이 조심스레 물어왔다.

"와서 뭐 하시게요? 이 시간에 와봤자 제 얼굴도 못 볼 거고 본다 해도 내일 아침 일찍 출근해야 하니 집에 가자마자 잘 건데."

[장례식장은 언제 가니?]

"지금은 바빠서 못 가요. 시간 날 때 가봐야죠."

[어머, 해수야. 그래도 같이 일하던 사람이 죽었는데…….]

"엄마, 저 정말로 지금 바쁘거든요. 나중에 다시 전화해요. 하루 종일 걸려오는 전화 받는 것도 힘들었는데 정말 엄마까지 왜 이래요?"

그녀의 반응을 예상 못했는지 은옥은 잠시 말이 없었다. 그러다 이내 깊은 한숨 소리가 들려왔다.

[그래, 알았다. 끊으마. 그래도 혹시 엄마가 있었으면 좋겠다 싶으면 바로 전화해. 엄마가 한밤중에라도 택시 대절해서 갈 테니까.]

괜찮다고 말하고 싶었지만 그러면 또 전화가 길어질 것 같아 해수는 고개를 끄덕였다.

"그래요, 엄마. 그렇게 할게요."

[너무 늦게까지 일하지 말고 오늘은 퇴근하고 쉬어.]

"알았어요."

전화를 끊고 해수는 프린터에서 나온 자신의 작업물을 손으로 추려서 파일에 끼워 넣었다.

한 차장은 한 놈이라도 야근 안 하면 가만두지 않겠다 엄포를 놓고는 언제 사라졌는지 일찌감치 퇴근하고 없다. 그의 책상 위에 결재서류를 올려놓고 해수는 퇴근 준비를 했다.

집에 가야지. 이젠 집에 갈 수 있겠다.

해수는 시동을 껐다.

한밤중이었음에도 불구하고 장례식장의 불이 대낮처럼 환하다.

왜 왔을까.

집으로 가려고 했다. 집으로 가던 중이었다. 그런데 손이 멋대로 움직였는지 정신을 차리고 보니 명석의 빈소가 있는 장례식장의 주차장이다.

왔으니…… 들어가야지. 한 번 안 와볼 수도 없잖아. 명석이 장례식인데.

떨리는 손길로 해수는 조수석에 놓았던 핸드백을 집어 들었다.

그러나 이내 해수는 들고 있던 핸드백을 도로 내려놓았다.

저 안으로 들어가고 싶지 않다. 내키지 않는다.

다시 핸드백을 집어 들었다. 내키지 않을 것을 알면서도 왔으니까. 힘들게 왔으니 들어가야지. 다시 오라 해도 또 이렇게 올 마음이 들 것 같지 않으니 온 김에 들어가야지.

그저 차에서 내려 장례식장에 찾아가 그의 영정사진을 보고 조문을 하고 상주에게 위로의 말 몇 마디 하고 나오면 끝나는 일이다.

여기까지 와서 안 들어갈 순 없잖아. 그래도 명색이 친구인데. 바로 얼마 전까지 얼굴을 봤는데.

차 문을 열고 억지로 발을 차에서 떼어냈다.

로비가 주차장에서 상당히 떨어져 있다 생각했는데 결국 어느새 로비였다. 늦은 시간임에도 빈소가 있는 장례식장답게 사람들이 제법 북적였다. 간혹 해송의 일을 엮으려는 것인지 기자들도 보였다.

행여 누군가 자신을 알아보고 말을 걸기라도 할까 해수가 조급한 걸음을 안으로 옮겼다. 그러나 이내 그녀는 걸음을 멈추고 말았다. 아마도 친척인 것 같은 누군가의 무심한 말이 귀에 들어와 버렸다.

"그럼 그 돈은 다 떼인 거네."

"어쩌겠어? 이미 죽은 사람한테 '내 돈 내놔.' 해봤자 돌려받을 수 있는 것도 아닌데."

명석의 얘기인가?

"하긴, 이 형도 자기네 회사가 이렇게 될 줄은 몰랐겠지. 누가 예상이나 했겠어? 해송이잖아. 나였어도 그 회사가 망할 거라는 생각은 안 했을 거야. 형도 믿었으니까 그렇게 했겠지."

해송 운운하는 거 보니 명석의 얘기가 맞는 모양이다. 대체 누구기에 장례식장에서까지 고인에 대한 뒷말을 해대는 걸까? 최소한의 예의조차도 없는 사람들이다.

"그때 나한테 돈이 없었기에 망정이지, 있었으면 나도 떼였을 거 아냐? 투자를 하려면 자기 돈 가지고만 하지, 왜 가족들에 일가 친척들까지 다 건드렸대?"

누가 들을세라 다른 남자가 목소리를 낮췄지만 듣고 싶지 않아 하는 해수의 귀에까지 들릴 만큼은 컸다.

"그 형이 그때 승진했잖아. 기획팀인가, 뭔가 하는 팀장으로. 그때 주식 할당량이 있었나 봐. 그때 그런 모양이야."

"승진도 좋지만, 책임 못 질 일은 하지 말았어야지. 남은 사람은 어쩌라고."

"내 말이. 간 사람도 간 사람이지만 남은 사람은 이제 어디서 그 돈 돌려받겠어? 영미네는 돈 된다 소리에 살던 아파트까지 빼서 몇천 만들어줬다던데. 그 집은 지금 작은 빌라에 전세를 살고 있다고. 죽지 못해 사는 거지. 솔직히 이런 데 와서 할 말은 아니지만 차라리 죽은 사람만 마음 편해진 거지."

가슴에 뭔가 묵직한 것이 들어앉은 것처럼 갑갑해지기 시작해 해수는 짧게 숨을 들이켰다.

그래서…….

명석이가 그래서 그렇게 필사적이었구나. 그렇게 다 쓰러져 가는 회사를 그만두지도 못하고…… 어떻게든 살려보려고…… 그런 사람에게 난…….

하아…… 가슴이 답답하다.

그녀는 뛰쳐나오듯 로비 밖으로 나올 수밖에 없었다. 울컥, 속에서 무언가 올라와 해수는 다급하게 건물 뒤쪽으로 뛰어갔다. 채 어두운 곳으로 들어가지도 못하고 속에 든 것을 다 게워내고 말았다.

하아, 하아……. 먹은 것이 없어 노란 위액만 나오는데도 울컥거리는 토악질은 멈추지 않는다.

간신히 구토가 멈추자 떨리는 손으로 핸드백에서 티슈를 꺼내 입을 닦고 돌아섰다. 집에 가고 싶다. 지금 당장.

"저기……."

갑자기 그녀의 등 뒤쪽에서 누군가의 목소리가 들렸다.

"저…… 혹시 명석이 대학 동기 아닌가요?"

해수는 그녀를 이내 알아보았다. 지우. 명석의 전 여자친구.

명석이 이별하고도 반지도 못 뺐을 정도로 차마 잊지 못하고, 미련조차도 못 버린 그녀. 그 반지의 주인.

"네."

지금 기분은 지우는 물론 그 누구하고도 얘기하고 싶지 않았지만 해수는 억지로 가라앉은 목소리를 끌어냈다.

"저, 명석이 여자친…… 예전 여자친구 서지우예요. 혹시 기억하시나요?"

"네. 기억해요."

죄책감 가득한 얼굴에 두 눈은 얼마나 울었는지 퉁퉁 부어 있다. 아마도 장례식장 안에는 해수처럼 들어가지 못한 모양이다. 들어갔다면 이 앞에서 얼쩡거리고 있을 리가 없으니까.

해수는 자리를 피하고 싶은 충동을 애써 억눌렀다.

이제 와서 무슨 말을 하려는 걸까? 아무나 붙잡고 명석에게 일방적으로 이별을 통보하고 떠난 변명이라도 하려는 건가?

"명석이하고 같이 일을 하셨었죠? 이번에."

"네."

"……어땠었나요? 많이 힘들어하던가요?"

지우의 목소리는 가늘게 떨리고 있었다.

해수는 물끄러미 지우를 바라보았다.

이제 와서 명석이 힘들어했는지 편안했는지 알아서 뭐 하려고? 많이 힘들지 않았다면 마음이 편해질까 봐?

남겨진 사람은 항상 죄인이다. 떠난 사람이 지워준 무거운 죄책감을 평생 짊어지고 살아야 하는 것이다. 힘들어하는 명석을 떠나버린 지우도, 그리고…….

또다시 뭘 잘못 먹은 것처럼 목이 콱 메어왔다. 말을 하려는 것도 아니었는데 마치 뭔가 목에 걸린 것처럼 아프고 답답하다.

"힘들어했어요."

해수의 대답에 지우는 퉁퉁 부은 눈으로 다시 눈물을 쏟아내기 시작했다. 해수는 그녀의 모습에서 애써 시선을 떼었다. 차라리 장례식장 안이 여기보다 낫겠다.

그러나 이내 다시 등 뒤에서 들리는 지우의 목소리에 걸음을 멈출 수밖에 없었다.

"……내가 너무 이기적이라 생각하죠?"

목이 아프다. 너무 뜨겁고 아파 목소리도 나오지 않을 것 같았다. 해수는 애써 침을 삼키고 다시 입을 열었다.

"……죽은 사람만큼 이기적인 사람이 있겠어요?"

이렇게 후회하게 만들고. 이렇게 많은 사람들에게 상처를 주고 혼자 훌훌 다 털어버리고 갔는데. 그만큼 이기적인 사람이 어디 있겠는가.

마지막 만남의 기억을 죄책감으로 얼룩지게 만들고 사과하지도 못하게 돌아오지 못할 길을 가버렸는데……. 차마 저 안에 들어가는 것조차도 이렇게 미안하게…….

"저는 명석이가 이렇게까지 힘든 줄……."

"미안해요."

지우의 말을 가로막는 해수의 목소리도 가늘게 떨리고 있었다.

"못하겠어요, 저는."

해수는 몸을 돌려 자신의 차로 돌아왔다. 그리고 다시 차에 올라타고 도망치듯 그대로 그곳을 떠났다.

처음엔 이럴 생각은 아니었다. 여느 아침처럼 일어나 출근하기 위해 샤워하고 머리를 말리고, 거울을 보며 옷도 차려입었다.

그러고 나서야 해수는 회사에 가도 일을 할 수 없을 거란 생각이 들었다.

어디 아픈 것도 아닌데, 몸이 무거웠다. 한 걸음 옮기는 것이 천 근이나 되는 쇳덩이를 옮기는 것처럼 힘들었다.

내키지 않았다. 마치 아무 일도 없었던 것처럼 회사에 나가서 일을 하고 소통을 하는 일. 그게 지금 그녀가 가장 할 수 없는 일 중 하나였다. 아니, 그 어떤 일도 하고 싶지 않았다. 아무것도.

쉬자.

단 한 번도 그런 적이 없었으니 이해해 줄 것이다. 아니, 어쩌면 이해해 주지 못할지도 모른다. 하지만 상관없다. 오늘 안 나올 거면 앞으로도 영원히 회사에 나오지 말라 한들 그래도 오늘은 나가지 않을 것이다.

잠시 침대에 앉아 뭐라도 생각을 해보려 했지만 아무런 생각도 들지 않았다.

하아…….

그녀는 길게 심호흡을 했다. 하지만 어제부터 가슴 한복판에 들어앉은 답답한 무언가는 사라질 생각을 않는다.

화장대 위에 놓아둔 차 열쇠를 집어 들고 집을 나섰다.

장례식장 로비엔 어제보다 조문객들이 더 많았다. 대낮인데도 회사에 안 가고 온 것인지, 아니면 명석이 생각했던 것보다 많은 사람을 알고 지냈던 것인지 어젠 사람이 몇 안 보이더니 오늘은 북적북적, 조문객들이 넘쳐 난다. 그리고 기자들. 죽은 사람한테서 뭐라도 건질 게 있다 판단됐는지 날파리처럼 게걸스럽게 그 안을 헤집고 다닌다.

하아…….

그녀는 심호흡을 했다.

들어가야지. 친구가 죽었다잖아.

해수는 스스로를 재촉했지만 결국 그녀는 한 시간째 그 자리, 그녀의 차 안이다.

들어가고 싶지 않아. 명석이 영정사진 따위, 보고 싶지 않아.

바보 같다. 그걸 본다고 지금 이 순간이 꿈이었던 것이 현실로 깨어나는 것도 아니고, 피한다고 금방이라도 명석이 나타나 예전처럼 '놀랐지?' 하고 웃어젖힐 것도 아닌데. 그는 저 안에 누워 있는데…….

그런데도 인정하고 싶지 않다. 그의 영정사진 따위, 보고 싶지 않다.

그럴 거면 조금만 더 살다 가지. 최소한 미안하단 말은 할 수 있게!

그렇게 모진 말을 해버렸는데. 그렇게 매몰차게 해버렸는데. 그렇게 해버렸는데…… 죽어버리고 싶을 정도의 죄책감을 만들어놓고 너만 혼자 훌훌 떠나버리면 다야?!

그의 얼굴이 보고 싶지 않았다. 보는 순간 무너지는 자신이 두렵다. 이것 또한 이기심이라는 것을 알면서도, 무서워서 저 안을 들어가질 못한다. 겁쟁이는 그가 아니라 바로 나다.

하아…… 또다시 가슴이 먹먹해졌다.

갑자기 차 문이 왈칵 열렸다. 놀란 얼굴로 돌아보니 서준이 차 문을 열고 서 있다.

"내려."

"무슨 짓이야?"

"들어갈 거면 들어가고 안 들어갈 거면 여기 서 있지 말고 돌아가. 회사도 출근하지 않았다며. 전화기도 꺼놓고. 풀 거 있으면 풀어야지, 주차장에 차 세우고 벌써 몇 분이나 이러고 있던 거야?"

"당신이 알 바 아니잖아."

"그런 말을 하려거든 나한테 연락이 오지 않게 하든가."

무슨 말이냐는 듯 해수가 그를 바라보자 그는 묵묵히 해수의 안전벨트를 풀어버렸다.

"당신 어머니가 전화를 해왔어. 당신 휴대폰이 꺼져 있다고. 회사에 전화를 걸었더니 출근 안 했다 한다고. 놀라서 십으로 달려갔는데 당신은 집에도 없다고 나한테 전화를 하셨어."

아무 생각도 하지 못했다. 엄마가 걱정되어 집으로 달려올 거라고는 예상도 못했다. 어제 전화를 했으니 하루 이틀은 연락이 오지 않을 거고, 그러니 휴대폰을 꺼두어도 상관없다고 생각했다.

아마도 한 차장이 시켜서 그런 것이겠지만 조 대리가 집요하게 계속 전화를 걸어왔다. 그저 짧게 오늘은 쉬겠다, 말까지 했는데 대체 못 알아들을 이유가 뭐가 있는지 계속 전화가 걸려와 휴대폰을 아예 꺼둔 것이다. 하긴 조 대리가 무슨 죄가 있겠는가. 그도 시켜서 그랬을 것인데.

"안 들어갈 거야?"

그가 다시 한 번 해수에게 재촉하듯 물었다.

"안 가보고 끝낼 수 있어? 오늘 안 들어가면 내일 발인이야. 그래도 괜찮으면 이대로 돌아가고."

"알고 있어! 알고 있다고⋯⋯ 누가 그걸 몰라?"

마침내 해수가 비명처럼 소리를 질렀다. 귀를 막고 싶다. 차라리 아무것도 들리지 않았으면 좋겠다. 아니, 아무런 일도 없었으면⋯⋯ 차라리 한 달쯤 전으로 돌아갈 수 있었으면 좋겠다. 그럼 정말로 좋을 것 같다.

"그때 찾아왔던 그 사람인가?"

그가 다시 물었다.

"······기사는 읽었어. 마지막 가는 길, 잘 가란 말도 안 해줄 거야?"

"나 때문이야."

마침내 해수가 목소리를 토해냈다.

"내가······ 나 때문에 죽은 거야. 내가 심한 말을 했거든. 못 들어가. 내가 무슨 자격으로 들어가? 못 들어가겠는데······ 이대로 돌아가지도 못하겠어."

스스로가 내뱉은 말만으로도 가슴이 아프다. 뭔가가 안에서 속을 갉아내고 있는 것 같다.

"내가 그렇게 모질게 쫓아내지만 않았어도······ 내 입장만 생각하지 않고 명석이 부탁만 들어줬어도······ 해송이 부도나지 않았을지도 모르고 명석이 그렇게······."

목소리가 너무 흔들려서 우스꽝스러운 소리가 흘러나왔지만 그녀는 그것을 알지도 못했다.

그가 말없이 해수를 응시했다.

"······나하고 데이트할까?"

해수는 의아한 눈으로 서준을 바라보았다. 갑자기 이 상황에서 데이트라니, 그는 대체 지금 무슨 말을 하는 걸까?

"아직 데이트 약속 두 번 남았지?"

"지금 무슨 소릴 하는 거야?"

"그럼 내가 가자는 데로 따라와. 데이트하듯, 내가 하잔 대로 해. 그건 약속했잖아."

뭐라 대답할 기회도 주지 않고 그는 해수의 손을 잡았다.

"놔, 놓으라고."

"따라와."

"데이트라며? 그럼 손대지 마."

데이트 따위가 핑계라는 걸 모르는 것이 아니었지만 그걸 들먹이면서까지 그에게 잡힌 손을 뿌리치고 싶었다.

하지만 못 들은 척 그는 기어이 해수의 손을 끌고 마침내 그토록 멀게만 느껴지던 장례식장 안으로 들어섰다.

끌려가듯 갔지만 일단 빈소에 들어서자 서준은 해수의 손을 놓아주었다. 다행히 그의 손을 억지로 뿌리치는 추한 모습은 보이지 않아도 되겠다.

빈소 안에는 온통 검은 옷을 입은 사람들이 삼삼오오 서거나 앉아 있다. 하나같이 침통한 얼굴들이었다.

나가고 싶었다. 이곳에 있고 싶지 않았다. 누군가 그녀에게 '너 때문이야.' 하고 윽박을 질러올 것만 같았다. 서준을 흘끔 보니 그는 빈소 입구에 서서 그녀를 지켜보고 있다.

어쩔 수 없이 해수는 방명록에 이름을 적고 어제저녁부터 가방에 들어 있던 조의금을 내밀었다. 지인이 죽음을 맞이할 때마다 그렇게 이름을 적어 넣던 봉투가 오늘은 명석의 빈소에 왔다. 얼마 전까지 만났던 친한 친구의 빈소다.

상주 측 사람이 봉투에 적힌 이름을 보더니 해수의 얼굴을 쳐다본다.

"강해수 씨 본인 되십니까?"

"네…… 그런데요."

"잠시만 여기서 기다려 주시겠습니까?"

해수의 대답도 듣기 전에 남자는 어디론가 가더니 이내 한 나이 지긋한 여인을 모시고 왔다. 낯익은 얼굴. 예전 대학 다닐 때 친구들과 그의 집에 같이 리포트 쓴다는 명목으로 몇 번 찾아간 적이 있었다. 그때 보았던 명석의 모친이었다.

"네가 해수니? 오랜만이다."

아직 두 눈이 퉁퉁 부은 채 명석의 모친은 해수를 향해 억지로 웃음을 지어 보였다.

"……네. 그간 안녕하……."

인사도 때에 따라 할 수 있는 것이 정해져 있다는 것을 처음으로 깨달았다. 하던 말을 멈추고 해수는 고개를 꾸벅 인사했다.

"그때 모습 그대로구나. 기억이 가물가물했는데 얼굴을 보니 알아보겠네."

"네, 어머니."

"네가 우리 명석이 회사 광고를 맡아주었다지?"

"……."

또 목구멍이 아리다. 말을 하지도 못하고 해수는 고개만 끄덕였다.

"고맙다, 해수야. 너라도 명석이를 도와줘서……. 한 번 만나면 고맙단 말을 하고 꼭 전하고 싶었다."

"아니에요. 전……."

마침내 참던 것이 목젖까지 치밀어 올랐다. 해수는 말끝을 흐릴 수밖에 없었다. 도와줘서 고맙다니…… 그 말은 절대로 자신이 들어서는 안 되는 말이었다.

"아니긴, 우리 명석이가 네 얘기를 가끔씩 했단다. 네가 도와줘서 광고비를 절약할 수 있었다고. 아무도 그래 준 사람이 없는데…… 그래서 더 고마워."

"어머니……."

뭐라 말할 수 있을까. 아니라고, 그를 돕지 않았다고. 그에게 모진 상처만 줬다고 어찌 말할 수 있을까. 목구멍이 뻐근해 오자 해수는 애써 침을 삼켰다.

"그리고…… 이거."

조용히 명석의 모친이 그녀에게 노란 봉투 하나를 내밀었다.

영문도 모르고 해수는 그것을 받아 들었다. 노란 봉투에 그녀의 이름이 가지런한 글씨체로 적혀 있다.

─해수에게.

"우리 명석이가…… 남긴 거야. 가족에게 남기는 유서하고 이거하고 두 개, 남이 볼까 제 우편함에다 넣어두고…… 갔어."

마침내 명석의 모친이 또다시 눈물이 터졌는지 잔뜩 젖은 손수건으로 눈물을 닦기 시작했다. 울먹이는 목소리로 하던 말을 마친다.

"네 이름 적고 꽁꽁 풀로 붙여서 너 외엔 아무도 읽지 말라고 그랬나 보다 싶어서…… 뜯지 않았다. 가져가라."

또다시 왈칵, 속에서 무언가 올라왔다.

"잠깐만……."

해수는 말도 채 마치지 못하고 빈소를 뛰쳐나갔다. 두리번거리다 찾은 화장실에서 그녀는 어제부터 먹은 것도 없어 말간 위액을 또다시 토해냈다. 한참을 변기 앞에 쭈그리고 앉아 있던 해수는 마침내 후들거리는 다리로 화장실을 나왔다.

서준이 화장실 입구에서 그녀를 기다리고 있었다. 아마도 빈소에서 뛰쳐나왔을 때부터 따라왔던 모양이다. 그의 시선이 아직까지 손에 꽉 쥐고 있어 잔뜩 구겨진 노란 봉투로 향했다.

그게 뭐냐고 물어오지는 않았고 해수도 굳이 뭐라고 설명하지 않았다.

억지로 허리를 펴고 그녀는 다시 빈소 안으로 향했다.

이제…… 그토록 미루고만 싶었던 작별을 할 시간이다. 이곳까지 오는 것이 그리도 힘겨웠는데 막상 그의 영정사진을 보니 담담해진다. 현실 같지가 않다. 그가 지독한 장난을 치고 있는 것 같다. 예전처럼.

하얀 국화꽃 한 송이를 영정사진 앞에 올리고 해수는 잠시 두 눈을 감았다.

윤명석. 이제 편안하니?

다시 두 눈을 뜨고 명석의 사진을 노려보았다.

네가 얼마나 원망스러운지 알고 있어?

아는지 모르는지 사진 속 명석은 해수가 기억하는 대학 시절 찬란했던 그 시절처럼 웃고 있다. 요 근래 들어서는 한 번도 본 적

없는 환한 웃음이다.

그녀는 감정을 조절하기 위해 깊은 심호흡을 했다. 그리고 마침내 정말로 하고 싶었던 말을 내뱉었다.

"미안해, 명석아. 거기서 편하게 잘 지내. 이젠 걱정 따위 하지 말고…… 힘들었던 일 다 잊어버리고 옛날처럼 즐겁게 지내라. 미안하다, 윤명석……."

목소리와 함께 눈물이 터지고 말았다. 애써 울음을 참았지만 흐르는 눈물은 막을 힘이 없었다. 눈앞이 흐려진다.

두 눈을 깜박여 눈물을 떨구고 그녀는 말을 이었다.

"잘 지내라. 이젠 거기서 편안히 잘 지내……."

그리고 그녀는 마침내 오랜 친구와 작별인사를 끝냈다.

서준은 한 번 몰아본 적 있어서 그런지 해수의 차를 능숙하게 잘 운전했다. 한 시간이 넘도록 그의 곁에 앉아서도 해수는 어디로 가는지 묻지도 궁금해하지도 않았다. 그가 하자는 대로, 그가 가자는 곳으로.

서울은 쾌청하더니 어느 정도 벗어나자 날씨가 잔뜩 흐려지는 것이 금방이라도 비가 쏟아질 기세다. 하지만 해수는 불평조차도 나오지 않았다. 그저 입술을 꾹 다물고 빠르게 스쳐 지나가는 차선이 가문의 오랜 원수인 양 노려보고 있었다.

"어머니께는 내가 전화했어."

해수가 말이 없자 그가 조용한 목소리로 먼저 입을 열었다.

"잠도 못 잤을 텐데, 좀 눈이라도 붙여."

"……."

잠을 못 잤던가. 하긴, 침대에 누워 뒤척이긴 했지만 결국 잠은
이루지 못했다. 생각을 한 것도 아닌데. 그저 멍한 상태로 누워 있
다 날이 밝아 몸을 일으켰을 뿐이다. 그는 대체 어떻게 그리도 잘
아는 것인지. 그에게도 이런 일이 있었던 것도 아닐 텐데.

두 눈을 꼭 감아보지만 후두둑 비가 쏟아지는 소리에 이내 저절
로 눈이 떠졌다. 날씨가 예고했던 대로 폭우가 쏟아지기 시작했
다.

속초로 가는 이정표가 눈에 들어오는 것을 보니 그가 동해 쪽으
로 가려는 모양이다. 상관없다.

얼마나 갔을까 마침내 바다가 보이기 시작했다. 폭우와 뒤엉킨
파도가 무섭게 화를 내고 있다.

하지만 그는 별로 신경 쓰지 않은 듯했다. 어느 바닷가 주차장.
마침내 그가 차를 멈춰 세웠다.

"내려."

마치 주인의 명령을 듣는 로봇처럼 해수는 묵묵히 차에서 내렸
다. 제법 거센 빗줄기에 잠깐 차에서 내렸을 뿐인데 벌써 빗물이
얼굴을 타고 흐르기 시작했다.

하지만 그는 아무 말 없이 그녀의 손을 잡고 바닷가 백사장으로
데려가기 시작했다.

이른 여름, 폭우 때문인지 제법 큰 해수욕장인데도 사람은 보이
지 않았다.

바닷가에 서서 그제야 해수가 서준을 물끄러미 바라보았다. 여

긴 왜 데리고 온 것일까.

"이제 울어."

그가 그녀를 향해 말했다.

"난 저 멀리 가 있을 테니까 당신은 이제 마음 놓고 울어. 바람도 불고 비도 오니 금상첨화네. 들을 사람도 없고 티도 나지 않을 거야. 그러니 마음껏 울어도 돼."

마치 그녀의 대답을 들은 것처럼 그렇게 서준은 돌아서서 백사장을 나섰다.

해수는 물끄러미 그의 뒷모습을 응시했다. 그가 백사장을 나가 어디론가 간다. 한참을 걸어 마침내 그녀가 보이지 않는 곳까지 가버렸다.

해수는 고개를 돌려 성난 듯 밀려오는 하얀 파도를 바라보았다. 그리고 한참을 그렇게 서 있었다.

울고 싶지 않은데…….

하지만 지금 이렇게 비바람 맞으며 바닷가에 서 있는 것도 나쁘진 않다. 지금은 그 어디에 데려다 놓는다 해도 나쁘지 않을 것 같다. 혼자 있을 수만 있다면.

갑자기 생각이 났다. 주머니 속에 넣어두었던 구겨진 명석의 유서.

떨리는 손길로 그녀는 그것을 꺼내 떨리는 손길로 봉투를 뜯었다. 빗물에 젖은 편지가 잘 빠지지 않았지만 마침내 그녀는 그걸 펼쳤다.

그가 볼펜으로 한 자 한 자 꾹꾹 눌러쓴 정갈한 글씨는 이미 빗물에 젖어 번져 있었다.

—내 친구 강해수.

그냥 떠나려니 아무래도 네가 걱정할 것 같아 편지를 남긴다.

막상 펜을 들었지만…… 당장 무슨 말부터 해야 할지 모르겠다.

해수야.

아무래도 내가 가고 나면 네가 많이 마음 아파할 것 같아. 그럴 필요는 없다는 말을 하고 싶었다.

난 그간 실수를 참 많이 하고 살았다. 모르고 저지른 실수도 있고 또 실수라는 것을 알면서도 어쩔 수 없이 선택한 실수도 있고.

네게도 그랬다. 너한테는 그러고 싶지 않았는데. 너한테는 항상 유쾌하고 잘난 친구로 남고 싶었는데 살다 보니 이래저래 저지른 실수를 만회하려 결국 실수라는 걸 알면서도 너한테 실수하고 말았구나.

언젠가는 만나서 그땐 미안했다고, 살다 보니 인생이 그렇게 구린 때도 있었다, 네가 이해해라, 하면서 담백하고 쿨하게 사과를 하고 싶었는데. 이젠 그럴 기회가 없을 것 같아.

처음엔 외국으로 도망쳐 버릴까 생각도 했었다. 너도 들었겠지만 내가 주변 사람들에게 큰 잘못을 했거든. 잘못된 판단으로 남들이 평생 피땀 흘려 완성한 인생을 망쳐 버린 그 죄책감의 무게는 내가 비겁하게 외국으로 달아난다 해도 감당할 수 없을 것으로 여겨졌다.

그래서 더 비겁한 방법을 선택했어.

그러니 내 비겁함을 네 책임으로 돌리지 말길 바라.

내 몫까지 평생 행복하게 살아달라면 날 욕하겠지?

해수야, 너무 오래 힘들어하지 말고 나같이 못난 친구 최대한 빨리 잊어버리고 행복해져라. 진심이다. 저세상 가서도 빌게.

미안하다. 정말로 미안하다. 그리고…… 넌 날 알게 되어 불행했겠지만 난 널 알게 되어 참 행복했었다.

안녕.

또다시 목이 뻐근하게 욱신거리기 시작했다.

비바람에 젖었던 종이가 결국 찢어져 모래사장 위에 떨어졌다. 무심결에 그걸 집으려고 쭈그리고 앉았지만 젖은 종이는 너덜거리는데다 젖은 모래가 달라붙어 집어 드니 더 너덜거리고 형체조차 알아보기 힘들 정도다.

멍하니 해수는 너덜거리는 명석의 편지를 쳐다보았다. 회사 앞으로 찾아왔던 명석의 잔뜩 구겨진 슈트가 불쑥 떠올랐다.

바보…… 누가 가는 마당에 딴사람 걱정해? 그렇게 미안하면 가지 말던가!

뺨에 뜨거운 것이 흐르기 시작했다. 아까부터 목에 걸려 있던 그 묵직한 것이 마침내 터져 버리고 말았다.

"흑! 흑!"

그간 안간 힘을 써서 억눌러 왔던 울음이었다. 한 번 터지니 멈추지 않는다.

"흐어어엉! 허어어엉! 허어어어엉!"

울음소리는 바람 소리에 묻혀 이내 사라졌다. 빗물에 뜨거운 눈물이 씻겨 내려간다.

"허어엉! 어어어어엉!"

마음껏 운다 해도 쳐다보는 사람도 이상하게 생각할 사람도 없었다.

빗물이 입안으로 들어오고 머리카락은 빗물에 해초처럼 얼굴에 달라붙었지만 해수는 그녀가 기억하는 한 처음으로 마음껏, 속 시원하게 큰 소리로 목이 터져라 울었다.

한 시간 뒤, 해수는 서준의 곁으로 돌아왔다.

머리카락에서부터 옷, 신발까지 한마디로 꼴이 말이 아니었다. 아는 사람이라 해도 절대로 그녀가 완벽한 커리어우먼 강해수라 알아보는 사람은 없었을 것이다.

서준은 차 옆에 서서 그녀를 기다리고 있었다. 퉁퉁 부은 눈을 한 해수를 물끄러미 바라본다.

"잘했어."

그 한마디를 하고 서준은 해수를 차에 태웠다.

또 어디 간단 말도 없이 그가 차를 출발시켰다.

호텔이었다. 호텔로 갈 거라고는 생각 안 했지만 서울로 곧장 돌아갈 거라고도 생각 안 했다. 그는 룸에 들어서자마자 그녀의 옷을 벗기고 욕실로 밀어 넣었다.

무기력하게 욕조 모서리에 멍하니 앉아 있는데 그도 젖은 옷을 벗고 안으로 욕실 안으로 들어왔다.

놀랍지 않네. 그녀는 표정 없는 얼굴로 그를 바라보았다. 그가 샤워기를 켜고 더운 물이 나오자 해수를 일으킨다.

그가 하라는 대로 그녀는 샤워기 아래 섰다. 따스한 물이 몸에 쏟아지자 그제야 해수는 자신이 오들오들 떨고 있었던 것을 깨달았다. 아직 초여름이라고는 하지만 바람도 센 데다 쏟아지는 비를 맞고 서 있었더니 체온이 많이 떨어졌던가 보다.

서준이 손에 샴푸를 따르더니 이내 그녀의 머리를 감겨주기 시작했다. 앞머리를 다정하게 뒤로 쓸어 넘기고 행여 그녀가 아파할까 부드러운 손길로 두피를 마사지한다.

바로 자신의 얼굴 앞에 그가 있었지만 그는 마치 샴푸를 해주기 위해 들어온 미용실 직원처럼 그녀와 눈 한 번 안 마주치고 그녀의 머리카락을 감기는 데 열중했다. 싫을 법도 하건만 해수는 그조차도 말하고 싶지 않아 그대로, 서준이 하자는 대로 서 있을 뿐이었다.

머리를 감기고 해수를 돌려세우더니 몸에도 거품을 낸 스펀지로 그녀의 몸을 훑어 내린다. 거품을 잔뜩 머금은 스펀지가 그녀의 목덜미를 스치고 조금은 앙상하게 드러난 등뼈와 날갯죽지, 등과 허리로 부드럽게 위로하듯 닦아 내려왔다.

그가 해수를 다시 돌려세웠다. 마치 무슨 의식이라도 치르는 것처럼 그의 손길은 조심스러웠다. 그녀의 어깨, 쇄골, 그리고 가슴 위에서 스펀지가 빙글빙글 돌며 몸에 거품 길을 낸다. 금세 배와 엉덩이를 지나 다리까지 비누칠을 마쳤다.

이제 어쩔 거야? 하는 시선으로 해수가 서준을 바라보았다. 서준은 그녀를 다시 샤워기 아래 세웠다.

위에서 쏟아지는 따스한 물이 서준이 애써 몸에 칠해준 거품들을 닦아내기 시작했다. 그사이 서준이 샴푸를 하고 자신의 몸을 씻는다.

마치 샤워가 목적이라는 듯 일사불란하게 몸을 씻고는 그녀의 머리카락을 수건으로 말려주기 시작했다.

입술을 굳게 다문 그의 얼굴이 코앞에 있었다. 이곳에 와서 해수가 한 거라고는 그저 그가 하란 대로 서 있기만 한 것뿐.

마치 아기가 된 기분이다.

그녀의 머리를 말리고 욕실 선반에 걸린 목욕 가운을 꺼내 입혀주고는 그가 해수를 번쩍 안아 들더니 이내 하얀 시트가 깔린 넓은 침대에 내려놓았다.

그가 등 뒤에서 그녀를 끌어안았다.

이제 시작하려는 모양이다. 그가 지금 자신을 가진다 해도 해수가 할 수 있는 일은 없었다. 내키지는 않지만 거절할 여력도 없었다. 그가 원한다면 무기력하게 몸을 내어주는 일뿐.

그의 입술이 귓가로 다가왔다.

"푹 자. 아무 생각 말고."

그리고 조용한 목소리로 그녀에게 속삭인다.

베개가 되어준 그의 팔, 이불처럼 그녀를 덮어준 그의 몸. 따스하다.

긴장이 풀렸기 때문일까? 무슨 영문인지 갑자기 왈칵 눈물이 쏟아져 나오기 시작했다.

아까 바닷가에서 그렇게 울었는데 그래도 눈물이 남아 있던 모양이다. 흐느낌이 커져 마침내 목 너머로 소리가 흘러나오고 말았다.

그가 그녀를 더욱 꽉 끌어안았다.

"쉬…… 괜찮아. 괜찮아."

너무도 다정한 그의 목소리에 오히려 더 눈물이 멈추지 않는다. 팔을 어루만져 주는 그의 손길이 마음을 어루만져 주는 것 같아 더 눈물이 난다.

그가 해수의 머리에 몇 번이고 입을 맞추고 팔을 쓰다듬고 등을 더욱 꽉 끌어안았다. 그의 심장 소리가 느껴지는 것만 같다.

엄마가 우는 아이를 토닥거려 주듯 한동안 그는 해수의 가슴을 토닥여 주었다.

우습게도, 정말로 해수는 마음이 평온해지기 시작했다. 너무도 무거워 한없이 가라앉을 것만 같던 기분이 조금씩 안정을 되찾고 토닥이는 소리만 제외하면 어둡게만 느껴졌던 정적이 포근한 안식처가 되어간다.

그녀의 울음이 조금씩 잦아들었다. 그리고 해수는 잠시 후 마치 아빠의 품에 안긴 아기처럼 편안히 깊은 잠으로 빠져들기 시작했다.

::::12. 터닝포인트::::

여명이 남아 있는 이른 새벽, 까칠하게 목이 마른 느낌에 해수가 잠에서 깨어났다.

혹시 그가 아직도 침대에 있으면 어쩌나 싶어 슬그머니 몸을 돌려보지만 그는 침대에 없었다. 옆자리가 차갑게 식은 것을 보니 그는 침대에서 빠져나간 지 오래다. 침대에서 상체를 일으키고 두리번거리며 그를 찾았다.

그는 창가에 서 있었다. 푸른 기운이 감도는 창밖을 내다보며 우두커니 서 있었다.

"서준 씨?"

그녀의 부름에 그가 돌아섰다.

"깼어?"

"왜 안 자고 거기 서 있어?"

"그냥. 잠이 안 온다."

"일찌감치 서울로 내려가야 하는데 좀 자야지, 피곤할 텐데."

"그럼 씻고 준비해, 내려가게. 옷은 어제저녁에 받아 옷걸이에 걸어놨어."

"……."

해수는 물끄러미 그를 바라보았다. 몸을 돌린 그의 표정은 어둠에 묻혀 잘 보이지 않았다.

밤새 저러고 있던 것일까?

불과 몇 미터 떨어져 있지 않았지만 갑자기 그가 그리워졌다. 그의 따스했던 품이. 다정하게 안고 토닥여 주었던 그의 손이.

그렇게 그녀를 재우고 오히려 그는 잠을 이룰 수 없었던 모양이다.

"……이리 와."

해수가 그를 불렀다.

"……."

그는 말없이 서 있기만 할 뿐이다. 설마 망설이는 것인가? 그녀는 다시 한 번 그를 불렀다.

"서준 씨."

"그건…… 좋은 생각이 아닌 것 같군."

잠을 못 자서인지, 아니면 다른 이유에선지 낮은 그의 목소리는 갈라져 있었다.

표정 없는 얼굴로 해수는 가만히 서준을 바라보았다.

이 남자…… 정말로 내가 좋은 모양이다. 저렇게 스스로를 힘들게 만들면서도, 잠조차도 편히 자지 못하고 결국 선 채로 밤을 지새우면서도, 어떻게든 지켜주려 애쓰는 것을 보면.

그래서 위안이 되었다. 힘들었던 시간들을 그가 곁에서 차고도 넘칠 정도로 지켜주었다.

"이리 와. 당신이 필요해."

"……."

그녀가 다시 한 번 그를 불렀지만 여전히 서준은 미동도 않고 그 자리에 서 있었다. 그녀의 곁에 오면 버틸 재간이 더 이상은 없는 것이다.

그녀가 천천히 침대에서 내려왔다. 전날 입었던 목욕가운의 끈이 잠을 자는 동안 풀어졌는지 앞섶이 벌어져 해수의 몸이 고스란히 드러났다. 드러난 부분의 실루엣이 새벽빛에 푸르게 반사된다.

그와의 거리를 한 발 한 발 좁혀갈수록 그의 거친 숨소리도 커지기 시작했다.

"……그만하자, 서준 씨."

서준의 앞에 우뚝 선 해수가 입을 열었다.

"우리…… 오늘만큼은 다 던져 버리고 서로 편해지자. 난 지금 당신이 필요해."

"……."

말을 하고 싶지 않은 것인지, 아니면 무슨 말을 할지 모르는 것인지 서준은 여전히 입을 굳게 다문 채 말이 없었다. 해수는 그의 가슴에 머리를 기댔다. 이마에 서준의 뜨거운 가슴이 닿았다.

얼마나 그러고 있었을까, 그녀는 자신의 머리를 감싸는 그의 손을 느꼈다. 그의 손에 힘이 들어가고 이내 서준의 거친 숨소리도 들려왔다.

해수가 조용히 고개를 들었다. 그의 깊은 시선이 자신을 내려다보고 있었다.

"괜찮겠어?"

그가 다시 물어왔다.

"당신이 이대로 날 밀어내 버리면 안 괜찮을 거 같아."

해수가 대답했다.

천천히 그녀의 가운이 벌어지며 어깨가 드러나고, 이내 그것은 힘없이 그녀의 발치로 툭 떨어졌다.

해수가 그의 셔츠 단추를 천천히 하나씩 풀기 시작했다. 그녀가 그러는 동안 그는 참을 수 없는 듯 해수의 머리카락을 쓸어 넘겨 주고 다시 그 머리카락을 쓰다듬고, 이내 그녀의 뺨에 손을 가져다 댔다.

뜨거운 입술이 그녀의 입술로 내려와 닿았다. 한없이 부드럽고 조심스러운 입술이다. 해수는 셔츠를 벗기는 것을 포기하고 두 손을 그의 목에 감았다. 그가 그녀의 몸을 번쩍 안아 들고 침대로 다가가 조심스럽게 그녀를 내려놓는다.

그녀와 입술을 맞댄 채로 서준은 해수가 풀다 만 단추를 다 풀고 셔츠를 벗어 던졌다. 허리띠를 풀어 그토록 그녀를 원했던 몸을 드러냈다.

해수가 두 다리를 그의 허리에 감았다. 그녀의 허벅지를 쓰다듬으며 타고 올라가는 서준의 뜨거운 손길은 그리움이 가득 밴 듯 안타깝기까지 했다.

스스로와 힘겹게 싸웠음에도 서준은 서두르지 않았다. 그녀의 입술에 따사로운 키스를 퍼붓고 다정한 손길로 그녀의 머리카락을 쓸어 넘겨주고, 다시 그녀의 입술로, 부족했던 애정을 충족시킨다.

이런 키스도 있구나.

키스는 그저 욕망의 표시라 생각했는데 이런 키스도 있었다. 얼마나 사랑하는지, 얼마나 존중하고 있는지, 마음이 가득 담긴 그런 키스.

해수가 감았던 두 눈을 뜨고 서준을 바라보았다. 조금 전보단 밝아진 덕에 이젠 그의 눈빛이 선명하게 보였다. 다정하지만 뜨겁다.

"대체 왜 나야? 왜 나같이 뾰족하게 밀어내기만 하려는 여자한테 그렇게 잘해주는 거야?"

문득 생각난 듯 그녀가 물었다.

"당신을 볼 때마다…… 가슴이 두근거려. 처음 만났을 때부터 단 한 번도 그러지 않은 날이 없어."

그녀의 이마에 키스하며 그가 대답했다.

더 묻고 싶은 것이 있었지만 다시 생각해 보니 이미 모든 대답을 다 들은 것 같았다. 이번엔 그녀가 그의 입술을 찾아 다시 한 번 입맞춤을 했다.

그리고 그녀는 스스로 움직여 아직도 그녀에게 줄 최고의 순간을 위해 필사적으로 자신과 싸우고 있는 서준을 해방시켰다.

"아직……."

그가 놀란 눈으로 해수를 보지만 해수는 그의 시선을 고스란히 받으며 천천히 몸을 움직이기 시작했다. 그가 그녀의 몸을 안아 일으켜 자신의 무릎에 앉혔다.

해수가 그의 두 눈을 바라보며 느릿하게 몸을 움직이기 시작했다. 참을 수 없는지 서준은 짧은 신음 소리를 흘리며 잠시 두 눈을 감았다. 몸을 움직이면서도 해수는 그의 이마에 조금 전 그에게 받았던 다정한 입맞춤을 되갚았다. 그리고 그의 얼굴을 잡고 입술에 가만히 입을 맞춘다. 그가 했던 감정이 가득 담겼던 그 키스.

서준이 눈을 떴다. 서로에게 시선을 맞춘 채 둘은 태고의 움직임으로 서로를 내어준다.

두 사람의 뜨거운 열기를 감당하지 못하고 어느새 짙푸른 새벽이 물러가기 시작했다.

무표정한 얼굴로 해수는 문을 열고 안으로 들어갔다.

조 대리가 눈을 동그랗게 뜨고 그녀를 보더니 이내 걱정스러운 표정을 짓는다.

"왜 전화를 안 받았어요? 안 나온다고 통보만 하고. 걱정했잖아요. 한 차장님이 이를 갈고 있는 거 알고 있어요? 이번엔 아주 작정을 하고 있는 것 같던데."

해수는 아무 말 없이 자신의 자리로 가서 핸드백과 재킷을 옷걸이에 걸었다. 자리에 앉아 사흘 전 야근하며 작업하던 파일을 열었다.

하지만 채 작업을 확인하기도 전에 인터폰이 울렸다. 그녀의 출근을 어찌 알았는지 차장실이다.

—당장 내 방으로 와.

누군가, 자신의 출근을 차장에게 찌른 사람이겠지만, 자신의 눈치를 보는 것이 느껴졌다. 하지만 해수는 개의치 않았다.

노크를 하고 방에 들어서자 비열한 감정을 분노한 표정 안에 교묘하게 감춘 한 차장이 그녀를 노려보고 있다.

"뭐 하는 거야? 강 팀장. 회사가 놀이터야? 나오기 싫으면 안 나오고 나오고 싶으면 나오게."

"죄송합니다."

"그런 말 필요 없고, 그럴 거면 차라리 때려치워. 회사가 장난이야? 내가 강 팀장 때문에 위에 불려가서 얼마나 곤욕을 치렀는지 알기나 해?"

"죄송합니다."

"죄송할 필요 없고, 차라리 이참에 사표 써. 나도 일 못하는 부하직원 하나 때문에 매번 변명해 주고 대신 욕먹고 싶지 않으니까. 회사에 그 손해까지 끼치고 뭘 잘했다고 무단결근이야? 끼리끼리 모인다더니, 그렇게 죽은 사람이나 그 핑계로 잘됐다 냉큼 며칠 쉬어버리는 인간이나."

고개를 숙이고 있던 해수가 한 차장을 물끄러미 쳐다보았지만 한 차장은 아직 분위기 파악이 되지 않는지 이참에 하려던 말에 갑자기 생각난 말까지 보탠다.

"그것도 핑계가 아니라면 말이지. 이런 건 선례를 만들지 말아야 해. 안 그럼 나중에는 사돈의 팔촌 상(喪)까지 팔 거 아냐?"

"그만두겠습니다."

다시 죄송하단 말을 들을 줄 알았던 한 차장이 그녀의 말에 당황해 말문이 막혔다.

"뭐, 뭐라고?"

"그만두겠다고 했습니다."

"지금 나한테 시위하는 거야?"

"아닙니다."

해수는 감정이 실리지 않은 목소리로 대답했다.

"그럼, 지금 뭐 하자는 거야? 지금 나하고 해보자는 거야?"

"해보고 싶은 마음이 털끝만큼도 없어서 그만두려는 겁니다."

할 말을 잃고 한 차장이 해수의 얼굴을 빤히 쳐다보았다. 표정 없이, 그렇다고 기죽거나 혹은 '못 자를 거면서.' 하는 허세 없이 담백한 얼굴이다.

"아니, 그 몇 마디 싫은 소리 좀 듣는다고 그만둔다 소리가 그렇게 쉽게 나오나?"

"사표는 오늘 중으로 제출하고 후임이 구해지는 대로 그만두겠습니다."

"가, 강 팀장."

그제야 사태파악을 한 한 차장이 한 톤 다운된 목소리로 그녀를 부르지만 해수는 미련 없이 돌아서서 방을 나왔다.

자리로 돌아온 해수는 마치 아무 일도 없던 것처럼 다시 책상에 앉아 컴퓨터를 열었다. 그만두는 시점까지 이 일만큼은 끝내고 가야 마음이 편할 것 같지만 마음처럼 쉽게 일이 잡히진 않는다.

그녀는 짧은 한숨을 내쉬었다.

한 차장이 했던 그 모진 말들. 한 차장을 탓할 일이 아니다. 그건 자신의 탓이다. 그런 끔찍한 말을 해도 꿈쩍도 안 할 것처럼 필사적으로 굴었으니 함부로 그런 말을 해도 된다 생각한 것이다.

남의 마음에 상처를 내고 직장 변태 상사한테 들어선 안 되는 소리까지 들으면서 이 회사에서 대체 내가 기를 쓰고 얻으려 했던 것은 무엇이었을까?

한 번도 그만두려 생각한 적조차도 없었다. 그저 열심히 해서 저 높은 곳에 올라가는 것이 단 한 번도 바뀌지 않았던 인생 목표였다.

그래서 살아온 길을 돌아본 적도 없었다. 묵묵히 앞만 보고 열심히 일했을 뿐이다. 그것에 방해되는 것은 가차 없이 치웠다. 연애도, 혹은 친구조차도.

그 결과가 이것이다. 너무도 빨리 찾아온 공허. 여태까지 힘들게 이룬 것이 사실 껍데기에 불과했다는 것.

며칠 전이었다면 이런 생각조차도 시간 낭비라 여겼을 것이다.

명석의 죽음은 어떤 식으로든 그녀의 삶의 방식에 영향을 주었다. 명석도 그렇게 대기업에 들어갔다 기뻐했고, 뒤도 안 돌아보고 열심히 일했었는데. 결국 그가 떠나면서 남긴 것은 친척들의 엄청난 빚과 제 살길이 급급해 빈소 한 번 안 찾아온 직장 상사들,

그리고 헤어진 옛 애인뿐이다.

그리고 후회만 가득한 친구도.

어제, 일찌감치 새벽부터 출발해 장례식장에 도착했을 땐 막 발인을 시작하려던 참이었다.

그렇게 눈물을 쏟아서인가, 눈물은 더 이상 나오지 않았다.

대신 명석에게 해수는 그의 편지에 대한 대답을 했다. 그렇게 말해줘서 고맙다고, 그러지 않았다면 어쩌면 평생 가슴에 고통스러운 죄책감을 가지고 살았을 거라고……. 조금이나마 그 무게가 줄었다고.

그녀의 곁에 내내 서준이 굳건히 지키고 있었다. 혹시라도 그녀가 아파하면 언제든 기댈 수 있는 넓은 어깨로 내내 그녀의 곁을 함께했다.

누군가 기댈 사람이 함께 있다는 것이 이렇게 든든한 것인 줄은 지금까지 살아오면서 한 번도 느껴본 적이 없었다. 매사에 경계하지 않고 조금이나마 마음을 놓아도, 조금은 울어도, 조금은 무너져도 그녀를 받쳐 줄 사람이 있다는 것이 이렇게 마음을 편하게 해주는 것인 줄 예전엔 미처 몰랐었다.

그가 있어서 좋았다.

서준은 그녀의 집 앞까지 데려다 주었다.

"아무 생각 하지 말고 푹 쉬어."

전화하겠단 말이나, 혹은 전화하라는 말이나, 그것에 관련된 그 어떤 말도 하지 않고 그는 며칠 전 일산에 갔다 그녀의 집에 데려다 줬던 그날처럼 그는 차에서 내려, 쉬라는 그 말만 하고 돌아서서 그대로 가버렸다.

그가 집까지 들어올 줄 알았다. 들어와서 어제처럼 그녀를 침대에 눕히고 최소한 따스하게 끌어안고 잘 자라, 말해줄 줄 알았다. 그걸 바랐었던 모양이다. 그가 돌아서서 등을 보인 순간 허전했으니까.

하지만 해수는 그를 잡지 않고 묵묵히 집으로 들어갔다.

그가 말한 대로 따스한 물에 샤워를 하고 이전엔 그녀를 꼬박 밤을 새우게 했던 침대 위에 몸을 눕혔다.

그리고 그대로 잠이 들어 새벽까지 푹 잤던 것이다.

고작 사흘이었는데 마치 3년의 시간처럼 생각이 많이 변했다. 그 결과가 바로 오늘 불쑥 튀어나온 것이다.

그리고…… 서준. 그에 대해서는 조금 더 생각을 해야겠다.

아마도 한 차장이 자폭을 한 모양이었다. 해수가 사표를 제출한 일이 벌써 윗선의 귀에까지 들어간 것을 보면. 조용히 있었으면 그녀의 사표가 수리될 때까지는 아무 일도 없었을 텐데, 욕먹기 싫었는지 한 차장이 해수의 험담을 하다 그만 그녀가 사표를 제출한 일이 알려진 모양이다.

그렇다 하더라도 사장이 그녀를 호출한 것은 의외였다. 보통 무슨 일이 있더라도 지휘체계를 통해 내려오기 때문이다.

'President'라는 위압적인 영문이 박힌 문을 노크하며 해수는 습관적으로 스커트의 주름을 폈다.

잠시 짬이 난 시간에 그녀를 호출한 것인지 사장은 전화를 받고 있었다. 누군가와 골프 얘기를 하다 그녀를 보고 잠깐 기다리라는 손짓을 한다. 해수는 말없이 부드러운 가죽 소파에 앉아 사장이 전화를 끝내기를 기다렸다.

"좋습니다, 박 대표님. 그럼 이번 일요일, 스케줄 빼놓겠습니다. 아시죠? 저, 절대 일부러 져드리지 않는 거……. 하하! 네, 알겠습니다. 그럼 일요일, 손꼽아 기다리겠습니다. 들어가십시오."

조금 전 언제 웃었다는 듯 전화를 끊음과 동시에 사장의 얼굴에서 웃음기가 바로 사라져 버렸다.

느긋한 걸음으로 한 사장은 그녀의 앞에 와서 자리 잡고 앉았다.

"그래, 사표를 제출했다고?"

"네, 사장님."

한 사장은 짧게 한숨을 쉬고는 거두절미하고 본론을 꺼냈다.

"얼마나 올려주면 되지? 아, 그리고 다른 팀장들에게는 비밀로 해야 하네. 자네 때문에 다른 직원들도 덩달아 올려줄 순 없으니까."

"월급 올려 받자고 사표 낸 게 아닙니다, 사장님."

"그래, 내가 잘 알지. 내가 지난 해송 건으로 자네한테 너무 모질게 굴었어. 그런다고 그만둘 것까진 없지 않나. 월급 올려줄 테니 화 풀어. 우리 회사, 자네 같은 인재가 많이 필요해. 잘해보려다 실수한 거니 우리도 인사에 반영하고 그러진 않을 걸세."

아…….

해수는 한 차장이 무슨 말을 하고 다녔는지 그제야 눈치를 챘다. 해수가 해송 건의 손실에 책임을 통감하여 견디지 못하고 그만둔다 말했던 모양이었다.

"아무래도 얘기가 잘못 전달된 것 같습니다, 사장님. 저는 해송 건 때문에 책임지고 물러나는 것이 아닙니다."

해송 건에 대한 손실은 해수가 고의로 그 모든 악조건을 숨겼을 때에야 책임질 일인 것이다. 회사에서도 그 득실을 충분히 고려했고 결재도 사장이 직접 한 일이다.

"그럼 다른 문제라도 있나? 조금 더 있으면 인사이동도 있을 것이고, 자네는 지금껏 일한 실적이 있으니 분명 그때 자리 이동이 있을 텐데."

"……제 스스로에 대한 문제입니다."

한 차장이 계기를 만들어주긴 했지만 결국 따지고 보면 그럴 구실을 준 것도, 또 그래도 될 만큼 절박해 보였다는 것조차도 그녀 자신의 탓이다.

"그 스스로에 대한 문제가 뭔데 그러냔 말이네."

"……너무 앞만 보고 와서 이젠 주변을 둘러보고 싶습니다. 그게 제 문제입니다."

"혹시 며칠 결근한 일로 한 차장이 뭐라고 좋지 않은 말이라도 한 건가?"

역시 사장이다. 그녀가 '어' 하고 말해도 사장은 '아' 하고 알아듣는다. 아마도 한 차장이 오늘 해수의 사표 제출에 대한 책임을 피하기 위해 그녀의 험담을 어지간히 하고 다녔기에 그럴 것이다.

굳이 아니라고 말해줄 필요를 느끼지 못해 해수는 대답을 하지 않았다. 자신은 그만두지만 남아 있는 다른 사람들을 위해서라도 한 차장은 최소한 '아버지의 꾸중'을 좀 더 들어야 한다. 그래서 정신을 차리면 다행이고, 아니면 자신의 기분이라도 조금은 나아질 것이고.

"부하직원이 결근한다, 일방적으로 통보해 버리고 며칠을 빠지면 그게 누가 됐다 해도 상사에게 혼나는 것은 당연한 것이 아닌가?"

"한 차장님이 제가 그만두는 계기가 된 건 맞습니다. 하지만 한 차장님 때문에 그만두는 것은 아닙니다."

"만약 한 차장을 다른 곳으로 발령시킨다 해도 같은 말을 할 건가?"

"……저는 살면서 단 한 번도 광고 일 외에 다른 생각을 해본 적이 없었습니다. 하지만 그렇다고 딱히 광고 일을 정말 좋아했던 것도 아니었다는 것을 얼마 전에야 깨달았습니다."

한 회사의 대표답게 사장은 그녀가 하려는 말을 조급함 없이 듣고 있다.

"한 번쯤 일을 놓고 생각이라는 것을 해보고 싶습니다. 정말 이 일을 계속하는 것이 나을지, 아니면 나한테 더 맞는 다른 직업이 있을지. 지금 이때를 놓치면 또 정신없이 일만 하게 되겠지요. 그리고 나름 그것에 만족할지도 모릅니다. 하지만 그런다면 언젠가는 후회하게 될 것 같습니다.”

미간을 모으고 한참을 생각하던 사장은 마침내 수긍한 듯 고개를 끄덕였다.

“그래, 자네 말도 일리는 있군. 좋아하지 않으면 이 일을 할 수 없지. 그럼에도 불구하고 자넨 지금껏 좋다는 마음만으로, 열정만으로 덤빈 수많은 사람들보다 몇 배는 더 잘해주었네.”

“감사합니다, 사장님.”

“그럼 이렇게 하지.”

아직 협상이 끝나지 않았는지 사장은 다시 입을 열었다.

“자네가 생각이란 걸 충분히 한 다음에, 그래도 할 일이 이것, 광고 일밖에 없다는 생각이 든다면 그땐 연봉을 15퍼센트 올려줄 테니 다시 이 회사로 돌아오게.”

자신의 아들인 한 차장을 다른 곳으로 전출시키겠단 말에도 거절을 했으니 역정을 낼 줄 알았는데 한 사장의 입 밖으로 나온 말은 뜻밖이었다.

“갈 곳이 없어 다시 오는 것은 싫네. 충분히 고려해 보고 그래도 이 일을 하고 싶다는 생각이 들면 그땐 다른 데 가지 말고 다시 이곳으로 오란 말이야. 다른 사람은 몰라도 자네가 그런 생각을 한다면 그 공백이 무색할 만큼 잘해낼 거라는 걸 알고 있으니까.”

“……감사합니다, 사장님.”

그렇게 대답하고 나올 수밖에 없었다. 누군가에게는 열심히 하는 것이 무시할 만한 요건이 되었고 또 누군가에게는 가능성으로 보였나 보다. 그걸 알아준 사람이 한 명이라도 있다는 것이 그나마 위안이 되었다.

사무실로 들어가기 직전 그녀는 사무실 문을 열고 나오는 한 차장과 부딪칠 뻔했다. 뭔가 상당히 당황스러운 얼굴로 얼굴이 붉어져서는 그녀의 얼굴을 보고도 애써 시선을 피하며 어디론가 부리나케 간다. 아무래도 사장님의 호출을 받은 모양이다.

왠지 그가 측은해졌다. 세상을 왜 저렇게 되는대로 살까? 강한 사람에게 약하고 약한 사람에게 강하고, 되는대로, 살아지는 대로, 조금의 노력도 없이 기회만 노리는 무능력한 사람. 저 사람도 처음 이 일을 시작할 땐 의욕이 넘쳤을 텐데.

세상은 살고자 하는 대로 살아지는 모양이다. 이대로 필사적으로 살았다면 언젠가는 똑같은 모습이 되었을지도 모른다.

다 털었다 생각했는데 또 가슴이 갑갑해졌다.

하필 지금 이 순간 왜 그 사람의 얼굴이 떠오르는 걸까? 며칠 사이 의지하는 습관이 생긴 모양이다. 서준이 보고 싶다.

시간을 보니 벌써 퇴근 시간이 다 되어간다. 서준도 회사에 이틀을 결근했으니 아마도 오늘쯤은 무척이나 바쁠 것이다.

잠시 망설이던 해수는 그냥 퇴근하는 쪽으로 결심했는지 묵묵히 퇴근 준비를 하기 시작했다. 하지만 얼마 안 가 이내 다시 마음을 바꾼 듯 휴대폰을 꺼내 들었다.

그는 몇 번의 망설임 없이 전화를 바로 받았다.

[여보세요.]

"……서준 씨, 나 배고파."

[기다려.]

다른 말도 없고 다정한 말도 없이 그 한마디 하고 서준은 전화를 끊었다. 해수는 물끄러미 손에 들고 있던 휴대폰을 내려다보았다.

뭘까? 기다리라니. 이따가 다시 전화를 걸란 얘길까, 아니면 다시 전화할 테니 기다리고 있으란 얘긴가. 그저 목소리가 듣고 싶었을 뿐인데. 아무리 바빠도 그렇지 전화를 이런 식으로 끊어버리나? 하긴, 그간 내가 한 일을 생각하면, 또 어제 새벽을 생각하면 그가 편하게 생각할 수도 있지.

퇴근하자.

가방을 집어 들다 다시 내려놓았다. 그래도 그가 시간 나면 혹시 다시 전화를 할지도 모르니까, 운전 중에 전화가 걸려오면 받기 힘드니 그 전화를 받고 나서 퇴근해야겠다. 이젠 어차피 집에 가도 딱히 할 일도 없으니까.

괜히 또 웃음이 피식 흘러나왔다.

고작 이틀 같이 있어줬을 뿐인데 마치 그의 애완 강아지가 된 기분이다. 그가 하자는 대로 속절없이 기다리는 애완 강아지.

원래 아쉬운 쪽이 우물을 판다고, 그 기분이 언제까지 갈 줄은 모르겠지만 지금은 아쉬운 쪽이 나인 것 같으니 내가 기다려야지.

이십 분 정도 지나서 해수의 휴대폰에 '드가장'이라는 이름이 떴다.

"여보세요?"

[내려와.]

해수는 잠시 상황이 파악되지 않아 두 눈을 끔벅였다.

"뭐?"

[밑에 왔으니까 내려오라고. 주차장이 아니고 대로변에 차를 댔으니 빨리 와야 해.]

밑에 왔다고?

그녀는 전화를 끊고 통화목록을 확인했다. 정확히 이십 분 전 짤막한 통화를 한 것으로 되어 있다.

그의 회사에서 이곳까지 차로 이십 분. 전화를 받고 회사에서 나오는 시간도 있으니 이십 분 만에 올 거리가 아니다. 근처에 있었나?

서둘러 로비로 내려가 보니 서준이 말한 대로 그는 회사 로비 앞 대로변에 차를 대놓고 차 앞에 기대고 서서 휴대폰을 들여다보고 있었다. 아무래도 그 기다리는 짧은 시간에 인터넷 기사라도 읽고 있는 모양이다.

두근.

심장의 어처구니없는 반응에 해수는 자신도 모르게 걸음을 멈춰 서고 말았다.

며칠이나 계속 본 얼굴인데, 희한한 일이다. 왜 그가 이렇게 반갑고 심장 두근거리는 것일까. 그저 차에 기대고 서 있는 별것 아닌 행위가 왜 이렇게 가슴 설레는 거지?

서준이 로비 밖으로 나오는 해수를 보고 이내 휴대폰을 주머니에 집어넣으며 기댔던 차에서 몸을 일으켰다.

"어디 있었는데 이렇게 금방 와?"

반가웠던 자신의 감정을 감추려 해수가 애써 뚱하니 물었다.

"회사."

짤막하게 대답하고 그는 해수를 위해 조수석 문을 열어주었다. 어찌 보면 서준이 늘 해왔던 행동이지만 오늘은 왠지 특별한 대우를 받는 기분이 든다.

"회사에서 여기까지가 얼마나 먼데 그렇게 빨리……."

"강해수가 배가 고프다는데 얼른 와야지. 안 그래도 며칠 잘 먹지도 않아서 걱정시키더니."

배고프단 말 한마디에 차를 그렇게 몰고 왔다고?

"가자, 내가 운 좋게 맛있는 한정식 집을 예약했다. 원래 금방은 안 되는데 오늘은 특별히 손님이 별로 없단다."

"한정식?"

"예전에 당신 어머니가 알려주셨잖아. 강해수는 의외로 스테이크보다는 얼큰한 해물탕이라고. 해물탕집은 시끄러워서 내가 안 되겠고 한정식 정도면 서로 다 괜찮겠다 싶었지."

그런 것도 기억하고 있었네.

마음이 나약해진 것일까, 그의 사소한 기억력에도 괜히 콧등이 시큰하고 미안한 마음이 들어 해수는 화제를 돌렸다.

"……회사에서는 시말서 안 썼어?"

"시말서? 왜?"

"나 때문에 이틀 동안 회사 안 나갔잖아."

해수의 말에 오히려 서준은 비웃듯 입술을 일그러뜨렸다.

"누가 날 막아? 감히. 내가 쉬시겠다면 편히 쉬시라고 보너스까지 챙겨주진 못할망정. 물론 아침에 내가 왜 이틀을 빠졌는지에 대해 세세한 변론과 함께 앞으로 그런 일은 없을 거라는 취지의 보고서를 써서 내긴 했지만 시말서 같은 건 내 스타일이 아니다."

"아, 그러니까 시밀서 썼단 얘기구나."

그녀의 간단한 결론에 서준이 짐짓 허세를 떤 것이 무안했는지 살짝 웃음을 터뜨렸다.

"이틀을 달랑 전화 한 통 하고 무단결근했으면 당연히 시말서 써야지. 시말서로 끝난 것이 다행이지. 당신은? 시말서 안 썼어?"

"응."

시말서는 안 썼다.

"거, 참 괜찮은 회사네. 나 같으면 사흘 무단결근했으면 당장 해고시켰다."

"그러게."

해고된 건 아니지만 결국 사표는 제출했으니까. 아마도 그래서 더 그가 보고 싶었던가 보다. 이거 습관되면 안 되는데.

봐둔 곳이 있다더니 차는 얼마 안 가 한 주택가 안에 자리 잡은 큼직한 기와집 주차장에 섰다.

"우리 서준이 왔네."

한정식이라 해서 그리 대단히 생각하지 않았는데 사장으로 보이는 여주인이 한복까지 말쑥하게 차려입은 모양새가 한눈에 봐도 웬만한 서민은 엄두를 내지 못할 그런 곳인 것처럼 보였다.

더군다나 마치 친아들 대하듯 주인은 서준의 이름까지 부르고 있었다.

"애인인가? 예쁘게 생겼네."

"예쁜 건 맞지만 아직은 애인은 아닙니다."

그가 씩 웃으며 자신이 작업 중임을 은근슬쩍 알린다.

"어머, 그럼 실례인가? 난 서준이가 여자 데리고 온 건 처음이라 무조건 애인이라 생각했지. 왜, 우리 서준이가 별로인가요? 나한테 딸 있으면 꼭 엮어서 사위 삼고 싶은 아인데."

서준의 말을 알아들은 주인은 지원사격에 나섰다. 해수는 쑥스럽게 웃었다. 이미 우리 엄마가 먼저 찍었답니다.

"현우는 잘 지내고 있죠?"

이미 준비가 됐는지 두 사람을 어딘가로 안내하는 여사장의 뒤를 따르며 서준이 누군가의 안부를 물었다.

"우리 현우야 늘 바빠서 어쩌다 한번 코빼기 들이밀면 제 할 일 다했다 생각하지. 들어가. 내가 너 온다고 해서 더 신경 썼어."

아무래도 현우라는 사람이 서준의 친구인 모양이다.

주인이 안내해 준 곳은 좁고 구불구불한 마루식 복도를 지나 안쪽 깊은 곳에 위치한 조용한 방이었다. 방은 그리 크진 않았지만 깔끔한 한지로 도배해 전체 분위기가 어느 종가댁 사랑방 같은 분위기가 물씬 풍긴다.

"오늘은 희한하게 손님들이 없는 날이라 이 시간에 예약 없이 와도 이 방에 들어갈 수 있는 거야. 아무한테나 안 내주는 특별한 방인데."

주인이 서준에게 의미심장한 말투로 생색을 내며 나간다.

"감사합니다, 어머니."

주인의 등 뒤에 대고 인사까지 하고 서준이 방문을 닫고 해수와 마주 앉았다. 해수는 물끄러미 서준을 바라보았다.

"여기가 뭐 하는 방인데 특별해?"

아무리 생각해도 그저 한정식집다운 창호문의 작은 방일 뿐인데.

서준은 그저 웃기만 할 뿐 대답을 안 한다.

"이상한 그런 방 아니지?"

"뭐가 이상해?"

"혹시 밥 먹다 말고 섹스해도 방음이 되고 또 아무도 안 들여다 보는 그런 희한한……."

"그건 현우 어머니를 모욕하는 말이야."

"그럼 뭔데?"

"말하면 화낼 텐데."

그렇게 얘기하니 더 궁금해졌다.

"그래도 얘기해. 안 그럼 찜찜해서 밥 못 먹어."

어쩔 수 없다는 듯 서준이 피식 웃으며 대답을 했다.

"그저 루머가 있는 방이야. 이 방에 들어온 커플은 다 잘되어 결혼까지 했다더라, 이런 루머."

"뭐야, 그런 미신이 어딨어? 그럼 경복궁 같이 거닌 연인들은 다 헤어졌게?"

"그래, 믿지 않으면 되는 거지."

이내 다시 문이 열리고 아까 본 주인이 다른 사람과 휘어지도록 차려진 커다란 밥상을 양쪽에서 붙잡고 안으로 들여왔다. 서준이 일어서 보지만 주인은 저리 비키라며 고갯짓을 하고는 그 커다란 밥상을 거뜬히 두 사람 사이에 놓고 나간다.

해수는 눈앞에 놓인 밥상을 바라보다 어이없다는 표정으로 서준을 쳐다보았다. 대체 무슨 음식을 시켰기에 임금님 수랏상 같은 밥상이 들어온 걸까? 떡갈비며 전골이며, 갈비에 온갖 종류의 나물과 생선구이까지. 아마도 족히 다섯 명이 먹어도 남을 음식들이다.

"먹어, 어서. 배고프다며."

잔뜩 미심쩍은 눈길을 피하려는 듯 서준이 해수에게 눈짓을 하며 재촉했다.

"이거, 오버라는 거 알지? 난 한식 좋아하지만, 그래서 정말 맛있게는 먹겠지만 다음부터는 이러지 마. 남아서 버리는 음식, 아까워."

그 말의 어느 부분이 재밌는지 해수를 바라보는 서준의 두 눈에 웃음이 배어간다.

"왜?"

"강해수의 재발견. 의외로 알뜰한 면이 있군."

"의외라니. 나도 알뜰할 땐 알뜰하고 쓸 땐 쓸 줄 안다고."

괜히 서준에게 눈을 한 번 흘겼지만 막상 음식이 한가득 차려진 밥상을 보니 시장기가 돈다. 엄마의 집에서 진수성찬을 먹은 이후로 오랜만에 제대로 된 음식 구경을 하고 있으니 그럴 만도 하다.

전골 한술 뜨고 또 밥을 한술 뜨다 서준과 다시 눈이 마주쳤다.

"왜 안 먹고 구경만 해?"

그가 눈썹을 살짝 들고 입가에 미소를 지었다.

"오늘 당신 분위기가 어딘지 모르게 평소와 달라서."

"어떻게?"

"그냥…… 요즘 같은 때 이런 말 하면 기분 나쁘게 들릴지 모르겠는데, 회사에서 좋은 일 있었나? 요 근래 들어 표정이 가장 밝아 보여. 혹시…… 시말서 안 쓰고 넘어간 것이 좋았나?"

해수는 어이없는 웃음을 지을 수밖에 없었다.

회사에서 직장 변태 상사에게 못 들을 욕을 먹고, 홧김에 때려치운다 말하고, 사표는 일사천리로 수리된 마당에 좋은 일 있었냐고?

"……회사 그만뒀어. 쉬려고."

"……잘했군."

잘했다고? 그에게 별말을 기대한 것은 아니었지만 설마 그런 말을 들을 줄은 몰랐다.

"잘했다는 걸 당신 스스로도 아니까 표정이 밝은 거야."

해수는 물끄러미 서준을 바라보았다.

이 남자는 대체 나도 모르는 내 감정을 어찌 아는 것일까? 보통은 그 말을 들으면 걱정부터 할 것이다. 그러고는 왜 그만뒀는지 듣고 나서야 잘했단 말도 할 것이다. 그런데 표정 하나 보고서 잘 그만뒀다니. 때론 이 남자가 나보다 더 나에 대해 속속들이 아는 것 같은 기분이 든다. 엄마조차도 한 번씩 내가 원하는 것을 캐치하지 못하고 때론 이해조차도 하지 못해 아예 말도 안 꺼내는 일이 많은데.

묘한 기분이 가슴에 번진다. 뭔가 괜히 뭉클하기도 하고 고맙기도 하면서 또 그의 앞에 발가벗겨진 채 놓인 것처럼 창피한 기분도 든다.

"어서 식사해. 당신 요 며칠 사이 너무 말랐어. 오늘 점심도 대충 때웠지?"

해수는 쓴웃음을 지었다.

아침은 어떻게든 먹고 기운을 내려고 토스트 한쪽을 구웠다. 하지만 출근하자마자 한 차장을 대면하고, 사표까지 쓰고 나니 점심이 목으로 넘어갈 리가 없었다. 태연을 가장하느라 아무렇지도 않은 척 앉아 있었지만 그래도 식욕만큼은 뜻대로 되지 않았다.

"대충 먹었어."

"……앞으로 당분간은 매일 만나야겠는데. 혼자 있을 땐 잘 안 챙겨먹고 내가 있어야 먹잖아. 난 마른 여잔 딱 질색이야. 적당히 살이 있어야 건강해 보이지, 꼬챙이같이 마른 여자는 꼭 병에 걸린 사람 같거든."

그가 그녀를 바라보며 마치 농담을 진담처럼, 아니, 진담을 농담처럼, 뭐가 진짜인지 분간이 가지 않게 말을 꺼냈다. 농담처럼 시작된 데이트. 그리고 이미 그 시효는 지난 며칠로 끝나 버렸다.

"……지금 계속 만나자는 얘기를 빙 둘러 하고 있는 거 맞지?"

"어이쿠, 들켜 버렸군."

그가 장난스러운 표정으로 말하고 있지만 눈빛은 진지했다. 들킨 것이 아니라 고의로 드러낸 것이다.

"……우리 관계를 다시 정의하고 싶은 거야?"

"얼렁뚱땅 넘어가는 건 성격에 안 맞거든."

"그럼, 이제 데이트 시작, 연애 시자악. 하고 말해야 성격에 맞는 건가?"

"아니. 당신이 앞으로도 계속 날 만나는 것을 원하는지, 원하지 않는지 그것만 알면 돼."

"내가 역시 아니라고 대답한다면?"

"아마도 난 당신을 다시 살찌울 동안만이라도 함께 있겠다고 우기게 되겠지."

어이가 없어 해수가 피식 웃었다. 별 기대 없이 물어보긴 했지만 결국 그 말은 싫다 해도 어떻게든 집요하게 만나겠단 소리다. 하지만 그게 싫지는 않았다.

"내가 왜 그렇게 좋아?"

처음으로 단도직입적으로 물었다. 그저 오기라 치부하기엔 그는 너무도 집요했고, 그저 여자가 필요해서 그렇다고 하기엔 그는 해수에게 너무도 많은 걸 해주었다.

그리고 이제 그녀는 그 진짜 이유가 궁금해졌다.

그가 미간을 좁혔다.

"예전에 말했는데."

"언제?"

"속초의 호텔에서."

그때. 그래, 기억한다. 그녀가 기억하는 범주 내에서 처음으로 목 놓아 울어보았던 그다음 날 새벽. 침대에서 그녀를 끌어안고 그렇게 속삭였다.

"당신을 볼 때마다…… 가슴이 두근거려. 처음 만났을 때부터 단 한 번도 그러지 않은 날이 없어."

"기억 안 나."

해수가 잡아뗐다.

서준이 뭔가 의심스러운 듯 한쪽 눈썹을 치켜 올렸다.

"기억도 못하면서 얼굴은 왜 붉히시나?"

"더워서."

재밌다는 듯 그가 입매를 끌어 올리며 웃는다.

"다시 말해주면 당신도 대답해 줄 건가?"

이건 옆구리 찔러 절 받기다. 해수는 억지로 고개를 끄덕였다. 그가 갑자기 진지하게 그녀의 두 눈을 바라보았다.

"당신을 볼 때마다 가슴이 두근거려. 처음 봤을 때부터 단 한순간도 그러지 않은 적이 없어. 그래서…… 당신을 사랑해."

느닷없는 기습 고백에 해수의 두 눈이 커졌다.

"그런 말은……."

"그땐 하지 않았던 말이지. 당신은 그런 말을 들을 수 있는 상태가 아니었잖아."

"……."

그가 기다리는 듯 그녀에게 시선을 고정시키고 있다.

단지 그를 앞으로도 계속 만나보고 싶은 마음이 들었다, 하는 것이 그녀가 하려고 생각한 말이었다. 하지만 사랑을 고백하는데 그런 말을 대답으로 할 수는 없는 것이 아닌가.

사랑 고백?!

맞아, 지금 그가 사랑 고백을 한 거잖아. 난 한 번도 감정을, 좋다는 감정조차도 말한 적이 없는데 그는 사랑한다 말한 거잖아.

갑자기 혼란스러워졌다. 같이 사랑한다고 말해줘야 하나? 하지만 그건 확실치 않았다. 그렇지만 그렇게 말하지 않으면 그가 떠나 버릴지도 모른다. 그것 또한…… 지금은 싫다. 그가 떠나는 것이 싫다.

"난……."

"사랑한다는 말은 기대하지 않아. 그저 내 감정을 알면서도 계속 만날 것인지, 아니면 계속 도망칠 것인지, 그것만 대답하면 돼."

인생이라는 것이 그렇게 간단하다면 얼마나 좋을까. 그가 날 사랑하는 것을 안다는 것은 그가 내게 바라는 것이 있다는 것을 아는 것이고, 또한 그걸 알면서 계속 만난다는 것은 그의 욕구를 충족시켜 주지 못할 것을 알면서도 나만의 욕심을 채우는 행위인 것이다.

그토록 잘해준 사람에게 과연…… 그래도 되는 것일까?

"난……."

하지만 지금 당장은 그가 떠나는 것이 싫었다. 그마저 떠난다면…… 어쩌면 무너져 버릴지도 모른다. 그러니 원래 생각했던 대로 계속 만나고 싶다고 말하자. 어쩌면 그러다 보면 언젠가는 그가 그 상황에 질려 떠나 버릴 수도 있고, 또 어쩌면 그전에 소원해질 수도 있다.

아니면 나약해진 정신이 강해져 그를 떠나보낼 수 있을지도 모른다.

하필 그 순간 불현듯 아버지가 떠올랐다.

죽는 날까지 그 여자의 이름을 부를 정도로 그토록 그 여자에게 떠나길 원했으면서, 행여 그 교장이라는 이름에 오명이 남을까 끝까지 엄마와 자신을 힘들게 했던 그 이기적인 이중성. 내가 지금 그와 똑같은 이기적인 행동을 하려는 것은 아닐까?

어쩌면 그럴지도 모른다. 그토록 싫어했기에 곱씹고 원망했는데 결국, 그 점을 닮아버린 것일 수도 있다.

그랬기에 이번만큼은, 타인의 감정이 얽혀 있는 이런 문제만큼은 아버지의 전철을 밟아서는 안 되는 것이다.

"난……."

갑자기 그가 원망스러워졌다. 차라리 그냥 모른 척 지나가지. 아무것도 확인하려 들지 말고, 그냥 이대로 아무 일도 없던 것처럼 만나서 밥이나 먹고 서로 안부나 얘기하고 한 번씩 잠이나 자고. 그럼 정말 좋았을 텐데.

해수는 서준의 두 눈을 바라보았다. 다른 그 어느 때보다도 더 진지한 눈이다. 그리고 간절하다.

"서준 씨, 난……."

그랬기에 그를 떠나보내야 한다. 그게 서로에게 옳은 것이다.

서준의 표정이 굳어졌다. 아무 대답도 하지 않았지만 슬퍼 보이는 해수의 눈빛에서 그는 이미 대답을 읽은 것이었다.

그가 막 입을 열려는 찰나, 마치 그것조차도 막으려는 듯 해수의 휴대폰이 울리기 시작했다.

이번만큼은 해수에게 유리한 타이밍에 은옥이 전화를 걸어온 것이었다.

안 그래도 어제 걱정을 산처럼 하고 있을 엄마를 위해 통화를 했었는데, 그래도 걱정이 됐는지 또 전화를 걸어온 모양이시다.

서준의 눈길을 피해 눈을 내리깔며 그녀는 전화를 받았다.

"네, 엄마."

[혹시 강해수…… 양 휴대폰입니까?]

낯선 남자의 목소리에 잠시, 해수는 자신이 다른 사람의 번호를 엄마로 착각했나 생각했다. 무의식적으로 휴대폰을 내려 발신자를 확인했다. 하지만 역시 '엄마'라는 이름이 화면에 떠 있다. 그 순간 그녀는 지금까지 한 번도 경험하지 않은 공포를 경험했다.

다음 말을 하기도 전에 그녀의 머릿속에는 이런 경우에 대해 들은 그 모든 말들을 기억해 내지 않을 수 없었다. 납치, 교통사고, 혹은 전화 사기. 하지만 그렇다고 그대로 끊을 수만은 없었다.

"네…… 그런데요."

[저기 놀라지 말고 들어요. 난 박은옥 씨…… 지인인데 엄마가 오늘 뇌수술을 받았어요. 딸에게 알려줘야 할 것 같아서.]

두근거리던 가슴이 철렁 내려앉았다.

이 무슨 소리일까? 바로 어제도 엄마와 멀쩡히 통화를 했는데. 뇌수술을 받는다면 최소한 어제라도 그 얘길 들었을 것이다. 거짓말이다. 사기 전화다. 그럴 리가 없잖아, 엄마가 갑자기.

"그쪽은 누구신데요? 저희 엄마 전화는 어떻게 해서 가지고 계신 건데요?"

해수는 떨리는 목소리로 집요하게 물었다. 아니라는 소릴 듣고 싶었다. 상대가 욕이라도 퍼부으면서 독한 딸이라고, 잘 먹고 잘 살라고, 휴대폰은 주은 거라며 대찬 욕을 퍼붓고 끊어주길 바랐다. 그녀의 반응에 놀랐는지 서준도 두 눈을 크게 뜬 채 해수를 쳐다보고 있다.

[저기…… 놀란 건 알겠지만…… 어제부터 엄마하고 같이 있었어요. 엄마가 아파서 어제저녁에 같이 병원에 왔는데…… 그래서 어제저녁에 병원에서 딸하고 통화하는 것도 들었어요. 걱정하지 말아요. 수술은 성공적이라니까.]

그녀의 떨리는 목소리에 상대가 오히려 그녀를 안심시켰다.

"어느…… 병원인데요?"

[뇌졸중이 와서 오전에 CT촬영하고 수술 들어가서 조금 전에 끝났어요. 의사 말이 수술은 잘 끝…….]

"어느 병원이냐고요!"

[일산 제일병원이에요.]

전화를 끊기도 전에 해수는 자리에서 벌떡 일어섰다.

서준이 함께 있어 정말 다행이었다. 그가 운전대를 잡지 않았다면 어쩌면 사고가 났을지도 모른다. 해수는 제정신이 아니라 해도 과언이 아니었다.

어제도 통화를 했는데.

목소리가 기운이 없어 보이긴 했지만 한 번 아프단 소릴 안 하시는 분이라 물어도 돌아올 답은 뻔해서 묻지도 않았다. 아니다. 엄마한테 신경을 쓸 마음의 여유가 없었다. 그저 자신의 한 몸 챙기는 것에 급급했었다.

그걸 아니 엄마는 병원에 입원까지 하고 있는 상황에서도 아프단 말 한마디 안 하신 것이다.

뇌졸중이었으면 증세가 있었을 텐데. 분명 그랬으니 아침부터

CT를 찍을 수 있었겠지.

얼마나 무서웠을까. 뇌수술인데. 엄마 뇌수술 한다는데 다른 일 따위와 경중을 따질 사람은 없었을 것이다.

끝까지 숨길 수도 없는 거, 말이라도 해주지.

병원에 도착하는 내내 해수의 입에서는 원망의 말만 흘러나왔다.

그렇게 엄마 혼자 살게 하지 말걸, 그렇게 엄마가 아무리 고집 부려도 이사를 해서라도 엄마하고 같이 사는 거였는데. 그랬으면 최소한 아픈 걸 알기라도 했을 텐데.

"별일 아닐 거야. 너무 걱정부터 앞세우는 것도 좋지 않아."

어찌나 눈물부터 앞세웠는지 서준이 오히려 그녀를 나무랄 정도였다.

막 도로가 막히는 퇴근 시간, 속 태우는 자유로를 달려 간신히 병원에 도착했을 땐 이미 두 시간이 훌쩍 넘은 시간이었다. 서준이 차를 주차하는 시간까지도 아까워 해수는 차에서 먼저 내렸다.

비어 있는 병실이 없어 은옥은 1인실에 있다고 했다. 해수는 호수를 확인하자마자 조급한 마음에 문을 왈칵 열었다.

제일 먼저 눈에 들어온 것은 작은 냉장고였다. 그리고 침대 곁에 앉아 붕대를 칭칭 감은 엄마의 손을 꼭 잡은 채 걱정스러운 눈으로 엄마를 바라보고 있는 한 남자.

전화까지 받고도 누군가 다른 사람이 있다는 생각을 할 여유가 없어 해수는 멈칫거리며 문가에 서서 자신의 엄마와 남자를 번갈아 쳐다보았다.

은옥은 걱정했던 것과는 달리 마취에서 깨어나 있었고 상태도 나빠 보이지 않았다. 문 여는 소리를 들었는지 그녀가 고개를 돌려 해수를 쳐다보았다.

"해수, 왔니?"

어눌한 그 말투에 해수의 일시적인 당황은 사라지고 또다시 마음이 아리기 시작했다. 예상은 했지만, 그리고 예상보다 심하진 않았지만 그래도 듣는 것과 직접 보는 것은 많이 다르다.

하필 그때 차를 주차하느라 늦은 서준이 그녀의 뒤에 도착해 섰다.

"서준이도 왔어?"

말투가 어눌하다고 부끄러워할 은옥이 아니었다.

"네, 해수가 많이 놀란 것 같아 같이 왔습니다."

"그래?"

해수는 천천히 안으로 들어가 은옥의 옆에 섰다. 하지만 은옥의 시선은 해수의 곁에 있는 서준에게만 머물러 있다.

"둘이…… 같이?"

아, 엄마는 뇌수술하고 누워 있는 이 순간, 말조차도 제대로 못 하시면서도 서준 씨와 날 엮을 기회만 노리고 계시는구나.

"네. 아까 만나서 저녁 같이 먹고 있었어요."

"저녁 먹다가?"

"네."

"나중에 전화하라고 했잖아요."

해수의 대답에 은옥이 곁에 있는 남자를 나무란다. 아까 그 전화를 걸어왔던 사람이 역시 이 남자인 모양이다.

조금은 희끗한 머리에 인상은 부드러웠지만 그녀를 바라보는 눈빛은 깊다.

해수가 의문이 가득한 시선으로 남자를 쳐다보자 은옥이 쑥스러운지 작은 미소를 입가에 담았다.

"엄마 친구. 최 사장님."

"아…… 안녕하세요."

"응. 은옥 씨 따님을 이제야 보게 되는군."

은옥 씨? 한 번도 들어보지 못한 호칭이 참으로 낯설었다. 대체 누구기에 엄마를 그리도 다정하게 부르는 걸까?

하지만 굳이 묻지 않아도 그녀는 대충은 짐작하고 있었다. 전에 엄마의 집에 갔을 때, 엄마가 집에 없어 전화를 걸었다가 엄마가 당황했던 그 순간. '찜질방'이라 말하는 곳에 같이 계셨던 '친구'인 모양이다. 더군다나 어제부터 엄마와 같이 있었다 말했으니 그저 친구라는 관계만은 아닐 것이다.

일단은 그런 건 나중에 묻고.

"엄마, 손을 한 번 움직여 보세요."

"괜찮아."

해수가 묻는 의도를 모르지 않으면서도 은옥은 어떻게든 말로 끝내려 했다.

"그러니까, 손 한 번 들어보시라고요."

마지못해 은옥이 시트 밖으로, 조금 전까지 최 사장에게 잡혀 있던 손을 들어 보였다.

"자, 봐라. 멀쩡하지."

"엄마, 그 손 말고. 그 시트 속에 아까부터 들어 있는 손이요."

"의사가 쉬래."

의사 핑계까지 댄다.

"엄마, 손 줘보시라고요."

하지만 여전히 은옥은 손을 움직이지 않았다. 결국 해수에게 이 실직고하고 말았다.

"이 손…… 마비 왔어. 조금. 의사가 괜찮대."

"들 수는 있어요? 시트 밖으로 손을 꺼낼 수는 있어요?"

"아까 다 해봤다니까…… 의사가 확인했어."

해수가 확인하듯 최 사장을 쳐다보았다. 그가 정말로 보이는 것만큼 엄마를 위한다면 사실대로 대답해 줄 것이다.

"맞아요, 아까 다 확인하고 갔어요. 팔을 많이는 들 수 없어도 어느 정도는 들 수 있고, 물리치료하면 나을 확률이 크다고도 했고."

"엄마 말이…… 맞다니까. 괜찮아. 의사가…… 다 괜찮대."

그런다고 의사를 안 만나고 돌아갈까. 뇌졸중도 증세가 다양하다는데 엄마는 어디를 얼마나 수술했고 예후도 알아야 하고, 앞으로 뭘 해야 하고 뭘 하지 말아야 하는지도 다 알아볼 것이다.

하도 괜찮다는 말을 입에 달고 사니 이젠 엄마 말은 하나도 안 믿을 것이다. 이참에 일산 집까지 팔아버리고 집으로 모실까 보다.

"엄마, 퇴원하고 나면 나하고 살아요. 엄마 혼자 살게 하고 내내 불안했는데 이런 일까지 생겼으니 내가 어떻게 마음 놓고 살아?"

그녀의 말투가 심각하다는 것을 깨달았는지 서준과 최 사장은 모르는 사이임에도 서로 눈을 마주치더니 음료수나 마셔야겠다, 전화할 곳이 있다, 하며 병실을 조용히 나가준다.

조금 전까지 최 사장이 앉았던 자리에 해수가 앉았다.

"싫다는 소리도, 괜찮다는 소리도 이젠 안 들을 거예요. 그냥 무조건 나하고 살아. 나하고 살면서 옷차림이 그게 뭐냐고 잔소리도 하고 시집보낼 꼼수도 부리고, 아침엔 한 번씩 늦잠을 자면 깨워주고 그러면 되잖아. 이게 다 엄마 혼자 사니까 생긴 병이야."

"내가…… 꼼수 안 부려도…… 시집은 곧 가겠는데 뭘."

해수는 잔뜩 곤두섰는데 은옥은 어눌한 말투로도 느긋하게 할 말은 다 한다.

"엄마."

"내 말이…… 맞지? 내가 옛날부터 눈여겨봤는데…… 엄마 친구 아들 중에서도 서준이 제일 괜찮은 아이였거든. 너도 알아볼 줄 알았다니까……. 순영이 고 앙큼한 것이…… 아들 하난 아주 잘 키웠어."

"엄마는 지금 이 상황에서 그런 말이 나와요? 발음조차도 제대로 못하면서."

울컥한 해수를 가만히 바라보다 은옥이 자유롭게 움직일 수 있는 한 손으로 해수의 손을 잡았다.

"이 엄마는…… 살면서 지금처럼…… 행복한 적이 없었다."

"행복해? 엄마, 뇌수술이 뭔지 알고 그런 말씀 하세요? 잘못하면 엄마 다른 손은 앞으로 못 쓰게 될지도 모르는 거잖아. 앞으로는 약도 한 움큼씩 먹어야 하고 병원도 자주 다녀야 하고. 엄마 살아오신 대로 마음껏 놀러 다닐 수도 없게 된 거라고. 그런데도 행복해요?"

"그래서…… 알게 됐어. 정말로 날 사랑해 주는 사람이…… 엄마와 딸처럼 피붙이가 아니라 생판 남한테서도…… 그런 넘치는 사랑을 주는 사람을…… 만날 수 있단 걸 알게 되었으니까."

순간적으로 해수의 말문이 막혔다.

"……지금 최 사장님 말씀하시는 거예요?"

"응."

조금 전까지 원인 모를 분노가 있던 자리를 당혹감이 대신 차지했다.

"엄마, 지금 마음 같아서는 최 사장님이 엄마를 좋아하니 언제까지 그래 줄 거라 생각하시겠지만…… 아버지 생각 안 나요? 엄마 멀쩡할 때도 버리다시피 했잖아. 피붙이까지 딸린 엄마를 버리다시피 했잖아. 최 사장님도 당장은 엄마 곁에서 잘해주고 싶은 마음이겠죠. 하지만 긴 병에 효자 없다잖아. 하물며 남이 엄마 곁에서 그걸 끝까지 버텨줄 것 같아요?"

"해수야……."

은옥의 목소리가 한숨처럼 들렸다.

"내가 너한테…… 정말 잘못한 게 있어."

"엄마가 나한테 잘못할 게 뭐가 있어요? 엄마는 항상 나한테 최선을 다해줬잖아. 그런 얘긴 하지 말고 이젠 쉬세요. 최 사장님 모셔올게요. 괜히 또 무리 가면 어쩌시려고."

엄마를 위해서라도 오늘은 그만 얘기하는 것이 낫겠다 싶어 해수는 최 사장을 불러오기 위해 자리에서 일어섰다.

"지금…… 하고 싶어. 중요한…… 얘기야."

은옥의 고집에 하는 수 없이 해수는 다시 자리에 앉았다.

"난…… 최선을 다했다고 생각했었어……. 하지만 이제 와서 생각해 보니…… 그건 실수였어. 너한테 그런 모습을 보이느니…… 차라리 네 아버지와 이혼해 버렸으면…… 너한테 그런 마음도 안 심어주고 긍정적으로…… 키웠을 텐데."

말하는 것이 힘들었는지 은옥이 잠시 입을 다물고 숨을 고른다. 하지만 이내 다시 입을 열었다.

"미련하게…… 네 시집가는 모습만 상상하고…… 네 배경이 될 만한 걸 만들어주려고…… 맞지도 좋아하지도 않는 옷을…… 꾸역꾸역 어떻게든 입히려 했어. 정말로…… 널 위했으면 그렇게 안 했을 거야."

"그게 무슨 말이에요. 엄마가 그랬으니까 오늘날 내가 이렇게 잘살고 있는 거잖아."

"그래. 네 힘으로…… 누구의 힘도 빌리지 않으려고…… 꿋꿋이 잘살았지. 기댈 수 있는 사람이 있다는 것이 좋다는…… 것도 알지 못하니…… 기대려고도 하지 않고…… 누군가 다가와도 밀어내기만 하는 사람이…… 되었잖니."

"엄마……."

"나도 돌이켜 보면…… 참 바보같이 살았다. 변명하자면 옛날 여자들은 다 그랬어……. 남자가 아무리 바람을 피우고…… 제 아내를 개 패듯 패도…… 이혼하면 다 여자의 잘못이었고……. 이혼

당한 여자로 낙인이 찍혔지. 그게 죽기보다 싫어서…… 자존심 상해서…… 아닌 척했지만 실은 그래서 네 핑계로…… 그 사람의 발목을 잡았는지도 몰라."

"그런 말 하지 말아요. 그건 아버지가 엄마한테 주입시킨 생각일 뿐이야. 엄마는 날 위해서 그런 거였잖아요."

"그래. 다른 생각도 않고…… 그게 널 위하는 길이라 생각했어……. 그렇게 생각해야 내 행동에…… 당위성이 생기니까 그렇게라도…… 이유를 갖다 붙여야 했던 거야. 그런데…… 그건 널 위한 것도 그 사람을 위한 것도…… 또 날 위한 것도 아니었어. 그 사람도…… 차갑게 뿌리치고 갈 성격이 아니었으니……. 내 말이 핑계라는 것을 알면서…… 남아 있었던 거고 너는…… 네가 제일 피해가 크지…… 엄마, 아버지의 이기심에…… 오롯이 피해를 당한 것은 너였으니까."

"……."

"진작 알았으면 좋았을 것을, 나도 최근에야…… 최 사장님을 만나고 나서야…… 진정한 사랑이 무엇인지 알았단다……. 네 아버지와 난 진정한 사랑을 알지 못했던 거야…… 그저 한순간 좋았던 감정을 사랑이라 착각하고…… 남들 다 그렇게 결혼하니 우리도 그렇게 결혼하고…… 그러니 그런 문제가 생겼던 거지."

무슨 말을 해야 할까, 조용히 듣고는 있었지만 그녀의 머릿속은 지금까지의 관념과 새로운 사실에 대한 거부감과 또한 한편으로는 믿고 싶은 마음들이 서로 복잡하게 얽혀 아무 생각도 할 수가 없었다.

"네 아버진 우리 결혼하고 나서…… 아이까지 낳고 나서야 진정한 사랑을 만났고…… 난 이제야 만나게 되었고……. 네 아버지를 너무 미워하지 마라, 해수야……. 네 아버진 나쁜 사람이 아니야……. 정말로 나빴으면…… 차라리 우리에게 좋은 길을 선택하게 했겠지…… 너와 내가 다른 길을 갈 수 있게……. 내가 네 핑계로 잡았어도…… 뿌리치고 갔겠지……. 네 아빠 나쁜 사람이 아니라…… 그저 약한 사람이었을 뿐이야."

평소라면 한숨에 했을 말을 어눌한 말투로 한 자 한 자 힘주어 말하다 보니 힘이 들었는지 은옥은 다시 숨을 골랐다.

"아버지 편들지 말아요. 아무리 엄마가 그렇게 얘기해도 아버지는 아버지야. 암에 걸려서 엄마한테 병수발만 안 시켰어도, 아니, 그렇게 병수발 다 받고는 그 여자 이름을 부르지만 않았어도…… 그랬어도 엄마 말을 이해했을 거야. 그렇게만 하지 않았어도……. 엄만 그런 아버지를 두둔하고 싶어요? 지금도?"

조금은 격앙된 해수의 반박에 은옥은 긴 한숨을 내쉬었다.

"그게 네 아버지의 사랑이었으니…… 아버지 입장에서는…… 그 여자를 사랑했으니…… 그런 거야. 나한테 몹쓸 짓을 해서라도 그 사랑을 지키고 싶었던 게지……. 내가 받아주지 말았어야 했는데…… 나도 권리가 있단 생각에…… 부인 노릇 할 수 있단 욕심에…… 결국 그렇게 된 거다……. 결국 우린 인간이니까…… 실수라는 것을 한 거야…… 나나 그 사람이나……. 해수야, 난 이제…… 네 아버지 안 미워할란다……. 누군가를 미워하느라…… 남은 인생 허비하고 싶지 않다……. 차라리 다 털어버리고…… 남은 생을 예쁘게 살련다……. 너도 그랬으면 좋겠어, 해수야……. 지금 마음 같아선…… 할 수만 있다면…… 네 머릿속에서 아버지에 대한 기억 부분을…… 도려내서 버려 버리고 싶어……. 그래야 너도 행복해질 테니까……. 그러지 못하니…… 그냥 아버지를 용서해라……."

"엄마는 그럴 수 있을지 몰라도 전…… 전 아직은 모르겠어요."

은옥은 잠시 눈을 감았다 떴다.

"……말을 많이 했더니…… 어지럽구나. 의사가 푹 쉬라고 했는데…… 어지러워서 더는 얘기 못하겠으니 나중에…… 다시 오면 얘기하자."

"나중에 다시 오긴, 여기 있을 거예요."

"최 사장님이 있어주기로 했다……. 그리고…… 넌 회사에 가야 하잖니. 병실 의자에서 선잠 자고…… 초췌한 모습으로 회사에 가서…… 일이나 제대로 하겠니? ……어서 가. 자고 싶으니까."

회사. 사표를 냈지만 후임이 정해질 때까진 다녀야 한다. 굳이 그 얘긴 지금 꺼낼 필요가 없었다.

"엄마."

"네가 있으면…… 내가 마음 편하지 않아……. 의사가 푹 쉬라고 했는데…… 네가 옆에서 잠도 제대로 못 자고 있으면…… 내가 편히 쉴 수 있을 거 같아?"

그렇게까지 얘기하니 해수가 할 말이 없어졌다.

한숨을 쉬고 자리에서 일어나려는데 은옥이 그녀를 다시 불러 세웠다.

"서준이…… 참 좋은 아이야. 내가 진작부터 사윗감으로 찍어

났었지. 그래서 너한테 그렇게 들이밀었던 거고. 하지만…… 네가 진심으로 싫어하면…… 나도 하지 말라고 하려 했어……. 다만 너도 그런 사랑을 받아봐야 사랑을 알 것이고…… 처음 봤을 때 두 사람이 뭔가 있어 보였거든."

아, 엄마의 직감은 언제나 옳다. 그걸 그때부터 눈치채고 있는 줄은 몰랐다.

"그래도…… 결혼할 것 같으면…… 잘 생각하고 결혼해라. 엄마, 아버지처럼…… 좋은 감정하고 사랑을 착각하는…… 그런 어리석은 짓 하지 말고 잘 생각하고……. 확신이 되면 그때 결혼해라."

"……지금 엄마는 확신이 서요?"

"그 어느 때보다도."

피곤한지 은옥이 두 눈을 감고 중얼거리듯 대답했다. 가만히 그 모습을 지켜보다 해수는 씁쓸한 표정으로 병실을 나왔다.

그 어느 때보다도 확신이 선다니. 그 어느 때보다도 행복하다니.

한 번도 엄마가 불행해 보인다 생각한 적이 없었다. 힘든 일이 있어도, 슬픈 일이 있어도 엄마는 해수에게 슬퍼하거나 힘들어하거나 무너진 모습을 보인 적이 없었다. 늘 씩씩하고 행복한 사람으로만 여겨졌었다.

그런데 지금 보인 모습은 다르다. 마치 무언가 무거운 짐을 내려놓은 듯한 얼굴이다. 지금 상황에서 힘들어하고 걱정해야 마땅한데 오히려 홀가분해 보이고 행복해 보인다.

저쪽 휴게실에서 서준과 사이좋게 음료수 하나씩 들고 오던 최 사장이 해수를 보고는 이쪽으로 걸어왔다. 서준은 또 어디서 전화가 왔는지 따라오다 말고 다시 휴게실로 들어간다.

처음 보는 은옥의 딸이 어색한지 최 사장이 조금은 긴장된 얼굴로 애써 말을 걸었다.

"은옥 씨는?"

"주무신다고 절 쫓아내다시피 했어요."

해수의 말에 최 사장이 살짝 웃었다. 이제 보니 웃는 모습이 참 보기 좋은 얼굴이다. 엄마의 연배답게 세월의 흔적도 얼굴에 묻어 있지만 눈빛이 맑다. 눈빛이 맑은 사람은 지금까지의 경험으로 볼 때 그리 나쁜 사람이 없었다.

"그래, 내가 같이 있기로 했으니 걱정 말고 가요."

"제가 할 일인데 폐 끼쳐 드려 죄송합니다."

"그런 말 하지 말아요. 다 내가 좋아서 하는 일인걸. 오히려 해수 양 놀라게 해서 내가 미안하지. 해수 양은 나라는 사람이 있는 줄도 오늘 처음 알았지?"

"네."

바보다. 다른 일에 정신 팔려 있지 않았다면 진작 눈치챌 일이었는데 워낙 다른 일들이 겹치다 보니 무심코 넘어갔다.

"은옥 씨한테 진작부터 얘기하라 했는데 은옥 씨가 딸이 신경 쓸까 걱정된다고 극구 말을 않더라고."

"우리 엄마와는 언제부터 알게 되신 건가요?"

"알기야 지난가을에 은옥 씨가 우리 산악회에 들어오면서부터 알게 됐지."

"그거 말고…… 만나기 시작한 거요."

"아⋯⋯."

조금 망설이는 듯하더니 이내 최 사장은 이실직고했다.

"알게 되고 나서 바로."

"그쪽 집에서는⋯⋯ 최 사장님 자제분은 반대 안 하시나요? 엄마 만나는 거."

해수의 말에 최 사장이 쑥스러운 듯 머리를 긁적였다.

"난 자식이 없는데⋯⋯ 노총각이라."

"네에?"

일부러 그런 건 아니었지만 정말 놀란 나머지 해수의 두 눈이 동그래졌다.

"좀⋯⋯ 우습지? 다 늙은 노총각이. 뭐, 성격 결함이 있어서 그런 건 아니고⋯⋯. 그냥 이래저래 젊어서 여행 좀 하고 사업 실패도 두어 번 하면서 결혼 때를 놓치게 되더라고. 딱히 마음 가는 사람도 없었고, 이 정도면 혼자서도 살 만하다 생각하며 살았지, 뭐. 그러다 은옥 씨를 만났고⋯⋯."

"엄마한테 저만한 딸이 있는데도요?"

그거, 말하면서도 조금 이상하다.

"요즘 그 정도 나이를 먹은 여자가 그만한 자식이 없으면 그게 더 이상한 거 아닌가? 은옥 씨만 괜찮다면 나야 좋기만 하지. 결혼한다 해도 어차피 나이 먹어서 낳지도 못할 자식을 미리 낳아서 길러놓았으니까 딸을 거저 얻은 거잖아."

자신이 무슨 말을 한 줄도 모르는지 최 사장은 얼굴을 붉히면서도 혼자 썰렁하게 웃는다.

"엄마하고 결혼하시게요?"

해수의 질문에 최 사장의 얼굴에서 웃음이 싹 걷혔다.

"응? ……그게 아직은 말하지 않기로 한 거였는데, 이 입이 가벼워서 탈이네."

결혼하기로 했단 소리다.

"……이전이라면 저도 반대 안 하고 엄마 좋으실 대로 하게 두겠어요. 그런데…… 이젠 상황이 바뀌었잖아요. 엄마, 뇌졸중이에요. 의사를 만나 자세한 소견을 들어봐야 알겠지만 제가 아는 바로는 뇌졸중이 오면 계속 신경 써야 하고, 완쾌된다 해도 재발 가능성도 많다고 들었어요."

"그거야 알지."

"최 사장님께서 엄마를 좋아하시는 마음은 제가 아주 잘 알겠어요. 하지만…… 엄마한테 들으셨죠? 제 아버지 얘기. 전 엄마가 두 번이나 같은 상처받는 걸 바라지 않아요. 엄마하고 결혼하시면…… 지금까지처럼 마냥 좋은 때만 있지 않을 거예요. 차라리…… 결혼은 나중에 다시 생각하시고 지금은 그냥 순간순간만 행복하게 지내시는 건 어떨까요?"

애써 말을 빙빙 돌렸지만 최 사장이 그녀의 말을 못 알아들었을 리 없었다. 그의 표정은 굳어 있었다.

"내가 은옥 씨하고 결혼하고 나서 언젠가 몸이 힘들어지면 은옥 씨를 버릴까 봐 걱정하는 건가?"

"엄만 같이 지내기 좋은 분이지만 워낙 가벼이 넘길 병이 아니잖아요."

최 사장이 입가에 미소를 머금었다.

"해수 양은 정말로 엄마를 많이 생각하는군."

"……그럴 수밖에 없잖아요. 지금까지 엄마하고 전 서로만 의지하며 살았는데."

"난 원래 간병은 잘해. 우리 어머니 당뇨 합병증으로 돌아가시기 전 간병도 내가 다 하다시피 했는걸. 그게 얼마나 힘든지는 내가 더 잘 알지. 그래도…… 그래도 좋은 걸 어떡해? 다 늙어서 처음으로 가슴 두근거리게 만드는 사람을 만났는데 어떻게 포기하겠어?"

순간적으로 해수는 멈칫거리지 않을 수 없었다. 그 말…… 들어본 소리다. 서준의 입에서.

"이 나이에도 그런 감정을 느낄 거라고는 나도 전혀 예상하지 못했어. 지금까지 한 번도 그런 사람을 못 만났으니 그런 얘긴 어디 영화나 책 같은 데서나 나오는 소리다, 생각했었어. 그런데 은옥 씨를 보고 처음으로 가슴이 두근거렸는데. 볼 때마다 가슴이 두근거리는데 고작 병 따위에 내 늘그막이 찾아온 인연을 포기할거 같아?"

"……엄마도 그러시대요?"

"나야…… 은옥 씨가 날 보고 가슴 두근거려 주길 바라지만, 여자들은 원래 그런 말 잘 안 하지 않나? 내가 아는 거라고는 은옥 씨만 좋으면 나도 좋다는 거야."

말하는 당사자도 부끄러운지 얼굴을 붉힌 채로 머리를 벅벅 긁으면서도 최 사장은 끝까지 하던 말을 마친다.

"젊은 사람들 눈에는 다 늙어서 주책으로 보이겠지만 그래도 나한테는 소중한 경험이야. 아마도 내가 은옥 씨 곁을 떠난다면 그건 내 뜻이 아니라 아마도 은옥 씨 뜻이겠지. 내가 떠날 거라는 생각은 하지 말아줬으면 해."

"엄마도…… 사장님과 헤어질 생각은 없으신 것 같아요."

"알고 있어."

그제야 해수는 최 사장이 하는 말의 의미를 알아들었다. 엄마가 헤어지자면 헤어질 것이다. 하지만 엄마는 그럴 생각이 없다. 단…… 딸인 자신이 반대만 안 한다면.

"저도 엄마만 행복해진다면…… 제 걱정으로 엄마의 행복을 막고 싶진 않아요."

"고마워, 해수 양."

"아닙니다, 최 사장님."

"……아직 결혼도 안 했고, 결혼한다 해도 너무 늘그막이 결혼하는 거니 아버지라 불러달라고는 못하겠지만…… 아저씨 정도로 불러주면 좋지 않을까? 최 사장님은 너무 거리가 느껴져서."

"다음에 뵙게 되면 그땐 꼭 아저씨라 부를게요."

"그래? 하하하!"

고작 다음을 기약하는 그 정도에도 만족했는지 최 사장은 얼굴까지 붉히면서도 기분 좋은 듯 웃음으로 쑥스러움을 무마시켰다.

해수는 그를 향해 허리 숙여 인사를 하고는 전화를 끊고도 해수의 대화에 끼어들기 싫어 저쪽에서 누군가와 문자메시지를 주고받는 듯 보이는 서준에게 다가갔다.

"아까보단 한결 나아 보이는 얼굴이군."

서준이 그녀를 향해 말했다.

"응. 수술도 성공했다 하고, 예후도 나쁘지 않을 것 같고, 또……."

해수는 최 사장이 열고 들어간 병실 문을 돌아보았다.

"엄마도 행복할 거 같으니까."

"좋네. 당신이 좋다니까."

해수는 서준의 얼굴을 바라보았다. 이 남자도, 아까 최 사장님 같은 소리를 한다. 내가 좋으니 그도 좋단다. 내가 모르는 유행어일까, 아니면 정말 사랑하는 감정의 공통된 부분일까.

"가자, 당신도 많이 지쳤어. 오늘 여러 가지로 무리했잖아. 사표 내고, 울고, 장래 아버지 되실 분과 대면도 하고. 가서 푹 쉬어. 그래야 내일도 힘내서 회사에 가지."

그는 여전하다. 아까 그 한정식집에서 해수가 하려던 말이 무엇인지 충분히 예상을 했음에도 그는 여전히 해수의 나무그늘이 되어주려 하고 있다.

그리고 정말로 많이 피곤했다. 집에 가서 쉬고 싶다.

서준이 해수의 집 앞에 차를 멈췄을 때, 해수는 잠들어 있었다. 오는 내내 생각에 잠겨 있더니 결국 그러다 어느샌가 잠든 모양이다.

그는 잠시 그녀의 곁에 말없이 앉아 있었다.

어쩌면 오늘이 지나면 다시는 해수를 만날 수 없을지도 모른다. 아까 그녀가 하려던 말은 듣지 않았지만 그 표정만 봐도 충분히 느낄 수 있었다. 그리고 그 정도의 결심이면 이다음 자신이 아무리 노력한다 해도 지금까지처럼 쉽게 만날 수 없을지도 모른다. 아니, 정말로 다시는 못 보게 될 수도 있다.

지금 이 순간만이라도 조금만 더 이렇게 함께 있자.

의자에 등을 기댄 채 그는 가만히 잠든 해수의 얼굴을 바라보았다.

애처롭게도 머리는 불편한 자세로 창문에 기대고 있었고, 부드러운 웨이브의 머리카락이 몇 올 얼굴로 내려와 있다. 머리를 바로 해주고 머리카락도 넘겨주고 싶지만 그랬다가는 깨어버릴지도 모른다.

대체 해수의 아버지는 어떤 일을 했기에 해수에게 이런 트라우마를 남겨준 것일까? 지금 살아 계시다면 직접 만나 묻고 싶었다. 아마도 그녀가 마음을 열고 나면 언젠가는 말해주겠거니 생각했는데, 이젠 그것도 끝난 얘기다.

가슴이 아려왔다. 어쩌면 이게 마지막이 될지도 모르는데 해수는 잠에서 깨어나지 않고 있다. 그녀를 깨우고 마지막 작별 키스라도 하고 이 마지막에 대한 아쉬움을 조금이라도 나누고 싶었지만 그건 그저 헛된 희망에 불과하다. 그녀가 잠에서 깨어나면 이 마지막 순간도 사라질 테니까.

조금만 더 있자.

그러나 애처롭게 자는 모습이 안쓰러워 결국 서준은 그녀를 깨우고 말았다.

"강해수, 일어나. 집에 들어가서 자."

해수가 두 눈을 떴다.

어둠 속에서 그를 가만히 응시한다.

"집이야. 들어가서 자."

혹시 잠결에 못 들었나 싶어 서준은 다시 한 번 그녀에게 말했다. 하지만 그녀는 대답도 없이 그의 두 눈을 바라만 볼 뿐이다.

자연히 서준의 시선은 그녀의 고혹적으로 벌어진 입술로 내려갈 수밖에 없었다.

"서준 씨."

그녀가 그 입술을 열었다.

"……같이 들어갈래?"

서준은 잠시 그녀의 두 눈을 바라보았다. 지금 해수가 말하는 의도는 무엇일까? 또 이대로 오늘만 같이 있자는 걸까, 아니면…….

"……들어가면 못 잘 텐데."

"익숙해지겠지. 연인들은 그러잖아, 원래."

아마 그 순간 그녀는 보았을 것이다. 서준의 눈에 스치는 그 만감의 빛을. 그는 더 참지 못하고 그대로 그녀의 입술을 덮었다.

"그래, 익숙해질 거야."

그녀의 귀에 대고 그가 속삭였다.

14. 연인이 되어

깊은 밤, 요란한 소리에 해수는 서준의 품에 안긴 채로 잠에서 깨어났다.

옆을 돌아보니 서준도 벌써 잠에서 깨었는지 두 눈을 뜨고 있다.

쾅쾅쾅쾅!

누군가 옆에 고이 붙어 있는 초인종을 두고 주먹으로 문을 두드리고 있었다. 해수는 침대 옆 탁자에 놓인 자명종을 눌러 시간을 확인했다. 밤 열두 시 반. 대부분 사람들이 잠들었을 시간이다.

그새 못 참고 누군가 또다시 문을 두드렸다.

안 그래도 사건 사고가 많았던 오늘, 해수의 심장은 또다시 두근거리기 시작했다. 역시 제일 먼저 떠오른 생각은 혹시 엄마한테 그새 무슨 일이라도 생긴 건가 하는 것이었다. 너무 다급해서 초인종을 누르는 것을 잊고 문을 두드리고 있는 건가.

조용히 몸을 일으켜 가운을 입고 문으로 다가가자 서준도 걸칠 걸 찾다 바지를 찾아 입는다.

"누구세요?"

그녀가 문 안쪽에서 물었다.

대답 대신 또다시 문을 쾅쾅 두드린다.

"누구시냐고요?"

"누구긴 누구야? 네년 서방이다."

그 목소리는 한번에 알아들을 수 있었다. 아침에 지겹도록 들은 소리였으니까. 한 차장이었다. 어디서 술까지 거하게 마셨는지 말투도 어눌하다.

"시간이 늦었으니 돌아가 주세요. 내일 회사에서 얼굴 보고 얘기해요."

"회사?"

그가 코웃음을 쳤다.

"야, 넌 참 좋겠다. 그만둔다고 해도 돌아갈 회사가 있어서. 난 너 때문에 우리 아버지 회사에서도 짐 싸게 생겼는데."

아, 아까 그런 얼굴로 사장실로 가더니 기어이 아버지한테도 내쳐졌구나. 안됐긴 하지만 그런 사람에게 나눠 줄 동정심 따위는 존재하지 않았다. 자업자득이다.

"야, 문 안 열어? 네년 낯짝이나 한 번 보고 가자. 내, 그것 때문에 여기까지 찾아왔거든. 네년 그 잘난 낯짝 한 번 보고 가려고.

우리 아버지까지 구워삶은 그 잘난 낯짝 보려고."

서준이 그녀의 등 뒤에 다가와 섰다. 언뜻 봐도 이미 험악하다. 안 그래도 오늘 피곤한 하루였는데 그와 함께 있는 이 소중한 시간까지 한 차장으로 인해 허비하기 싫었다.

"경비 부릅니다. 돌아가세요."

"뭐? 경비?"

갑자기 무언가 문을 쾅 쳤다. 아무래도 구둣발로 찬 모양이다.

"어디 불러봐라. 불러서 좋은 구경 한번 시켜주게."

해수는 말없이 인터폰을 들었다.

"경비실이죠? 여기 504호 앞에 웬 술 취한 사람이 와서 난동을 부리고 있거든요. 빨리 좀 치워주세요."

문을 통해 그 목소리를 고스란히 들었는지 한 차장이 또다시 큰 소리로 욕을 퍼붓기 시작했다.

"야, 문 안 열어? 네년이 다리 잘 벌려서 그 자리 올라가 눈에 보이는 게 없나 본데, 그렇게 맛이 좋으면 나도 한번 먹어나 보자."

순간적으로 분노가 머리끝까지 치밀었다. 감히 이 오피스텔 복도에서 다른 사람들 다 듣게 그런 헛소릴 지껄여?

문을 열기도 전에 한 차장이 또다시 문을 쾅쾅 걷어차기 시작했다.

그리고 세 번째 걷어차기 전에 문이 열렸다. 문이 왈칵 열릴 건 예상도 못한 한 차장이 문에 부딪쳐 저쪽으로 나뒹굴었다. 서준이 문손잡이를 잡고 서서 그를 내려다보고 있었다.

해수가 얼핏 문 안에서 보니 이미 이 소란을 들었는지 두어 집에서 사람이 머리만 빠끔히 내밀고 그 광경을 쳐다보고 있다.

서준이 한 차장에게 다가가 그의 앞에 쭈그리고 앉았다.

"지금 내 애인한테 뭐라고 하셨나, 한 차장?"

한 차장은 두 눈을 끔벅거리며 자신의 호칭을 부르는 남자를 멀뚱히 쳐다보았다. 한참을 생각하고 나서야 그는 서준을 기억한 모양이었다. 자신의 광고주 회사 기획실장이다.

"뭐…… 야? 당신이 저 여자 기둥서방이야?"

그래도 지기 싫었는지 기어이 한마디 하고는 된통 서준의 손에 따귀를 한 대 맞았다. 얼얼함이 지나고 한 차장이 '고작 따귀냐?' 하는 시선을 짓자 서준이 미소를 지었다.

"그건 우리 애인을 대신해서 때린 거고, 내 몫은 따로 있어."

서준의 주먹이 순식간에 그의 얼굴로 날아들었다. 한 대로는 분이 안 풀렸는지 서준이 또다시 한 대 더 갈긴다.

두어 대 맞고 나서야 한 차장이 손바닥으로 바닥을 짚어 뒤로 슬금슬금 도망치기 시작했다.

"어디, 하고 싶은 말이 많았던 것 같은데, 더 하시지, 한 차장."

"그게 아니라…… 다, 당신, 고소할 거야!"

"그래? 해보시지. 나도 명예훼손으로 맞고소할 테니까. 가만 보니 당신 목청 덕에 여기 사람들이 다 그 되도 않은 소릴 들은 것 같은데. 참, 그리고 생각해 보니 우리 회사 광고를 당신 회사에 맡겼군. 이런 사람이 있는 회사에는 광고를 맡겨봤자 별 볼일 없이 기분만 더러워질 것 같은데."

서준의 말에 한 차장의 얼굴이 새파랗게 질렸다. 아무리 아버지 회사에서 쫓겨나게 생겼다고는 하지만 그래도 나름 자숙이라는 이름으로 아버지는 최소한의 끈은 남겨놓았다. 이 일로 인해 정우 어패럴의 광고를 날려 버린다면 그건 용서받지 못할 것이었다.

분풀이하려다 된통 당한 것도 분한테 아예 부자의 연까지 끊길지 모르는 것이다.

해수가 어차피 그만둘 사람이니 이 정도는 해도 자신에게 해가 가지 않을 거라 생각했던 것이 완전한 오산이었다.

"가, 간다고."

기어들어 가는 목소리로 한 차장이 중얼거리며 주섬주섬 몸을 일으켰다.

그때서야 경비가 도착했는지 엘리베이터가 열렸다.

하지만 잔뜩 얻어맞은 한 차장과 윗옷도 안 입고 나온 서준과 몇몇, 문을 열고 구경하는 사람들을 보고는 잠시 생각하는 듯하더니 굳이 자신이 안 끼어들어도 될 일이라 생각했는지 조용히 돌아서서 다시 엘리베이터를 닫는다.

한 차장은 최대한 창피함을 감추려는 듯 천천히 그 닫힌 엘리베이터 앞으로 다가가 내려가는 버튼을 눌렀다. 하지만 경비가 타고 내려가는 엘리베이터는 그의 뜻대로 곧바로 올라와 주지 않았다.

서준의 목소리가 등 뒤에서 울렸다.

"그냥 가시게?"

또 주먹이라도 날아오나 싶어 한 차장이 움찔거렸다.

"사과는 제대로 하고 가셔야지. 깔끔하게."

해수는 서준을 툭 쳤다. 그냥 이대로 보내 버리고 쉬고 싶은데 한 차장이 또 되도 않은 욕설이라도 할까 걱정된 것이다. 더군다나 지금은 그간 눈 한 번 제대로 안 마주쳤던 이웃들도 좋은 구경거리라도 생긴 양 머릴 내밀고 구경하고 있지 않은가.

한 차장이 그녀의 앞으로 다가왔다.

"……미안해. 내가 술에 취해서 조금 과했어."

"여자한테 사과하는 말투가 좋지 않군."

마음에 안 들었는지 서준이 인상을 쓴 채로 지적했다.

"죄…… 죄송합니다. 제가 술에 취해서 조금 과하게 굴었습니다."

"조금이라고 했나?"

"……많이 과했습니다."

"문짝 파인 건 어쩔 건데?"

조금은 불만인 표정으로 한 차장이 서준을 쳐다보다 말없이 주머니에서 지갑을 꺼내 수표 두 장을 내준다.

서준이 해수에게 눈짓했다. 어떻게 할 거냐는 뜻이다.

"됐어요. 넣어뒀다 파스나 사서 붙이세요."

말없이 한 차장은 수표를 도로 지갑에 집어넣고는 볼일 끝났다는 듯 조용히 돌아섰다.

"그냥 가시면 안 되지."

서준이 다시 한 차장을 불러 세웠다.

"문짝에 난 발자국만큼은 지워주는 성의는 보여야지?"

한 차장은 무릎 꿇고 앉아 주머니에서 손수건을 꺼내 문짝에 난 자신의 발자국을 닦기 시작했다.

그가 다 닦았다는 듯 다시 몸을 일으키자 서준은 해수를 데리고 그대로 집으로 들어가 문을 닫아버렸다.

터벅터벅, 한 차장이 엘리베이터로 돌아가는 소리가 들렸다. 그 소리가 멈출 때까지 해수는 허리에 손을 얹은 채 서준을 노려보고 있었다. 마침내 엘리베이터 문 여는 소리가 나자 해수가 입을 열었다.

"나 혼자서도 충분히 감당할 수 있었다고."

물론 그가 있어 든든했다. 자신이 할 수 있는 일이라고는 경비가 와서 한 차장을 끌어낼 때까지 문 앞에서 그가 하는 욕을 고스란히 듣고 있는 것밖에는 없었을 것이다.

"알아. 내가 못 참겠어서."

그가 피식 웃으며 다시 옷을 훌훌 벗어 던지고 침대로 들어가더니 그녀에게 곁으로 오라는 듯 옆의 공간을 툭툭 친다. 해수는 눈을 흘기면서 그의 곁으로 돌아가 서준의 팔을 베고 누웠다.

"굳이 그렇게까지 할 필요는 없었잖아. 안 그래도 아버지 회사에서 잘려서 기분이 좋지 않아 그런 건데."

흠씬 두들겨 패준 것은 속 시원하지만 무릎까지 꿇고 문짝을 닦게 만든 건 조금 과하다.

"그 정도는 해야 창피해서라도 당신에게 해코지 안 하지. 그만두긴 했지만 당신이나 저치나 며칠은 회사에서 얼굴을 계속 마주해야 할 거 아냐."

그것까지는 생각 못했다. 이전까지는 해코지라 해봐야 사람들다 있는 데서 큰 소리로 들으라는 듯 면박을 주는 일 정도였는데 아까 그대로 돌려보냈으면 그 '다리 어쩌구…….' 하는 기분 나쁜 욕설을 하고 다녔을지도 모른다. 모르는 이웃들이 들어도 창피한 말인데 아랫사람들 앞에서 했으면 얼굴도 들지도 못하고 결국 그만둔 것이 아닌 쫓겨난 것처럼 나오게 됐을 것이다.

"고마워. 그리고 미안해."

"고맙다는 말은 싫은데. 미안하단 말은 더 싫고."

"나중에 한 차장이 폭행으로 고소하기라도 하면 곤란해질 거 아냐."

"한 차장? 그치는 걱정 마. 그런 부류는 똑같아. 도망칠 구석이 없으면 덤비지 못해."

그런 인간한테 지난 몇 년 동안 고개 조아리며 살았단 말이지. 비록 실업자 신세가 되었지만 이젠 그러지 않아도 된다는 것 하나만으로 위안이 된다.

갑자기 서준이 그녀의 입술에 기습 키스를 했다.

"으음…… 갑자기 왜……."

"당신이 골똘히 생각하는 모습이 예뻐서. 이 예쁘고 멋진 여자가 이젠 내 애인이라는 것이 믿겨지지 않아서 그래."

무슨 말을 할 새도 없이 그가 다시 해수의 입술을 포개고 이내 그녀의 몸 위로 올라왔다.

"서준 씨, 우리 아까 두 번이나……."

"쉿. 아직도 부족해."

그녀의 가슴 언저리에 입술을 맞추며 그가 속삭였다.

"서준 씨도 잠을 자야지. 아침에 집에 들러 옷을 갈아입고 회사 가려면 일찍 일어나야 하잖아."

"까짓것, 하루 더 입지."

그녀의 가슴을 입에 머금고 그가 대꾸했다.

무슨 말을 더 하고 싶었지만 그 혀가 가슴의 예민한 곳을 쓰다듬는 사이 해수는 할 말을 잊어버리고 마침내 두 눈을 감으며 작은 신음 소리를 흘리기 시작했다.

습관처럼 자명종이 울리기 전 해수는 눈을 떴다.

옆을 보니 서준은 아직 잠들어 있다.

그녀는 살포시 미소를 지었다. 어찌 보면 연인이 되고 나서 처음으로 같이 밤을 보낸 것인데, 이 모습이 이렇게 익숙하다니.

눈 뜨고 나면 지체 없이 샤워를 하는 습관이 있었지만 오늘은 잠시 자신의 애인의 얼굴을 감상하기로 했다. 어차피 그만둘 회사, 이러다 조금 늦는다 해도 시말서 쓸 일은 없을 테니까.

인상을 잘 쓰나? 한 번 인상을 쓴 걸 본 적이 없는데 이제 보니 미간에 골이 있네.

하긴, 어젯밤 한 차장에게 하는 것을 보니 한두 번 인상 쓴 얼굴이 아니다. 어쩌면 그가 다정하게 구는 사람은 몇 안 될지도 모르겠다. 그리고 자신은 그중 하나일 것이다.

뭔지 모를 특권의식에 해수는 왠지 우쭐한 기분을 느꼈다.

턱에 작은 흉터도 발견했다. 나름 같이 잔 횟수가 몇 번인데 이 흉터는 지금 처음 보았다.

그런 것을 보면 그녀의 성격이 매몰찬 모양이다. 얼굴 마주한 것이 한두 번이 아닌데 이제야 턱의 흉터를 보다니.

한 번도 그가 귀엽다는 생각은 해본 적이 없는데 지금 보니 자는 모습이 귀엽다. 엎드린 채로 베개에 한쪽 얼굴을 파묻고 자서 그런가 조금 찌그러졌는데도 이상하게 흉하지 않다.

가만히 그의 얼굴을 뜯어보며 행복해하다 갑자기 또 불안한 기분이 들었다.

이래도 되는 것일까? 정말 이렇게 편안하게 마음 가는 대로 있어도 되는 걸까?

조금 느슨해지면 여지없이 의심이 머릿속을 파고든다.

그러나 이내 그녀는 고개를 흔들어 그 생각을 내쫓았다.

그런 식으로 하면 언젠가는 그 누구도 믿지 못하게 될 것이다. 한 번쯤 진하게 연애를 하고 싶다면 그건 이 남자와 꼭 해보고 싶다. 처음으로 그녀의 마음을 움직인 사람. 떨어져 있으면 보고 싶어지고 힘들면 의지하고 싶은 유일한 남자.

지금은 그것만으로 족하다.

해수는 기지개를 켜며 침대에서 내려왔다. 까짓것 조금 늦으면 어때, 하고 생각은 했지만 그래도 습관은 어쩔 수 없는지라 마음이 초조해졌기 때문이다.

조심스럽게 내려온다고 했는데도 침대가 출렁였는지 욕실 문을 열기도 전에 서준의 목소리가 등 뒤에서 들렸다.

"샤워하게?"

"응."

그가 침대 옆을 툭툭 친다.

"이리 와."

침대에 드러누운 서준의 머리카락은 까치집이 따로 없었고 수염은 까칠하게 자랐지만 탄탄한 근육은 어젯밤 그대로다. 그리고 그의 미끈한 몸과 탄탄한 빨래판 같은 복근은 아쉽게도 시트에 반쯤 가려져 있었다.

아주 잠깐, 해수는 그의 곁에 다시 드러눕고 싶은 유혹에 빠졌다. 그 시트를 더 젖히고 그의 몸을 마음껏 감상하고 싶다.

하지만…… 지금 준비하지 않으면 허둥댈 것이다.

"안 돼. 샤워해야 해."

그녀는 애써 미련을 거두었다.

"그럼 같이 씻어."

"그것도 안 돼. 그러다 회사 지각하라고?"

지각도 지각이지만 누군가와 섹스를 하고 같이 샤워를 해본 경험이 없었다. 샤워만큼은 지극히 개인적인 일이다. 물론 속초에서 그와 샤워를 한 적이 있긴 하지만 그건 상황이 그랬던 만큼 예외다.

"둘이 하면 더 빠르지."

"행여나."

해수의 대꾸에 꿍꿍이를 가지고 있던 서준은 속내를 들켰다는 듯 웃으며 도로 침대로 드러누웠다.

"빨리하고 나와."

"응."

그가 마음이 변할세라, 해수는 얼른 욕실로 들어가 물을 틀고 세안을 위해 거울 앞에 섰다.

하지만 그것도 아주 잠시뿐이었다. 이내 서준의 목소리가 욕실 밖에서 울린다.

"정말 같이 샤워하면 안 되나?"

"안 돼."

"얌전히 샤워만 할게."

서준의 목소리가 애처롭게 들린다. 미간을 구긴 얼굴로 욕실 문을 열고 서준을 노려보았다.

오오, 서준은 그녀가 모르는 스킬을 가지고 있었다. 아주 처량한 강아지 같은 표정이 해수의 마음을 순식간에 녹여 버리고 말았다. 하지만 그의 분신은 전혀 다른 얘기를 하고 있는 중이다.

그녀는 짧은 한숨을 내쉬었다.

"이러기야?"

아침을 여는 경건한 의식을 하고 싶었는데 결국 해수는 욕실에서 정신없는 경험만 더했을 뿐이다.

결국 해수의 절제된 아침 일상은 샤워 한 번으로 하루아침에 무너졌다.

시간이 없어 해수는 허둥거리며 옷을 입어야 했다. 대체 브래지어는 누가 발명한 것인지, 가슴 모양을 예쁘게 잡아줄 땐 고맙지만 이렇게 바쁠 땐 원망스럽기 짝이 없다.

"내 속옷하고 양말 못 봤어?"

하지만 허둥대는 해수와는 달리 서준은 느긋하다.

"그건 밤에 빨라서 뒤쪽 건조대에 널어놨어. 말랐을 거야."

그는 느릿하게 움직이는 듯싶었지만 어느새 옷을 입고 소파에 앉아 해수가 구독하는 잡지까지 하나 꺼내 읽고 있다.

괜히 여자로 태어난 것이 억울하다. 남자는 옷만 입고 대충 머리만 쓸어 넘기면 어느 정도 모양새를 갖추는데 여자는 입어야 하는 속옷도 두 개에, 스타킹에, 머리도 잘 말려야 하고 메이크업도 해야 한다.

그나마도 서준이 구워준 토스트는 엄두도 못 내고 간간이 옷을 입으면서 식은 커피만 홀짝이다 마침내 옷을 다 입고 콘솔 앞에 앉았다.

집중해서 마스카라를 바르고 입술에 립스틱을 바르다 콘솔 거울 너머로 서준과 눈이 마주쳤다.

뭐가 그리도 좋은지 그의 눈에 웃음이 가득 들어 있다.

"왜 웃고 그래?"

"좋아서. 지금 이 순간이 너무도 좋아서 그래."

무슨 남자가 저리도 솔직할까. 한 번 감추는 법 없이 항상 솔직하다니까. ……하긴 그래서 지금 함께 있을 수 있는 것이다. 그가 그렇게 감정에 솔직하지 않았다면 해수는 그에 대한 벽을 절대 거두지 못했을 것이다.

마침내 립스틱이 다 발라지자 해수는 거울을 보며 다시 한 번 잘못 비뚤어진 부분은 없는지 점검하고 잰걸음으로 한쪽 벽에 있는 작은 붙박이장 속에서 재킷을 꺼내 입었다.

아, 이제 출근 준비 끝. 시간을 보니 다행히 지각은 안 할 것 같다.

"회사 안 가?"

해수가 핸드백까지 들고 준비를 마쳤는데도 서준은 무슨 이유에서인지 소파에서 일어날 생각을 않고 있었다. 계속 그녀의 모습을 눈으로 좇고 있었으니 지금 나가려 한다는 것을 충분히 알 것인데, 그저 앉아만 있는 것이다.

"너무 예뻐서 도저히 못 참겠다, 이리 와."

그가 소파 옆을 툭툭 치자 해수는 어이없어 웃을 수밖에 없었다.

"안 돼. 화장 번져."

또 그 표정이다. 불쌍한 강아지 같은 표정. 그 키, 그 외모에 그런 표정을 지으면 정말 웃긴다는 것 알고는 있을까? 웃기긴 하지만 진짜로 불쌍하게 느껴진다니까.

"정말로 안 돼. 다시 메이크업할 시간 없단 말야."

못마땅한 듯 입술을 비죽이던 서준이 갑자기 주머니에서 휴대폰을 꺼내 들었다.

"그럼 사진 한 장 찍자."

"갑자기 무슨 사진을……."

"휴대폰에 사진도 없는 애인도 있어? 빨리 와. 얼른 한 방 찍고 보내줄게."

하필 이 바쁠 때, 하고 구시렁거리면서도 해수는 그의 곁으로 다가가 앉았다. 그가 사진을 찍기 위해 휴대폰을 들이댄다.

갑자기 또 기분이 묘해졌다. 불과 어제까지만 해도 이런 관계가 아니었는데, 밤새 한 침대에서 잠도 같이 자고, 아침에 같이 샤워도 하고, 이젠 같이 사진도 찍다니.

"……증명사진 찍냐? 표정이 왜 그래?"

왜 사진을 안 찍나 했더니 아니나 다를까 서준이 한마디 했다.

"웃어. 누가 보면 커플 범죄자 현상수배 사진인 줄 알겠다."

앗, 이 남자, 이제 보니 아침엔 잔소리도 많다.

"찍는다."

그의 말 한마디에 우거지상을 얼른 폈는데 갑자기 그의 입술이 뺨에 와 닿았다. 그리고 사진이 찍혔다.

해수가 보려 했지만 그가 얼른 등 뒤로 감추더니 돌아서서 저 혼자 보고 좋다고 히죽거린다. 시간이 없어 해수는 체념하고 먼저 현관으로 향했다.

"……늦겠어. 얼른 나가자."

아무래도 어제까지의 그 듬직한 남자는 설정이었나 보다. 하지만…… 그의 새로운 모습을 보는 것도 나쁘지 않다.

░░ 15. **결혼반지** ░░

하늘에 구멍이라도 뚫린 듯 비가 억수같이 쏟아지고 있었다. 병원을 출발할 때까지만 해도 멀쩡하던 날씨가 갑자기 변심한 애인처럼 매섭게 비를 몰아친다.

해수는 피곤한 눈을 손으로 비비며 크게 하품을 했다. 조금만 더 가면 집인데, 그새 못 참고 피로가 온몸을 짓누른다.

오늘은 병원에 가지 말 걸 그랬다. 회사를 그만두기 전 어떻게든 하던 일을 마치려고 며칠 전까지 무리를 한 후유증이 오늘까지도 이어지는 모양이다.

한 차장이 없어서 그런지 다행히 무사히 인수인계를 마쳤고, 오늘부로 해수는 공식 실업자가 되었다.

그녀의 피곤한 상태를 아는 서준이 오늘은 병원에도 같이 가주겠다 했지만 하필 오늘은 그도 야근이 걸려, 해수 혼자 병원에 다녀오는 중이었다.

갑자기 아까 병원에서의 일이 생각나 해수는 쓴웃음을 지었다.

하필 오늘 순영 샘이 엄마의 병문안을 왔던 것이다. 엄마에게도, 서준에게도 순영 샘에게는 두 사람이 사귀는 걸 비밀로 해달라고 부탁을 한 터였기에 정작 해수가 순영 샘을 보자 도둑이 제 발 저린 것처럼 바짝 얼어버렸다.

순영 샘을 속이려는 의도는 없었다. 아직은 마음의 준비가 되지 않았을 뿐이지. 이런 상황에서 순영 샘을 만나 인사를 올리면 순영 샘은 두 사람이 결혼하는 것으로 단정 지을 것이다. 언제까지 숨길 순 없지만 당분간만이라도, 무언가 주변이 정리되고 나면 그때 돼서 인사를 할 생각이다. 결혼을 하지 않고 평생 연애만 한다면 분명 점잖은 욕을 하며 대문 밖으로 쫓아내실지도 모르겠지만.

그래도 다행인 것은 차도를 보이는 모친의 상태였다. 어눌했던 말투도 많이 돌아왔고 꾸준히 물리치료를 해서 그런지 이젠 운동마비가 왔던 오른팔로 어설픈 젓가락질도 할 수 있게 되었다.

전부 최 사장님, 아니, 아저씨의 덕이다. 사표를 내고 어떻게든 하던 일을 마무리하려 야근이 잦은 해수 대신 아저씨가 엄마의 곁에 있어주었다. 낮에는 아저씨도 일을 하니 간병인을 두었지만 저녁이면 어김없이 병원으로 출근도장을 찍는 그 정성을 보면 오히려 지금 병실에 누워 있는 엄마가 부러울 정도다.

그는 유쾌하고 인생에 대해 폭넓은 고찰을 한 사람이었다. 그런 사람이 엄마의 곁을 늘 지키고 있으니 이젠 엄마가 수술하기 전보다 더 마음이 편하다.

순영 샘이 일찌감치 병문안을 마치고 돌아가자 오늘도 두 사람의 깨 쏟아지는 모습을 피해 해수는 병실에 얼굴 한 번 비추고, 엄마의 손을 한 번 잡아주고, 또한 회사를 그만둔 것에 대한 걱정과 잔소리도 살짝 듣고 집으로 돌아오는 중이었다.

아마도 서준이 집에서 기다리고 있을 것이다. 공식 실업자가 된 그녀를 축하해 주는 의미에서 와인과 꽃도 준비했을 것이고. 상상만 해도 입가에 미소가 지어진다.

참, 인생이란 이상하고 오묘하다. 불과 얼마 전까지는 이렇게 웃을 일이 안 생길 줄 알았는데. 힘든 일은 혼자 오는 법이 없지만 가끔 찾아오는 행복이 버틸 힘을 준다는 말이 진리인가 보다.

서준이 없었다면 아마도 지금이 살아오면서 가장 버티기 힘든 시기가 되었을 것이다.

사귄 날짜는 고작 보름 가까이 되어가는데 벌써 옷장에는 그의 옷이 잔뜩 걸려 있고 욕실에는 그의 면도기와 칫솔이 그녀의 것과 나란히 꽂혀 있다.

예전의 자신이었다면 이렇게 자신을 무방비로 놓아버리지 않았을 것이다. 그의 옷이 한 벌씩 늘 때마다 이 일에 익숙해질까 조바심 내고, 결국 그가 집을 나설 때마다 그의 옷을 싸서 같이 돌려보냈을 것이다.

하지만 지금은 이대로가 행복하다. 그저 이대로만 갔으면 더할 나위 없이 좋겠다.

마침내 차가 익숙한 골목으로 들어서고 저쪽에 익숙한 사람이

서 있는 것이 보인다. 서준이 우산을 들고 나와 있었다. 비가 오니 걱정이 되었던 모양이다.

"언제부터 기다리고 있었어? 차라리 언제 도착하냐고 전화하고 나와 있지."

"그러다 사고 나면 어쩌려고? 안 그래도 비 때문에 길도 위험한데."

"그럼 나와 있지 말지. 괜히 여기 서 있는다고 내가 더 일찍 도착하는 것도 아니잖아."

"비라도 맞으면 또 바로 샤워하러 들어갈 거 아냐. 난 기다리기 싫어."

아, 이 남자를 어쩌면 좋을까. 해수는 웃지 않을 수 없었다. 덕분에 오는 내내 느꼈던 피로감이 한순간에 풀려 버린다.

서준이 밖에까지 나와서 기다렸던 데는 이유가 있었다.

집 안은 들어가면서부터 부드러운 음성의 가수가 부르는 발라드 음악이 들려왔다.

그리고 방 한가운데 세팅된 식탁과 촛대. 비를 맞고 들어왔다면 분위기 깨게 샤워부터 해야 했을 것이다.

"이건 뭐야?"

"당신의 실업자 된 기념 파티지."

꽃과 와인은 예상했지만 촛불과 음악까지는 아니다. 해수는 눈을 가늘게 뜨고 서준을 바라보았다.

"너무 능수능란한 거 아냐? 한두 번 해본 솜씨가 아닌데."

"그런 오해는 섭하지. 며칠 전부터 회사에서 시간 날 때마다 웹

서핑을 하며 가장 좋은 것만 선별한 거라고."

"나, 이참에 서준 씨 회사에 입사지원을 해볼까 봐. 그런 짓을 해도 안 잘리는 걸 보면 참 좋은 회사인 것 같아."

헛기침을 하며 서준이 그녀를 위해 의자를 빼주었다. 해수는 두 눈에 웃음을 가득 담고 그가 빼준 의자에 앉아 그가 따라주는 와인을 받았다.

"퇴사 기념치고는 뭔지 모르게 조금 느끼한 기운이 도는데."

"느끼하다니, 이건 낭만이야. 강해수, 당신은 뭔가 정서적으로 문제가 있어. 광고쟁이가 이걸 느끼하다 표현하다니."

"아, 오늘부로 광고쟁이 끝냈거든."

"퇴사하면 낭만도 사라지나? 거 참 편리한 정서네."

입가에 미소를 머금고 와인 잔을 마주치면서도 서로 할 말은 하는 참 쿨한 관계다. 결국 와인 한 모금을 마시다 서로 웃음을 터뜨리고 말았다.

"그래도 막상 그만두니 조금은 걱정이 되네. 너무 대책 없이 그만둔 건 아닌가 해서."

"다시 오라고 했다며?"

"그랬지. 다시 광고 일이 하고 싶어지면. 문제는 내가 광고 일을 다시 하고 싶은지, 아니면 새로운 일을 하고 싶은지조차도 모른다는 데 있지. 결국 하고 싶은 일이 생겨도 능력이 안 되거나 혹은 그조차도 못 찾아서 다시 돌아가게 될까 봐."

"일단 푹 쉬어. 그간 너무 일만 했잖아. 쉬다 보면 언젠가는 하고 싶은 일이 생기겠지."

그의 말에 해수는 허탈한 웃음소리를 냈다.

"걱정돼서 푹 쉴 수나 있을까?"

"며칠 지나면 익숙해질 거야."

"그건 서준 씨 경험담?"

"그래, 경험담이다. 당신처럼 하는 일이 적성에 안 맞다는 것을 조금 늦게 안 거지. 일단은 그래도 쉬기로 했어. 쉬면서 생각도 하고, 하고 싶은 일도 찾고. 내가 전에 하던 일이 마케팅이었던 거 알아?"

그의 말에 해수는 눈을 동그랗게 떴다.

"그랬어?"

"그래. 쉴 새 없이 사람 상대하고, 영업 뛰고, 술 마시고……. 그러다 내 인생을 끌고 가는 것이 아니라 그냥 끌려가며 사는구나, 싶은 생각이 들었지."

"그래도 멀리 가진 못했네."

마케팅은 판매가 목적이자 우선이고 기획은 잘 팔릴 상품을 준비하는 일이다. 광고대행사의 입장에서는 그 둘 다 상대하기 때문에 그녀로서는 큰 차이가 없어 보이는 것이 당연하다.

"그래서 여행을 다닌 거야?"

그녀의 질문에 서준은 쓴웃음을 지으며 고개를 끄덕였다.

"방황의 기간이었지. 그 끝에서 당신을 만났으니 그리 나쁜 시간도 아니었고."

"도움이 됐어?"

해수의 질문에 서준이 갑자기 두 눈을 가늘게 뜨고 쳐다본다.

"그렇다고 하면 갑자기 훌쩍 어디론가 여행을 떠나거나 하진 않겠지?"

"그렇다는 대답으로 간주하겠어."

그의 시선은 모른 척 해수가 와인을 홀짝이며 대답했다.

"그래. 한 번쯤 여행을 떠나는 것도 나쁘진 않지. 하지만 웬만하면 나하고 같이 가고, 아니면 너무 오래 떠나 있진 말아. 내가 미치니까."

"지금은 어디 갈 생각 없는데. 아직은 집에서 몇 날 며칠을 쉬면서 하루 종일 보고 싶었던 영화도 보고, 또 하루 날 잡아서 구석구석 들어 있는 먼지도 닦고, 하루쯤은 커튼 치고 24시간 자보고도 싶고, 또…… 애인과 집 안에서 주말 내내 옷 안 걸치고 노닥거리고 싶기도 하고."

그가 와인을 마시다 뿜을 뻔했지만 간신히 수습했다.

"마지막 그거 참 바람직한 아이디어다."

"그런가? 그럼 주말까지 기다려야겠네."

서준이 조용히 와인 잔을 내려놓았다.

"강해수의 아름다운 판타지를 지켜주고 싶지만, 아무래도 이번만큼은 불가능할 거 같단 생각이 불현듯 드네."

해수가 속눈썹을 내리깔며 모른 척 와인 잔을 흔들었다. 하지만 이내 그 잔마저 빼앗기고 그녀는 어느새 그의 품에 안겨 있었다.

"하루 종일 이 순간만 기다렸는데, 그건 안 되지. 주말의 판타지는 주말에나 실행하자고."

결국 다음날, 서준은 토스트 한쪽을 입에 물고 출근할 수밖에 없었다.

며칠에 하루꼴로 집에서 만나긴 하지만 항상 서준의 욕심이 과해 결국 변함없이 지각 일보 직전이 된다. 그나마 해수는 휴가 첫날 같은 기분으로 편안한 마음이었으니 서준을 위해 토스트도 굽고, 늦어서 허둥대는 서준을 위해 양말과 속옷을 챙겨주었다.

서준이 전쟁하듯 출근하고 나니 해수도 전쟁이 끝난 폐허의 한가운데 서 있는 기분이다.

어젯밤 와인을 마시던 식탁은 아직도 방의 중앙에 놓여 있고, 침대 옆에는 분위기에 휩쓸려 훌훌 벗어놓은 그녀의 옷이 널브러져 있다.

오늘은 모자란 잠을 늘어지게 자볼까 생각했는데 아무래도 저것들을 정리하지 않고는 불가능할 것 같다.

와인 잔들은 싱크대로, 식탁과 의자는 끙끙거리고 다시 원래 있던 자리로, 그리고 입었던 블라우스는 드라이클리닝 맡길 바구니에, 재킷은 옷걸이에 걸어 옷장으로 가져갔다.

옷장을 열어보고 해수는 미소를 지었다.

자신의 옷 옆쪽으로 서준은 자신의 공간을 만들어놓았다. 혹시라도 이곳에서 자고 갈 때를 대비해서 그의 정장이 세 벌이나 걸려 있다. 그 옷장처럼 그도 이미 그녀의 일상에 자리를 차지하고 있단 것을 알고 있을까?

그의 옷을 옆으로 살짝 밀고 재킷을 걸다 그만 옷걸이에 걸려 있던 그의 재킷이 밑으로 미끄러져 떨어졌다.

혹시 먼지라도 묻을세라 얼른 주워 들어 먼지를 툭툭 털고 걸려는데 갑자기 무언가 딱딱한 것이 그의 재킷 가슴 언저리에서 느껴졌다.

　앞의 두 벌은 원래부터 걸려 있던 옷이니 이건 어제 입었던 옷인데.

　혹시 뭐 중요한 걸 놓고 간 것은 아닌가 싶어 해수는 안주머니를 뒤져 그 딱딱한 물건을 꺼냈다.

　손바닥에 올려놓고 해수는 한참이나 그것을 쳐다보았다.

　반지함이었다. 가슴이 무언가로 콱 막힌 기분이다. 열어보지도 않고 해수는 한숨을 길게 내쉬었다.

　다시 한 번 심호흡을 하고 상자를 열자 커다란 다이아몬드 하나가 심플하게 박힌 결혼반지가 정 가운데 예쁘게 박혀 있다.

　못 볼 것이라도 본 듯 해수는 얼른 반지함의 뚜껑을 닫았다.

　그리고 원래 있던 그곳, 서준의 재킷 안주머니에 도로 깊숙이 반지함을 집어넣고는 마치 그런 물건은 본 적도 없다는 듯 다시 청소에 열중하기 시작했다.

　회사에 도착하고 나서야 서준은 자신이 반지를 해수의 집에 놓고 왔다는 사실을 깨달았다. 아마 옷장에 들어 있을 것이다. 아침에 옷을 입을 때 꺼내온다는 것을 워낙 급하게 나오느라 잊어버리고 말았다.

　설마, 해수가 그걸 보진 않았겠지? 옷장 안에 든 옷을 굳이 꺼내 뒤져 볼 성격이 아니다. 더군다나 며칠 푹 쉴 계획이라 했으니 아마도 오늘은 대청소는 하지 않을 것이다.

혹시 본다 해도…… 할 말은 있다. 그 반지를 산 건 해수와 사귀기로 하기 전이었으니까.

물론 결혼할 생각이 없다고는 했지만, 그렇게라도 하지 않으면 미칠 것만 같았다. 그때 그 사람, 지금은 고인이 된 해수의 친구 명석과 그녀가 손을 고이 잡고 있는 모습을 본 순간 그는 이성을 잃을 수밖에 없었다.

현재 데이트 상대는 나인데, 왜 그 남자의 손을 잡았을까. 혹시 나처럼 데이트만 하는 상대가 많은 것인가. 아니면 누구하고나 그렇게 가까운 스킨십을 하는 건가.

차라리 확 프러포즈하고 마음을 정리해 버릴까.

바로 그때 반지를 샀다. 결국 반지를 사고 난 직후 바로 정신이 돌아와 자신이 상당히 어리석은 짓을 했다는 것을 깨닫긴 했지만.

그녀는 청혼을 하면 달아날 확률이 100퍼센트였다. 그렇게 마음을 정리하느니 차라리 먼발치에서 조금의 여지라도 남겨두는 것이 나았다.

그래서 청혼할 마음은 애써 거두었다. 하지만 그때부터 반지는 늘 몸에 지니고 다녔다. 언젠가 그녀가 사랑한다는 말을 먼저 하는 날, 그날만큼은 꼭 반지를 몸에 지니고 있고 싶었다.

그는 한숨을 내쉬었다. 그렇게 이실직고한들 해수는 펄펄 뛸 것이다.

그리고 아마도 해수는 절대로 결혼 따위는 하지 않을 것이다. 결혼이라는 한마디만 해도 그녀는 비명을 지르며 그를 떠나 버릴지도 모른다.

갑자기 해수의 목소리가 듣고 싶어졌다.

생각난 김에 서준은 해수에게 전화를 걸었다. 수차례의 신호음이 갔지만 전화를 받지 않는다.

하루 날 잡아서 24시간 자겠다더니 설마 그게 오늘은 아니겠지?

그래도 혹시 자는 걸 방해하는 건 아닌가 싶어 전화를 끊으려는데 해수가 전화를 받았다.

[응, 서준 씨.]

"뭐 해? 자고 있었어?"

[아니, 자려다 잠이 안 와서 대충 정리하고 있었어.]

"그리 치울 것도 없었는데 쉬지. 모처럼 실업자 된 첫날인데."

전화기를 통해 해수의 웃음소리가 들려온다.

[그러게. 휴가 땐 정신없이 자지 말라고 해도 잠만 쏟아지더니 막상 실업자 되고 나니 잠도 안 오네. 막 서럽기만 하고.]

"첫날부터 그래서 어디 실업자 해먹겠어?"

서준의 농담에 또다시 해수가 웃는다. 마치 몸에 좋은 보약이라도 먹은 것처럼 서준의 가슴에 따스한 기운이 번지기 시작했다. 희한하게도 목소리를 들으니 그녀가 더 보고 싶어졌다.

"정 심심하면 점심때 회사 앞으로 와. 같이 밥이나 먹게."

[아냐. 엄마한테 다녀올래.]

아, 이 여인께서는 어찌 한 번도 호락호락 넘어와 주는 법이 없을까. 연애라는 것을 하고 있는 지금까지도.

"그럴래?"

[응. 다녀와서 전화할게.]

전화를 끊고 해수는 짧은 한숨을 내쉬며 휴대폰을 물끄러미 쳐다보았다.

그의 목소리를 들으면 이렇게 좋은데. 대체 난 뭐가 잘못된 걸까?

그의 기분을 상하게 하고 싶지는 않았다. 비록 결혼 안 하겠다는 약속을 어기고 반지를 사긴 했지만.

다른 여자에게 청혼할 것이 아니라면 그 반지는 분명 해수를 위한 것이었다.

지난 보름, 정말로 행복한 시간을 보냈다. 이런 것이 진정한 연애였구나, 하는 생각이 들 정도로 그와 보낸 시간은 황홀했다. 어쩌면 그 사랑이 다할 때까지, 누군가 돌아설 때까지, 최소한 그때까지는 그런 행복을 누릴 수 있을지도 모른다 생각했다.

하지만 그 반면, 언젠가는 그날이 올지도 모른다는 생각도 했다. 언젠가는 진지하게 두 사람의 미래를 생각하고 헤어지던가, 결혼하던가를 결정해야 하는 날. 차라리 사이가 소원해져서 헤어지는 것이 낫다. 그를 좋아하는데 결혼이라는 굴레를 이기지 못하고 억지로 마음을 접을 바에는.

그리고 그날이 이토록 빨리 올 줄은 예상하지 못했다.

아직 어떤 생각도 하지 못했는데. 아직은 멀었다 생각했는데……

그가 청혼을 한다면 이 행복했던 시간도 끝날 것이다. 결혼 따위에 자신의 미래를 맡기고 평생 그가 다른 여자에게 갈까, 나를 떠나면 어떡하나, 불안해하며 살고 싶지 않으니까. 이대로도…… 충분하니까.

그녀는 백을 들고 현관으로 향했다.

병원에나 가봐야겠다.

낮 시간은 아저씨가 일을 하느라 간병인 혼자 엄마의 곁을 지키고 있었다. 조금 전 물리치료를 끝내고 왔을 엄마는 피곤했는지 곤히 잠들어 있었고 간병인도 피곤했는지 그 앞에서 꾸벅꾸벅 졸고 있다 해수가 병실 문 열고 들어가는 소리에 얼른 졸지 않은 척, 눈을 뜬다.

"여긴 제가 있을 테니까 한 시간만 쉬다 오세요."

해수의 말에 간병인이 미안함과 고마움이 섞인 표정으로 주춤거리며 방을 나갔다. 아마도 휴게실에서 조금 더 쉬고 올 것이다.

해수는 침대 옆에 앉아 잠든 엄마를 가만히 바라보았다. 머리에 감은 하얀 붕대, 조금은 더 야윈 듯 보이는 얼굴. 수술 후 예후가 좋다고는 하지만 아무리 봐도 처음 이 병실에서 봤던 그 모습으로밖에는 보이지 않는다.

하지만 잠자는 모습은 평온하다. 마치 세상의 시름은 다 떨쳐버린 듯 아무 근심 걱정 없는 편안한 얼굴이다.

갑자기 문자메시지 알림 소리가 울려 해수는 휴대폰을 들여다보았다.

「병원에는 잘 도착했나? 난 이제 점심 먹으러 가는 중.」

「응. 병원이야. 식사 맛있게 해~」

「어머니는 좀 어떠셔?」

「몰라. 주무셔. 편안해 보여.」

「내 사랑 전해 드려. 같이 못 가서 죄송하다고.」

해수는 자신도 모르게 피식 웃었다. 참 사랑하는 사람이 많아서 좋겠다. 애인 엄마한테까지 사랑이라니.

"서준이니?"

그새 문자메시지 찍는 소리에 잠에서 깼는지 고개를 들어보니 은옥이 자신을 내려다보고 있다.

그 와중에도 우리 엄마, 참, 기가 막히게 촉은 좋으시다니까.

"응."

"그런데 왜 전화 안 해?"

"있다가 하지 뭐. 답장 보냈어요."

해수의 대답에 은옥이 물끄러미 그녀를 바라본다.

"혹시, 무슨 일 있니?"

"아니요. 갑자기 왜 그런 건 물어요?"

"그런데 표정이 왜 그래? 연애하는 애답지 않게. 둘이 그새 싸웠어?"

쓴웃음을 짓지 않을 수 없었다. 엄마는 뇌수술하고 붕대를 칭칭 감고 하루 종일 이 조그만 병실에만 갇혀 지내면서 어찌 딸한테 무슨 일이 일어나는 일을 그리도 잘 알고 계신 건지.

"싸우긴요. 애도 아니고."

"그럼, 회사 그만둔 것 때문에 걱정이 돼서 그런 거니? 그런 건 걱정할 필요 없어. 대책 없이 그만둔 건 잘못한 거지만 결국 인생사 새옹지마라고 뒤에 어떤 일이 생길지는 전혀 모르는 거야."

바로 어제까지는 대책 없이 그만뒀다고 한소리 하시고는. 이제 딸이 실업자라고 그새 말을 바꾸시네.

"별일 없다니까요."

"그래, 아니면 다행이고."

잠기운이 아직 남았는지 은옥이 아무도 없다고 늘어지게 하품한다.

"아우, 지겨워. 빨리 퇴원하고 싶다, 애. 정말로 두 번 입원하기 싫어서라도 아프면 안 되겠다."

"그러게, 이젠 정말로 몸에 좋은 음식들만 드시고, 너무 짜게 드시지도 말고, 육류도 웬만하면 피하세요. 그런 것 때문에 뇌졸중이 온 거 아냐."

"어이구, 우리 딸이 회사 그만두더니 이젠 의사로 취직하려나 보네."

아, 우리 엄마, 머리에 붕대 감고 있지 않았으면 아픈 줄도 모르겠네. 잔소리며 촌철살인의 훅 찌르는 말까지, 아주 날카롭다.

"엄마."

"왜?"

"엄마는 왜 아저씨하고 결혼하고 싶은 거예요?"

"그야 결혼하고 싶으니까."

"꼭 결혼하지 않아도 되잖아. 두 분이 함께 사신다 해도 남녀가 결혼도 않고 동거하네, 하는 말을 들으실 나이도 아니고."

"결혼은 특별하니까."

"따지고 보면 그저 구청에 서류 한 장 등록하는 거고, 똑같은 디자인의 반지 나눠 끼는 것밖에 없잖아요. 뭐가 그렇게 특별해?"

은옥이 딸의 두 눈을 가만히 바라보다 물어온다.

"왜, 서준이가 결혼하재?"

"아니, 아직은."

"아직은?"

"……결혼반지를 봤어요. 주머니에 넣고 다니는 거."

"그런데? 결혼하기 싫어?"

은옥의 질문에 해수는 길게 한숨을 내쉬었다.

"그걸 모르겠어요. 내가 결혼하고 싶은 건지, 하기 싫은 건지. 생각해 본 적도 없는데…… 그 사람은 반지를 가지고 다니니…… 그냥 불안하기만 해. 결혼하자고 할까 봐."

"그럼 아직 청혼을 받지 않았을 때 어떻게 할지 생각해 두면 되겠네."

"아무런 생각도 안 나. 이대로는 아무것도 결론이 나지 않을 것 같고. 엄마는 왜 청혼을 받아들였어요?"

"사랑하니까."

별걸 다 묻는다는 표정으로 은옥이 대답했다.

"사랑해도 결혼은 안 할 수 있잖아요."

해수의 말에 은옥이 물끄러미 해수를 바라보았다.

"엄마는 그렇게 생각 안 해. 연애는 사귀다 수틀리면 헤어지면 그만이지만…… 결혼은 사랑의 종착역이야. 사랑한다면 함께 가정을 꾸리고 함께 아이를 낳고 가족이라는 울타리를 만들고 싶은 것이 인간의 본능 아닐까? 나야, 이미 아이를 낳을 수 있는 몸은 아니니 그건 포기한다지만. 어쨌건 그러니 결혼은 사랑으로 맺어진 끈끈한 믿음이 필요하지."

해수는 한숨을 푹 내쉬었다.

그렇다면 난…… 서준 씨를 사랑하는 것이 아니라 그저 좋아하는 것에 불과한 건가? 결혼하고 싶은 마음이 생기지 않는 것을 보니.

"넌 서준이하고 결혼하고 싶지 않은가 보구나."

"난…… 모르겠어요. 처음부터 결혼 따위는 생각도 않고 살았잖아. 이제 와서 그걸 바꾸라는 건데, 쉽게 생각이 들지 않아요."

"해수야. 그건 네가 서준이를 사랑하지 않아서가 아니야. 그건 네 아빠 때문에 결혼에 대한 좋지 않은 인식이 너무 깊이 박혀서 그런 거야."

"난…… 모르겠어요. 정말로 모르겠어요. 결혼하기 싫은데 서준 씨랑 헤어지는 것도 싫고…… 이렇게 이기적인 나도 싫어지고 있어요."

해수의 말에 은옥은 긴 한숨을 내쉬었다.

"한 번쯤 멀리 여행을 떠나보는 건 어떻겠니? 경치 좋은 곳에서 좋은 음식 먹으면서 푹 쉬다 보면 그동안 몰랐던 것도 깨닫게 되고, 복잡했던 머리도 정리가 되고. 그러다 보면 네 마음이 정말로 원하는 것이 무엇인지 알게 되겠지."

"나중에."

"이 엄마 때문이면 그 걱정은 마. 간병인도 늘 곁에 붙어 있고, 또 최 사장님이 있으니까."

금요일 저녁, 서준은 일찌감치 퇴근했다.

오는 길에 꽃가게에 들러 예쁜 꽃다발도 하나 샀다. 꽃가게 여주인이 누군지 부럽다는 말을 몇 번이고 했지만 그건 해수를 모르니 하는 말이다.

그토록 원했던 해수와 연인이 되었으니 오히려 행운아는 자신이었다.

해수의 오피스텔 주차장에 차를 주차하고, 혹시 하루 종일 일하느라 어디 흐트러진 곳은 없나 엘리베이터 거울에 자신의 모습도 비쳐 보고, 콧노래마저 나직하게 부르며 해수의 집 초인종을 눌렀다.

해수가 준 도어록 비밀번호가 있었지만 그녀가 문을 열어주는 것이 더 기분 좋았다.

이내 해수가 나와 문을 열어준다.

문가에 서서 서준은 의외라는 시선으로 해수를 바라보았다. 원래 그녀가 와인 한 잔에 털어놓은 로망처럼 주말을 위한 나체는 아니었지만 그래도 그를 위해 유혹적인 슬립 차림이나 혹은 예전에 놀이공원 갈 때 입었던 그 요사스러운 블라우스 정도는 입었을 줄 알았다.

하지만 그녀는 밋밋한 셔츠에 청바지 차림이었다.

무엇보다 그를 불안하게 한 것은 그녀의 옷차림이 아니었다. 그녀의 차분한 표정이었다. 꽃다발을 건네자 들고 가서 싱크대 옆 조리대에 올려놓는 것만 봐도 분명 무언가 좋지 않은 일이 일어난 것이라는 것을 충분히 예상할 수 있었다.

"오늘 분위기가 어째 수상한데?"

무슨 이유 때문인지는 몰라도 애써 해수의 기분을 풀어주려 밝은 목소리로 말해보지만 그녀의 얼굴은 밝아지지 않았다.

"서준 씨, 할 말 있어."

아…….

이건 좋지 못한 신호다. 유부남들이 말하는 그 '무서운' 순간. 남자가 잘못을 했거나 혹은 여자가 잘못을 했거나, 어쨌건 그 말은 좋지 못한 일이 있을 때 나오는 말이라 들었다.

그는 천천히 그녀가 앉은 식탁의 맞은편에 앉아 말없이 해수를 응시했다.

한참을 생각하는 듯 말이 없던 해수가 고개를 들어 그를 바라보았다.

"나…… 그 반지 봤어."

아…….

서준은 잠시 할 말을 잃었다. 기어이 그걸 봤구나. 반지를 몸에 지니지 않은 것은 그날 하루뿐이었다. 아마도 그날 해수가 청소를 하다 그걸 본 모양이다. 티도 내지 않고 목소리도 밝아서 못 본 줄 알았는데.

"그 반지, 나 때문에 산 거야?"

"그래."

서준의 대답에 해수는 한동안 또다시 말이 없었다. 서준은 찬찬히 해수를 바라보았다. 비교적 침착하다. 그 반지를 보면 말 그대로 펄펄 뛸 줄 알았는데.

"……언제 하려고 했어? 프러포즈."

"……언젠가는. 언젠가 당신이 날 사랑한다 말하면 그때."

"……."

또다시 해수는 한동안 말이 없었다.

지난 반달 동안 그녀에 대해 아주 잘 알게 된 것이 있다면 그건 그녀가 말을 하지 않을 땐 화가 났다는 것이다. 기쁘면 웃고, 때론 큰 소리로 떠들기도 하고 때론 먼저 키스를 하기도 하지만 저렇게 말을 아낄 땐 오로지 화가 났을 때뿐이었다.

"왜?"

갑자기 또 그녀가 물어왔다.

"사랑하니까."

서준은 대답할 수밖에 없었다.

"언제 샀어?"

"오래전에."

"우리 사귀기도 전에?"

"그래. 우리 사귀기도 전에. 그때부터 당신을 사랑했으니까."

그녀도 사랑한다 말해주길 바라는 것은 너무 큰 욕심일까? 그녀가 그 말을 할 때 주기 위해 산 반지도 아직 그의 주머니에 들어 있다.

"서준 씨."

그녀가 마지막으로 나직하게 자신의 이름을 불렀을 때 서준은 그녀가 이 모든 일의 마침표를 찍으려 한다는 것을 깨달았다.

사랑한 것이 미안해할 잘못은 아니지 않냐고 화라도 낼까? 아니면 진한 키스로 다른 생각을 못하게 정신을 쏙 빼놓을까? 하지만 고집 센 해수가 끝내기로 했다면 이제 더 이상은 자신이 할 수 있는 것이 아무것도 없다는 것도 알고 있었다. 그녀가 원한다면 보내주는 수밖에.

그는 크게 심호흡하고 그녀의 마지막 말을 기다렸다. 사랑하는 것을 후회할 순 없다. 그러니 그녀와 결혼하고 싶다는 희망을 가진 것도 후회하지 않는다.

"나, 여행 다녀와도 돼?"

그래서 해수가 그렇게 물어왔을 때 그는 오히려 더 놀라고 말았다.

"여행?"

"응. 여행."

"어디로?"

"아직 정하지 않았어. 사람도 별로 없는 조용한 바닷가 같은 곳에 가고 싶어."

"……언제 돌아올 거니?"

"몰라. 내킬 때. 어쩌면 보름 정도 가 있을지도 모르고 어쩌면 더 오래 걸릴지도 몰라."

그녀의 눈빛을 보니 이미 떠나기로 결심한 얼굴이다.

그는 짧은 한숨을 내쉬었다.

"……돌아올 거지?"

집으로 돌아올 거냐는 질문이 아니었다. 자신에게 돌아올 거냐는 질문이었다.

그의 눈에서 불안을 읽은 것일까, 해수가 말없이 바라보다 갑자기 피식 웃었다.

"그럼, 돌아오지. 여긴 엄마도 있고 당신도 있잖아. 외국에서 불법으로 체류라도 할까 봐? 머릿속이 복잡해서 그래. 생각 좀 하고, 좀 쉬기도 하고, 아무 생각 없이 늘어져 있어 보기도 하고. 그러다 보면 어떤 답이 나오겠지. 어딜 가든, 사진도 찍어 보내주고 전화도 하고 그럴게."

서준이 미소를 머금은 얼굴로 대답했다.

"꼭. 안 그럼 내가 미쳐 버릴 테니까."

ⅱⅱ16. 노을 속의 연인ⅱⅱ

바닷물이 찰랑거리며 발목을 간질였다.

날씨 좋은 날의 가을 하늘 같은 청명한 바다 빛이 새하얀 백사장과 어우러져 가슴속에 아름다운 그림으로 새겨진다.

사색을 하기 위해 나왔건만 어느새 아름다운 카누메라 해변에 매료되어 그저 걷고 느끼고 즐길 뿐이다.

문득 걸음을 멈추고 해수는 휴대폰을 들고 끝없이 이어진 산호로 만들어진 하얀 백사장을 사진으로 찍었다. 이곳 일데뺑은 인터넷과 휴대폰이 잘 터지지 않으니 누메아로 돌아가면 서준에게 보내줄 것이다.

아마 궁금해할 것이다. 누메아에 도착하자마자 이틀 동안은 한 시간이 멀다 하고 계속 전화하고 사진도 보내주고 하다 일데뺑으

로 간다는 말을 끝으로 사흘째 서준과 전화 통화를 한 번도 하지
못했다.

갑작스레 정한 곳이긴 하지만 뉴칼레도니아를 선택하긴 잘했
다.

지상에 이런 아름다운 곳이 또 어디 있을까! 매일 산책을 나와
몇 시간씩 거닐어도 절대 질리지 않는 곳이다. 원래는 하루만 묵
고 돌아갈 예정이었는데 아름다운 이곳의 정취에 하루만 더, 하루
만 더를 벌써 두 번째 하고 있는 것이다.

무엇보다도 좋은 것은 아름다운 섬임에도 불구하고 사람이 거
의 없다는 것이다. 어쩌다 간혹 신혼부부들로 보이는 커플들이 눈
에 띄긴 했지만 그럼에도 혼자 바닷가를 독차지한 것처럼 대부분
은 아름다운 에메랄드빛 바다와 묘하게 어울리는 높이 솟은 열대
소나무들, 그리고 끝도 없이 이어진 아름다운 백사장뿐이다.

오늘은 인적 없는 해변에 한 동양인 커플만이 그녀의 앞쪽에서
서로의 손을 잡은 채 해변을 거닐고 있다. 신혼부부는 아닌 듯 보
이지만 그래도 다정하고 행복해 보이는 것이 보기 좋은 그림이다.

자연히 서준을 떠올리지 않을 수 없었다. 아마도 함께 왔다면
저들처럼 다정하게 이 해변을 거닐고 있을 것이다.

지금쯤…… 서준 씨는 회사에서 일하고 있겠지?

많이 힘들어할지도 모르겠다. 그를 떠나 도망치듯 이곳으로 와
버렸으니까.

웃으며 잘 다녀오라고 말은 했지만, 매일 사진 열 장씩 찍어서
보내달라고, 그렇지 않으면 이곳까지 쫓아오겠다고 엄포를 놓았

지만 아마도 속내는 그렇게 쿨하지 못했을 것이다. 그녀 자신도 이곳에 오면서 마음이 많이 아팠으니까.

색다른 곳에 와서 이것저것 구경도 많이 하고 좋은 음식 많이 먹고, 많이 생각하다 보면 어떤 결론이 내려질 줄 알았다.

하지만 막상 이곳에 오니 그녀는 그저 한 명의 휴양객이 되었을 뿐이다.

좋다는 곳은 다 다녀보고, 즐기고, 좋았던 곳은 또 찾아가고. 그러다 보니 처음엔 심란했던 마음도 많이 안정이 되었다.

그 와중에도 한 가지는 정리가 되었다. 누메아의 멋진 야떼 호수를 보며 하얀 달마시안 한 마리와 사색을 즐기며 붉은 흙이 깔린 호숫가를 걸어가는 노신사의 모습이 있는 신사복 광고도 떠올렸고, 카누메라 해변가의 쓰러진 고목들을 보고 무인도로 표류한 로빈슨 크루소의 한 장면을 떠올리며 작은 움막을 지은 로빈슨의 뒤쪽으로 리조트가 웅장하게 서 있는 반전의 장면도 생각했다.

한마디로, 그녀는 자신이 광고 일을 정말로 좋아한다는 사실을 알게 되었다. 그 어떤 직업도 그만큼 그녀를 열정적으로 만들지 못할 것이다.

아마도 돌아가면 다시 하나기획으로 돌아갈 승산이 크다.

그리고…… 진정한 사랑을 만난 엄마. 연륜이 있어서 그런지 1년 만난 커플이 오랜 세월을 함께해 온 것처럼 서로 닮아가고 있다.

최 사장님…… 아저씨. 그는 해수에게 한 번도 존재하지 않았던 진정한 아버지가 되어가고 있다. 언젠가 엄마와 결혼을 하면 해수는 그를 아버지라 부를 것이다. 행복한 마음으로.

그러고 보면 삶이란 어느 영화에 나온 말처럼 여러 가지 맛이 들어 있는 초콜릿 박스 같다.

때론 쌉싸름한 맛도 있고 또 때론 달콤하기 그지없고 가끔은 담백한 맛이 걸리기도 하고 또 어쩌다가는 술이 들어간 것을 먹고 해롱거릴 때도 있다.

그걸 입에 넣기까지는 무슨 맛이 걸릴지 아무도 모르는 것이다. 그런다고 초콜릿을 먹는 것을 겁내할 필요는 없다. 그 뒷맛이 주는 여운은 또 다른 의미가 있으니까.

불과 얼마 전까지 해수는 집에서 수십만 킬로미터나 떨어진 이곳의 바닷가를 거닐게 될 줄 예상도 하지 못했다. 그저 앞만 보고 열심히 달리고만 있었을 것이다. 아무 일도 없었다면, 운이 좋다면 무사히 끝까지 달릴 수도 있고 또 어쩌면 브레이크가 고장이 나 피도 눈물도 없고 감정이 메마른 일의 노예가 되었을지도 모른다.

여러 가지 사건 사고들이 생기고 인생이란 물줄기는 예기치 않게 전혀 다른 방향으로 길을 틀게 되었다.

시원한 바람 한줄기가 불어 그녀의 머리카락을 흩날렸다.

머리카락을 쓸어 넘길 때 갑자기 앞으로 모자 하나가 날아와 그녀의 발치로 툭 떨어졌다. 앞에서 걷고 있던 여자의 것이다. 남자가 그녀의 앞으로 달려와 모자를 받아 들었다.

"Thank you."

눈에 웃음을 가득 담고 물에 젖은 모자를 받아 들고는 툭툭 털며 다시 여자가 있는 곳으로 간다.

잠시 해수는 멍하니 그 남자의 뒷모습을 바라보았다.

서강진.

광고 일을 하는 사람이라면 누구라도 알고 있을 법한 유명 사진 작가. 몇 년 전 갑자기 광고 사진을 그만두고 작품 사진으로 전향했단 소릴 들었다.

언젠가는 함께 일해보고 싶은 작가였는데 그만둬서 아쉽게 생각하고 있었는데 이런 곳에서 만나게 될 줄이야.

그럼 저 옆에 선 여자는 아마 그 아내일 것이다. 그 둘의 러브스토리를 한 잡지를 통해 읽은 적이 있었다. 8년을 기다려 다시 재혼한 아내. 서강진의 인터뷰 기사 중에 있었다. 어린 나이, 다 잘될 거라는 철없는 생각으로 결혼했다 결국 이별의 쓴맛을 보고, 이를 악물고 열심히 일해 성공해서 아내와 재회했다는 그 얘기. 그 아내도 지난 8년을 한결같이 그를 사랑했다고 했다. 읽으면서도 비현실적이라 생각했었다. 아마도 예술가니 가능한 것이다.

8년을 기다려 만난 아내다 보니 저리도 좋은 것일까? 그 기사를 읽은 게 몇 년 전인데, 지금도 두 사람은 이 세상에 두 사람밖에 존재하지 않는다는 듯 다정하고 애틋하기 짝이 없다.

해수는 쓴웃음을 지었다.

아는 척해볼까 생각했지만 결국 그러지 않기로 했다. 지금 말을 걸어봤자 방해꾼으로밖에는 보이지 않을 것이다.

이곳 일데뺑은 저녁 다섯 시 반이면 해가 진다. 그러니까 저녁

다섯 시 반 이후면 딱히 할 일이 없어진다는 것이다. 그나마 책을 몇 권 가지고 왔으니 다행이지 그렇지 않았으면 유난히 긴 밤에 딱히 할 일이 없어 쓸데없는 외로움에 몸부림쳤을지도 모르겠다.

책이나 읽을까 하다 해수는 결국 레스토랑에 앉아 음료수라도 한잔 마시기로 결심했다. 이곳에 와서 저녁엔 계속 객실에만 머물 렀더니 뭔가 색다른 경험이 하고 싶었다.

호텔에 묵고 있는 사람들이 별로 많지 않은 듯 레스토랑은 한산 했다. 가족 단위로 온 듯 보이는 사람들 한 테이블, 그리고 친구끼 리 온 듯 보이는 키 큰 외국 여자 둘, 그리고 아까 낮에 본 서강진 커플.

해수가 옆 테이블에 자리 잡자 강진이 그녀를 알아본 듯 눈인사 를 한다. 강진이 눈인사를 하는 걸 본 그의 아내가 고개를 돌려 해 수를 쳐다보고 같이 인사를 해왔다.

"혹시 한국 사람인가요? 딱 한국 사람처럼 보이는데."

예상치 못한 여자의 질문에 해수가 두 눈을 동그랗게 뜨고 쳐다 보았다.

"네…… 그런데요."

"봐, 내 말이 맞잖아. 여기 같이 합석하실래요? 안 그래도 한국 말이 그리웠는데."

나쁘지 않은 제안이다. 그녀도 한국말이 그리웠고, 다른 사람도 아니고 서강진이 그 자리에 있다. 그만뒀다고는 하지만 어쩌면 이 번 일로 다시 한 번 광고 일을 부탁할 기회가 될 수도 있는 것이 다.

"일행은요? 혼자 왔어요?"

"혼자 왔어요."

"오호, 싱글이구나."

편안한 그녀의 말투에 해수는 어느새 경계심을 풀고 웃고 말았다.

"저, 서강진 작가님이시죠?"

해수의 질문에 강진이 두 눈을 크게 떴다. 자신을 아냐는 질문이다.

"저, 광고 쪽 일을 하고 있거든요."

"아, 저는 광고 일은 그만뒀습니다."

더 말도 못하게 단칼에 잘라 버리는 스킬이 한두 번 이 제안을 받은 것이 아닌 모양이다.

"알고 있어요. 다들 많이 아쉬워했어요. 정말 실력 있으신 작가님인데."

남편을 칭찬하는 소리에 그 아내가 오히려 더 자랑스러운 기색이다.

"강진 씨는 지금은 광고는 안 해도 작품 사진 찍고 있어요."

"네, 예전에 인터뷰 기사 읽었어요. 아내와 딸과 함께 여행을 다니며 작품 사진을 찍으신다고. 그런데 아이는 안 보이네요. 같이 안 왔어요?"

인터뷰 기사까지 읽었단 말에 강진의 아내가 쑥스럽다는 미소를 지었다.

"우리 딸이요? 이젠 학교 다니느라고 방학 때 아니면 같이 안 다녀요."

딸 얘기가 나오자 강진의 두 눈가에 주름이 잡힌다. 딸 생각만
해도 좋은 모양이다. 새삼 해수는 또다시 아버지를 떠올리지 않을
수 없었다. 세상엔 정말 아버지 같은 사람은 없나 보다. 말만 들어
도 저리 좋아하는 아버지도 있으니.

"여긴 해가 지니까 쌀쌀해지네. 이런 줄 알았으면 숄이라도 하
나 걸치고 나오는 건데."

아내가 팔을 비비며 지나가는 말투로 중얼거리자 강진이 자리
에서 곧바로 일어섰다.

"내가 가지고 올게."

"그래 줄래?"

너무도 다정한 커플을 부러운 듯 바라보던 해수는 자신도 모르
게 툭 내뱉었다.

"좋으시겠어요. 남편이 너무 잘해주시네요."

그녀의 말에 여자의 얼굴에 미소가 번진다.

"그러게요. 아마도 내가 전생에 나라를 여러 번 구했나 봐요. 말
은 별로 없어서 이렇게 외국으로 나오면 날 무척이나 외롭게 만들
긴 하지만, 그래도 마음은 저렇게 써줘요."

"왜요, 인터뷰 보니까 서 작가님은 순정파시던데."

해수의 말에 여자가 다시 쑥스러운 웃음을 지었다. 아마도 그
기사를 읽었는지 기사 얘기만 나오면 딱 저 미소를 짓는다.

"그 기사 읽은 지가 몇 년 전인데, 아직도 두 분은 꼭 신혼 같아
보여요. 아까 해변에서 보고 정말 멋있단 생각이 들었거든요. 친

구처럼, 연인처럼 나란히, 별말도 없이 손을 잡고 해변을 걷는 모습이 부럽단 생각이 들었어요."

"부부니까 그렇죠. 아직까지 연인이었으면 해변에서 영화 한 편 찍었죠."

자신이 한 말이 재밌는지 그녀가 혼자 말하고 혼자 웃는다.

"참, 이름을 안 물어봤네. 전 황혜민이에요. 이름이 뭐예요?"

"강해수예요."

"아, 이름 예쁘다. 해수. 바닷물이라는 뜻인가?"

이름을 말하면 흔히 두 가지 반응이 나온다. 그냥 이름 예쁘다는 통상적인 인사말을 하든가, 아니면 저렇게 꼭 이름을 해석해 보려는 사람이 있든가.

"맞아요. 엄마가 조금 낭만을 좋아하셔서 이름이 이래요. 학교 다닐 땐 친구들에게 많이 놀림받았어요."

"왜 놀리지? 낭만적이고 예쁘기만 한데. 내 이름이 흔한 이름이지. 난 그런 예쁜 이름이 좋던데."

"원래 애들은 뭐든 독특하면 놀리잖아요."

맞아, 하고 혜민은 또 진지한 얼굴로 고개를 끄덕였다. 원래 동안인가, 해수가 알기로 결혼한 지 꽤 된 것으로 아는데 나이를 가늠하기 힘들어 해수가 물었다.

"결혼하신 지 몇 년이나 됐어요?"

"음……."

그게 뭐 그리 어려운 질문이라고 혜민이 한참 생각을 하더니 짧게 대답했다.

"10년······."

"10년이면 딱 떨어지는데 뭘 그렇게 한참 생각하세요?"

해수가 웃으며 묻자 혜민이 난치한 표정을 짓더니 작은 목소리로 실토했다.

"우린 두 번 결혼했거든요. 어려서 대학 교정에서 멋모르고 결혼한 건 18년 전, 그리고 다시 만나서 결혼한 건 10년 전. 얘기하자니 복잡하기도 하고 좋은 얘기도 아니라서······."

아······ 그거 기사에서 읽었다.

"그 기사도 읽었어요."

"아, 그런 얘기까지 기억하실 필요는 없는데."

그러면서 쑥스럽다는 듯 혜민이 헤헤거리고 웃었다.

"제가 한 번 보면 잘 잊지 않아요. 게다가 기사 보면서 참 낭만적이란 생각도 들었고······. 대부분은 한 남자하고 두 번 결혼하기 힘들잖아요. 한 번 헤어졌으니 두 번은 안 할 거 같은데 두 번째 결혼도 같은 사람과 했다면 예전만큼, 아니면 예전보다 더 사랑해야 가능할 거 같거든요. 그만큼 용기도 필요하고."

해수는 서준의 반지를 보기만 해도 겁이 났다. 결혼할까 봐, 그리고 그 결혼을 망치게 될까 봐. 상처를 받게 될까 봐.

"맞아요. 용기는 필요했어요. 최소한 나한테는."

혜민이 진지한 얼굴로 대답했다.

"그래도 이 남자 아니면 안 되겠는데 어떡해요? 내가 사랑하는 남자가 날 사랑하는데 이 좋은 기회를 날려 버릴 순 없잖아요. 언제 또 그런 사랑이 찾아올 줄 알고."

해수가 두 눈을 동그랗게 뜨자 혜민은 소리 내어 웃었다.

"마지막 말은 농담이에요."

"사랑하면 어떤 느낌이 들어요?"

이 말은 물어보지 말 걸 그랬다. 혜민은 그녀를 바보로 알지도 모른다. 나이 서른둘에 아직 사랑도 모르는 바보라니.

"사랑하고 재채기는 숨기기 힘들다잖아요. 사랑한다면 알 거예요. 그게 사랑인 줄."

어느새 왔는지 강진이 숄을 혜민의 어깨에 걸쳐 주고는 자리에 앉았다.

"무슨 얘기를 그렇게 즐겁게 하고 있어?"

"응, 우리 결혼한 얘기. 잡지에서 읽었다잖아."

혜민의 대답에 강진의 뺨에 보조개가 팼다.

"그 기자가 어디서 듣고 왔는지 하도 집요하게 물어오는 통에 대답하긴 했는데 그 기사까지 나갈 줄은 몰랐어요."

"왜? 난 좋기만 하던데. 당신이 날 사랑한다는 말을 전국으로 나가는 잡지에 쓴 거잖아."

"두 번 결혼한 얘기는 내막을 모르는 사람이 보면 여자에게는 흠이 될 수도 있잖아."

"난 그래도 좋은데? 두 번 다 멋진 남자와 결혼했잖아."

이쯤에서 음료수 한잔 마셔야지, 안 그러면 벅벅 긁을 것 같다.

이후로도 술 한 잔 더 시킬 정도로 두 사람은 의외로 해수와 얘기가 잘 통했다. 이런저런 얘기를 하는 와중 강진은 한 번씩 혜민의 손을 잡기도 하고, 다정한 시선으로 바라보기도 한다.

그렇게 좋을까? 혼자 온 사람 외롭게. 하지만 그래도 두 사람을 보는 내내 해수는 가슴이 촉촉하게 젖어들었다. 참 예쁘다, 두 사람.

늦게까지 얘기하다 시간이 늦어 해수는 다음날을 기약하고 객실로 돌아왔다.

레스토랑의 음악이 여기까지 울리는 것을 보니 조금은 컸던 모양이다. 문을 닫자 조금 전과는 달리 어지러울 정도의 정적이 집 안을 차지했다.

잠시 문 앞에 서 있었다.

다시 그 사람들에게 돌아갈까? 음악 소리, 그리고 몇 안 되는 사람들이 떠드는 소리, 앞에서 서로를 바라보는 두 사람의 사랑 가득한 시선에 갑자기 자신이 그들과 동떨어진 기분이 들었지만 막상 이렇게 혼자가 되고 보니 차라리 그곳이 낫단 생각이 든다.

이내 해수는 돌아가는 것을 포기하고 책 한 권을 꺼내 침대에 걸터앉았다.

뭘까, 이 기분은…….

이내 해수는 책을 도로 덮어버렸다. 자신도 모르게 긴 한숨을 내쉰다.

이건 그 사람들 탓이다. 서강진 커플. 그 사람들과 함께하다 보니 애써 억눌렀던 그리움이 증폭되어 터질 것 같은 기분이 되어버렸다. 미치도록 장서준이 보고 싶다. 사랑하면 알 거라고? 아직 모르니 사랑은 아닐지도 모른다. 중요한 건 그가 보고 싶다는 것뿐.

하루라도 그녀를 못 보면 보고 싶어 죽을 것 같다고 말해주는 남자. 늘 그리움이 가득한 눈으로 자신을 바라보는 그 남자.

혹시나 하는 심정으로 휴대폰을 꺼내보지만 역시, 오늘도 불통이다. 그의 목소리라도 들으면 조금 나아질까 했는데.

그 사람들을 보면서 처음으로 외롭다는 것을 뼈저리게 느꼈다. 싱글일 때 외로운 것과 누군가 연인이 있을 때 외로운 것은 차원이 다르다. 대상이 있으니 그리움은 몇 곱절이다.

'나는 여기서 뭘 하고 있는 걸까? 여기까지 도망쳐서 얻는 것은 무엇이냔 말이다. 결국 서준 씨는 한국에 있는데.'

그 모든 것은 정리가 되었지만 결국 서준에 대한 마음은 어떤 식으로든 정리되지 않았다. 그저 그리움만 키웠을 뿐이다.

더는 생각하지 말자. 그래 봤자 아무 결론이 나지 않으니까.

그가 보고 싶으면 그를 보면 되는 것이다. 더는 아무 생각도 하지 말자.

아침부터 짐을 싸고 조식 레스토랑에 갔다가 혜민의 부부를 다시 보게 되었다.

"아무래도 오늘 돌아가 봐야 할 것 같아요."

해수의 고백에 저녁 약속을 잔뜩 기대하고 있던 혜민의 두 눈을 동그랗게 떴다.

"왜요?"

"그냥…… 어제 두 분을 보고 있자니 제 남친이 너무 보고 싶어졌거든요."

"애인이 있었어요?"

해수의 대답에 오히려 더 놀란 건 혜민이다. 그도 그럴 것이 어제 혼자 온 걸 보니 싱글일 거라는 혜민의 말에도 딱히 할 말이 없어 대답을 안 했고 두 사람과 얘기하는 내내 서준의 얘기를 한 번 꺼낸 적이 없었다. 더군다나 사랑이 어떤 느낌이냐고까지 물었으니 애인이 없다 생각하는 것도 당연하다.

"네, 어쩌다 혼자 왔지만 한국에 있어요. 애인이."

"어쩐지, 내 얘길 너무 귀담아 듣는다 했어요."

일부러 그런 것은 아니지만 괜히 숨긴 것 같은 기분에 미안해서 웃음으로 무마했다.

"다른 건 생각할 필요 없다고 봐요. 그렇게 보고 싶으면 애인 곁으로 돌아가야죠."

"그래서 오늘 떠나려고요."

"모처럼 말 통하는 사람 만났다고 좋아했는데 또 혼자 심심하겠네."

서운한 듯 말하는 혜민의 말에 강진이 표정과는 달리 짐짓 더 서운한 말투다.

"여기 나도 있거든. 당신 남편."

"칫, 당신은 말이 별로 없잖아. 항상 사진이나 찍고."

그런 말을 해도 강진은 그저 눈에 미소만 담고 있다. 마치 눈으로 말하는 것 같다.

'그래도 당신이 나 사랑하는 거 알고 있어.'

아, 서준 씨가 보고 싶다…….

아침을 먹으며 두 사람에게 마지막 인사를 하고 해수는 객실로 돌아왔다.

체크아웃을 하고 차량 이동시간까지 기다려야 한단 말에 해수
는 짐을 리셉션 데스크에 맡기고 잠시라도 다시 카누메라 해변을
거닐어 보기로 했다. 돌아가면 언제 다시 올지 모르는 이곳, 머릿
속에 조금이라도 더 담고 싶었다.

천천히 해변을 걷다 한 무리의 일본인 관광객들을 만났다. 아마
도 호텔 셔틀버스가 도착했던 모양이다. 마지막으로 인적 없는 해
변을 조용히 걷고 싶었기에 그들의 무리가 그리 달갑지 않았다.

이내 해수는 걸음을 멈추었다. 그들 중 키 큰 한 남자가 눈에 들
어온 것이다.

하지만 이내 그녀는 쓴웃음을 지으며 다시 걷기 시작했다. 서준
인 줄 알았다. 키도 크고 스타일조차도 닮아서. 하지만 그 얼굴은
서준의 반만큼도 닮지 않았다.

게다가 서준이 회사에 안 가고 이 먼 곳까지 올 이유는 없지 않
은가. 아무리 주말이라고는 하지만.

시끄럽던 관광객들은 이내 그녀의 등 뒤로 스쳐 호텔로 들어가
고 해변은 다시 조용해졌다.

시계를 보니 조금 더 있어도 될 듯싶어 해수는 조금만 더 거닐
기로 했다.

아까 그 관광객들 중 한 명이 뒤처졌었는지 저쪽 앞에 한 남자
가 이쪽으로 걸어오고 있었다.

이젠 고질병이 되어가고 있는 모양이다. 키 크고 스타일 좋은

남자만 보면 꼭 서준으로 보인다.

시선을 돌려 찰랑이는 에메랄드빛 바다를 응시하던 해수는 이내 다시 남자에게로 시선을 옮겼다. 여전히 서준을 꼭 빼닮은 얼굴이다.

가슴이 뛰기 시작했다.

아니다. 서준일 리가 없잖아. 이 바닷가에 한국에 있을 서준이 서 있을 리가 없다.

하지만 아무리 눈을 깜박여도, 다시 봐도 그는 서준이었다.

그가 해수를 향해 걸어오고 있었다. 해수는 우뚝 멈춰 서서 자신의 미칠 듯한 그리움이 만든 환영을 바라보았다.

그리고 깨달았다.

그는 환영이 아니었다. 진짜 서준이었다. 자신을 향해 달려오라는 듯 양팔을 벌리고 다가오고 있었다.

해수는 뛰기 시작했다. 그를 본다는 사실만으로도 그녀의 가슴은 마구잡이로 달리고 있었다.

"해수야!"

해수는 그대로 달려가 그에게 안겼다. 그의 목을 끌어안고 매달리다시피 했다.

"보고 싶어서 미치는 줄 알았어! 강해수, 이 바보야."

그녀를 끌어안고 서준이 격앙된 목소리로 말했다.

"그렇게 오랫동안 있으면 어떡해? 누구 죽는 꼴 보고 싶어?"

고작 일주일일 뿐이었는데 그는 마치 몇 달을 이별한 사람처럼 얘기한다.

"이젠 그러지 마. 혼자 훌쩍 떠나는 거, 정말 못 견디겠다. 그렇게 싫으면 결혼하지 말자, 결혼 안 해. 차라리 결혼 안 하고 매일 보고 사는 게 나아."

정신없이 그녀의 귀에 대고 말하는 그의 목소리는 떨렸다. 또다시 오랜 그리움이 밴 손길로 그녀의 얼굴을 쓰다듬고 머리를 쓸어 넘기고, 그리고 마침내 긴 입맞춤을 했다.

가슴이 미친 것처럼 뛰어댔다. 이처럼 가슴이 두근거리긴 처음이었다. 통제할 수 없는 흥분이 온몸을 점령한다.

"사랑하면 알아요. 그게 사랑인 줄."

갑자기 혜민의 말이 떠올랐다. 그리고 깨달았다. 이 기분이, 재채기처럼 숨겨지지 않는 이 짜릿한 설렘이 바로 사랑이라는 것을.

무슨 말이라도 하고 싶은데 서준이 입술을 자꾸 막아대는 통에 아무 말도 할 수가 없었다. 간신히 그를 떼어내고 해수는 마침내 그 말을 하고 말았다.

"사랑해, 서준 씨."

그조차도 입술로 막아버리던 서준이 이내 고개를 들어 그녀를 바라보았다.

"뭐라고 했어?"

"사랑해, 서준 씨. 우리 결혼해."

지금 무슨 말을 하고 있는지 해수조차도 알 수 없었다. 다만 온통 머리를 차지한 것은 그를 더 이상은 안 보고는 살 수 없다는 것이다. 스스로도 깨닫지 못한 이 외로움의 정체는 그에 대한 사랑이었다.

그래, 그가 원하는 대로 결혼하면 되는 것이다. 아무리 생각해도 어디로 가야 할지 모른다면 그저 그가 이끄는 대로 한 걸음씩 나가면 되는 것이다.

감정을 통제할 수 없는지 그의 얼굴 표정이 다채로웠다. 하지만 결국 그는 가지런한 이를 드러내고 웃기 시작했다.

"진심이야? 정말?"

"보고 싶어 혼났어. 당신이 견딜 수 없이 보고 싶어서 오늘 돌아가려고 체크아웃까지 했어."

"맙소사. 엇갈릴 뻔했잖아."

"이렇게 얼굴 봤잖아. 엇갈리지 않고 만났잖아."

"그래, 여기 있을 거 같았거든. 혹시 여기 있을까, 호텔로 안 가고 여기부터 와본 거야."

그는 믿어지지 않는다는 표정으로 다시 한 번 해수를 끌어안았다.

"다시 한 번 말해봐."

그녀의 귀에 대고 그가 속삭였다.

"사랑해."

"다시 한 번."

그가 다시 말했다.

"사랑해, 서준 씨."

"한번만 더."

"사랑해. 사랑한다고. 장서준 씨, 사랑한다고. 사랑해 미칠 것 같다고."

그가 입술을 겹쳤다.

"이젠 됐어. 이젠 충분히 알겠어."

이내 그가 해수의 손을 잡아끌기 시작했다.

"어디 가?"

"어디긴. 호텔이지. 다시 체크인해야지."

해가 뉘엿뉘엿 질 때, 해수와 서준은 다시 해변가로 나왔다. 아까와는 달리 많이 진정된 듯 다정하게 손을 잡고 석양이 드리워 오렌지 빛으로 찬란한 해변을 거닐기 시작했다.

"해수야, 아까 그 말은 철회해."

불현듯 생각난 듯 서준이 갑자기 말을 꺼냈다.

"무슨 말?"

"결혼하자는 말."

이해할 수 없다는 표정으로 해수가 서준을 바라보았다. 조금 전까지 객실에서 사랑을 나누었다. 진한 그리움은 두 사람의 사랑을 더욱 강하게 만들었고 격정을 만들었다.

그런데 느닷없이 결혼을 안 한다고?

갑자기 서준이 그녀의 앞에 한쪽 무릎을 꿇었다. 그제야 해수는 서준의 말을 이해했다.

"청혼은 남자가 해야지. 오래전부터 준비했는데."

주머니에서 반지를 꺼내 해수의 앞으로 내민다. 얼마 전 옷장에서 보았던 그 반지였다.

"강해수, 당신이 없으면 내 심장이 뛰는 거 같지 않아. 내가 살려면 당신이 필요해. 이기적이지만 당신밖에 모르는 나하고 결혼해 줄래?"

이미 결혼을 결심했는데도 그의 청혼은 해수의 가슴을 또다시 뛰게 만들었다. 그의 두 눈동자는 굳은 믿음으로 해수를 바라보고 있었다.

이 남자, 믿을 수 있다. 엄마의 최 사장님처럼, 그리고 혜민 씨의 서강진처럼, 바위처럼, 큰 나무처럼 그는 어떤 일에도 꿈쩍하지 않고 자신의 곁을 지켜줄 거란 믿음. 그는 나를 사랑한다.

"당연하지, 서준 씨. 당연히 결혼하지."

그가 환하게 웃기 시작했다.

"하지만 한 가지만 약속해 줘."

해수의 말에 서준의 눈에 바로 불안의 기색이 비쳤다.

"무슨 약속? 혼자 어디론가 떠나고 싶을 때 보내달라는 말만은 하지 마. 그건 내가 죽을 거 같아서 못하겠다."

"……언젠가, 아주 먼 훗날, 혹시라도 당신이 다른 상대를 만나게 되거나 나하고 결혼한 걸 후회하게 되면, 가차 없이 떠나. 내가 붙잡아도, 그 누가 말려도 그냥 떠나. 그것만 약속해 주면 돼."

한동안 말없이 서준은 해수를 올려다보았다. 그의 눈에 깊은 연민이, 그리고 안타까움이 서렸지만 이내 사라졌다.

"……."

서준은 말없이 해수의 손가락에 반지를 끼웠다. 그리고 일어서

서 천천히 그녀의 입술에, 그리고 이마에 키스했다.

"그래, 그게 당신이 원하는 거라면 약속할게. 뭐라도 약속할게. 당신을 사랑하니까."

그리고 서준은 다시 그녀의 입술에 긴 키스로 자신의 끝나지 않을 사랑을 약속했다.

찰칵.

강진은 자신의 카메라를 확인했다. 멀리 석양을 등진 멋진 연인들의 모습이 실루엣처럼 번지며 아름다운 그림을 만들고 있다.

그는 만족스러운 표정을 지었다. 아마도 이 사진은 이곳에서 찍은 가장 아름다운 사진이 될 것 같다. 그의 곁에 선 혜민도 화면을 확인하고 행복한 미소를 지었다.

"저렇게 티가 나는데 해수 씨는 어떻게 그걸 몰랐는지 모르겠어. 난 얼굴만 봐도 알 것 같은데."

"어차피 오래가지 않았을 거야. 결국 사랑은 숨길 수 없는 거잖아. 우리처럼."

혜민의 두 눈이 반짝이자 강진은 들고 있던 카메라를 내렸다.

그리고 석양 속의 연인들을 닮은 긴 키스를 두 사람은 오랫동안 나누었다.

◇◇◇ 에필로그 ◇◇◇

투다다닥!

문밖에서 들리는 발소리에 해수는 잠에서 깨어났다.

커튼 사이로 흐릿한 빛이 스며드는 것을 보니 벌써 새벽인 모양
이다. 시간을 보니 아직 여섯 시 반, 그들이 깨어나길 희망했던 여
덟 시에서 한참이나 이른 시간이었다.

투다다닥!

또다시 들리는 소리에 해수는 곁에서 잠들어 있는 서준을 바라
보았다. 무슨 일이 일어난 줄도 모르고 그는 아주 깊은 잠에 빠져
있다.

그녀는 잠시 이불 속에서 망설였다.

서준 씨를 깨울까? 아니다. 어제 늦게까지 야근하고 와서 많이

피곤할 것이다.

이대로 저 불청객이 가버릴 때까지 자는 척할까?

그러나 이내 그녀는 이불을 걷고 침대에서 내려왔다. 누구 한 사람이라도 꿀잠을 잘 수 있다면 이 한 몸 희생하는 것쯤이야 아깝지 않다.

발소리도 나지 않게 조용히 문으로 다가가 문을 왈칵 열었다.

그리고 문 앞에 있는 악동 삼 남매를 향해 무서운 눈빛 레이저를 쏘았다. 한 녀석이 벌써 문을 열려고 손을 들고 있던 참이었다. 아슬아슬했다.

그렇게 문을 열고 들어오면 세 녀석은 인정사정없이 침대로 뛰어들어 제 엄마 아빠가 자고 있건 말건 그 위에서 펄쩍펄쩍 뛰어 댈 것이다. 그래도 일어나지 않으면 방은 순식간에 수습할 길 없는 난장판이 된다. 조금의 잠을 위해 값비싼 희생을 치르게 되는 것이다.

밖으로 나와 조용히 문을 닫고 해수는 녀석들 앞에 쭈그리고 앉았다.

매서운 해수의 눈빛에 쌍둥이인 다인이와 아인이는 용감하게 여동생 재인이를 등 뒤로 숨겨주었다.

"왜 벌써 일어났어?"

평소엔 아침마다 깨우기 바쁜 녀석들이다. 한 놈 깨우고 또 다른 놈 깨우다 보면 먼저 깬 놈이 다시 잠들어 있다. 두 녀석을 간신히 잠에서 깨워 씻기고 유치원 차에 태울 때쯤에야 육아 도우미가 집에 와서 재인이를 돌보기 시작한다. 그리고 부부는 대충 씻고 허둥거리며 출근하기 일쑤였다.

그렇게 평소엔 깨워도 안 일어나더니 이 녀석들이 주말만 되면 또 어떻게 아는지 새벽부터 일어나 뛰어다니는 것이다.

"놀이공원."

쌍둥이 중 15분 먼저 나와 형이 된 다인이의 말에 해수는 그제야 피식 웃었다.

그래, 놀이공원에 놀러 가기로 했다. 주말에 아침 먹고, 느지막이 출발해 놀이공원에서 점심도 먹고 동물도 보고 놀이기구도 타고. 중요한 건 그 출발시간을 대략 열한 시쯤으로 정했다는 것이다. 여덟 시 기상, 식사 후 조금 쉬다 열한 시 출발. 여섯 시 반 기상이 아니란 말이다.

"아직 출발하려면 한참 멀었는데 왜 그렇게 일찍 일어났어? 엄마 아빠가 깨울 때까지 자면 된다고 했잖아."

"재인이가 배고프대요."

조금 전까지 보호하려는 듯 등 뒤로 숨겨줄 땐 언제고 동생들을 일찍 깨웠다고 혼날 것 같으니 아직 손가락 빠는 네 살배기 여동생을 얼른 판다.

"우리 재인이, 배고팠구나?"

두 쌍둥이 오빠는 어느새 재인의 뒤로 한 걸음 물러나 있었다. 덕분에 엄지를 물고 있는 재인이가 썰렁하니 엄마 앞에 섰다.

"응."

"그럼 조금만 기다려. 엄마가 먹을 거 해줄게."

일어나 주방으로 가려 하자 갑자기 쌍둥이가 또다시 해수의 앞을 막아섰다.

"아니에요. 우리가 재인이 먹을 거 줬어요."

"너희들이 먹을 거 줬어? 재인이한테?"

해수의 두 눈이 커졌다.

"뭘 줬어?"

재인이는 아직 어려서 아무거나 먹으면 안 되는데.

"과자, 우유 붓는 거요."

아마도 시리얼을 말하는 모양이었다. 시리얼 정도면 나쁘진 않다…….

시리얼?

해수는 얼른 주방으로 향했다.

"줬으니까 안 들어가도 돼요."

쌍둥이가 어떻게든 해수의 앞을 막아보려 하지만 이미 해수가 한발 빨랐다. 주방문을 여는 순간 해수는 망연자실해질 수밖에 없었다.

그녀의 주방이, 그녀가 자랑스럽게 여기는 반짝반짝 깔끔한 주방이 어느새 폭풍이 휩쓸고 간 것처럼 난장판이 되어 있었다.

시리얼이 바닥에 흩어져 있었고, 한바탕 우유를 엎지른 데다 닦지도 않아 지금도 우유를 바닥에 뚝뚝 흘리고 있는 대리석 식탁은 그나마 얌전한 편이다.

안 열린 것 없이 다 열린 찬장 문, 서랍, 게다가 저 조리대 위에 잔뜩 쏟아진 건 밀가루인지 설탕인지. 계란도 몇 개가 인정사정없이 깨져 싱크대 속에 정체 모를 밀가루 반죽과 함께 처박혀 있다.

이러니 그렇게 필사적으로 주방에 못 들어가게 한 거겠지. 어이가 없어 웃음까지 나와 버렸다.

"처음엔 재인이한테 과자 만들어주려고 했는데요……."

아인이가 마침내 이실직고했다.

맙소사. 며칠 전에 유치원에서 쿠키를 구웠다며 가져왔었는데, 아마도 그게 재미있었던가 보다. 이참에 한 번 더 만들어보기도 하고, 또 만든 걸 재인이 먹이면 딱이라 생각했던 것이다.

"아무리 해도 손에 묻기만 하고 뭉쳐지지 않아서……."

갑자기 불안한 눈으로 해수는 얼른 오븐 쪽을 쳐다보았다. 사용하고는 늘 플러그를 뽑아두긴 하지만 그래도 혹시 이 녀석들이 그걸 만졌을지도 모르기 때문이다.

다행히 불이 들어와 있지 않다. 플러그 꽂는 것은 아직 모르는 것이다.

이제 잔소리 삼종세트가 나가실 차례다.

"장다인, 장아인. 엄마 없을 때 하지 말아야 할 세 가지가 뭐지?"

"싸우지 말 것, 주방에 들어가지 말 것, 엄마 아빠 일하는 방에 들어가지 말 것."

"엄마 아빠 없을 때 스스로 해야 할 세 가지는?"

"재인이를 잘 지켜줄 것, 밥 먹고 양치질할 것, 말썽은 많이 부리지 말 것."

"왜?"

"재인이가 보고 배우니까."

"그런데 왜 주방에 들어갔어?"

"……엄마가 집에 있잖아요."

아……. 엄마가 집에 있으니 없을 때 들어가지 말란 규칙이 적용되지 않는단 말이구나. 할 말이 없어졌다.

해수는 한숨을 내쉬었다.

"가서 약속 공책 가져와."

말이 떨어지기 무섭게 아인이가 달려가 착하게도 제 것은 물론 제 형 것까지 들고 왔다. 당해도 저 혼자는 당하지 않겠다는 불굴의 의지가 엿보이는 대목이다. 다인이가 곁눈질로 노려보지만 아인은 모른 척 착한 얼굴로 해수에게 두 권의 공책을 내밀었다.

'엄마가 집에서 부득이한 사정으로 잠을 잘 때도 절대로 주방에 들어가지 않는다.'

아예 허락 없인 들어가지 말라고 말하고 싶지만 그러면 주방에 들어갈 때마다 물어올 것이다.

해수는 굵직한 글씨로 사이좋게 두 권 모두에 써주고 두 녀석에게 복창시켰다.

"읽어."

"엄마가 집에서 부득이한 사정으로 잠을 잘 때도 절대로 주방에 들어가지 않는다……. 엄마, 부득이한 사정이 뭐예요?"

음…… 너무 어려운 걸 적었나?

"부득이한 사정은 어쩔 수 없이 그렇게 되는 걸 말하는 거야. 엄마가 부득이한 사정으로 잠을 잔다는 건, 참아도 참아도 너무 졸려서 잠을 안 자면 회사에 못 갈 정도라서 잠을 자는 걸 말하는 거야. 예를 들면 오늘처럼 이른 아침에 잠을 자는 것도 부득이한 사정인 거지."

"그치만 부득이한 사정으로 내가 먼저 잠이 깨버리면 어떡해요? 배고픈데."

그새 배운 말 써먹는 거 봐라, 이 녀석.

"……엄마를 깨워."

정말, 진심으로 그걸 원하는 것은 아니지만, 그게 난장판 된 주방을 치우는 것보다 낫다.

"이제 너희들 방에 가서 놀아. 마당에서 놀던가. 엄마는 여기 너희들이 만들어놓은 난장판을 치워야 하니까."

난장판이란 말은 어찌나 많이 썼는지 녀석들은 제깍 알아듣고 주방을 우르르 뛰어나갔다.

"아빠 주무시니까 시끄럽게 굴지 마라."

뒤늦게 아이들에게 경고를 했지만 그 말을 들었는지는 모르겠다.

해수는 한숨을 푹 쉬며 답이 안 나오는 자신의 주방을 쳐다보았다.

서준 씨, 아이들이 앞마당에서 뛰어노는 것이 꿈이라 했지? 내 꿈도 그래. 나도 제발 아이들이 앞마당에서만 놀았으면 좋겠다고.

커다란 쓰레기통을 가져다 일단 식탁 위를 치우고 정리하고, 키친타월로 엎지른 우유를 닦아 쓰레기통에 넣고, 아이들이 엎지른 시리얼을 쓸어 담아 그것도 쓰레기통으로, 조리대 위에 흩어진 밀가루도 키친타월 몇 장으로 쓸어 담아 버리니 이제 일단 애벌빨래는 된 셈이다.

소매를 걷어붙이고 싱크대의 수돗물을 틀어 싱크대 속의 난장
판을 정리하다 아이들의 웃음소리를 들었다.

고개를 들어 보니 주방 창문 밖으로 재인이가 작은 그네를 타며
까르르 웃고 있다.

오빠들이 밀어주는 그네가 좋은 것이다.

새벽부터 깨는 바람에 잠도 많이 못 잔 데다 마음의 준비를 할
새도 없이 난장판이 된 주방을 본 상태라 살짝 고개를 쳐들고 있
던 짜증이 어느새 재인의 웃음소리에 사르르 녹아버렸다.

이래서 아이들이 많아야 하나 보다.

마치 보디가드처럼 다인은 뒤에서 재인이 탄 그네를 밀고 아인
은 앞에서 재인을 위해 기꺼이 재롱을 떨어준다. 아인이 손으로
얼굴을 가렸다 펼 때마다 희한한 얼굴을 만들고 재인은 그게 그리
도 재밌는지 매번 까르르, 웃음보가 터진다.

어느새 해수는 잠시 일손을 놓고 그 모습을 보며 미소를 짓고
있었다.

이게 바로 행복이란 것인가 보다.

서준의 뜻대로 아이를 더 낳기를 잘했다. 자신의 고집대로 쌍둥
이로만 끝났으면 저런 예쁜 모습은 평생 보지 못했을 테니까.

물론 해수도 아이가 싫어서 고집부린 건 아니었다. 쌍둥이를 낳
고, 육아도우미까지 쓰면서 키웠지만 아이 하나와 쌍둥이는 신경
쓰이는 것이 두 배가 아니라 몇 배의 차이가 난다.

쌍둥이를 낳았을 때, 은옥은 일단 일을 그만두고 아이들부터 키

우고 나중에 다시 일하면 어떻겠냐 물었지만 해수는 고개를 내저었다. 승진을 한 것도 있었지만 무엇보다도 그 일을 포기하고 싶지 않았다. 일을 그만두게 되면 그 자리가 그녀를 기다려 주지 않는다는 것은 불을 보듯 뻔한 일이다.

그렇다고 아이들을 신경 쓰지 않을 수도 없어 해수는 일찍 퇴근해 서준과 교대로 아이를 보며 집에서 일을 했다.

그렇게 만사가 잘 풀리나 했는데 웬걸, 또다시 임신을 해버린 것이다.

서준이 지금처럼 육아를 함께 하겠다며 위로해 주지 않았다면 해수는 어쩌면 우울증에 걸렸을지도 모른다.

그렇게 힘든 시기를 지나니 아이들은 이제 곁에서 지켜보면 저희들끼리도 놀 수 있을 정도로 컸다.

한 번씩 이렇게 허를 찌르는 말썽을 부리는 것만 빼면.

그래도 아이들을 낳기 전으로 돌아가고 싶은 생각이 없냐고 누군가 물어온다면…… 한 번쯤은 심각하게 고려해 볼지도 모르겠지만, 결국 고개를 내저을 것이다.

저 아이들은 이제 해수의 삶의 원천이니까.

어느 순간 마당의 놀이터에서 웃음소리가 들리지 않는다.

집에 들어온 건가? 그런 것치고는 너무 조용한데. 이 말썽쟁이들이 이렇게 효도를 할 리가 없다.

설거지를 마치고 아침 준비를 하다 결국 해수는 불안한 마음에 주방을 나갔다.

서재 문이 열려 있는 것을 보고 해수는 한숨을 푹 내쉬었다. 엄마가 집에 있어도 잠을 잘 땐 주방에 들어가지 말라고 했더니 이 잔머리의 귀재들께서 그걸 일 방, 서재에는 들어가도 된다는 것으로 편리하게 해석을 한 모양이다. 서재엔 노트북과 서류, 또 가위 같은 것들이 있어 그 방도 금지시킨 것이었는데.

하지만 아이들은 서재에 없었다. 다만 서랍들이 다 열려 있고, 의자 위치도 다른 것이, 방금 전까지 여기서 놀다 다른 곳으로 옮겨간 것으로 보인다.

어딜 간 거지?

딱히 찾으러 다닐 필요도 없이 침실에서 '인석들!' 하는 소리와 함께 갑자기 아이들이 까르르 웃으며 뛰어나왔다. 다인이, 아인이, 그리고 조금 있다 재인이도 오빠들을 따라 종종종 뛰어나오더니 제 오빠들이 숨어 있는 거실 소파 뒤로 돌아가 쭈그리고 앉는다.

마침내 아빨 깨운 모양이다.

침실로 들어가려다 해수가 멈칫거렸다. 가만히 생각해 보니 조금 전 방에서 뛰어나오던 아인이의 손에 유성매직이 들려 있던 거 같았는데.

뭐지? 이 스멀스멀 기어오르는 불길한 예감은……. 혹시 저 안에 어딘가에 낙서라도 한 거 아냐? 유성매직은 지워지지도 않는데.

"아인이 너, 어디다 그림을 그린 거니?"

목소리가 험악하면 녀석이 겁을 먹고 대답을 안 할까, 해수는 애써 고운 목소리를 끌어냈다.

하지만 그 수에 한두 번 당한 것이 아닌 아인은 등 뒤로 증거인 멜을 하고 굳게 고개를 내젓는다. 상냥한 목소리에 속아 이실직고 한다 해도 결국 응징은 돌아오기 마련인 것이다.

"엄마가 웃을 때 자백하면 가벼운 벌을 받을 거고, 찡그린 얼굴 일 때 자백하면 조금 힘든 벌을 받게 될 거야. 지금 웃고 있을 때 말하는 게 어떨까?"

아주 잠깐 고려는 하는 듯했다. 하지만 아인은 끝까지 입을 다 물면 어떻게든 넘어갈 수 있단 희망을 버리지 못했는지 결국 굳게 입을 다무는 쪽을 선택했다.

"엄마가 들어가서 보고 놀랄 만한 데다 그렸을까?"

인내심을 끌어 모은 해수의 마지막 질문에 갑자기 그때까지 옆 에서 똑같이 입 다물고 있던 다인이 킥킥거렸다. 이거, 뭔가 상당 히 불안한 반응이다. 대답을 안 한다면 들어가서 확인을 하는 수 밖에.

설마 방 안 새하얀 서랍장이 스케치북 같다고 거기다 그림을 그 린 건 아니겠지?

방으로 들어가려다 머리에 까치집을 지은 채 방에서 나오던 서 준과 부딪칠 뻔하고 말았다.

"이 녀석들…… 아빠를 깨우고 어디로 달아난 거야?"

웃으면 안 되는데. 웃으면 아이들이 저희가 잘한 줄 알고 다음 에 또 할 텐데…….

애써 코평수까지 넓히며 웃음을 참아보지만 이것만큼은 웃지 못하는 것이 참을 수 없는 고문이었다.

풉!

마침내 터지고 말았다. 해수의 반응에 서준이 멍하니 그녀를 쳐다본다.

"왜 웃어?"

해수는 고개를 절레절레 흔들었다. 말을 해주고 싶은데 입을 벌리는 순간 웃음이 터질 것만 같았다.

"왜 그래?"

또다시 절레절레.

고개를 갸우뚱거리며 머리를 긁적이던 서준이 해수의 대답 듣는 것을 포기했는지 욕실로 향했다. 해수는 알고 있었다. 그가 욕실에 들어가는 순간 무슨 일이 벌어질지.

"이놈들!"

두 눈에 동그랗게 그려놓은 안경. 대체 아인이는 왜 그 넓은 벽지와 새하얀 서랍장과 깨끗한 바닥을 두고 아빠의 얼굴에 그림을 그렸을까?

욕실에서 뛰쳐나와 당장이라도 잡아먹을 시선으로 서준이 두리번거렸다.

"다인이, 아인이, 이놈들, 어디 숨었어?"

"아빠."

아빠를 좋아하는 재인이 소파 뒤에서 뛰어나와 아빠를 향해 오려 했다. 하지만 그녀의 옷을 잡은 두 개의 손에 앞으로 나오지 못하자 칭얼거리기 시작했다.

이내 다인이와 아인이는 서준의 양손에 한 쪽씩 귀를 잡혀 소파 뒤에서 일어났다.

"이놈들, 감히 신성한 아빠 얼굴을 판다로 만들었어? 혼내줄 테다!"

양팔에 한 놈씩 헤드락을 걸고 서준이 한 대씩 박치기를 먹였다.

"잘못했어요, 아빠. 잘못했어요."

"늦었어!"

분노의 불길에 사로잡힌 서준은 아이들을 양팔에 끼운 채로 빙빙 돌렸다. 아이들이 '우왕' 하고 비명을 지르면서도 재밌는지 깔깔거리고 웃는다.

해수는 고개를 내저으며 혀를 찼다. 저러니 아이들이 아빠한테 장난을 하는 것을 멈추질 않지. 따끔하게 혼내는 대신 데리고 놀아주다니.

어느새 두 쌍둥이는 아빠에게 반격을 시도해 아빠를 바닥에 눕히고 깔아뭉개기 시작했고 재인도 저 혼자 빠지는 것이 싫었는지 아빠의 목에 올라타고 머리카락을 뜯고 있다.

"하, 항복!"

기어이 아빠의 항복을 받아내고도 아이들은 아빠의 곁을 떠날 줄은 모른다.

"여, 여보. 살려줘……."

숨 넘어가는 서준의 목소리에 결국 해수가 나서야 할 때가 왔다.

"다들, 열 셀 동안 세수하고 와서 식탁에 앉지 않으면 오늘 놀이공원에 안 놀러 갈 거야."

언제 아빠와 레슬링을 했냐는 듯 아이들이 욕실로 우르르 몰려갔다. 미련이 남았는지, 마지막 달려가는 재인을 붙잡고 기어이 뽀뽀세례를 하고 나서야 서준이 재인을 풀어주었다.

방에 딸린 욕실에서 제일 먼저 씻고 나와 식탁에 먼저 앉은 서준을 보며 해수는 참던 웃음을 또다시 터뜨리고 말았다.

"그 얼굴 어떡해? 아까 보니까 아인이 유성매직 가지고 있던데. 당신 잘못이야. 책상을 쓰고 서랍은 항상 잠가두라니까."

유성매직이란 말에 서준의 얼굴이 절망적으로 변했다.

"어젯밤 늦게까지 일하느라 깜박했어. 뭐, 지울 만한 거 없을까?"

"피부가 아니라면 아세톤 같은 걸로 지우면 될 텐데, 눈 주변이라 위험해서 더욱 안 돼. 시간이 지나면 지워지겠지. 당신이 항상 아이들을 야단 한 번 안 치고 오냐오냐하니까 그런 일이 생기는 거잖아. 혼낼 땐 혼내야지."

"야단칠 일은 야단쳐야지, 하는데 저 귀여운 얼굴들을 보면 그럴 마음이 싹 달아나 버리니 어쩌겠어?"

아직 정신을 못 차린 듯 흐뭇한 미소를 입가에 떠올리는 서준을 보니 어쩔 수 없는 중증 아들바보, 딸바보다.

못 말린다는 듯 웃으며 해수는 서준의 앞에 조금 전에 끓인 된장찌개와 몇 가지의 반찬들을 놓고 마주 앉았다.

세수를 끝내고 재인의 얼굴까지 잘 씻긴 쌍둥이가 다다다 달려와 식탁 앞에 자리를 차지하고 앉았다. 재인은 저가 제일 좋아하는 아빠의 무릎으로 기어 올라간다.

"아빠, 안경."

재인이 말하자 또다시 다인과 아인이 자랑스러운 얼굴로 서로를 보며 피식거렸다.

해수가 두 아들의 밥을 주기 전에 약속공책을 나눠 주었다.

'사람의 얼굴에는 낙서하지 않는다.'

조금 전까지 좋다고 저희들끼리 보며 숙덕거렸던 두 놈은 이내 시무룩해졌다. 아마도 욕실에서 다시 한 번 같은 장난을 모의했던 모양이었다.

그래도 대견한 것은 약속공책에 쓴 것은 반드시 지킨다는 점이다. 언젠가 약속공책이 차고 넘쳐 다른 공책으로 넘어갈 때쯤엔 행동이 많이 조심스러워질지도 모르겠다.

"자, 밥 먹고 준비하자. 놀이공원 가야지."

하지만 어느새 시무룩했던 것도 잊은 듯 다인과 아인은 '놀이공원' 소리에 환호성을 지르며 밥을 먹기 시작했다.

서준은 자신의 무릎에 앉은 재인에게 당연하다는 듯 밥을 떠먹인다.

잠시 해수는 식사도 잊고 이들의 모습을 지켜보았다. 밥 먹다 말고 그새 숟가락으로 칼싸움하는 말썽꾸러기 아들쌍둥이, 정신없는 와중에도 눈에 우스꽝스러운 안경이 그려진 채로 재인이에게 밥을 먹이며, 간간이 그 뺨에 입을 맞추는 서준, 조금은 시끄럽고 정신없긴 하지만 평화로운 식탁. 평범하긴 하지만 행복하다. 이런 것이 결혼생활이라는 것인가 보다.

한 번이라도 이런 미래를 꿈조차도 꿔봤을까? 알았더라면, 조금이라도 이런 생활을 상상해 봤다면 아마도 결혼을 그렇게까지 기피하지 않았을 것이다. 그리고 어쩌면 서준이 아닌 다른 남자와 결혼을 했을지도 모르겠다.

인생이란 아이러니의 연속이다. 아버지에 대한 트라우마로 결혼을 기피했고, 결국 그랬기에 서준과 결혼할 수 있었고, 이런 멋진 가족을 이루게 되다니.

"엄마, 왜 밥 안 먹어요? 맛없어요?"

큰아들 다인이 어느새 숟가락 칼싸움을 멈추고 큰 눈을 동그랗게 뜨고 그녀를 바라보고 있다. 조그만 녀석이 벌써 엄마를 생각할 줄도 아는 모양이다.

"아니야. 잠깐 생각 좀 하느라고. 밥 먹자."

다인이의 머리를 한 번 쓰다듬고 해수는 숟가락을 들었다.

빗물이 창을 타고 흘러내리고 있었다. 침대에 앉아 잠시 멀거니 창밖을 내다보던 해수는 이내 무릎에 놓인 노트북으로 시선을 옮겼다. 피곤하긴 하지만 이제 거의 다 끝나간다. 조금만 더 해서 끝내면 내일도 집으로 일 싸들고 올 일은 없을 것이다. 서준이 아이들을 재우는 사이 조금이라도 더 손을 대고 싶었다. 그녀를 위해 오늘은 서준 혼자 아이들을 재우기로 했다.

일을 거의 끝낼 무렵 마침내 서준이 아이들을 재웠는지 녹초가 된 표정으로 방에 들어왔다.

해수는 그의 얼굴을 보고 또다시 웃음을 터뜨렸다.

혹시라도 지워질지 모른다는 희망으로 서준이 오늘따라 수도 없이 세수를 했지만 조금 옅어졌을 뿐 유성매직 자국은 아직도 선명하게 흔적을 남기고 있었다.

"애들은 자?"

"응. 아인이가 마지막까지 버티긴 했지만 결국 이 아빠의 자장 가 같은 책 읽는 소리에 잠들고 말았지."

해수의 노트북을 빼앗아 옆으로 치우며 그가 해수의 곁으로 파 고들었다.

빼앗기지 않으려 했지만 결국 아쉬운 마음으로 노트북을 빼앗 기자 해수는 포기하고 서준의 팔베개를 베고 누웠다.

놀이공원에서 고삐 풀린 망아지마냥 뛰어다니며 놀다 결국 비 가 쏟아지는 바람에 아이들은 더 놀고 싶은 것을 포기하고 집으로 돌아와야 했다. 새벽에 일찌감치 깬 데다, 놀이공원에서도 뛰어다 녔고, 날씨도 이러니 아이들은 결국 돌아오는 차 안에서 실신하듯 잠들었다.

덕분에 조금 쉬나 했지만 차에서 내리는 즉시 아이들은 잠에서 깨어나 남은 오후 내내 남은 기운을 다 쓰게 하기 위해 서준이 놀 아줘야 했다.

차에서 한 시간 남짓 잠을 잔 덕에 아이들은 평소보다도 더 잠 자리로 들어가기 싫어했다. 덕분에 오늘은 혼자 아이들을 재우기 로 한 서준이 고생을 좀 했다.

"애들하고 놀아주느라 수고했어, 서준 씨."

그런 서준에게 해수는 감사와 사랑이 담긴 시선을 보낼 수밖에 없었다.

"내 아이들 돌보는데 수고는……. 그래도 다음 주말에는 놀이 공원 대신 본가에나 다녀오자. 그래야 당신하고 나, 둘 다 좀 쉬지. 아버지, 어머니도 애들 보고 싶어 하시고."

설마.

해수는 피식 웃고 말았다. 지난 주, 본가에서 아이들은 말썽쟁이의 지존임을 과시했다. 할머니의 호미를 신기한 듯 만져 보다가 보물을 숨기겠다고 할아버지가 아끼는 잔디를 인정사정없이 파헤쳤고, 공놀이를 하다 할머니가 키우는 비싼 난 화분 두 개를 깨먹었고, 할아버지가 아끼는 족자에는 그림을 더해주려다 다행히 미수에 그쳤다. 두 아이가 뜨면 한 집은 몇 분 사이 초토화가 된다. 그리고는 제 아빠를 닮은 불쌍한 강아지 같은 표정으로 두 노인의 마음을 들었다 놨다 하니, 어찌 보면 두 분이 안쓰럽기까지 하다.

"누굴 닮아서 저렇게 말썽을 피우는 건지 모르겠어요."

미안한 마음에 해수가 그렇게 말하자 두 분 다 정색하고 짧게 대답하셨다.

"누구긴, 딱 제 아비 어릴 때를 꼭 닮았지."

어쨌건 그 말에 나름의 희망이 생기긴 했다. 그렇게 꼭 닮았다는 아이들의 아빠는 이제 듬직하고 믿음이 가는 한 가정의 가장이 되었으니까.

"주중에 엄마하고 아버지가 애들 보러 오신다 했으니까 딱 좋네. 이번 주는 좀 편히 지나가겠는걸."

손으로 날짜를 꼽아보던 해수가 기쁜 표정을 지었다.

"잘됐네. 그래도 일을 더 많이 가져오면 안 돼. 지난주는 내가 애들하고 많이 놀았으니까 이번 주는 당신이 나하고 많이 놀아줘야 해."

무슨 대꾸를 할 새도 없이 서준이 해수의 입술을 겹쳐왔다.

"어떻게…… 놀아줘?"

그 와중에도 입이 떨어지는 순간에 해수가 그를 놀리듯 물었다.

"당연히…… 이렇게……."

그녀의 입술을 탐하는 동안 어느새 손길은 시트 속에 고이 덮여 있는 그녀의 가슴을 더듬기 시작했다.

"우리…… 한동안 너무 바빴잖아."

서준의 입술이 해수의 목을 애무하기 시작했다.

"아이들…… 깨면 어쩌려고?"

"아마도 오늘은…… 아닐 거야. 놀이공원도 다녀왔겠다…… 저녁때 한바탕 놀아줬겠다…… 천둥벼락이라도 치지 않는 한 죽은 듯 잠잘걸."

우르르, 쾅!

말이 떨어지기 무섭게 조금 전까지 비만 쏟아내던 하늘에서 벼락도 내리쳤다.

아주 잠시, 서준은 그녀의 목덜미에 입술을 묻은 채 움직이지 않았다. 그러나 잠시 후, 서준은 그녀에게서 떨어져 자신의 베개 위로 돌아왔다.

해수는 카운트다운을 했다.

셋, 둘, 하나.

왈칵 문이 열리고 세 녀석이 동시에 두 사람의 침대로 기어 올라왔다.

"엄마, 무서운 소리가 나요."

정확하게 해수의 양쪽으로 쌍둥이가, 그리고 아빠를 더 좋아하는 재인은 아빠의 남은 팔을 차지하고 눕는다.

"엄마가 책을 읽어줄게. 그러면 무서운 소리가 들리지 않을 거야."

결국 부부는 침대에서 몸을 일으켰다.

작은 스탠드를 켜고 서로 꼭 닮은 세 명의 남자와 한 여자가 해수가 책 읽어주는 소리를 듣기 시작했다. 조급하게 읽으면 아이들은 더 흥분하고 더 생생하게 그 이야기에 귀를 기울인다.

느릿하게, 부드럽게, 자장가처럼.

그리고 어느 순간 아이들은 포근한 아빠의 품에서 다시 깊은 잠 속으로 빠져 들어간다.

서준이 조용히, 아이들을 하나씩 안아 들어 그들의 침대로 옮겨놓았다. 그리고 마침내 모두를 다 제 방으로 돌려보낸 서준은 행여 문 닫는 소리에 아이들이 깰까 조심스럽게 문을 닫고 그녀의 곁으로 돌아왔다.

조금의 지체도 없이 서준은 다시 해수의 입술을 겹쳤다. 마치 몇 년 만에 재회한 연인처럼 그는 그리움이 잔뜩 밴 손길로 그녀의 몸을 쓰다듬고, 키스를 하고, 또 언제나 사랑해 마지않는 그녀의 가슴을 탐했다.

마치 방해라도 하려는 듯 빗물이 창문을 두드려 댔지만 그는 조금도 아랑곳하지 않았다. 그 순간 그가 바라는 것은 오직 하나, 제발 벼락은 치지 않는 것이었다.

마침내 어떤 방해도 없이 두 사람은 조금은 조급하게 오랜만에 둘만의 시간을 무사히 마쳤다.

아직 거친 숨을 몰아쉬며 서준은 자신의 품에 안긴 해수의 팔에 아쉬움의 키스를 했다.

"어쨌거나 결국 오늘도 해냈군."

서준의 말에 해수는 작은 소리로 웃음을 터뜨리고 말았다. 무슨 강력한 식스센스를 타고난 것도 아니면서 녀석들은 두 사람이 무슨 일을 하려고만 하면 기를 쓰고 잠에서 깨어 두 사람의 침대로 기어 들어온다. 그야말로 오늘은 그 많은 방해요인을 제치고 마침내 이 순간까지 온 것이다.

"언젠가, 아이들이 천둥번개가 친다 해도 중간에 깨지 않을 날이 오겠지?"

서준의 말에 해수는 말만 들어도 즐거운 듯 두 눈을 빛냈다.

"언젠가는. 그게 언제가 될지 모르겠지만."

"그래도 둘만 있을 때보다는 더 행복해진 거 같아."

"당연하지. 난 아이들 때문에 살고 있는 거라고."

해수의 말에 서준은 잠시 그녀의 얼굴을 바라보다 이내 참지 못하고 다시 한 번 그녀의 입술에 입을 맞췄다. 그리고 채 열기가 식지 않은 몸을 그녀의 위로 겹쳤다.

"또?"

"당연하지. 이런 기회가 또 언제 오겠어? 할 수 있을 때 실컷 해 둬야지."

"당신, 그러다 내일 아침에 늦잠 자면 어쩌……."

"부장님이 조금 늦으면 다들 그러겠지. 부장님 부부는 금실이

참 좋은가 보다⋯⋯."

"당신도 참⋯⋯."

무슨 말을 하려 했지만 그녀는 이내 서준에게 다시 입술을 막혔다. 두 눈이 감길 정도의 부드러운 키스를 받으며 해수는 차오르는 행복감에 만족스러운 한숨을 내쉬었다.

그리고⋯⋯ 그녀는 그의 목을 두 팔로 감으며 몇 번을 해도 질리지 않을 말을 중얼거렸다.

"사랑해, 서준 씨. 날 사랑해 줘서 고마워."

⋯THE END⋯

한 번쯤은 솔직한 어른들의 얘기를 써보고 싶었습니다. 누구의 눈치
나, 혹은 남들의 시선 따위는 의식하지 않는 어른들만의 솔직한 이야
기. 그 안에 성(性)도 있고 또 삶이나 인생이 녹아 있는 그런 얘기를요.

그러다 결국 뜻하지 않게 내 삶을 한 번쯤 돌이켜 보는 계기도 되었
습니다.

내가 좋아하는 사람들에게 잘하려는 마음이 누군가에게 부담이 되
지는 않았을까, 내가 아는 내 장점이 누군가에는 치명적인 독이 되지는
않았을까, 혹은 내가 너무 나한테 관대한 것은 아닌가.

결과는, 내 주변 사람들은 참으로 좋은 사람들이구나, 하고 뜻밖의
수확을 얻은 기분이……. ㅎㅎㅎ

그래서 저는 제게 큰 깨달음을 준 해수와 서준에게 무한한 애정과
감사를 하며 기쁜 마음으로 이 글을 마무리하려 합니다.

이 글을 쓰는 내내 '넌 잘할 수 있어.' '수고했어.' '대단하다.' 등과

같이 무한한 칭찬과 격려를 해주시고 또는 한 번씩 글이 막혔을 때 시원하게 뚫어주신 정숙 언니, 사랑 언니. 감사드립니다. 두 언니가 없었다면 아마도 저는 이 글을 가지고 끙끙거리며 혹은 노닥거리며 아직도 진행 중에 있었을지 모르겠습니다.

그리고 또한 글 쓰는 내내 제 이야기를 귀담아 들어주고 혹은 한 번씩 나아갈 길을 던져 준 예쁜 동생들, 김양희, 이혜선 작가에게도 무한한 사랑을 전합니다.

광고라는 모르는 분야를 직업으로 잡은 탓에 한 번씩 틀리게 갈 때나 혹은 잘 모르는 일이 생기면 그때마다 조금도 귀찮아하지 않고 옳은 방향을 가르쳐 주시고 틀린 부분을 잡아주신 전직 A.E. 원성혜 님께도 깊은 감사의 인사를 드립니다.(그래도 틀린 부분이 있다면 그건 이 정도는 괜찮겠지, 하고 멋대로 고친 제 탓입니다.)

늘 말씀드리지만 '오랜 기간' 기다려 주신 예원북스의 유경화 팀장님께도 무한한 사랑을 전합니다.

그리고 언제나 나에게 든든한 지지자가 되어주는 남편께도 사랑과 감사를 전합니다.

또한 내 딸로 태어났기에 고생이 심한 우리 예쁜 딸에게도 무한한 사랑을 전합니다.

마지막으로 언제나 제 글을 응원해 주시는 독자님들께 저의 사랑과 감사를 전합니다.

한여름 더위에 잠 못 이루는 어느 밤, 전혜진.

예원북스에서는
로맨스 작가님의 소중한 원고를 기다립니다.

투고해 주실 메일 주소는
yewonbooks@naver.com 입니다.
많은 관심 부탁드립니다.